不如去闯

李栢远 著

天津出版传媒集团
天津人民出版社

果麦文化 出品

闯出去，便是海阔天空

朋友你好，谢谢你打开这本书，和我走进一段很"闯"、很"燃"的年轻岁月。

我叫李栋远，"90后"，在泉城济南出生，鹭岛厦门长大；十八岁时远渡重洋，到耶鲁攻读本科，二十二岁入职高盛大中华区投资银行部，后试水创业，又在哈佛获得工商管理硕士学位。2019年底归国，目前在北京工作生活。

我看书时有个不好（大概也不坏）的习惯：不爱读开篇序，要么一目十行快速掠过，要么直接跳到目录后的第一篇正文开始看。另外，考虑到我妈的赠序内容精彩，所以我决定不写自序，惟想分享些重要信息如下：

首先，这本书囊括了自己从高中考耶鲁到近年学成归国的几十篇故事，但并非一本自传。我只是一名出身普通家庭、仍在努力打拼精进的青年，远未达到为自己写传的段位。只是因着广大读者朋友和出版社老师们的指爱，我才能以书的形式写出自己的经历。除故事外，另有数十篇"去闯攻略"，分享了自己总结的求学和职场干货，尤望对年轻读者们有些帮助。

另外，书名"不如去闯"源于我一贯的信条：与其空想、迷茫、彷徨，不如勇敢去闯。这本书存在的一大意义，便是给读者们打一针"强效鸡血"，释放一份能让人从躺平状态中幡然醒悟、支棱起来的动力。很多人并非不上进，只是缺乏突破舒适区的决心和朝着目标高效奋进的执行力。一些人或许还太好面子、在意别人的评头论足，因此选择随大流，丧失了拼劲儿闯劲儿。通过这本书，我想告诉大家：我们的人生充满可能性。闯出去，便是海阔天空。

杨远

2022年深秋于北京

来自妈妈的赠序

我和柘远是母子，更是朋友。多年来，无论顺逆，都是我们母子相伴相扶。

屡被问及我是如何把儿子培养到耶鲁和哈佛的，我皆答曰：无为而治。因为的确未曾刻意地、定向地培养儿子。不过，说无为有点夸张，适时地引导还是要做到位的。“子不教，父之过”，悟性再高的孩子，未经世事，都需父母的引导。父母的天职是要让孩子拥有健全的人格、优良的体质和积极的人生态度。具备这三点，何愁孩子没有一个美好人生？

告别文弱

柘远幼时比较文弱，是个腼腆胆怯的小男生。刚上小学那会儿，面对全班同学发言，他会紧张得发抖。为了改变他的状态，我的确花了心思，想了办法。比如，周末和他一起爬山、远足、到海边骑自行车；鼓励他和伙伴们疯跑嬉戏，尽兴玩耍；让他参加少年宫合唱团等。没过多久，他不仅身体健壮了，性格也外向起来，交了不少好朋友。再比如，和他去外地旅游，我时常假装不认路，由他带路或问路，还把联系宾馆、安排住宿的事交给他来办。平时，我从不陪他做作业，不替他背书包。参加活动或竞赛，尽可能地让他自己完成报名注册手续。诸如此类的锻炼，不一而足。及至小学毕业，他已经成为一个开朗、健康、有主见、肯努力、不畏难的少年。

母子神聊

和儿子“侃大山”永远是最惬意的事。从他五六岁起，我们娘儿俩就爱聊天。他渐渐长大，我们聊的话题也越来越多。他给我讲某个部族的来龙去脉、新版地图册和旧版的差别，聊贝加尔湖的淡水海豹等。而我则愿意分享看过的电影、读过的小说，兴之所至，会整段背诵给他欣赏。他放假时，我们经常神聊至凌晨。家庭变故令我心力交瘁，我不瞒着他，因为这就是人生的真实面目，他迟早要成为有担当的男子汉。重点是他目睹我未被击垮，并充满活力地继续前行。我发现和孩子聊天益处多多：亲子之间无隔障，叛逆期孩子不叛逆；锻炼孩子的表达能力和倾听的耐心；让他知道世事无常，学会思考和乐观面对。

见贤思齐

柘远的基调永远是友善和快乐的，常听他夸赞某某有才华、某某很神勇。当年，我们所在的宿舍院门口有个修鞋摊位，柘远常与修鞋师傅聊天，对师傅的好手艺和好性格啧啧称赞。我对此深感欣慰，比抽奖中了头彩还满足。柘远初中时在我们的家庭相册的扉页上写道："闻道有先后，术业有专攻，道之所存，师之所存也——与妈妈共勉。"后来，他读大学、进投行、合伙创业……有幸结识了不少优秀的人，其中有几位被他敬称为"大神"。他们才兼文武、慷慨有大略，无疑是柘远人生路上的新标杆，是他努力不怠的动力源。柘远生日时，我在给他的生日礼物上写道："见贤思齐——与吾儿共勉。"

做儿子的好搭档

柘远从小就总有各种想法，而且会付诸行动，甚爱"折腾"。只要是正当合理、有益身心的事，我都支持，必要时还参与其中，做他的得力搭档。

以他申请美国本科为例。

初三暑假时，他告诉我想去美国读大学，且非常春藤名校不读，还要拿到奖学金。

我不以为意，笃定他不出一个月就会知难而退。况且，他当时在全年级四百个左右的学生中，成绩保持在前十以内，仍有余力。若弃高考攻留学，岂不可惜。

没承想，他并非说说而已。他认真地列了一份实现目标清单，包括托福和 SAT（Scholastic Assessment Test，俗称"美国高考"）何时考、要考多少分、要有哪些学术强项、要如何提高课外实践竞争力等。在基本不影响校内课业的同时，他开始朝着遥不可及的留学目标一步步跋涉。感动于他的努力和韧劲儿，我决定参与到他的计划中。

我火力全开，在繁重的工作之余，教课带学生、兼职做翻译，一连数年未曾休过周末，为儿子实现目标提供财力支持。有时，我也力所能及地与他切磋英语难题，围绕竞赛或活动和他头脑风暴一番。最紧张时，每天忙到凌晨 2 点多，翌日早晨 6 点 20 分准时起床，开始新一天的奋斗。若不是柘远执着以求、志在必得的精气神儿感染着我，我早就打退堂鼓了。

天道酬勤。柘远的目标圆满实现。2008 年 12 月 16 日晨，喜讯传来，他被美国耶鲁大学以全额奖学金提前录取。

目标引领成长

设立目标—全力以赴—实现目标，在不断地砥砺中，破茧蜕变，成为更好的自己。

仍以申请耶鲁为例。在三年的准备过程中，柘远在多方面成长显著。

1. 苦读加上各项赛事的磨炼，英语水平提高了好几个段位。托福和 SAT 均在高三以高分一次性收官。

2. 参加有质量的活动和赛事，接触能人志士，眼界开了，格局拓展了，外联能力和人际交往能力也有所提高。

3. 磨炼了毅力和定力。当年厦门的留学风气尚不浓厚，资讯和机会相对匮乏。柘远的同学们高考备战正酣，他越发显得例外。我的从众心理时不时地跳出来作祟，担心柘远选错路径，所以格外钦佩儿子的坚持和自信心。

4. 更有迎接挑战的勇气了。柘远参加的赛事和活动中，有几个相当有难度。参加者不仅要有足够的知识储备，更要有临场思辨的能力和上佳的英语口才，这对柘远来说是巨大挑战。我知道他也忐忑，甚至发怵，但他没有畏缩，“硬着头皮”去了，靠着不服输的心气和拼劲，实现了自我突破。

关于此书

柘远在书中分享了他求学、求职、创业的经历，以及在自我实现过程中的历练和成长，不为自夸，更无意当网红，唯愿带给读者些许的启迪和助益。

柘远生自普通家庭，多年来我们娘儿俩相依为命。家庭曾突遭变故，生活一度难以为继。但这些都未成为柘远奋进路上的障碍。他能做到的，你也能做到，甚至能超越他。

如果你也打算选择类似的人生轨道，或许能从书中发现不少有用的实操信息；如果你仍在畏首畏尾，一再降低自我实现的目标，或许你能从书中汲取一点儿行动的勇气和力量。

此为本书的意义所在。

母子旅行档，
在海拔 3800 米的帕米尔高原上

目 录

第四章　回归校园 敲开哈佛的大门

[去闯攻略]

第五章　职场进阶 挥别青葱岁月，继续勇敢去闯

[去闯攻略]

第一章

-

梦想孤岛
报告耶鲁，我已准备完毕

Dream chaser:
Hello Yale, I am ready

时光拉长身影，眼界充实理想。

就这样，梦想开始一点点长大。

认领“不可能”完成的任务

做一名敢于冒险的人，努力去争取更好的，即使失败，也不违本心。

那是2006年7月，初三升高一的暑假，我在网上看到一则新闻：《复旦附中学生获哈佛、耶鲁、斯坦福等名校录取》。文中介绍了这所牛气哄哄的上海高中在当年有数十位学生收到了美国顶尖大学的录取通知。他们选择越过高考和保送的独木桥，高中毕业前的几个月就提前解放，准备入读全球顶尖大学的本科。配图里，几位被采访的学生穿着别致洋气的西装校服，手捧录取信，在校门前自信坚定地微笑。

我突然像打了一针鸡血般，从夏日昏昏欲睡的状态中一个激灵醒了过来。

在偶遇这篇新闻前的十五年里，我一直坚信北大、清华和港大是国内高中生毕业后能去的最牛所在。小学时便听说过哈佛女孩刘亦婷的故事，知道一个大姐姐敲开了哈佛本科的大门，但十岁的我竟愚钝地以为刘亦婷的“传奇”是不可复制的。我想当然地觉得，没有赴美交流的经历和美国名牌大学教授的推荐信，到美国读本科只是一项不可能完成的任务。

大约从小学二年级开始，也许是受了姥爷这位老一辈名牌大学生的激励，我把“十八岁考上最棒的大学”定为人生中的第一个目标，并称之为“第一个十年计划”。我心中的“最棒大学”，也从未跳出过以下三所学校的范围：北京大学、清华大学，以及我初中时开始在内地直接招生并给予奖学金的香港大学。而哈佛、耶鲁、斯坦福、普林斯顿却“只应在梦里”，是地球另一端的传说。

然而，一篇寥寥千字的报道，彻底颠覆了我过去十多年的信念。原来，在电影中看到的常春藤大学，竟没有那般遥不可及！

举一反三的习惯让我顺着这篇报道又找到了其他几条振奋人心的消息：《北京四中学生会主席获麻省理工全奖录取》《人大附中全才少女剑指耶鲁，中国大陆仅五人》……

就像哥伦布发现了新大陆、陶渊明偶入桃花源那般，我也进入了一个令自己肾上腺素激增的美丽新世界，乃至激动得双手冰凉，因为我知道自己要正式改写“第一个十年计划”的目标了。

这绝不是对大学排名的盲目崇拜。从书和电影里，以及从身为大学英文讲师的妈妈那儿，十五岁的我知道哈佛和耶鲁有比美国还长的历史，有一长串的诺贝尔奖获得者名单，有酷似古堡的校园建筑，有改变了美国乃至世界的各路豪杰校友。我们中国人的北大、清华当然也出类拔萃、声名显赫，博雅未名湖畔和荷塘月色下的学生并不逊于哈佛、耶鲁的年轻人，但在学校的软硬件资源和研究成果等方面，它们暂时与全球最棒的学校存在差距。

如果北京、上海的同龄人能考上世界名校本科，我也没有理由做不到。要实现人生的“第一个十年计划”，大概意味着我需要付出比北上广深的孩子更多的努力，因为我所在的城市和中学在信息资源与知名度上都无法与大城市相提并论。

我想当厦门的第一个吃螃蟹者。我想开创一项纪录：从南方小城“鲤鱼跳龙门”直升世界上最好的大学。

十五岁的我已然明晰了未来三年的奋斗方向。我坚定地用钢笔在纸上写下一行字：

LEO, you can do it.

LEO，你可以的。

时间来到了 2022 年，十五岁的小伙已经过了而立之年。如今，我不但是耶鲁校友，同时凭借着一份不错的大学成绩单和数年扎实的工作表现，于 2019 年从哈佛商学院毕业，归国后在文化产业辛勤耕耘，成为一名公司总裁。

多年前的这张“信念条”，也被我珍藏在存放着耶鲁录取信的文件夹中。它是我人生第一次“从 0 到 1”式成功的见证。

初中班级合影，能一眼认出我吗？
我在后排右四

放弃“护送”，单兵作战

做一个暂时被生活抛弃的人，打响一个人的战役，不畏得失，只要开始就对了。

一旦确立了目标，就要按照制订好的周密计划一步步执行，拒绝彷徨、毫不拖延。为了实现“第一个十年计划”，我给自己的高中生活约法三章：

1. **校内成绩至上。**不管去哪儿读大学，课业成绩永远是不能妥协的硬指标，否则一切免谈。

2. **课外竞赛与活动突出重点、积累亮点。**美国大学不喜欢单纯的学霸，全面发展的人才更有竞争力。在课业成绩优秀的前提下，有的放矢参加学科竞赛，并积极投身有意义的课外活动，为大学申请时的简历和文书撰写积攒好素材。

3. **高三上学期结束前拼出托福、SAT 高分，报考最心仪大学的“提前批”。**作为外国语学校的学生，我英语扎实，托福好搞定，必须一次性考到 110+ 分(满分 120 分)，而 SAT 是比较难啃的骨头，需要集中火力攻克。我计划高二暑假开始做题备考，高三上学期一次性考过 SAT 的所有科目。

以上“三章”自 2006 年 9 月 1 日高中的第一天起正式生效。

当一些同学还在回味漫长而慵懒的初三暑假时，我已经暗暗给自己上好了发条，开始了“三年奋斗”的倒计时。这是一个人的战役，我不想也不应该过早与任何人讨论心中的目标。

当努力刚刚开始、八字尚无一撇时，我没有资本去做任何吹嘘与炫耀。我唯一能做的，就是按照既定路线，一步一个脚印去接近三年后成功的那一天。

转眼到了高二升高三的暑假。高一高二的两年，我一直严格履行“三章”

的前两章：延续着初中优秀的学习成绩，在理科重点班的每次大考都排名前列；利用课余时间参加了几项很棒的课外活动，足以在申请大学时交出一份实打实的简历。

然而，托福和SAT的备考却尚未打响。2008年7月，距离美国大学的“提前批”申请截止日只有四个月时间了。

攻克托福不算痛苦。凭着课内外锻炼出来的英文能力，我在突击两周、练了几套模拟题后上了战场。那天考试状态不错，点完“提交”键，屏幕上跳出了110分的成绩。

“搞定！”

美国常春藤大学对国际学生的托福要求是总分100分以上。这个分数足够了。

接下来是难度大得多的SAT。如果说托福是考英语能力，SAT就是用英语考能力，连美国高中生也不敢怠慢，甚至有人为了拿到满意分数，会用一年的时间考上多次。

若想申请排名前十的大学，SAT I和SAT Ⅱ的高分都是重要砝码。SAT I也称SAT综合考试，由数学、分析性阅读和写作三个部分组成，每部分满分800分，总分2400分。SAT Ⅱ也称SAT学科考试，学生可以从十几二十门学科中选考两至三门，比如，理科范畴的物理、化学、生物和文科社会学范畴的历史、美国政治、英语文学、拉丁语等，每科满分也为800分。

为了一鼓作气一次通关，我做了大胆的决定：

放弃8月的高三全体补习，9月请假在家闭关三十天，备考10月初的SAT I考试，10月“半读半休”，准备好大学申请材料的同时，备考11月初的SAT Ⅱ考试。

8月往后的几个月，对厦外高三学生来说是最关键的时期。因为10月下旬，针对外国语学校的大学保送生推荐考试将拉开序幕，届时年级排名前二百的同学都将有机会参加全国一流大学的保送考试。厦外的每届优秀学生里都有不少人通过保送生考试被北大、清华锁定，年级排名前一百的同学还会有多人获得外交学院、北外、上外、西安交大、南大、武大等顶尖院校的橄榄枝，提前过上幸福的悠长假期，弹琴品茗读书郊游。

保送生考试对外国语学校的学生来说，就是一次提前的高考。要想被推荐参加心仪大学的保送考试，9 月和 10 月的两次月考成绩至关重要。

彼时，我是理科实验班的北大、清华水平种子选手。从班主任到任课老师，大都期待我为这届的升学榜做一份贡献。然而，多数老师并不清楚我的心“另有所属”。要想被批准请长假进行“第一个十年计划”的最后冲刺，我就必须跟老师们诚恳表明自己的升学想法了。

一个湿热难耐的 7 月午后，我先拨通了一直对我关爱有加的吴副校长的电话。吴校是有几十年教龄的化学特级教师，我高中三年最尊敬的师长、无话不谈的忘年交。要想取得学校支持，吴校这关必须第一个过。

“吴校，有件事我希望您能支持我。我准备请一段时间长假，考美国的大学。我需要用两个多月的时间搞定两场美国高考，同时准备好报考材料，我的计划是这样的……”

我从初三暑假看到那篇报道时说起，自信中带着些许忐忑地把自己为什么想去国外读大学、过去两年是如何为了这个目标一步步努力的，以及我目前的竞争力和报考名校的胜算，都毫无保留地告诉了吴校。

两分钟陈述完毕。电话那头，是几秒钟短暂的沉默，似乎听得到他用食指叩击桌面的声音。我了解吴校，轻敲桌子是他深思熟虑时的习惯动作。

一直把我当半个儿子看待的吴校会怎么想？他会不会怪我一直蒙他于鼓里？他会不会认为，我请长假的要求，是一种“造反”？久久无语，是不是他在酝酿如何“婉拒”我的请求，说服我浪子回头，去拼北清复交的录取？

“柘远，我为你的魄力感到骄傲。从你进高一的那一天起，我就看得出你心气高，一定不是一般的孩子。我准假。你跟班主任和几位任课老师也沟通一下想法，然后去教务处开假条吧！但是柘远啊，你要清楚，如果选择考美国大学，你就得放弃所有国内大学的保送机会，否则，你占据了一个录取名额最终却不去，是对其他孩子的不公平。凭你的能力，一定会有常春藤大学要你，哈佛、耶鲁、普林斯顿都有机会。我对你有信心。加油吧，小伙子！”

“吴校，谢谢您。我一定不辜负您的支持，也会对得起自己过去两年来的默默奋斗。”

高一高二的七百多个日夜，我一直沿着自己规划好的路线，一步一个脚印前行，像一个沙漠旅者、一位雪山攀客，虽可赏沿途风景的瑰丽雄浑，却也时不时感到孤寂。沙漠尽头的绿洲清泉和雪山之巅的日出暖阳，似乎还只是一个遥远的小点。一个人奋斗得倦了、累了、有压力了的时候，一句来自师长的再简单不过的鼓励，也能为信念的小马达加满油。吴校的支持瞬间给了我加速度，让我更有信心大踏步地走下去。

当我以为整个世界都给我追逐理想的跑车开了绿灯时，班主任和几位任课老师却为我扼腕叹息，苦口婆心地劝说我"改邪归正"，情急之下，甚至言辞犀利。

我非常理解老师们，他们真心为我好。我放弃通往北大、清华的通衢大道，选择了一条凶多吉少的蹊径，他们不能坐视不管。但是，我心意已决，任老师们磨破嘴皮，我自岿然不动。拗不过我，老师们无奈作罢。其实，老师们也有苦衷和压力，毕竟被北大、清华这类国内一流大学录取人数的多寡，在当时是衡量教师业绩和学校办学质量的关键指标。

"李柘远要放弃保送和高考，报考美国大学"的消息马上在同学们当中不胫而走，迅速传开。

大多数人抱着不解的态度。那时的厦门，出国读书的孩子多是全自费前往日本、澳大利亚、新西兰、加拿大、英国。很多选择留学的学生，高中成绩平平，在国内难上一本，但他们家境殷实，出国便成了明智的选择。同学们以为我要走的也是这样一条路，是与北大、清华的荣耀背道而驰的。

然而，我比任何时候都清楚自己在做什么。

这次请假，不是一个莽撞行为的开始，而是我已经执行了两年的追梦行动的"高潮"。黎明前的黑暗已经到来，我必须为了理想心无旁骛地最后一搏。校内和校外狼狈兼顾的结果，可能是两头都抓瞎。

这次请假，并非完全脱离学校。我依旧会回校参加月考，只是暂别气氛紧张的课堂学习，在校外给自己安静的一隅。

做出请假决定前，我已经充分评估了最好和最坏的结果。

最好结果：在两场 SAT 中顺利考出高分，完成和递交"提前批"大学申请全套材料，圣诞节前收到 offer。

最坏结果：SAT 考试失利，得再考；"提前批"申请失败，还需在第二年的 1 月上旬前完成和提交所有“正常批”的申请材料。如果“正常批”申请也获得“全聚德”（“全部被拒绝录取”的调侃），则需要读高四，再申请一年，或在高考前的三个月拼命补习，参加高考。

“你看，即使是最坏的结果其实也不是没书可读啊！”我乐呵呵地对自己说。

第一年申请失败怎么办？不怕，总结经验，第二年再战，我依旧有机会。必须回归高考怎么办？不怕，凭自己两年多扎实的学习基础，不吃不喝不睡三个月，我照样能冲进国内一流大学。

“拼了！”

通向理想的路几乎没有过坦途，而荆棘丛生的旅途往往能加速一个人的成熟。当成功后回首来时路，定有别样的成就感。既然选择了罕有人迹的升学独木桥，我就不该怕比别人多吃一点儿苦，我就应该做好最坏的打算，我就必须时刻对自己有信心。

哪怕所有人都和你唱反调，哪怕全世界都跟你作对，无论他们是好意还是坏心，只要你清楚自己的奋斗目标、制订好了正确的规划，就无须瞻前顾后、被别人牵着鼻子走。自己的命运，是要靠自己拼出来的！

“十七岁的少年，上路吧！”

请假开始的那天，我背着一摞书走出教室，离开前和几个要好的哥们儿击掌拥抱。

“我会回来的。”

“李柘远，我们一直在这儿。你随时找我们，吃饭打球都有你的份儿。”

“别担心上课笔记，我们的就是你的，随便看！”

“李柘远，可别屃。等着你凯旋的那天！”

尖子生的“造反与证明自己”行动开始了……

其实，“造反”，在进高一的第一天就打响了。

曾经预演梦想，耶鲁等着我

没有先例，不代表不能破例，我要让自己成为那个破例……

我把“提前批”申请的目标锁定在耶鲁大学，且仅申耶鲁这一所。

耶鲁成为我的梦想学校已有十多年，好像冥冥中的安排，命运的注定。喜欢耶鲁，着实有太多理由。

幼儿园大班时，我从妈妈和她学生的下午茶闲聊中已经听到过耶鲁这个名字。20 世纪 90 年代，妈妈的学生里，已经有佼佼者被耶鲁的研究生院录取，远渡重洋去了美利坚深造。

童年到少年时我酷爱看国际新闻，那些年的三届美国总统，是老布什、克林顿和小布什。他们都是耶鲁大学的校友。

上初中后我迷上了好莱坞电影。尤其喜欢朱迪·福斯特主演的《沉默的羔羊》和梅丽尔·斯特里普主演的《走出非洲》。两位演技派才女，都是在耶鲁读的本科。

清朝第一位留美幼童容闳、京张铁路设计者詹天佑、教育家应开识等近现代对中国做出突出贡献的人，也都在人生履历上刻下了“耶鲁”的名字。

2008 年 6 月，我作为唯一一名入选的中国学生到美国参加青年精英夏令营活动。这是我第一次去美国，也是人生中头一回与梦想学校耶鲁零距离接触。其实，谈不上“接触”，只是“感受”，我幸运地在耶鲁校园学习生活了五周半，住的就是布什父子当年待过四年的住宿学院——达文波特学院（Davenport College）。

也是在耶鲁校园的这三十多天，让我确定一定以及肯定地把申请目标定在了耶鲁大学。

每天 7 点醒来打开窗户，我会看到学院里茂盛的大榆树，以及树上树下跳跃着觅食的松鼠。

每天 7 点半，我会在古堡般的哥特式校园里晨跑，穿过一栋栋百年老建筑，与迎面跑来的耶鲁教授和师生笑着问候。

每天 9 点，我会背着书包穿过阳光遍洒的中心校区（Cross Campus），坐在耶鲁学生平时上课的教室里听讲，感觉自己就是这所大学的一分子，毫不违和。

每天中午、傍晚，我会坐在可以同时容纳两千多人用餐的、酷似霍格沃茨魔法学校食堂的耶鲁中心食堂（Commons Dining Hall）吃饭，这里每天都供应“取之不尽，用之不竭”的自助餐，从美式到意式到中式到墨式，只有你想不到的，没有食堂厨师做不到的。

最让我着迷的，是耶鲁满溢的文艺气、书卷气。我酷爱在耶鲁的图书馆里学习。大到斯特灵纪念图书馆（Sterling Memorial Library）、美到贝内基善本图书馆（Beinecke Rare Book and Manuscript Library）、小到达文波特学院图书馆（The Davenport Library），都留下了我彻夜看书写论文的身影。

耶鲁艺术馆（Yale Art Gallery）、英伦艺术馆（The Yale British Arts Center）和哈克尼斯塔楼（The Harkness Tower），同样是让我流连忘返的所在。就连看上去阴森森的骷髅协会小楼（The Skull & Bones Society，耶鲁大学神秘社团里最著名的一个），在我眼中也别有韵味。

这个星球上，我实在想不出还有哪所大学比耶鲁更美好。“美好”这个词，在用来形容耶鲁的种种“好”时，都显得苍白无力。

2007 年、2008 年那会儿出了几个“耶鲁男孩女孩”，他们无一例外来自耶鲁在中国的目标招生学校，除了北京、上海的几所名校外，东北地区数一数二的高中沈阳的东北育才学校、江苏的名校南京外国语学校和 1906 年由耶鲁传教士在长沙创办的湖南省著名高中雅礼中学，也分别出过一两个被媒体追逐采访的学霸佼佼者。除此之外的中国广大地区，基本都是耶鲁的招生盲区。就连经济和教育发达的杭州、广州、天津等大都市，也没有本地学生直接进入耶鲁读本科。海滨小城厦门，就更处于耶鲁的雷达之外了。

我不知道自己是第几个尝试申请耶鲁的福建学生，但我知道自己可能会成为第一个被耶鲁录取的福建学生。

这份自信有两个源头，来自我的“横向分析”和“纵向分析”。

横向分析：通过参加全国性的竞赛和活动，我认识了一批来自北上广深的优秀同届高中生，他们也在铆足了劲儿冲刺美国大学，其中有些人还把耶鲁当作第一选择。从学习等各方面比较，我得出一个结论：除了学校和城市没有优势，在自己能决定的所有方面，我都基本没有劣势，甚至在一些方面做得更好。只要 SAT 这个硬指标以高分拿下，我的竞争力就一定不会差。

纵向分析：借助表格，我将过去三年所有媒体报道过的录取学生的基本情况从考试分数、在校成绩、课外活动成就、竞赛获奖和是否来自目标招生学校等方面一一进行了总结，我把自己的情况也输入了汇总表，并给每一项赋予一个权重分进行总分计算。综合分数显示，我的硬件软件大概率达到了被录取的水准。即使媒体无法报道录取学生的完整情况，可能未提及他们的一些“撒手锏”，我依旧相信自己已跻身符合录取条件行列。

耶鲁大学“提前批”招生的官方学名叫“有限制的提前行动”。选择报考耶鲁“提前批”的学生只能申请耶鲁一家，意味着自动放弃其他学校的“提前批”申请，此为“限制”；他们还必须在 2008 年 11 月 1 日前提交所有申请材料，早于第二年 1 月甚至 2 月的“正常批”截止日期，此为“提前”。“提前批”的放榜日是同年 12 月 16 日，也就是申请截止的一个半月之后，录取率通常比“正常批”稍高一些。所以，把耶鲁当作第一志愿的很多尖子生都会冲刺“提前批”。

根据我收集的信息，耶鲁一般会在“提前批”阶段从中国大陆录取五到六名学生，而每年都有众多的中国学生申请“提前批”，比如，北京、上海的每所著名高中经常会有十几二十人扎堆申请，所以录取率不到 1%。这个录取率虽然极低，但仍比“正常批”的稍高些。此外，大陆学生报耶鲁“正常批”的人数比“提前批”多，而耶鲁“正常批”在中国的录取人数只会比“提前批”阶段多一到两人。

人生难得几回搏，尤其是在自己最心仪的大学面前，我不能错过一丝一毫的机会。我相信，很多时候做事不需要成竹在胸，只要有一定胜算，就值得拼一把。

如果不申请耶鲁的“提前批”，我的录取率为 0，这一定会让我后悔一辈子。申请“提前批”，最多是被拒绝，我还可以重整旗鼓，在“正常批”阶段申请其他大学。

没有先例，不代表不能破例。我要让自己成为那个破例，成为第一个被耶鲁本科垂青的厦门学生。

Yale Restricted Early Action, here I come.

耶鲁“提前批”，我来了。

不会“撞衫”的申请文书

与其墨守成规，不如大胆创新。突破有时让人更接近成功。

8 月初，我正式进入暂别学校的请假模式。距离 11 月 1 日耶鲁“提前批”申请截止日只有九十天了。我称这段时间为“耶鲁之路”，向迎考 SAT、准备全套申请材料两大方面同时开战。

击败 SAT

SAT I 涵盖阅读、语法和写作[1]，是用英文考“语文”，难度比 SAT Ⅱ分科考试高得多。我的习惯是先苦后甜、首先征服最难翻越的高山，在 SAT 考试时间安排上也不例外。我选择 10 月初在新加坡考 SAT I，11 月初在香港考 SAT Ⅱ，因为 SAT 在内地没有面向中国籍学生开放的考点。

为了确保一次过关，我给自己制订了严苛的复习计划，准备好好地“头悬梁锥刺股”一把。

简而言之，每天 8 点半，我必须准时坐在厦门图书馆窗明几净的大阅览室里开始做题，中午给自己半小时的午餐休息，下午继续复习到傍晚 6 点闭馆。晚餐前跑步运动半小时换换脑子，吃过晚饭后，继续攻难度最大的“分析性阅读”部分，读英文小说磨炼语感。每天保证九个半小时的有效复习时间。这样的计划每天执行，风雨无阻、周末不休，一直坚持到 10 月 4 日上考场的那天。

说来有趣，从小到大的十多年里，我在学习上都没这么逼过自己。计划制订后，我没妥协过一次，即使发烧时也坚持在阅览室呼呼的冷气“滋润”下边喝板蓝根边做题。一个人心中的目标能够激出他破釜沉舟的魄力，让他

1 在我报考 SAT I的 2008 年底，该项考试由三部分（阅读、语法、写作）组成，每部分 800 分，满分 2400 分。数年前 SAT I 又一次改革，目前的满分已由 2400 分变为 1600 分。

视一切苦痛为无物。

分析性阅读部分所涵盖的词汇量远远高于托福。要想秒杀晦涩难懂的长难句和各种关乎主旨、逻辑、推理和细节分析的题目，词汇是基石。我购入了俞敏洪老师的《GRE 词汇红宝书》，规定自己用一周半时间熟记所有词汇。而我认识的背完红宝书的朋友们，最快的也花了一个月时间。

我坚信长痛不如短痛，越是把战线拉长，越是出不了成绩。

红宝书里林林总总涵盖了九千多个 GRE（Graduate Record Examination，针对绝大多数美国研究生、博士项目申请的留学考试）词汇，刨去已经掌握的五千个托福词汇，我还需要搞定余下的四千多个新词。十天集中突击的计划，意味着平均每天要干掉四百个词。

为了做题时的如鱼得水，再烦再头大，也要把看似不可能的任务变成可能。

我开始了抱着红宝书疯狂背单词的二百四十个小时。那段时间，我的枕头旁是红宝书，被窝里是红宝书，键盘上是红宝书，浴缸边还是红宝书，实在是形影不离。

一本崭新的红宝书，不出几天，便被我“宠幸”出了折痕、笔迹和咖啡印。我认为背单词没有捷径，不管是按字母顺序还是词性分类，总有这么一大坨词在那儿等着。但我相信，不同方法穿插着背、听觉和视觉并用着背，一定可以加深记忆。

我先按字母顺序从 a 到 z 把四千多个生词过了一遍，背的时候尤其注重每个词在句子中的用法，也使用了被很多前辈论证有效的词根词缀联想记忆法，把一个单词拆成几部分去记。

另一个屡试不爽的妙招是“举一反三”：在按字母顺序背过一遍后，我又从备考论坛上下载了分类词库，看到 fastidious（挑剔的）这个词时，马上在眼前和脑海中出现近义词 picky、critical、stringent，背一个词等于复习了五六个词，事半功倍。

还有一个非常奏效的法子：“听词入眠”。我会把 MP3 放在床头柜，循环播放词汇音频，任由一个个单词的发音通过听觉刺激大脑记忆功能区，直到我累得沉沉睡去。第二天早上再复习时，往往发现昨晚“听背”的单词都记得无比牢靠。

把红宝书前后背完两遍后，我显然有些走火入魔了。跟别人聊天时，我会突然走神，念叨出刚在脑子里安家的单词；我会请妈妈随时随地考我记在小本子上的难词，以至于那几天妈妈见了我就想躲开；看电视新闻时，我会不自觉将播音员念出的中文词语实时翻译成英文；就连有时说的梦话，都会用上红宝书里的词汇。

可以说，这十天的单词炼狱之旅，不但十分给力地助我一次性考出了SAT I 高分，还让我在往后几年的耶鲁求学中，阅读大宗英文书卷时几乎没有遇到困难；让我在撰写任何种类的论文时，都能自如运用各种词语和用法、准确描述自己的观点。

感谢红宝书陪伴我度过了 SAT 备考之旅既痛苦又甜蜜的开端，也帮我夯实了"拼命"的惯性。这种惯性一直延续到我 SAT 备考的结束，助我啃掉一本本习题集，搞懂一道道错题，见证着我将模拟考分数从备考初期的不到 1900 分，在一个月时间里迅速拔高到 2200 分以上。

这是一场同红宝书的热恋。这本饱经沧桑的红宝书，如今还被我小心翼翼地码在书架最重要的顶层，它是一个十七岁少年追梦的见证。真希望几十年后的某一天，我还能亲切地抚摸着这本见证了我热血岁月的书，给孙儿们讲爷爷在青葱年华里的奋斗故事。

10 月的 SAT I 考试发挥一切正常。在新加坡炎热的赤道天气里，我淡定地完成了三小时四十五分钟的考试。月底拿到成绩，2200 分，其中数学满分，作文接近满分，全球排名前 5%。在十多年前的 2008 年，这个分数与美国本土申请耶鲁的牛人相比不算惊艳，但在中国申请者中已是名列前茅。一次性通关的目标达到。

11 月的 SAT Ⅱ考试在香港暴雨中进行。因为只给自己留了一周多的复习时间，我选择了基本无须复习的数学、物理、化学三门，并顺利获得了满分 2400 分。

至此，我的托福、SAT I 和 SAT Ⅱ三项考试都一次性高分过关。

拿到硬指标成绩只能算从凌晨 4 点熬到了 5 点，但天空依旧漆黑，黎明的曙光还在山的那头。接下来，我必须打起一百二十分的精神，搞定耶鲁的全套申请材料。

取得阶段性胜利固然可贺，但绝不能沾沾自喜，在一时的小成功里做春秋大梦。越是走过了前进路上的一步，越是应该顺势快马加鞭，咬牙往前冲。

我确实走在了拼搏的加速道上。

完成全套申请材料

耶鲁大学“提前批”所需的申请材料，主要包括在线申请表、校内成绩单、托福成绩单、SAT 考试成绩单、申请文书、推荐信和校友面试等几大块。

对于材料准备，我的方法有二：

1. **快准狠地完成技术含量不高、无须大量用脑的步骤。**比如申请表填写，最好一天之内搞定，不许拖泥带水。预留充分时间和精力给更重要的步骤，比如申请文书撰写。

2. **材料不在量多，而在质高。**比如，有些申请战友会无视文书的字数限制，洋洋洒洒写上一篇几千字的文书，但我相信七百个单词足以讲述一个打动人的故事，绝不多写。

说到材料准备的重质不重量，我入学后从耶鲁招生官那儿听到一件好玩事，供君一笑。耶鲁允许学生提交申请材料列表之外的补充材料，给学生全面展示自己的机会。有些申请者以为这意味着耶鲁会对一切材料来者不拒照单全收，于是煞费苦心地寄去精良的个人写真图册、CD 唱片，更有甚者，邮到耶鲁招生办一只高跟鞋，并附上小纸条一张，“动情”地说：“这是我最心爱的一双高跟鞋的其中一只。现在，它已经孤单地来到了耶鲁。敬爱的招生办官员，您会高抬贵手成全另一只高跟鞋也进入耶鲁吗？”

真不知正在几万份材料中日夜劳作的招生官们在收到高跟鞋时会做何感想。

创意归创意，申请大学终归是一件严肃的事，邮寄太繁复的材料大概只会画蛇添足、得不偿失。

我的耶鲁申请文书

耶鲁大学申请的重中之重，是申请文书的撰写，这和中国大学一考定乾坤的招生模式非常不同。除了考试分数等客观硬件以外，文书这一项软件能体现申请者的写作功力、性格特质、生活经历、理想规划等多重信息，是所有大学招生办都会仔细审阅的材料。

每所学校的文书题目与数量也各不相同。我着实是个幸运儿，整个申请阶段只报了耶鲁一所大学，这意味着我没有体会过“文书多如毛”的折磨。我的一位申请战友非常豪迈地在“提前批”和“正常批”一共申请了二十五所大学，大大小小的文书写了近百篇。当然，这位同学是位大牛，一举拿下十六所大学录取，包括耶鲁和普林斯顿的offer，辛苦付出总算没有白费。后来，我们也成了耶鲁同届同学。

耶鲁的文书要求简单明了。我申请入学的2013届，一共四篇。两篇大文书和两篇小文书。

大文书：

1. 请自定题目或从下面的几个题目中选择一个，写一篇文章。(不少于250个词)

① 评价一项对你意义重大的经历、成就、冒过的险或道德困境，并阐述它对你产生了何种影响。

② 讨论一个关乎个人、本地、国家或全球的问题，并聊聊其对你的重要性。

③ 介绍一位对你产生重大影响的人，并描述他对你产生了什么样的影响。

④ 描述对你有过影响的一个小说中的角色、一位历史人物或一件作品(比如在艺术、音乐或科技领域的)，并阐释你如何受其影响。

⑤ 自定义题目。

2. 请描述一些我们在你的申请材料中尚无法了解到的事情，或者写一写你想让我们知道得更透彻详细的事情。你写什么都行——可以是个人经历、奋斗目标、特长爱好或者求知故事。

小文书：

1. 请简要地讲讲你的一项课外活动或工作经历。（不超过 150 个词）

2. 耶鲁有什么特别之处吸引你报考？（不超过 1000 个词）

除此之外，还有几道迷你文书问题，每道的回答不能超过 50 个词。

这些文书题目，看上去并不晦涩复杂，反而有种平易感。下笔前，我对着这四道题深思熟虑了一整天，提炼出了自己的写作策略。

最重要的决定，是我不要通过文书为自己“歌功颂德”、阐述自己在哪些方面有多厉害、获得了多么牛的成就。原因有三：

首先，我对自己在校内外取得的学习成绩和课外活动经历有信心。通过成绩单、申请表和推荐信已能充分体现我在这些方面的实力，无须再在文书中赘述。

其次，我估摸很多申请者会通过文书展示自己各方面的优秀，有些同学还可能描述自己的“光辉形象、英雄事迹”。那么我为何不另辟蹊径，写一篇风格随和的小文呢？招生办官员们每天要读成百上千篇文书，我不希望自己的文书和别人的“撞衫”。

最后，最重要的原因，还是我大概写不好表扬自己的文书。即使写，估计也会写得做作局促。

文书是除面试之外，申请者与学校“聊天”的最重要渠道，可以在文书中反映出自己对学校风格的认同。耶鲁是人文情怀浓厚的学校，崇尚通过“光明与真理”的力量去帮助弱势社区，让世界变得更美好。这是我欣赏的耶鲁精神，也是我价值观的核心。

抛弃所有大水词和宏大叙事，我决定写两段普通得不能再普通却温暖了我内心的真实经历。

第一篇短文写的是我十六岁去蒙古国戈壁科考时教牧民小朋友打篮球的故事。

科考出发前，我们随身带了一些文具和体育用品，准备送给牧区的孩子。一天中午休息时，从隔壁蒙古包来了几个蒙古小男孩，我们拿出一个篮球，准备和几个小小伙来场球赛。当把球传到他们手里时，我们才发现孩子们从没碰过篮球，对运球和投篮一头雾水，只是抱着球在原地咯咯笑。我和另外两个队员遂决定从零教起，带他们浅尝篮球的魅力。戈壁滩上寸草不生，更别提球场了。为了尽量模拟出篮球场的设施、尽量生动形象地教会孩子们投篮，我和另一个高个儿队员自告奋勇轮流当起了“人肉篮筐”。我们用两只胳膊在半空中围成一个圆圈。于是，手臂一秒变篮筐。我们一个示范投篮动作，一个鼓动孩子们“照猫画虎”。懂事的孩子们起初担心会把球投到我们脸上，但在两个语言不通的大哥哥笑嘻嘻的鼓励下，他们最终放下顾虑开始投球。好几次，篮球都硬生生在我们脸上绽放，我的鼻子甚至被砸出了血，但听到孩子们在晴空下抱着篮球撒欢的笑声，我觉得一切都值了。

第二篇短文也是一个非常普通却温暖了我的故事：

冬夜的福佑

一个隆冬夜晚，我从学校晚自习下课，小跑着往家赶。来自北方的寒流，正呼呼吹过我的城市。所有夜行人都不禁加快了步履，缩紧了脖子，抵挡朔风的侵袭。

行至一半，我突然看到一个衣衫褴褛的流浪老汉坐在街角瑟瑟发抖。他已有六七十岁，蜷缩成一团的羸弱身体，随时可能被大风吹走。与其说衣衫褴褛，不如说他的身上只裹了几条单薄而残缺的破布。那板结在一起的脏兮兮的头发，大概已是他全身最暖和的地方。

“太可怜了。”我得帮他度过这个寒冷的夜晚。

“老伯，你等会儿，我回家拿一些衣服和毯子给你。天这么冷，你披上以后会暖和点儿！”

没等他反应过来，我已飞奔着回家取“救援物资”了。

从储物柜抽出一条闲置的毛毯、两件爷爷落在家里的旧毛衣，我不顾喘气，又匆忙赶回流浪老汉待着的街角。

“裹上这些，他就能熬过这个晚上了！”想着能对流浪老汉今晚的境遇有一丝改善，我加快了脚步。

等我冲回去时，流浪老汉却不见了。我四处张望，都寻不到老汉的踪影。站在空空如也的街角，我的心隐隐作痛。

他为什么离开了呢？是不是刚才误会了我的意思，以为我是城管、片儿警，要轰他走？

抱着衣服和毛毯，我呆立在那儿，有种说不出的失落和愧疚。本想帮助一个可怜人，却可能弄巧成拙了，我很自责。

我踱回小区，还在对没帮上流浪老人的事耿耿于怀。突然，从小树丛传来断断续续的“呜呜”声。应该是饿坏了的小野猫发出来的。循着声音，我蹑手蹑脚走了过去。

果然，一只瘦弱的小奶猫正趴在地上颤抖着呜咽。估计是刚出生不久就和猫妈妈走丢了。这么冷的晚上，小猫危在旦夕。

不由分说，我垫着毛毯，小心翼翼地把小猫捧了起来，放到胸前。又冷又饿的小野猫，竟没有一丝抵抗。

我抱着受难的猫咪回了家。看到这虚弱的小生灵，妈妈也瞬间母爱泛滥。我俩一个人热奶，一个人轻轻抚摸小猫的背毛。

我把微温的牛奶倒在手心，递到小猫嘴前。像是一个世纪没有吃过东西似的，小猫立马用尽全力地舔了起来，几乎要把我的手心舔穿。

虽然未能帮到饥寒交迫的流浪老伯，但上天又给了我一次机会，让我邂逅并救起了这只同样苦命的小猫咪。看着得救了的小奶猫，想着这个冬日夜晚的福佑，我感到无与伦比的幸福。

这就是我在那一年发给耶鲁的申请文书。很多朋友也许不敢相信，这散文般的文字，竟然能打动世界上最牛的大学之一。其实，美国大学本科的文书并不等同于一本正经的“个人陈述”，而完全可以是有血有肉的故事。如果真把文书写成了“李柘远品学兼优，高中时期成绩一直名列前茅，并积极投身校内外各项竞赛活动……”，反而可能会对录取产生不良影响。

另外，不难发现，我的两篇文书其实表达了同一个主题：温暖别人其实也是在温暖自己。这是我过去、现在以及未来的不二信条。我由衷地想把这两个故事写出来，分享给耶鲁招生官，与把它们分享给我的家人朋友并无二致。

但在考耶鲁时这么做，不得不说是个有些冒险的行为。毕竟，每个申请者都努力在有篇幅限制的文书里，尽其所能地展现自己的才能与潜力。一些权威留学辅导专家说，应该在两篇文书里反映自己完全不同的特质。比如，如果一篇是写自己杰出的领袖天赋，作为“强大和锐气”担当，那么另一篇就可以写自己的团队精神，作为“合群与温和”担当。总之，要通过文书告诉招生官：“我是个多方面都很优秀的人，你们应该考虑录取我。”

而我明显是逆其道而行之。这么做，是因为我相信文书写作没有单一的准则，不存在孰对孰错。如果必须选一条法则不可违背，那么我认为是“真诚与走心”。文字要自然不做作，故事要诚恳不虚假。

我相信自己的两篇文书符合这条准则，也相信用两篇去诠释同一种价值观，不见得比两篇各表一事要差。

我的这个想法在入学时的国际学生欢迎会上得到证实。当我正忙着和各国大一新生寒暄时，突然走过来一位笑盈盈的女士。

她端着红酒杯热情地说：“你是中国新生柘远吧？我是耶鲁招生办负责中国招生的 Linda，恭喜你被全奖录取，我们大家都很开心你选择了入学耶鲁。欢迎！

“柘远，我想告诉你，你的文书给我留下了非常深的印象！我很喜欢你的故事，它们很独特，我被感动了……”

Linda 的话让我一时有些凝噎。在评估过那么多篇申请文书后，这位资深招生官竟还能记得我的那两篇，实在让我受宠若惊。

写申请文书的感受与经验

我听说，有些申请前辈为了打造出一篇无瑕的文书，曾从初稿到定稿改过几十次甚至上百次，请不同的人阅读和提意见。一篇文章写下来能剥自己三层皮。很多时候，终稿也几乎没有了初稿的影子，脱胎换骨成了内容、写法和立意都不同的另一篇文字。

我打心底钦佩这种愚公移山式的疯狂写作法，我也相信这种精雕细琢能历练出惊为天人的好文章。

但我同时认为，这绝不是写文书的唯一方法，甚至在我看来，这绝不是最好的方法。

我的两篇耶鲁文书，从初稿到终稿，总共就改了五遍，从来没有大刀阔斧给它们“整过容”。妈妈是最忠实的读者和评点人，给了我关键的修改意见和让我安心的肯定。除此之外，在文书提交前我只给三个人读过：两位外教和一位在美国读书的学姐。从构思到完稿，我总共用了一周时间。其他几篇小文书和短问答，我几乎是在两天内一蹴而就，便不再修改了。

我笃信“一鼓作气，再而衰，三而竭”。这个道理，我认为也适用于写文书这件事。从构思到写作到修改，应该一气呵成。

开写前，做足构思。其实“想”的过程不见得比“写”要费时少。有些人的习惯可能是不管有没有构思清楚，都先动笔，写到一半也许就来灵感了。可我认为这是个问题。为什么要边写边摸索呢？写着写着发现路子不对，再推倒重来，不但浪费了时间，而且可能挫伤了自己的士气，损失很大。构思比较完备了再开写，更容易笔下生风。

趁着状态最好时，应该心无旁骛地把初稿咬牙干出来。写作时，心一定要定。我写东西时不介意旁边有人走动和说话，在咖啡馆里坐着写字也不会轻易被干扰。但如果你容易被打断、对噪音特别敏感，就最好在密闭空间里关自己个把小时。写初稿时先别拘泥于细节，不要一直回读，那样很容易打断思绪。相对于具体的遣词造句，我认为文章的整体架构和逻辑要重要得多。

我写文书时，还习惯不断给自己积极的心理暗示：“李柘远，你在创造一篇出色的文章，它会精彩而生动，你很快就能大功告成。”这可以说是一种“吸引力法则”：你想要让事情成为什么样，它可能就会朝那个方向发展。

写完初稿后，去大睡一觉、大吃一顿或去出身大汗，把初稿放在一边不要理会，给自己创造一个真空时间，稍做沉淀。几小时后回到电脑旁再读初稿，一定能发现还可以完善的地方。这时候进行润色，我相信是最有效率的。

因为初稿是基于缜密构思而“一鼓作气”写出来的，理应对它的质量有信心，即使打不了 100 分，也应该能达到 80 分的水准了。对文句的斟酌和推敲固然重要，但千万不要随便对自己的想法和写作风格产生怀疑，以至于萌生“推倒重来”的念头。

请别人帮忙阅读把关是有必要的，但萝卜青菜各有所爱，一个人的好文也许会让另一个人不以为然。所以无论是得到盛赞还是遭遇打击，都仅作参考，别太往心里去。写文章，要时刻保持自己的主见。

总之，我相信沿着“想得细，写得专，改得准”的链条，不拖泥带水地去写每一篇文书，一定能效率和质量兼得。

选择突围孤岛，就不问世外喧嚣

虽然选择了一条人迹罕至的路，但我的内心依旧火热。

酷暑8月到微凉9月的每一天，我都身陷“狂啃”SAT I的状态。当我每天在图书馆关自己禁闭时，同学们正在高中教室里争分夺秒查缺补漏，拼保送备高考。复习SAT这件事本身其实并不很苦，但与朝夕相处的老师和好友们分隔数月、一个人默默战斗，对于过惯了集体生活的我来说，不得不说是种煎熬。

一片树林里分出两条路
而我选择了人迹更少的一条
从此决定了我一生的道路

在岔路口分别，我和同学们会渐行渐远吗？

实际情况，比我的顾虑甚至还要糟一些。

9月中旬，我履行请假时的承诺回校参加月考。虽然被SAT弄得两眼昏花，虽然满脑子都充斥着SAT习题，虽然因“裸考”此次月考而做好了成绩下滑的心理准备，在回校的路上我依旧特别高兴，甚至有些激动。与世隔绝区区三十多天，却感觉像是一个世纪都没回过学校了。我真有点想念宿舍上下铺的兄弟、学校食堂的那一碗沙茶面，当然还有晚自习下课后的那段《致爱丽丝》熄灯曲。

为了给好友们一个“突然袭击”，我故意没告诉他们回校考试的计划。

“考完了这次月考，先不管成绩，我得好好跟大家叙叙旧！”

还没走进熟悉而久违了的教室，我似乎就感觉到了些许异样，那是一种沉闷和紧张感混杂在一起的压抑。

原本有说有笑的一众同学，全都深陷书堆，大多数人沉默不语。在每个人不宽敞的桌子上，堆满了超过半米高的各种辅导书。黑板上，是密不透风的板书，足以让密集恐惧症患者崩溃。

原以为我的回归能泛起一阵涟漪、激起一丝生气，原以为我玩得最好的几个哥们儿在看到我出现的一刹那，会大步上来捶胸打招呼，原以为我会像过去两年的每一天那样走进教室，自然而妥帖……

“哎，你回来了？”

一切我预想的场景全都没有出现。班里最无话不谈的两个哥们儿，仅仅回过头来打量了一下我，嘴角不易察觉地上扬了一秒，然后继续低头写练习卷。

几句短暂问话后，是更短暂的一阵窃窃私语。我甚至还没机会开心地和同学们打招呼和解释，空气便回归到先前的寂静，有些死寂。

这一定不仅是他们的升学压力使然。

月考的最后一科结束，我最好的两个哥们儿买了可乐，约我在球场边聊天。

“你消失了很久了啊，都不知道你去哪儿了，也联系不上你。”好友A说。

“也还好吧。还得继续闭关一小段时间。递完申请材料我就回来。”为了保证闭关复习的效率，我逼自己把手机关机，一心只读圣贤书。不是我故意屏蔽学校，而是我必须给自己创造一个学习的真空空间。

“你走的这段时间，出现了一些我听得不太舒服的话，我说了，你别不爽。”好友B猛喝一口可乐，加入对话。

“我有这么脆弱吗！”我也吞下一口可乐，很不屑地回应。

“你好像被当成了反面教材。有位老师在上次年级大会上说，这个时候需要稳扎稳打，不要心焦气躁，更不能冒失，扎实准备保送和高考才是正道，像李柘远这样‘放弃学业’去搞留学申请，很可能会把板上钉钉的国内一流大学弄丢了，实在是对自己的不负责……”

“现在班里甚至有传言，说你走后门、拿了特权。从来没有学生能请下一个半月的假，除非生病，而你却轻而易举搞定……”

“这些流言蜚语搞得大家对你的看法变得很诡异，我们也不知道是不是像他们说的那样……”

虽有心理准备，但这些话还是让我瞬间蒙了。

原来我已经成了反面教材。

原来我的留学行动是被这样解读的。

这大概就是我重返校园时，同学们反应诡异的原因。

曾经的尖子生，曾经令老师骄傲的种子选手，在离开仅一个月后，便被“半放弃”了。

与两个好友告别后，我一个人沿着学校外的海岸线慢悠悠走着。那是浅浅的一片海，海的那边，是华灯初上的厦门岛和若隐若现的鼓浪屿。短暂的月考后，我又将重回一个人的战斗。

我尝试放空自己，说服自己不去理会刚刚听到的一切。

我不怪这位老师把我当反面教材去警醒同学们。他是我非常敬重的老师，善良而关心学生。他这么做，只是希望其他同学都别再像我这样突然掉转方向盘、搞出影响升学的幺蛾子。

我更不怪一些同学解读我是在“拿特权搞特殊”。无论如何，我的举动确实有些造反。此时他们正争分夺秒备考，对我这么评论，或许只是想发泄一下高强度复习而产生的压力，并无恶意。

我想起了哥白尼的故事：即使所有人都在嘲讽和鞭挞他伟大的日心说理论，他也从未动摇过，直到所有人最终被真相说服。

当我在另辟的蹊径上孤独地走着，当曾经无话不谈的同伴们在更有光亮的那条大路上挥着手离我远去时，我必须加倍相信自己。

成功，不是为了向别人证明什么，而是为了不违本心，用自己想要的方式去奋斗和生活。

9 月月考成绩出来了，我的总分前所未有地跌至年级六十名以外！幸运的是，我并未因此有丝毫慌乱。自己选择的路，再苦也要咬牙走下去。真金不怕火炼，成绩的退步只是暂时的，有所为就要有所不为，没必要期期艾艾。

班主任此时已不再叹气蹙眉，只是在告诉我成绩时温和地说了声：“别担心，你没复习，当然考不好。好好忙申请吧，之后还有机会赶回来。加油！”

这是我请假备战一个月以来，听到的最暖的一句话。

我不担心，我在加油，我会赶回来的。

耶鲁面试直到冰品店打烊

原本惬意的冰品店却变成了紧张的面试场，幸运的是这成了一场志同道合的有趣谈话。

10 月 30 日深夜，在距离 11 月 1 日的申请截止日还有一天时，我正式提交了耶鲁申请的全套材料。点击“提交”时的心情现在已不大能回忆起来了，但我知道，那一次清脆的鼠标点击，没有任何的迟疑与犹豫。

提交申请材料远不算大功告成。成功考上耶鲁的学生，绝大多数要经历一到两次面试。我也开始期盼面试通知的到来。

耶鲁的面试由经过招生办批准的校友在全球各地完成，面试政策叫“非选择性面试”。通俗些说，就是耶鲁不会根据申请者的实力高低来决定面试与否，只要一个申请者所在的地区有校友面试官，他就可能被邀请在当地做一个面试。

校友面试并没有固定时间和程序，考问的东西也完全由校友面试官决定。比如，有申请者跟校友畅谈四小时，话题从天文到历史到政治，面试之后还被邀请和面试官共进晚餐；也有的申请者只跟面试官聊了半小时，问题大多是“介绍一下你自己”之类的标准面试题。

面试的长短和聊的内容并不是面试成功与否的风向标。我的耶鲁同学里，有好几位和面试官在某些问题上出现意见分歧，甚至争吵起来、不欢而散，但照样获得了录取。

可以说，面试是招生办近距离认识申请者的关键一步，但也不至于决定一个申请者成功或失败的命运。

那么，对于中国大陆申请者的面试政策也是“非选择性面试”吗？

在我报考耶鲁的那一年，或许不一定。

大中华区的耶鲁校友面试官人数寥寥，还大多在北京、上海、香港等一线城市生活，根本没法面试中国各地的申请者。而基于我收集的“情报”，之前几届被录取的学生都参加了面试。

看来，在 12 月中旬结果出来前，就能通过面试这个线索，对自己的命运略知一二了。

可我还真没想到面试通知会来得这么神速。

提交申请后不到一周的某天晚上，我正在闭着眼睛饭后消食，突然电话铃响了。连号码也没看，我就接了起来——考试结束后，我的手机就调成全天开机状态。

“你好，请问你是‘黎这元’吗？”电话那头是一个富有磁性的声音。一听发音，便知是个“歪果仁”。

“你好，我是，请问你是哪位？”

“Hey Zheyuan. My name is Evan Suzuki, and I am asked by the Yale Admissions Office to have an interview with you...”（“嗨，柘远，我叫铃木伊万，耶鲁招生办委托我对你进行一个面试……”）

这位老兄“画风秒转”，切换回了纯正的英语频道。我瞬间从食困中惊醒，坐直身子，心脏怦怦跳了起来。

“Oh hello Evan. Thanks for reaching out to me. Ugh...”（“哦，你好，伊万。谢谢同我联系。嗯……”）

毕竟突然跳进英文对话，又是日思夜想的耶鲁方面打来的，我一时竟因紧张而有些语塞。

“So Zheyuan, could you let me know if you’re available to meet up and speak the day after tomorrow?”（“柘远，能否告诉我，你后天是否可以见面交流呢？”）Evan 直截了当，进入了确认面试时间的环节。

什么？后天面试？这显然是突然袭击。

我用一秒钟让自己镇定下来。“Yes most absolutely. I am free any time the day after tomorrow. Could you let me know where the interview will take place?”（“当然可以了。我后天任何时间都行。您能告诉我面试会在哪里进行吗？”）

问这个问题的时候，我觉得自己得火速买机票飞到北京或上海甚至香港了。

"Well thanks Zheyuan. I am actually based in Xiamen. I live on Hexiangxi Road. How about I send you an E-mail with details for time and venue?"（"嗯，谢谢柘远。我其实在厦门，住在禾祥西路。要不这样吧，我给你发封电邮，告诉你在哪儿面试？"）

什么？面试就在厦门？我当时住在禾祥东路，而不足一千米之外的禾祥西路，竟然卧虎藏龙，住着一位耶鲁校友面试官。简直太不可思议了。

"Okay sounds good. Thanks Evan."（"好的，谢谢伊万。"）

没过多久，我收到了 Evan 的邮件。

"晚上 7 点，在 S 冰品店……"

我看到面试地点的第一反应，大概用"被雷到"来形容再贴切不过了。S 店是厦门著名的冰品店，很受年轻人推崇，那儿的芒果刨冰尤其让人流连忘返。

耶鲁面试，芒果刨冰？

我没浪费太多时间感叹这个面试安排得有多奇妙。即使地点让面试看上去像是赴一场朋友小聚，我也得严肃对待。

即便备战时间寥寥，凡事都要做准备的我，依然给自己列了"倒计时一天的每日任务清单"，也许对被迫仓促应对面试的同学有些参考价值。

1. **上留学论坛。**看一遍前辈发布的耶鲁及其他常春藤大学的精华"面经"，了解流程，并根据前人的面试经历整理出一个"核心问题表"。(约两小时)

2. **顺着"核心问题表"的每个问题，结合自己的经历和故事思考回答点。**注意：只在纸上列出要点，不把详细回答写下来背诵。那样容易让自己更紧张。我认为，背"台词"是容易束缚住思路和手脚的笨办法，不可取。(约五小时)

3. **抛开"核心问题表"，在安静的地方回顾一遍自己成长过程中的重大事件和亮点。**想想自己是什么样的人，喜欢做什么、读什么、看什么，为什么考这所大学，把自己既想成售货员又当作待销售的商品——应该把哪些卖点介绍给客户，才更容易把自己"推销出去"？（约一小时）

4. **对着镜子模拟一遍见面时的微笑、握手，练两三个问题的回答。**不要过

多，否则心理负担会加大，影响睡眠。（约半小时）

5. **准备好面试当天的着装**。既然是在冰品店面试，我不想着装过于正式——西装革履过于严肃，当然也不能随意到T恤配大短裤。我面试那天的穿着取了中间态：白色短袖T恤配咖啡色格子长袖衬衣和牛仔裤，外加一双休闲皮鞋。（约十分钟）

整个冲刺准备，耗时约八小时。

面试当天，我比Evan早到了十分钟。S店的生意一如既往地火，厦门的暖冬根本无法熄灭大家吃芒果刨冰的热情。我被冰品的香味、普通话和闽南话夹杂的欢声笑语包围。整家店的欢快气氛里似乎只有我一座压力孤岛。

我的面试场景，估计够得上前无古人后无来者了吧。

Evan是个身高近一米九的帅气日美混血儿。他进门时，整个店甚至都安静了两秒，一些人偷偷打量着这个小伙儿。Evan在耶鲁主修东亚研究，中文课从大一上到大四，2005年毕业后便来到中国的一家外贸公司工作，2008年被派到厦门驻点。

我的面试官，是一枚不折不扣的“鲜肉”学霸。

Evan虽然年轻，面试起来却一丝不苟，甚至略微严肃。千万不能凭面试官的年龄资历臆断他的风格，看到年轻的面试官就放松警惕是有风险的。

Evan从“简单介绍一下你自己”的问题开始，在前半小时里不停歇地问了一连串关于我个人经历和思考的常规问题。因为在前一晚的冲刺时有过准备，我回答起来得心应手。

你为什么不考北大、清华，要上耶鲁？

你去过美国吗？对美国文化、“美国梦”是如何解读的？

你最近在读什么书？能否谈谈读书感受？你最喜欢哪一本书？为什么是这本？

最令你骄傲和难忘的一项关乎“领袖才能”的课外活动经历是什么？为什么？

…………

回答每个问题时，我都尽量保持着自信的微笑、从容的语速，因为冰品店噪声较大，我还把身体微前倾，声音稍抬高，保证 Evan 能听清楚。

对每个问题，我不长篇大论、故弄玄虚，而是努力把要点用尽量清晰简洁的方式表达出来，绝不绕来绕去啰里啰嗦。能用事例、小故事生动描述出来的，就不说大道理大空话。英语里有句话叫 Show, don't tell（展示出来，不要光说），说的便是这个意思。

在阐述为什么选择考美国大学、申请耶鲁时，我首先说明理想的起源——初三暑假看到的那篇报道；随后，向 Evan 阐明我的性格与价值观：凡事都要争取最好，人生只有一次读大学的机会，我希望一步到位，到耶鲁这样的世界级名校读书；最后，用亲身经历给我的回答“勾芡”，使之变得更具温度：十七岁时在耶鲁校园参加青年精英夏令营时度过的五周半，让我感受到在耶鲁当一名学生是多么幸运幸福的事情。

当然，回答问题时不能添油加醋夸大其词。应该有一说一，自然而诚实。面试官阅人无数，任何嘴上跑火车的行为都不会逃过他们的火眼金睛。

说话时，我还会同时注意 Evan 的表情。如果看到他若有所思地点头或欲言又止，我会稍做停顿，礼貌地问他是否有任何问题或没听清楚的地方。归根到底，面试仍是两个人的对话，不是一个人背台本给另一人听。营造随和的交流气氛很重要。

前半小时的标准面试问答进行得非常顺利，也起到了很好的破冰作用。Evan 从一开始严肃深刻的审视表情，逐渐切换到了时不时点头和嘴角上扬的友好模式。

我们的对话，也从最初的我说他听，变成了愉快的聊天模式，甚至到最后完全你一言我一语了。我们天南海北地侃：那年的美国总统大选，民主党奥巴马的胜算为何比共和党罗姆尼的要大，中国高中教育制度的改革，中美两国人性格上最大的差异，最喜欢的电影，最难忘的旅行，耶鲁骷髅协会的传说……当然，还说到了 Evan 自己在耶鲁的种种神奇经历（包括恋爱故事）。

谢天谢地，过去十多年我没有虚度，不至于没有话聊。谢天谢地，我读过的书、走过的地方、看过的电影、想过的问题，都让我成为一个有血、有肉、“有聊”的人。

一场面试，就是一次对人的压缩版检阅。只有在平日开始厚积，面试时才可能薄发。

从两个人都抱着一杯柠檬水开始面试，到边聊边干掉一盘大份芒果冰，我的耶鲁面试在近两个小时后才在 Evan 和我的意犹未尽中结束。要不是 S 店晚上 9 点准时打烊，我们说不定还能再来份爽口刨冰，畅聊个把小时。

“I will write you a strong interview report, LEO. Best of luck with your Yale application, and I hope we can hear some good news next month.”（LEO，我会给你写一份很好的面试报告。祝你耶鲁申请一切好运，希望下个月我们能听到一些好消息。）

临别前，Evan 给了我一个有力的握手和一句颇定心的话。

录取后我请 Evan 吃饭，得知他写了一份力挺我的面试报告，在多个项目上给我打了满分或接近满分。他向耶鲁招生办的反馈，一定起到了积极的作用。

福建第一个考上耶鲁本科的本土高中生

战战兢兢的心终于落地，惊喜突如其来。

自从我10月最后一天提交申请材料、11月上旬参加面试后，耶鲁就突然沉寂了下来。没有一封邮件、一个电话，好像从我的生活中消失无踪了。

而我，也必须按捺着隐隐的不安，打起精神头继续奋斗。

我又参加了一次学校月考，成绩依旧未恢复到满血时的拔尖位置。老师和几位玩得最好的同学知道我申请了耶鲁，都在殷切盼望着好消息，时不时发个短信鼓励我。善良的他们不希望我竹篮打水一场空。

学校考试之余，我还得为"耶鲁拒绝了我"这种情形做准备——申请其他学校的"正常批次"。我做出一项大胆决定：只报考除耶鲁外最好的几所，包括哈佛大学、普林斯顿大学、斯坦福大学、哥伦比亚大学和宾夕法尼亚大学。我要对得起放弃国内一流大学的选择。

说来邪门，准备这几所大学的材料时屡遇不顺：要么是申请表填到一半时网站突然停止工作，甚至连之前保存好的内容都无从找回，要么就是文书上传到申请网站后出现莫名乱码。

难道天意都在告诉我，不要多忙了，报耶鲁一所足矣？

而浏览几所学校网站，收集回答"为什么申请××大学"的素材时，我的思绪总会不自觉穿越回耶鲁的主页和耶鲁的建筑草木，耶鲁的一切。

我对耶鲁之外的一切大学都无感，就像爱上一个人时，全世界的其他人都如同空气般看不见摸不着了。

2008年12月16日是耶鲁大学2013届本科生提前录取批次的放榜日，录取结果会于北京时间清晨7点在耶鲁官网揭晓。

那天我在广州办签证。前一天晚上，我在宾馆读书到深夜，一觉醒来6点半。

我的命运，其实已经有了定数。

洗漱停当，穿戴整齐。在这个重大时刻，不管成功与否，仪式感是必须有的。

我边在心里默念着“一定行”，边淡定地开启笔记本电脑，联网，输入耶鲁招生官网网址，键入我的账号信息。

就只差“登录”的那一键了。

7 点刚过，我深吸一口气，坚定地按下了鼠标。

“Congratulations! And welcome to YALE. You're a member of the Class of 2013 !”（“祝贺你！欢迎你成为 2013 级的一员就读耶鲁！”）

耶鲁蓝的网页中央，是那只憨态可掬的吉祥物——斗牛犬 Handsome Dan。它正唱着“Bulldog! Bulldog! Bow wow wow. Eli Yale!”（“斗牛犬！斗牛犬！哇哦哦！伟大的耶鲁！”）祝贺被录取的新生。

还没在心里最后一次默念，还没想好录取后该怎么庆祝，落榜后应如何调整……

页面就这么飞速跳转了，比之前任何一次访问耶鲁网站时都更快地跳转了。

与录取信同时发来的，是一封奖学金通知书。耶鲁大学将在我大一时给予五万三千多美元的全额奖学金，涵盖了第一学年三万多美元学费，一万多美元生活费和杂费，甚至还给了我三千美元的“零花钱”。并且，只要我在耶鲁顺利完成各项学业，这份全额奖学金将可以延续到大四，直至我 2013 年毕业。

我被全奖录取了。

我是耶鲁大学 2013 届学生了。

我的梦想实现了。

从 20 世纪 90 年代第一次听到“耶鲁”这个词，到 2006 年夏天萌生出国留学的想法，到 2008 年底破釜沉舟，再到 2008 年 12 月 16 日清晨被录取，这一路的酸甜苦辣，只有我和我的家人最能体会。这一路的每一步，我都踏得很实。历经一次次有准备的小仗，我终于打赢了整场求学战争。

一位知名企业家曾说："梦想还是要有的，万一实现了呢！"

作为一个没有资历的晚辈，请允许我说："梦想，是一定要有的，只要周密规划辛勤付出，总有一天会实现的。"

带着满身因激动而起的鸡皮疙瘩，我给正在家屏息等待的妈妈拨通了电话。

"妈妈，我被录取了！"

电话那头是几秒钟的高声"干号"。我知性温和从容的妈妈，从没发出过这样的声音。儿子的求学大梦实现时，母亲的幸福感亦无与伦比。我感谢妈妈，她陪着我走过了备考前压力最大的几个月，无论是照顾我的日常起居，还是凭她出色的英文造诣为我的申请文书把关，妈妈费的心血吃的苦，不比我少。

我接着拨通了吴校长、班主任和几位好友的电话。无论一开始是支持还是反对，他们都给了我精神力量。没有学校做坚实的后盾，耶鲁也许永远是遥不可及的海市蜃楼，我至今对母校充满感激之情。

"福建省第一位被耶鲁本科全奖录取的本土学生"这条消息迅速传遍了厦门的各所中学乃至大街小巷。现在听起来有些小题大做，但许多年前，当"哈佛女孩"仍是被全民追捧与崇拜的标签时，在二线城市，一位"耶鲁男孩"的诞生着实是条不小的新闻。

我婉拒了绝大多数媒体的采访请求。耶鲁全奖录取，不过是始于童年的"第一个十年计划"的圆满结尾。这份 offer，是我送给自己的一份成年礼物，无须过多曝光于众。

而入读耶鲁，也标志着我正式作别童年和少年。十八岁的青年元年，我将从耶鲁的菁菁校园开始人生新阶段的奋斗。

做一名非典型优等生，感觉很棒

我一次次作为自己的“哥伦布”，发现了一块块“新大陆”。每一回尝试，都源自内心对更广阔世界的追求与渴望。

我很幸运，因为在“万般皆下品，唯有读书高”的观念主导大多数家长意志的社会，我中学六年的学习成绩一直很好。读书，对我来说从没成为过负担。

然而，中学时代的我并不满足当一个传统优等生。光把书读好，实在有些乏味。我青春期最大的逆反，可以算是想方设法到校园外更广阔的天地去找“好玩的事”做。

“好玩的事”，不是打网游、读武侠，尽管我特别欣赏热爱武侠小说的人，在我看来，沉浸于传奇的武侠世界是一件很文艺且浪漫的事。对我来说，“好玩的事”，是通过参加不同活动和比赛，走出我的学校和城市，去结交优秀的同龄人、探索不一样的世界。所以，我的“好玩的事”，不只是消遣。

当时，除了校内各种学生社团比如文学社、广播站、英语社、合唱队等和各类学科竞赛，我的学校并没有北京、上海顶尖中学的丰富课外活动平台。而我偏偏是不安现状、乐于折腾的人。面对选择尚不多的课外活动，每天早早把课业完成之后，我总有些不满足感，想让生活变得更充实而有意义。可以说从那时起，我就有意识地通过学习以外的活动，拓宽视野、锻炼能力了。

人生就这么一次六年的中学时光，要“潇洒走一回”。几十年后回忆起的中学时代如果全是习题和卷子，那该多么可悲。

节假日里，我开始积极在网络和报纸上寻觅“好玩的事”做。最常浏览的网站，莫过于国内课外活动开展得最如火如荼的几所高中主页了：北京四中、人大附中、上外附中和复旦附中。

第一次重大发现，是高一时从上外附中网站看到了“模拟联合国”(Model

United Nations，简称“模联”）这个词。那所名校的几个同学参加了北京大学、哈佛大学和耶鲁大学主办的“模拟联合国大会”。他们扮演各国外交官，在联合国的不同委员会（安理会、经社理事会、教科文组织等）里就各种国际热点问题以联合国的议事规则展开辩论，通过发起动议、撰写决议草案和投票表决等方式为自己代表的国家争取利益、推动议题进展。

对于一个十六岁的少年来说，“模拟联合国”简直酷得不能再酷，任何同“联合国”沾上边的东西都应该是颇具规格的“好玩的事”。

当时的想法只有一个：我也要参加模拟联合国活动。

那时，我们学校压根儿没人知道什么是“模拟联合国”，更别提任何参加机会了。

没有什么是不可能的。只要想争取，就会有可能。

第一步，是搜索当时都有哪些“模联”即将召开。我在百度输入了“模拟联合国大会”这个关键词。很快，像寻到宝似的，我找到了“2007年复旦大学国际中学生模拟联合国大会”的活动主页。

第二步，浏览官网，五分钟内了解活动信息和报名条件：

中国最有影响力的“模联”活动之一，参会者数百人，复旦全程主办——好，这是实打实的好活动，一定精英齐聚，值得参与。

2007年2月4日到6日在复旦大学举行——好，那是高一下学期的开始，三天时间不至于影响学业。

复旦大学国际关系协会和模拟联合国协会主办——好，找到关键联系人。

已有四十多所国内重点高中获邀参加，从北上广深到哈尔滨、西安、成都等城市的优秀中学在列，每所参会中学的人数和代表国家也都公布了。不接受个人报名——好吧，情况略有不妙。组委会已经发出参会邀请一段时间了，而厦外暂时无缘。

彼时是2006年12月底，距离大会开幕还有不到两个月。我准备搏一把，为厦外和自己争取到参会资格。

我的行动计划由两部分组成：取得学校领导的支持；同学校领导一起致信复旦“模联”组委会，争取名额。

第二天，我带着自己整理的“什么是模拟联合国？”的一页文件，分别敲开了负责学生活动的副校长和教务处主任办公室的门。我从“扫盲”开始，用五分钟时间阐述了我理解的“模联”和它的神奇之处。我还介绍了复旦“模联”大会，表达了我希望厦外组队参会的愿望。

副校长和教务处主任被我的热忱打动了。开明的他们也确实体会到了“模联”的意义与价值。短短半小时内，我接连取得了两位关键人物的支持——联系复旦，争取参会！

尤其令我感动的是，副校长给予了我充分的信任，竟让我修改他草拟的申请参会邮件。我们的邮件发到了复旦大学组委会。

复旦方很快给副校长办公室打来了电话：“厦门外国语学校是福建省最出色的高中之一。谢谢你们对复旦‘模联’的支持。我们讨论后决定邀请五位厦外高中生参加，代表孟加拉国和巴拉圭参与联合国大会（General Assembly）和经社理事会（ECOSOC）两个会场。”

从发现“模联”、与校领导约谈，到“秒获”复旦“模联”的参赛资格，只过去了不到四十八小时。这得归功于厦外的实力与名声，当然还有校领导当机立断的魄力。

当时，我还没时间去考虑这次行动的“历史意义”——厦外人第一次“触电”模拟联合国，并从此一发不可收拾。如今的厦外“模联”队，在全国最具影响力的高校“模联”大会和美国常春藤大学“模联”活动中叱咤风云，捧回了一个个“最佳代表奖”，竟还力压过外交学院这样实力雄厚的大学代表队。

拿到复旦“模联”参会资格后，我牵头火速建立了厦外模拟联合国协会，并和老师一起选拔出其他四名参会学生。

一切都是从 0 到 1。没有任何备战资料，我就一次次直接致电南京外国语学校、杭州外国语学校的朋友，再通过他们借到了宝贵的“模联”指导手册。整个寒假，我们几个同学积极备战，把议题背景，以及孟加拉国和巴拉圭的外交政策都研究得滚瓜烂熟。

那次复旦“模联”大会，我们代表着两个小国，让会场所有人都记住了“厦外”这个名字。为孟加拉国的“利益”唇枪舌剑不眠不休三天后，我获得了“主席团特别代表奖”。

凭着复旦“模联”的“一战成名”，我和“模联”协会的元老们又为厦外争取到了外交学院和北京大学“模联”大会的参加资格。我很欣喜自己能将网站上的发现，转化成厦外开展得最风生水起的课外活动。

就是这股四处寻觅“好玩的事”的劲儿，让我拥有了一段丰富而立体的高中生活。

高一暑假，通过 CCTV 科教频道网站，我了解到“行知之旅——蒙古恐龙坟场与西伯利亚贝加尔湖科考大行动”正在全国海选四名青年科考队员。我通过网上申请、电话面试、北京现场答辩和圆明园定向越野等四项考验，从两千多名候选人中脱颖而出，成为入选科考队的最小成员，跟着北京自然博物馆的考古专家们和冯仑、王小丫等“大咖”，在茫茫戈壁和贝加尔湖畔的秘境完成了永生难忘的两周科考。

高三上学期，我通过英国大使馆文化教育处网站，了解到“改变世界者——吉尔福德论坛与伦敦青年峰会”（The Global Changemakers Program—Guilford Forum& London Summit）正在全世界选拔五十名（中国大陆两名）青年代表，给予全奖赞助参会，表现出色的将进一步代表全球青年出席当年的达沃斯世界经济论坛年会。虽然发现这件“好玩的事”时距离申请截止日只有不到一天了，我还是毫不犹豫递交了申请，最后成功和北师大实验中学的一名女生一起被选为中国代表，参加论坛。

中学几年里，我一次次作为自己的“哥伦布”，发现了一块块“新大陆”。每一回尝试，都源自内心对更广阔世界的追求与渴望。

不能因为生活在资源和平台有限的二线城市就安于现状、不思探索。相反，正是因为没有北京、上海那样优厚的环境，来自小地方的我们才更该给自己加一股强大的驱动力去发现和把握机会。大城市的同龄人能做到的，智商情商都不低的我们也必须能。资源可以缺，心气不能灭。

相信自己，勤于追求。不局限于做到从 1 到 N，而是要用探索的目光寻求从 0 到 1 的开拓。

这种探索与开拓的习惯，不仅助我成为福建第一个直接被耶鲁本科录取的高中生，也将我的视野从最初的“二进制”升级为“十进制”，并为向更宽广的天地迈进储备了充足的能量。

追忆少年锦时

“仅有辆进城的公车，还没有咖啡馆和奢侈品商店。晴朗蓝天下，昂头的笑脸，爱很简单……”

微博上常收到学弟学妹们充满好奇地发问：“LEO 哥，感觉你好积极向上，好正经，好完美，觉得你好远，好不像人。”

相信哥，哥真心不是一个传说。哥是人，从穿开裆裤的小屁孩到光荣的红领巾，再到长了喉结胡须爱在女生面前装酷的大男孩，我们其实都一样，有血有肉、有爱有恨、傲过娇、出过糗、耍过小聪明，也曾那么单纯地为了一个“伟大”的梦想天马行空过。

有一年，我在纽约中国城走路，竟然偶遇小时候最爱嚼的“大大泡泡糖”，瞬间觉得回到了并没有过去太久的少年锦时……

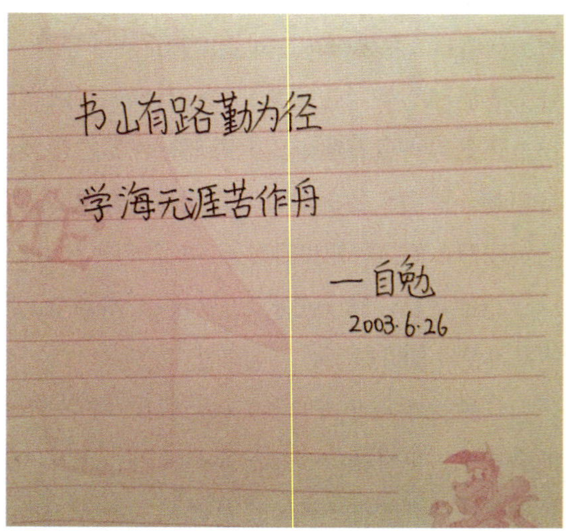

小升初的夏天，
在日记本上的自勉

我的蚕宝宝

很多中国小孩都养过蚕，我也对白白胖胖的蚕宝宝喜爱有加。四年级时还成了同学们公认的养蚕大王——愣是把四条小蚕养成了一大窝几千条蚕，挤挤挨挨，蔚为大观（有密集恐惧症的同学不要脑补）。

这么多蚕我一个人养不过来，就送给感兴趣的同学和宿舍院里的小伙伴们。送过之后，尚余两千多条。

怎么办？卖！

一个周六下午阳光明媚，天空中飘着朵朵白云，我提着一箱蚕宝宝和一箱桑叶，到市少年宫门口摆摊——那儿全是孩子和家长，生意想不好都难。

一块钱三条，两块钱七条，一袋新鲜桑叶五毛钱……我就这么热火朝天地卖开了，生意红火得引来了附近的城管大叔。

那时我本来就个儿小，还被一群人围着，城管从远处压根儿看不清小贩是谁。记得他凶神恶煞风驰电掣地赶过来，边走边怒喝："散开散开！少年宫门口不能随便摆摊不知道吗！"

小孩子们被吓跑了，我也就进入了城管大叔的眼帘。看到是这么"小只"的小贩，大叔态度瞬间好了起来。

"小朋友怎么不在家好好读书啊？这里不能卖东西的，知道吗？快回家吧。"

等他发现箱子里可爱的蚕宝宝时，眼神又进一步柔软了下来，似乎还透出点父爱。

"叔叔，对不起。再让我卖一个小时可以吗？我是实验小学四年级学生。我最近与西部小伙伴手拉手结对子，资助两个宁夏农村的小朋友。我想用卖蚕的钱给他们买一些文具。妈妈很支持我这么做，叔叔能不赶我走吗？"

城管大叔一定被我的诚恳打动了，完全没了轰我的意思。

我趁热打铁："叔叔，你的孩子一定也喜欢蚕宝宝吧？我送你十条小蚕和三袋桑叶，你带回家，孩子肯定会特别开心……"

城管大叔哈哈大笑："小屁孩很精嘛！好，那我这次就给你开绿灯。但是说好了，最多再卖一个小时就要回家，不然别怪我不客气咯。哦，还有，收钱时当心别被大人骗。把摊子往里挪挪，离过路车远点比较安全，听到了吗？”

“好嘞！谢谢叔叔。”我目送大叔远去，继续自己的红火小买卖。

那天下午的营业额是二百三十八元五角。如果没记错的话，“资金用途”是这样的：给宁夏手拉手小伙伴买文具用了二百块钱，给了一个很可怜的乞讨老奶奶二十块钱，剩下的钱犒劳自己——买了少年宫小饭桌的烤鸡腿和炸香肠，还美美地喝了一大杯珍珠奶茶（当时这可是稀罕洋气的饮料呢）。

一周后，我的蚕宝宝帝国再添新丁——又一批蚕卵孵出了小黑蚕。这么多蚕，实在成了我甜蜜的烦恼。

正当我苦思冥想过阵子可以去哪儿“遵纪守法”地卖蚕时，爸爸满脸抱歉地走进我房间：

“儿子，跟你说个事啊。客厅刚才进了苍蝇，我用杀虫剂喷了半天。但是我忘了你的蚕也是虫子，结果不小心把它们都喷‘睡着’了……对不起啊。”

把蚕当宠物（压根儿没把它们看成“虫子”）的我一开始竟也没听懂我爸是什么意思，还傻乎乎地问道：“啊，爸爸，蚕还会睡觉啊？”

走到蚕箱旁边我才傻了眼——可怜的蚕宝宝们要么已经一动不动，要么垂死挣扎奄奄一息，几乎都被杀虫剂送上了天国。为这事，从小就不爱哭的我破天荒哭了，伤心极了。直到现在，我都对那箱小蚕充满愧疚，觉得是自己没照看好它们。

水浒英雄卡

这一年我无可救药地迷上了一样东西：小浣熊干脆面里的“水浒英雄卡”，“90 后”一定对此不陌生。

《水浒传》是四大名著里我的最爱，五岁时妈妈就当睡前故事一篇篇读给我听，认字后又陆续看了连环画简版和原版书，经常憧憬自己也是梁山一百单八将中的一员。

小浣熊干脆面一包一块钱，为了集卡就得一包包地买，不知要买多少包才能集齐一百零八张。当时，我的零花钱是每周十元，仅够买十包干脆面。为了尽快把一百零八张水浒卡收入囊中，我使出了浑身解数，广开财路。

首先，我和妈妈讲，晚饭后由我洗碗、打扫卫生、倒垃圾，每次获得三元“工钱”，这样，一个月下来就是八九十块钱。与此同时，我还把平常写的作文加工后投到少年报刊。别说，还真有几篇被发表了，赚得差不多三百元稿费。周末还吆喝上几个怀揣同样“野心”的小伙伴，满大街捡易拉罐和饮料瓶，又入账几十元。我对“创收”业绩十分满意。

资金充足了，新的问题又冒出来。家里的小浣熊干脆面越堆越多。此面嚼着吃的确很脆香，但吃不上十包就腻了，况且，多吃无益。所以，我思忖着只买卡不买面的办法。经过一段时间的考察，我发现学校附近一家小便利店的老板夫妇同时还经营着“小饭桌”。每天中午和晚上都有几十个小学生在那儿吃饭，也有不少家长前去用餐。

办法有了。

我和便利店老板“洽谈合作”。我花三毛钱买小浣熊干脆面包装里附带的水浒卡，由老板拆包把卡取出，面饼和料包原封不动。老板用完好无损的面饼，配以瘦肉或海鲜、蔬菜和鸡蛋，做成鲜美的汤面，每碗售价八到十元，用于“小饭桌”。没承想，合作一拍即合。老板和老板娘乐呵呵地应承下来。大概是他们稀罕我这一不做二不休的劲儿吧。

为了集齐水浒卡，我还积极地与小伙伴们互通有无，并在课间参与“赌”卡游戏——把两张卡平放在地，用手从侧面扇风，谁把卡扇过来，卡就归谁。没几天，我就技艺娴熟了。

最终，除了一直没遇到一百零八将里排行五十四位的“小温侯吕方”外（后来得知，厂家故意没制作这张卡），我把其余的一百零七将的普通卡、银卡和金卡都集齐了。仔仔细细码了三大本，酷炫得没边儿，引来不少同学和小伙伴的艳羡，风头一时无两。

我妈对我的努力做了总结：办法总比困难多。

这之后，我们家搬了几次家，这些卡不慎散失。现在想起，还忍不住心疼。

迟到的青春

转眼到了初二下学期。

学习生活一切都好，有一事却让我的担忧与日俱增——我还没变声。

那时，班里 98% 的男生都成了公鸭嗓长出了小胡须，个头也如雨后春笋噌噌噌往上蹿。女生就更别提了，一个个出落成了大姑娘。那都是从花季雨季走向成熟的标志。

我呢？依旧细声细气，带着一点儿，哦不对，是许多童真。有女生笑我娘娘腔。

这对自尊心极强的少男来说，简直不能忍受。当时我是班长兼学习委员。光成绩拔尖还不够，身体发育上也不能输给大家啊。

我每天都盼着快点变成公鸭嗓，做梦都是自己长成男子汉了。可日子一天天过去，我依旧是清脆的童声。

渐渐地，我开始怀疑自己身体出了问题，还不敢跟家人讨论。压力之下，我偷偷去书店买了一本书，叫《少男成长小百科》，晚上在被窝里钻研青春期男生是怎么发育的。可越读越心慌——连书上都说男孩平均在初一开始变声，我这辈子是不是都得娘娘腔下去了？

没变声自此更成了一块心病。我开始努力压低嗓子和同学们说话，试图让自己听上去 Man 一点儿，但几乎是徒劳——松鼠再怎么装也装不成兔子啊。

就这样，我带着童声进入了升初三前的暑假。一个月明星稀的晚上，我和我妈在湖边散步。吹着夏夜难得的凉爽的风，我禁不住哼起了歌。

我正哼着呢，妈妈突然打断道："昭昭（我的小名），声音怎么有点不对劲儿？哑了？"

可我没有丝毫不适，嗓子没发炎，更没感冒。我继续边哼歌边和我妈聊天。

"等等，儿子，你……是变声了吧！"妈妈咯咯笑了起来，笑声里好像还带着点不一样的元素，是幸灾乐祸？还是……欣慰，或者如释重负？可能都有吧。

第二天，第三天，第四天……半个月以后，我的声音不但没"返璞归真"，反而变得越发低沉沙哑，小时候在合唱团里随便飙的高音，再也没唱上去过。

我终于变声了。我的青春，一夜之间就来了。

而立之年，
重回少年时代的回忆

去闯攻略

Action Plans
&
Strategies

来自“小地方”的我们该如何在留学申请中提高胜算

很多来自“小地方”的学弟学妹在申请留学时会很苦恼：我们没有北上广深的资源和机会，应当如何提高胜算？在给大家加油打气的同时，我想分享一些自己当年作为“二线城市孩子”成功完成本科申请的经验，相信对资源和信息有限的同学们有些帮助。

首先，我要告诉大家一个事实：这么多年来，美国各顶尖高校的大门一直向国内不同地域的学生敞开，绝非北上广深孩子们的专享。我就认识多位来自国内二三四线城市的常春藤盟校本科校友，这些城市包括铁岭、濮阳、芜湖、日照、齐齐哈尔、潍坊、盐城、梧州、遵义……而这仅仅是我留学校友圈里的一部分小城市代表。这些同学到美国读本科前，全部在国内土生土长，一路就读公立小初高（和我一样），没有任何国际教育背景，是纯度 100% 的中国大陆申请者。

很多人之所以有“名校只爱北上广深的学生”这样的错觉，一大原因是一线城市“留学党”群体的规模要比小城市大太多，这些年的各种“出国班”“AP 班或 IB 班[1]”“联合办学”更是如雨后春笋。可能一所中学的国际班就有上百人同时申请美本，在个别美国高校（尤其是公立大学）扩招的大背景下，他们自然容易实现“录取霸榜”“大丰收”。

但我也想给“小地方”的同学们吃颗定心丸：大城市的孩子们“集团作战、批量录取”，并不代表他们的实力在我们之上。实际上，无论是在学业成绩、综合能力等方面，还是本科毕业后的升学、就业情况等方面，很多小城市的同学都出类拔萃。

当然话说回来，小城市没有北上广深的留学氛围，在信息、资源和机会等方面略逊一筹。同学们若想在申请竞争中脱颖而出，就得尽量规避这些客观劣势，甚至通过付出比北上广深孩子们更多的努力，最终化劣势为优势，

1　AP 班，全称为 Advanced Placement，指先修课程班，适用于全球计划去美读大学的高中生。IB 班，全称为 International Baccalaureate Diploma Program，指国际预科证书课程，是国际文凭组织为全球学生开设的课程。

在申请中梦想成真。

具体可以怎么做？下面介绍我的一套办法，我给它取名为“MCE 奋进法”。

MCE 是个缩写，三个字母分别代表 motivation（动力，斗志，信心）、consultation（咨询，取经）、early-bird preparation（“早鸟”准备）。

动力，斗志，信心

想成功，则必须拥有一鼓作气的斗志，坚信自己通过不懈努力，就一定可以在不久的将来收获理想院校的录取。这种必胜的决心、信心，对来自小城市的学弟学妹们而言尤其重要，因为你们的留学申请之路即便不是孤军奋战，也大概率是孤独而充满艰辛的。不像大城市的孩子们可以抱团取暖，小城市的申请者必须战胜各种干扰（比如可能有老师劝你放弃留学、参加高考），笃定地推着自己向前走。

如何激发斗志、提升信心？我当年的做法“粗暴”却有效：时常在心中默念梦想大学，“耶鲁，耶鲁，耶鲁，我一定上耶鲁！”；在视线所及的书桌、床头柜、冰箱上贴便笺纸，上边写的也是“耶鲁，Yale，必胜”之类的加油词。备感压力时，我还会爬到山顶，面向大海大喊：“耶鲁，我一定要考上耶鲁！我一定行！”

这些自我打气的做法基于积极心理暗示法则和吸引力法则，你可能认为它们不是科学，但我想说，对“心诚则灵”的笃信真的能极大地唤起斗志、激发对梦想的渴望。很多时候，成败之间差的只是“一口气”。

除了上述偏向精神和情绪层面的自我激励外，大家也要从更实际的角度提升动力，一种有效的做法便是寻找和确立榜样。

什么样的榜样呢？已经在留学申请中取得成功的、来自相似成长和教育背景的学长学姐最合适。

十多年前的厦门还未有获得美国顶尖本科 offer 的高中生。于是我把视野放宽，通过查找新闻等方式发现了几位优秀的学长学姐，他们并非来自北上广深，却依然获得了哈佛、耶鲁、麻省理工等名校的青睐。因为我的“梦中情校”是耶鲁，所以我尤其关注获得这所学校垂青的学生，比如来自长沙、郑州、石家庄等二线城市的几位学长学姐。

通过新闻采访等渠道，我尽可能多地了解了他们的情况：校内成绩如何？托福和 SAT 考了多少分？履历中有哪些过人之处（比如竞赛获奖、才艺特长）？接下来我将这些榜样的经历作为参考，并对照自身情况，定好了最适合自己的备考计划。

当然，除了来自类似背景的榜样前辈，我也会了解北京四中、人大附中、复旦附中、上外附中这些京沪名校里获得耶鲁全奖录取的学生情况，借他们“牛气哄哄”的经历为自己打气：

“如果这些同学可以，那么我为什么不行？”

咨询，取经

小城市在留学方面的信息、资源和机会较大城市少，所以取经这个环节至关重要，大家不可忽略。

从不同渠道获取对留学申请有帮助的信息和机会，以避免被大城市的留学申请大军落下。北上广深的孩子们轻而易举就能了解和得到的东西，身处小城市的我们通过多做取经也能获得。

如何进行取经呢？我当年主要通过这三种途径：“收集线上资讯”“参加线下活动”和“咨询成功前辈”。

1. **收集线上资讯**：简单说来就是上网看新闻、查资料、逛论坛，以获取第一手留学情报，尤其是来自北上广深留学申请界的最新资讯。

我的具体做法是：浏览当年人气最旺、资讯最密集的几个留学申请论坛，高一、高二时每周两到三次，高三上学期申请冲刺阶段每天一次，每次一小时左右。

我重点查看论坛上的这几个板块：

院校与专业讨论。尤其查看已入学的前辈们对不同大学和专业的评点。

Chance 贴。chance 是一个术语，意为“录取概率评估”，很多同学会把个人情况发布到论坛上，比如考试成绩、履历亮点，让大家帮助评估获得某所大学 offer 的成功率。

面经贴。热心“战友”会把自己的面试情况和面试经验，发出来供大家参考。

难题解析。在托福、SAT 留学考试板块，每天都有考友发帖讨论棘手难题。

活动通知。有些活动官方会在论坛上发布招募、遴选通知，供同学们查看、报名。

除了逛论坛，我也会时常查看心仪学校的官网，以及诸如 US News、College Board 等和留学申请相关的官方平台，定期收集各院校的一手资料。

另外再划个“非典型重点”：我还收藏了国内大城市留学名校的官网，除了北上广深的顶尖高中外，再加上南京外国语、杭州外国语、东北育才学校和长沙雅礼等有过哈佛、耶鲁和普林斯顿录取的学校。我会在学习之余浏览它们的官网，尤其是留学相关动态，了解“这些名校的同学们在做什么”，常有可喜的发现。比如在《做一名非典型优等生，感觉很棒》那一篇，我就提到通过上外附中的网站发现了复旦“模联”大会，并从此和“模联”活动结缘的经历。

2. **参加线下活动**：这里的“活动”不包括自己在高中时参与的课外实践与竞赛活动，仅特指发布、分享留学资讯的活动，比如留学展览会、美国高校在中国大陆的宣讲会等。这类活动在十多年前的厦门虽偶有举办，但多是围绕加拿大、英国和澳大利亚的学校，关于美本申请的资讯类活动几乎没有。

因此，我通常先在线上收集资讯，接着评估某项活动是否值得参加——比如，这个活动是耶鲁在北京举办的本科申请咨询会，届时有招生办官员亲临现场答疑解惑，那么我就会果断订好机票，自己飞去参加活动。如果一个活动由非知名机构举办，看上去像留学中介的产品推销会，我就直接无视——常有读者问我申请耶鲁本科和哈佛 MBA 时是否通过中介，我可以很明确地告诉大家：从来没有，我从未接触过任何中介的任何服务。

3. **咨询成功前辈**：主要是已获得 offer 的学长学姐。在我申请耶鲁前，已有比我高一两届的中学校友获得了美国名牌大学的录取，比如纽约大学、南加州大学等，在那个年代已是非常出色的成绩。作为后辈，我带着问题向学长学姐请教，获得了他们耐心的解答——再次感谢每一位学长学姐！

除了咨询厦外本校的校友，我还有幸通过全国性的竞赛活动（比如“模联”）结识了来自北京和上海的优秀前辈，有几位当时已经获得哈佛、斯坦福、哥大等名校的 offer。回厦门后我依然同他们保持着联系，也获得了成功前辈们的点拨指导，获益匪浅，感激感恩！

取经的这三大途径让我在留学申请过程中从未有身处劣势的感觉，反而构筑了满满的信心和底气。

“早鸟”准备

“小城学生惊艳计划”，也就是“MCE 奋进法”的第三个元素是“早鸟”准备。大家一定听过这句话：“Early bird catches the worm.”（“早起的鸟儿有虫吃。”）

事实确实如此：大家若不想在和北上广深名校学生的竞争中处于劣势，就只能自己多努力一把，早开始一步。

同留学申请相关的一切关键任务，大家能趁早启动就趁早启动，不要以为时间充裕、“到递交申请前开始做也来得及”——当然，如果你没有“非某大学不上”的决心、只求“有学校要我就行”，倒是不必紧张兮兮，多砸点银子请中介，海投十几二十家学校，offer 大概率是有的。

但我更相信，阅读《不如去闯》的读者多是积极上进的奋斗者。此刻的你，在考学这件事上一定不会糊弄自己，一定有满心希望抵达的远方。如果你不想在申请中留下遗憾，就请跟着我下面的建议开始行动：

1. **尽早下定报考国外本科的决心，不心血来潮、中途气馁。**我初三暑假定下了考美国本科的计划，且把耶鲁作为第一志愿。

2. **尽早开始高效、高强度地练英语，听说读写全方位训练。**我初二结束前已在课外加码学完了《新概念英语 3》，初三开始大量阅读英文原版小说，高一时提前学完高中三年的校内英语课本。

3. **尽早规划好“校内学业”和“留学筹备”这两大任务的时间、精力分配，不顾此失彼。**我在高中每学期开学后的前三天内都会安排好本学期任务时间表，做到心中有数、有条不紊。

4. **尽早开始熟悉和准备留学考试。**我高一时已经购买托福和SAT教辅、初步熟悉题型，高二英语水平继续提高，高三上学期厚积薄发、在所有留学考试中一鼓作气、一次性高分“上岸”。

5. **尽早开始了解、选定想申请的学校和专业。**我初三暑假时定下耶鲁第一志愿，后又买回一本美国选校指南书，进一步选出五到七所“第二志愿”大学。高一高二时浏览US News、College Board等平台，了解大学专业，并初步选定经济学、环境工程学为第一志愿。

6. **尽早选定不超三项的课外活动和竞赛，认真参与、锻造实力。**我高一时选定模拟联合国、生物竞赛与科研、校旅游协会为主要课外活动，并一直深度参与到高三上学期；同时，计划好参加一次美国本土的顶尖暑校、夏令营项目，并在高二暑假时完成。

最后，我想再次给学弟学妹们打针鸡血：

没出生成长在北上广深怎么了？
小地方为什么就不行？
想想吧，从古至今，
有多少状元豪杰出生于偏远贫穷之地？

切忌妄自菲薄，
做好十足准备，
在不久之后，
你定会迎来，
属于自己的高光时刻！

读名校本科真的需要花费大把金钱吗

去美国读名校本科真的需要花费大把金钱吗？并不一定。

当我在 2008 年 12 月获得耶鲁本科录取的同时，也得到了学校慷慨给予的四年全额奖学金，涵盖了学费、生活费及杂费等所有开支，在“家庭支出”一栏为 0——即家里无须为我的耶鲁求学之旅支付任何费用。

在全美高校中，仅有另外四所和耶鲁大学的本科生（包括美国本土学生和国际学生）奖助学金政策相同，包括同为常春藤盟校的哈佛大学、普林斯顿大学，享誉世界的麻省理工学院，以及美国的顶尖文理学院阿默斯特学院。尤其是被誉为老牌三剑客的“哈耶普”（哈佛、耶鲁和普林斯顿），在 20 世纪 90 年代以来一直贯彻 need-based and need-blind policy，大致可以译为“按需发放、需求回避政策”。

我通俗地解释一下这项政策：学校在审核申请者材料时，不会看他是否申请了奖助学金、是否有钱支付学费，而是专注于对申请者综合实力的评估——这一部分便是“需求回避”。

如果一个申请者十分优秀、得到了招生办官员的青睐并最终获得录取，那么学校才会开始评估该学生的财务需求情况。如果家境并不殷实，比如父母年收入低于学校在当年制定的“免学费基准线”，那么这个孩子就将获得一笔来自学校的奖助学金，且不用偿还，直接大幅或全部减免其学费。当然，如果该生家境富裕、父母财务实力雄厚，则学校就不再给予学费减免——这一部分便是“按需发放”。

因此，以“哈耶普斯麻”为代表的这几所顶级名校看中的是人才，并不顾虑申请者是否有能力支付学费，因为这些学校通常拥有丰厚的校友捐款，足以用于向学生们发放充足的奖助学金。以一句话总结便是：只要你够出色、够牛，只要你被大学看上了，那么就别担心钱这个问题了；他们哪怕是花钱，都会请你去读。

话说回来，在“哈耶普斯麻”之外的很多名校并没有如此慷慨的奖助学金政策，但这也不意味着它们一毛不拔。实际上，只要一个申请者足够出类拔萃，便有可能获得名牌大学抛来的“带奖橄榄枝”。以哥伦比亚大学为例：这所名校是无数学子的梦想之地，但其地处物价高昂的纽约曼哈顿，所以学费和生活费长居全美高校前列，再加上哥大本科的奖学金政策不如“哈耶普”慷慨，确实让部分预算有限的学子望而却步。

但我就认识两位中国大陆的学生，一位与我同届，另一位是比我小两届的学弟。他们在报考哥大时，也抱着放手一搏的心态申请了奖学金（但都知道这么做可能会影响录取前景，毕竟哥大在他们申请时并非需求回避）。但令人惊喜的是，他俩不但都拿到了录取，而且获得了哥大的高额奖学金（比他们申请的数额还高两倍，近乎全奖）！原因其实很简单：哥大招生办太希望把两人招进来了，于是主动提高了奖学金发放数额。

从上述例子能得出一个结论：只要你够优秀，那么高冷的名校也可能为你放下身段、慷慨给奖。

当然，如果没有幸运地碰见上述两种情形，又会怎么样呢？是不是意味着一分奖学金都得不到、只得自己砸钱读名校了？

非也。美国名牌大学本科除了按需发放奖助学金外，还提供不同类型的 merit-based scholarships，中文可以译为“绩优奖学金”，和国内高校的某些“国家、政府奖学金”“优秀学生奖学金”性质类似，评估和发放标准是学生的学术成绩、思想品格、某方面特长、优秀成就等，通常不和学生的经济状况挂钩。

我有多位留学圈的朋友就在被录取的同时收到了这类奖学金，比如一位大提琴技艺高超的女生曾获得某名校每年一万五千美元的“艺术才能奖学金”——即使她家境富裕，可以轻松支付学费。

除了按需和绩优这两种奖助学金外，名牌大学们通常还有一些比较独特的奖学金项目，既不按需发放，也不考虑学生的成绩，而是基于其他遴选条件，比如“非洲裔美国女生奖学金”“东亚学生奖学金”“第一代大学生助学金”等。大家可以到心仪学校的官网上做一番功课，也许能发现适合自己申请的项目。

退一万步讲，如果什么奖学金都没得到，又该怎么办呢？别急，那还不是世界末日。入读名牌大学本科还可以申请校内、校外的学生贷款项目，有时还能得到利息优惠。

最后，我们来一起考虑一个情景：假如经济条件有限、获得了一所顶尖名校的 offer，但没有奖学金，那么是读还是不读？如果你问我，我的答案是：当然读，贷款也要读。以后工作赚钱了一定可以还完。

知识能改变命运，教育是对自己最宝贵的投资。这样一个来之不易的 offer，可能就是一次改变人生的机会。如果不努力抓住，你会后悔吗？

枯燥英语有技巧

这是个老得有些古董味的话题。

近代以来，英语便雄霸国际第一语言的宝座。一口流利的英语，实在可以影响甚至改变一个人的命运。因此，也难怪几百年来，为英语哭、为英语笑、为英语痴狂、为英语折腰的人手拉手站成一排，估计能组成一堵长达数光年的人墙了。

我九岁从字母ABC开始学英语，十八岁去美国留学，在过去这些年的工作中经常用到英语，所以同英语打交道也超过二十年了。对如何把英语学好，我讲不出系统的长篇理论，谨借这篇小文，分享自己同英语打交道的一些心得。

关于背单词

单词是英语最基本的元素，也是很多人头痛的源头。从学英语伊始的apple、dog这类“幼齿”单词，到大学四六级词库，再到托福雅思的几千单词、GRE和SAT的近万单词，词汇表永远伴随左右。

为了读懂长篇大论、写出英文佳作，单词是一定要背的，并且要背得扎实牢靠，没有妥协余地。

我见过不同版本的“快乐背单词法”，几乎把背单词描述成了滑滑梯、过家家那般的简单美好。可我觉得这不现实。想把单词背好，没有捷径可循。除非你想糊弄自己，只是想和单词们“混个眼熟”而不求甚解，否则还是得咬咬牙让自己苦一把。

怎么背单词？我有以下拙见：

背单词，不是把“单词”孤立出来逐一攻克，而是一个把单词融在句子和段落中立体学习和记忆的过程。

一些朋友说“我要背单词啦”，然后拿出单词表，上面有且只有单词和对应的中文意思，密不透风几大页。接着开始从左上角的第一个单词硬记到右下角的最后一个单词。几小时后头晕眼花地仰天长啸一声："我背完啦，噢耶！"

结果，等玩回来以后再拾起单词表，傻眼地发现好多单词都似曾相识，却怎么也想不起是什么意思了。更糟的是，即使记住了单词的中文意思，也基本不知该如何遣词造句。

这种孤立背词法，和揠苗助长无异。

其实，单词和句子是相辅相成的。脱离了句子和段落的单词，犹如离开了水的鱼。所以，我认为的最有效的记词法是：**把生词放到句子中去理解和记忆；同时记忆一个生词的其他形式，例如名词、动词、形容词和副词等。**

举个例子，记 fantasy（幻想，想象，幻想物）这个名词，知道了中文意思和单词发音后，我接下来的两大步骤是：

1. 看例句，加深印象。

例句 1 ：The high school students always live in a world of fantasy.（高中生总是生活在幻想中。）

例句 2：I sometimes can't distinguish between fantasy and reality.（我有时不能区分幻想和现实。）

2. 其他形式的单词记忆。

动词fantasize（幻想，想象）。

例句 3 ：At times when l finish my homework, I like to fantasize about being an astronaut.（有时当我完成作业时，我喜欢幻想成为一名宇航员。）

形容词 fantastic（极好的，令人难以置信的，幻想的）。

例句 4 ：We are going to watch a fantastic movie tonight.（我们今晚会看一部超赞的电影。）

这种方法，乍一看比简单粗暴只背中文意思的方式要麻烦不少，但实际上是以生词为中心线索，举一反三地学习和吸收多种表达方式例如固定搭配和句型的过程。假以时日，不但是词汇量的拓宽，更是英文用法的多维度深化。这对长期学好英语是有百利而无一害的。

总之，背单词不要总想着可以轻松走捷径，而是应该潜心把这个学英语的第一步走好。

“说什么”远比“发音好不好”重要

很多同学把驾驭一口地道的发音看作学英语的头等大事。有些朋友认为，会多少单词、能“拽”出多高难度的句子都不是最重要的，而能把美音的饶舌儿化或英音的厚重顿挫说好，才是王道。

“能说一口加州腔或伦敦音，那多酷啊！”

从学英语第一天开始，我就是口音的崇拜者，从好莱坞演员嘴中流出的如钢琴曲般优美的英文尤其让我着迷。

想让自己的发音地道固然没错，但“学英语就是模仿和学会口音”的观念，我觉得有问题。

如果把地道的发音比作化妆品和衣服，那么由语法、词汇、句子和段落组成的英语基本功，就应该是一个人的“素颜”。没有漂亮的素颜打底，再惊艳的妆容也难把东施变成西施。

我曾在一次国际友人酒会上遇到过一位国内大学生。他外表出众，自信大方地以一口绕着弯儿的美语自我介绍，小小惊艳了我们几个一同聊天的中外男生。一个美国男孩问他的美式发音从何而来，这位同学说他没去过美国，也不是英文专业，但他觉得学英语很容易，只要听 Katy Perry 和 Taylor Swift 的歌，多模仿模仿就行了。

一开始我暗自佩服这位大学生的语言慧根。可大家一聊起来，他的口语却状况频出：先是语法混乱，基本没有人称和时态之分，再就是用词诡异，同为中国人的我还能大概猜出他想表达的意思，可几个美国哥们儿就只能尴尬得一头雾水了。最让人着急的是，这位同学即使在用词上卡壳或出错，还惦念着把美音的“弯儿”发准。

比如他脱口而出的“More and more happy”（“越来越开心”）显然有错，正确的说法应该是“happier and happier”，但他说“more”的时候，仍旧恨不得把舌头绕成直角。

“地道”英语，首先要做到措辞地道，而不是发音地道。“说什么”远比

“发音好不好”要重要。

我在国外读书和工作时结交了几位新加坡和印度朋友。全世界英语口音最独特而自成一派的地方，我认为非这两个国家莫属。

“Hey LEO, do you have dime（time）?I nee do dog do you（I need to talk to you）.”（“LEO 你有时间吗？我需要跟你聊几句。”）我的印度朋友总是操着浓厚的南亚口语亲切地同我对话。

即使印度人和新加坡人的口音在国人听来有些“清奇”，可他们用词准确地道，表述清晰流利。跟美国、英国等传统英语国家人士交流时，他们鲜有沟通问题。而美国人和英国人，也并没有嫌弃这些略“诡异”的口音。

所以我想说，口音真的没有那么重要，千万不要成为口音的奴隶。辩证地看，没有哪种口音是对的或错的，其实美音、英音和澳音，也都是一种“地域口音”，有人喜欢有人厌，就像北京话、上海话、四川话一样。

所以，首先应该好好夯实英文基本功，把词汇语法听力等都搞定了，才具备了飙口语炫发音的资本。能学会纯正的美音或英音固然好，但那只是锦上添花。哪怕模仿天赋不足，永远摆脱不了中国式发音，也没啥大不了的。说的内容好，写的文字地道，才是把英语学好的不二指标。

不要怕开口，不要怕开口，不要怕开口

这也许有点老生常谈，毕竟“反哑巴英语”运动在国内已经如火如荼开展多年了。但回国后，我还是发现很多朋友羞于开口或压根儿不想开口，“哑巴英语”这个问题依旧不轻。

究其原因，还是担心自己说不好。

“我没学多久英语，说得磕巴，很不好意思啊……”

“我发音很烂，会被别人鄙视的吧。”

“我说不熟练，老出错，还是别开口扫兴了。”

这些顾虑，真的有必要吗？

前面我说过，“口音”真的没有很多人想象的那么重要。中国式发音怎么了？

很多时候的顾虑和枷锁，是我们给自己加上的。不要害羞，不要担心别人笑话。何况，过去这么多年同外国人打交道，我还没碰到哪个英语人士因

为一个人的英语发音不好而明目张胆地嘲笑他的。

退一百步讲，即使说英语时出了糗，也没关系。别人顶多笑几秒罢了，根本没人会往心里去。

再做个类比。假设我现在是一个单薄的豆芽菜，想举哑铃练出点肌肉块。当我第一次踏进健身房时，可能会被里面“琳琅满目”的健身达人震撼。那都是怎样的健美啊！我想有朝一日成为他们中的一员，所以我必须摆脱自卑，大步向前，在一群举铁前辈中拿起角落里最轻的那对哑铃，开始健身长征第一步。

我严格遵照计划，每周练四次，并逐渐加量。配上科学饮食与充足休息，不出半年一年，我的身形一定会发生跨越式的可喜变化。

练英语口语也是一样的。关键是要踏出你的舒适地带，摆脱心理负担，多说，多说，再多说。

一开始没法连词成句，就跟着音频和电影鹦鹉学舌。总之，得让声带先运转起来。

有些起色了，就找到口语搭档经常练。我刚上初中时口语很差，但我决心在一年之内做到用英语侃侃而谈，所以一有空时就黏着美国和加拿大籍的外教，和他们有一搭没一搭地谈天说地。那时，我肯定犯过不少低级错误，但我还是厚着脸皮继续谈笑风生。直到几个月后的某天，外教大叔突然看着我说：“LEO，我发现你的英语表达能力进步了好多啊！”

在积极开口说的同时，要注意加强英文基本功，就好比练肌肉时不能光顾着举哑铃，还要保证营养供给。只学英文教材里的课文不够，我建议可以订阅一本适合自己水平的英文杂志，或是下载一个美文阅读的手机软件，每天都用通勤、午休的碎片时间学一点儿。当可以掌握更难的单词句子和语法时，说出的英语也会变得更“高级”。

总体来说，学英语的过程有时真的不舒坦。想学好英语，真的得下点苦力。就好比登山时会头晕缺氧，跑马拉松时会呼吸困难，举哑铃时会累到呻吟。

但几年后，当你写的英语文章如行云流水，当你说的口语堪比母语者时，你一定会感叹：这些年痛苦地背单词、练口语、学语法的努力，都值了！

第二章

-

耶鲁卫冕
闯出更好的自己

Lux et Veritas:
Bright College Years at Yale

经过十几个小时的辗转，十八岁的我踏上了一场通向未来的旅程。

我承认，我是个有野心的人，但我并不贪婪，

只是对于更大的天地和未知的自己充满了无限渴望。

入住耶鲁第一晚

我只能靠自己了。

2009 年 8 月 26 日，我跟努力憋住眼泪的妈妈紧紧拥别，带着两个超重的大行李箱，登上了飞往美国的飞机。

从那一刻起，家永远变成了一个歇脚的驿站。十八岁的我，正式开始了一个人求学闯世界的征程。

十三小时的飞行把我带到了纽约肯尼迪机场。这还不是旅途的终点，我仍需扛着时差带来的困倦，坐两小时巴士去一百公里外的康涅狄格州纽黑文市。那里是耶鲁的故乡，是我要生活四年的地方，直到 2013 年初夏。

一年前第一次到耶鲁时，我还是憧憬着这所大学的一名普通中国高中生。如今，载着我去往耶鲁的白色巴士没有变，而我已经是那里的一名本科新生了。忐忑在心里氤氲，但更多的，是满溢的期待和奋斗心。

虽然对耶鲁校园已不陌生，但大学最初的两周，我还是被明显的文化冲击感和离家万里的孤寂感闪了一下腰。

到达耶鲁时已是晚上近 9 点，北京的上班时间。在路上熬过了一个通宵后，我艰难地把箱子一口气拽上了宿舍所在的五楼。耶鲁分给我一个宽敞的单人间，这不是每个大一新生都有的福利，因为大多数新生会住在双人间。但在一切装饰和人气还没有入住之前，我的房间只有孤零零的一盏灯、一套桌椅、一张床，以及一个脑子正发蒙的我。

没有被褥和枕头，我直接垫着衣服和毛巾横倒在了床上。

感觉昏睡了一个世纪以后，时差带来的头痛把我弄醒了。混沌中的我下意识喊了一声："妈妈，几点啦？"

没有收到早上一贯会从客厅传来的回应，只有四周有些死寂的静和远处零星的夜半鸟鸣。

用了几秒钟，我才意识到自己已经在地球另一端了，我只能靠自己了。

一看时间，凌晨1点，原来才睡了四小时。在中国的妈妈，现在该吃完午饭了吧？

从小到大虽然独立走南闯北过多次，可真正意义上离开相依为命的妈妈，这是第一次。想家的感觉骤然袭来。已经是十八岁大男孩的我竟然也想妈妈了。

与其说想，不如说是一种分隔两地的牵挂。妈妈还好吗？这会儿在做什么呢？是否也在挂念着我？就这样，我半梦半醒直到天亮。

国际新生营中，败给俚语

“哇哦，LEO！太强悍了！”

到达耶鲁的第二天，是 OIS（Orientation for International Students，国际新生营）的开营日，这是耶鲁为了协助国际学生更快地适应学校而专门组织的。几天的活动期间，大四辅导员们会带着来自世界各地的新生熟悉校园和纽黑文市的建筑与设施，完成买家具、办电话卡等各项“琐事”，当然，还会通过各种团建活动帮着我们在开学前交到在耶鲁最初的好朋友。我这一届的一百多名国际学生，大多参加了 OIS。

那时我的英语听力还欠点火候。按自己的话说，是“我的耳道只能接收到英式英语和美式英语两种声波，对其他口音一概无法‘读取’”。而 OIS 里的口音可谓包罗天南海北，从非洲赤道上到南美雨林边的口音，应有尽有。尤其是印度和巴基斯坦的同学不但发音晦涩难懂，语速还极快。跟他们闲聊时，我好几次被南亚友人弄得云里雾里。更郁闷的是，他们还特别喜欢用英语开玩笑活跃气氛。当几个印度同学笑成一团时，站在一旁的我却完全听不懂笑点，只得尴尬地陪着“呵呵”。即使托福听力接近满分，初到美国熔炉也得从头适应千奇百怪的发音。

雪上加霜的是，我从小到大学习正统英语，托福和 SAT 里考的也都是书面英文，几乎不涉及生活中的习语和俚语。所以，初到美利坚，我在俚语方面算是半个文盲。

一天下午，OIS 辅导员们组织新生玩一个叫“我从来都没有做过……”（“Never have I ever...”）的游戏。所有人站成一个紧密的圆圈，只留一人在圆圈中央。开始游戏时，站在圆圈里的人说一个以“我从来都没有做过”开头的他曾做过的事情，比如“我从来没看过好莱坞电影”——但实际上他看过。所有看过好莱坞电影的人，包括他自己，需要在话音刚落时离开自己站的地方，跑到因人移动而出现的圆圈空缺处站定，没看过好莱坞电影的人则原地不动。这样，总会有一个慢了半拍的人找不到空位，他就得到圆圈中央再说一个他从来都没有做过的事情，开启下一轮“奔跑”。

一开始大家还比较正经，说的都是很“正常”的事，比如“去过欧洲旅行”“吃过榴莲”“读过莎士比亚的作品”等。玩了几个回合后，一些家伙逐渐变得“奔放”起来，好几个人说到了跟恋爱相关的“我从来都没有做过……”，这倒也好，反正那时我还没谈过女友，一直站着不动不就得了呗。

这时，上轮没占到空位的一个意大利男生来到了圆圈中央，还没开口就一脸不怀好意的坏笑。

“Never have I ever hooked up with someone from Harvard!”

浓重的意式口音配上一个我来美国前从没听过的俚语，奠定了我接下来的“悲剧”。

hook up with someone 是个意味深长的词组，也是荷尔蒙爆棚的西方年轻人经常挂在嘴上的时髦词之一。hook 原意为“钩子”，但和 up with someone 组合在一起时，就变成了“钓上某人”的意思。而“钓上”的含义，就说不清道不明了，可以指接吻，还能暗示一夜情。

对 hook up with someone 一无所知的我，直接将其听成意思差了十万八千里的 look up to someone（尊重、敬仰某人）。

敬仰过来自哈佛的某个人？我很佩服脸书的创始人扎克伯格，而他曾在哈佛读书，所以我符合这个口令的条件咯——得跑起来！

我迅速拔腿开跑。

刚跑了一秒，我突然发现所有人都像钉在地上似的一动不动，只有发口号的意大利男生朝我的位置飞奔了过来。

什么情况？难道没人崇拜来自哈佛的任何人吗？这怎么可能？

与此同时，人群中开始发出了起哄和惊叹：

“哇哦，LEO！太强悍了！”

“等等，发生了什么？LEO？天哪……”

而我也被大家的反应弄得一头雾水，直到游戏结束后才从强忍着笑的大四辅导员那里得知了“事情的真相”。

“外表正直的 LEO 跟哈佛学生 hook up 过”瞬间成了那天 OIS 的大新闻。而我纵使有十张嘴巴，也澄清无能了。

同学少年何止学霸

走出去，才知道世界很大，我很渺小。

OIS 闭营那天也是美国本土学生到达校园的日子。每个留学生都期待着和美国同学见面，我也不例外。

我陆续认识了自己最早的三个美国朋友，三个超级精英。

Jourdan 来自纽约上东区的富裕犹太人家庭，他不但脸庞英俊、身材健美，还是远近闻名的少年音乐天才，十二岁时就在纽约卡内基音乐厅开过钢琴演奏会，更玩得一手好吉他，拥有一支乐队，自己作曲填词了近百首流行歌、发过数张专辑。他用做音乐得来的收入成立了一只公益基金，长期资助西非贫困儿童。

Richard 来自芝加哥，拥有德法意俄四国血统，是个聪明绝顶的混血学霸。他曾带着自己的机器人发明，代表美国队参加青少年科学界的奥林匹克竞赛——英特尔科技工程大赛，获得前五名。Richard 还是伊利诺伊州高中数学竞赛的前三名。

Andy 来自加州的阳光海岸，是不折不扣的考神。从 SAT 到八门 AP 课程统统获得满分。他还跟着从事生物研究的父母去过印尼爪哇岛和巴西亚马孙流域的热带雨林考察。

除了这三位大牛，开学那几天我一次次被每位耶鲁学生的履历震撼：有在奥运会击剑比赛中得金牌的，有出版过好几本畅销小说的，有音乐剧演员，还有油画家，当然，更有数不过来的全校第一名……

初来乍到的我跟 Jourdan、Richard 和 Andy 聊天时，常感底气不足。好像不管谈论什么话题，这群耶鲁的美国新生永远自信满满，娓娓道来，声如洪钟，侃侃而谈。更让我有压力的是，他们丝毫不会因为我是英语非母语的留学生而把语速放慢或让我先发表意见。有时唇枪舌剑起来，我甚至跟不上他们的节奏，只得在一旁当听众，有种被抛弃的感觉。

忘却光环回归零点

甩掉阴霾，做更好的自己。

耶鲁最初十四天的关键词，是时差、想家和初入美国大学环境的各种不适应。曾经的我，是高中里叱咤风云的尖子生和学生领袖，如今在高手如林的耶鲁校园，却已没有任何绝对过人之处，甚至连同学间最随意不过的谈天说地，有时都感到吃力。

这种冲击感让我始料未及。面对着开学初令人眼花缭乱的课程和活动选择，我甚至变得有些沮丧、茫然，有时恨不得把自己关在空荡的宿舍，屏蔽外面世界正发生着的一切和它们给我带来的压力。

我这是怎么了？

十八年来，我第一次体会到了挫败的滋味。

一天饭后，我独自在房间看一部叫《大鱼》（*Big Fish*）的好莱坞电影。一位美国南部亚拉巴马州的小镇青年，因为各方面的出色而获得镇上所有人的青睐。当他决心离家去更广阔的世界闯荡时，也曾面临各种前所未有的挑战，但小伙永远抱着一颗勇敢的探索之心，在战场上和销售公司拼出了自己的一片天地，还收获了坚不可摧的爱情和友情。

第二天黎明，我顺着地图指引，独自摸索着爬上了耶鲁大学城边的东岩山（East Rock）山顶，站在瞭望台上等日出。6 点多时，太阳从大西洋安静的海面升了上来，朝晖把耶鲁校园染成一片金黄，也温暖了我的心。

“困难和挑战都放马过来吧！正是因为有了你们，我未来四年的大学路才不会平坦得无聊，才将越发精彩。”望着金光闪闪的那片海，我豁然开朗，决心让自己尽快变成一条在耶鲁弄潮的“大鱼”。

《大鱼》和东岩山上的日出帮我一扫开学初压抑在心里的沮丧。拾起正能量的我，精气神满满地投入令人应接不暇的大一生活中。

永远年轻，
永远向阳生长

我忘却了高中时的各种光环，以谦虚的姿态从零开始。在课堂讨论和闲暇聊天中，我不再害怕出糗，开始大胆畅所欲言，遇到问题就追着教授和美国同学问，每天都能学到新知识，练就新技能，再也不会闹出 OIS 里的笑话了。我恢复了体育锻炼的习惯，每周三次打球健身，还参加了学院的越野长跑队，周末时跟着一群高年级同学大汗淋漓地跑山踏水，晒出了健康的小麦色皮肤。我参加了 Reach Out Yale 公益旅行组织（耶鲁当时最大的学生公益旅行组织）、耶鲁国际关系协会（Yale International Relations Association）下属的模拟联合国社团和 The Pentatonic 无伴奏合唱团，每天下课后都积极投身在这几个学生社团的活动中，日子丰富而充实。

一个月后，我终于适应了美国生活，融入了耶鲁节奏。我依旧想念远在中国的妈妈，依旧觉得美国饭菜不够可口，也依旧无法听懂所有英文段子，但我已不再被任何负能量所困扰，我已开始享受压力和挑战并存的大学时代。

起码，我睡觉做梦的时候，已经开始用英文谈笑风生了。

名校也疯狂，一起裸奔吧

我终究没有自己裸奔一次，算是留下了一个本科时代的遗憾吧。

大多数人提起耶鲁时，第一反应是世界级名校、曼妙如古堡的校园、彬彬有礼的学生和浓郁的文艺气质。

但那还不是耶鲁的全部。就像外表文静的姑娘也可以有一颗自由不羁的心，“优美而高贵”的耶鲁其实同样有“疯狂而热血”的一面。

在耶鲁，我就主动或被动地经历过几次校园生活的疯狂。

那是大一上学期期末考试打响前的晚上。因为要在接下来四十八小时内连轴考四门期末考试，这也是大学生涯的第一轮期末考试，我破天荒有些忐忑——中学的任何考试前，我可都是照吃照睡的。

在食堂味同嚼蜡地吞下了两块冷三明治，我准备踱回几乎每天都去的皮尔逊学院图书馆（Pierson College Library）复习。

刚走了几步，突然有人从后面使劲拍了一下我的肩膀。回头一看是 Alice，微观经济课的同班同学。

“LEO，看你一脸心事的样子。是不是快考试了有点紧张？别啊。今晚咱们一起到巴斯图书馆（Bass Library）学习吧。”

“嗨，Alice，我准备回学院的小图书馆看书。你要不跟我一起来？”

“哎哟喂，今天一定要去巴斯图书馆学习才好玩啊！”

“啊，为什么？”我一脸疑惑。

“LEO，你不知道吗……”Alice 扑闪着绿色的大眼睛，欲言又止，咯咯笑起来。

“……不知道什么？”我被 Alice 的反应搞得更是一头雾水了。

“一会儿你就晓得了。别磨叽啦，我在巴斯图书馆预订了一个小自修室。LEO，跟我和 Costa（Alice 的男友，也是微观经济课的同学）在那儿学吧。走！”加州女孩 Alice 总是很干脆。

此时，我满脑子全是明天要考的经济学曲线和公式。“跟 Alice 他们一起学习，互相考查知识点，能复习得更牢靠……”我这样想着，还没来得及继续琢磨 Alice 的神秘微笑是啥意思，我就被 Alice 一把拽着往巴斯图书馆方向大步流星地去了。

巴斯图书馆坐落在耶鲁大学中心校区，是全耶鲁唯一一座地下图书馆，也是本科生扎堆学习之地。那儿不但有公共学习区，还有很多小自修室，英语叫 cubicle，安静而舒适。

刚进门，我就发现今天的巴斯图书馆有些异常——怎么比往常热闹了不少？只见整个公共学习区坐满了人，两排自修室要么已经有人在里面了，要么已经贴上了“被预订”的标签。

可是，这才晚上 7 点刚过啊？

正疑惑不解时，迎面走来几个谈笑风生的男生，别样兴奋，丝毫没有大考将至的紧张感。

“今天人咋这么多？有点诡异。”我不禁问道。

“那是当然。你先别问了，哈哈。好好学习，天天向上！”

“哎，真不敢相信你如此单纯。”Alice 捏了捏男友 Costa 的脸，两人相视一笑，故弄玄虚着。

“单纯？什么意思？”Alice 肯定有什么事瞒着我，说不定还是个恶作剧呢。可是，这两天无论和美国同学还是留学生聊天，都没说到任何同巴斯图书馆有关的新鲜事啊！

罢了罢了，今晚的重点是复习，这门课一定要拿 A，我把注意力拉回到厚厚的课堂笔记上。

Alice 和 Costa 简单 PDA（public display of affection，中文可译作“公开秀恩爱”，一般指恋人在别人面前亲吻、拥抱）了一分钟，便换上书呆子气十足的粗框眼镜，开始啃书了。

整个小房间陷入了安静，不，是死寂，终于有了大考前的气氛。不得不说，许多耶鲁学生都有的一个优点，是能够在不同模式间自如切换。前一秒还在唠嗑，后一秒就可以心无旁骛开始学习了。周六晚上还是穿着清凉小黑裙的派对女神，周日白天就已经换上清爽的运动装，扎着马尾辫，不施粉黛地晨起跑步了。

Alice也是如此，跟我嘻嘻哈哈卖够了关子，这会儿已经调回了苦读模式。

晚上7点到11点，三人学习小组的苦读颇见成效。夯实了知识难点之后的心情，自然是喜悦的。

快到11点一刻时，Costa突然起身，深吸一口气，朝我和Alice打了个响指，"好了，伙计们，我该去准备了！"

"祝你好运，亲爱的。你是最棒的！哦，天哪，我现在有点紧张……"Alice也站起来，使劲儿搂了搂正跃跃欲试着什么的Costa。

"等等伙计。你去哪儿，要做什么？"我的疑惑卷土重来。这一定和Alice，不，是他俩共同卖了一晚上的关子有关。

"哈哈哈，LEO，二十分钟后有裸奔，Costa会参加！你难道不激动吗？"

裸奔？哇哦！今晚就要"欣赏"到传说中的耶鲁裸奔了？

开学初，大四的学生辅导员曾聊过耶鲁的裸奔传统——"基本上每学年两次，每学期期末考前的深夜在图书馆上演。只要是耶鲁学生就可以提前报名，不限男女，不限年级。而且，参加裸奔的人是绝对要一丝不挂的……"

哎呀，我竟然才缓过神来，现在就是期末考的前夜啊。

等一等，Costa，竟要去裸奔？这可是一个不能再工科男的工科男，平常总是一副心如止水的冷静模样，连笑起来都含蓄而腼腆，和风风火火的女友Alice简直一个天上一个地下。

这家伙是吃了什么药，决定去潇洒脱一把？

还没来得及琢磨缘由，我就被Alice拉出了小自习室。

一出门，仿佛进入了另一番天地。之前还很安静的巴斯图书馆，这时已经躁动了起来。正运作着的笔记本电脑、摊开的参考书、写到一半的作业习题，全都被搁到了一边。大家也暂时忘却了图书馆礼仪，有的跷着二郎腿慵懒地瘫在松软的大厅沙发里，有的则直接旁若无人地坐上了自习桌，无不轻松喜悦地唠着嗑，不时有人发出咯咯的笑声和"真的吗""我的天啊"的惊叹。

整个巴斯图书馆，都在迫不及待等着一学期一度的裸奔的到来。

"Alice，我有点不敢相信Costa会去裸奔……"

"我知道你感到不可思议！Costa就是一个外表宁静内心狂野的家伙啊。哈哈，开玩笑。其实是因为我们俩那天打赌，谁的美国近代史大论文没拿到

A－以上的成绩，谁就要裸奔。咳，算是我们俩激励对方不能贪玩的坏点子吧。结果，我拿了A－，Costa得了B+，所以，你懂的。哦，还因为十天后是我的生日，但那时已经是圣诞假了，Costa没法帮我庆祝，他心里有愧，所以拍着胸脯说要以'裸奔'的方式提前祝我生日快乐。"

真是一对可爱的大活宝。看着Alice一脸的幸福模样，我不禁对他们的甜蜜羡慕嫉妒起来。

终于到了11点半，巴斯图书馆的"爆度"此时已经临近顶峰。许多像我一样后知后觉的大一生在过去几分钟内，从校园四面八方涌进了图书馆大厅。就连一向不苟言笑的"扑克脸"图书馆保安大叔，也跟学生们站在一起大声聊起了天。

此时，谁还会担心明天的期末考呢？

突然，不知哪个男生在人群里大吼一声："他们来了！"彻底把巴斯图书馆推上了燃点。瞬时间，鼓掌声、响指声和尖叫声此起彼伏。整个耶鲁大学的注意力恨不得都聚焦在了巴斯图书馆的入口。

"他们来了！"

"啊啊，我看到他们啦……"

"嗷，今年人真多！"

望眼欲穿的等待之后是震耳欲聋的叫喊。

我眯着眼向不远处的入口望去，一个肉红色的军团由小变大，越发清晰，越发真切，携着一股荷尔蒙之风向人群处呼啸而来。

裸奔大军最初还抱团行进。但这股荷尔蒙飓风"登陆"图书馆大厅后，开始迅速分散、分裂，与捂着嘴的尖叫着的跳跃着的或者假装害羞甚至不屑着的人群混合在了一起。

我保证，那是我迄今为止见过的最健康、最青春、最阳光、最纯洁、最无邪的一群年轻人。这群"身体"有不同的种族和肤色；有体形健美的运动员，也有赘肉摇曳的胖子。但这些都不重要，重要的是，每个人都在欢笑着和大家拥抱击掌，互祝期末考试好运。一些家伙还从书包里掏出能量饮料、巧克力、水果糖，送给相识或不相识的人。

不出五分钟，我的帽衫口袋和大帽子里就被塞进了糖和巧克力。正准备吃块巧克力充饥时，我突然被一个人从背后用力熊抱了起来。回头一看，竟然是我的大四学生辅导员 Victoria！此时此刻，她已经“返璞归真”，但我们拥抱时，竟不存在一丝一毫的尴尬。

“LEO！期末考试周快乐！在这里见到你真好！祝你考试一切好运！”Victoria 的每句话都带着一个或多个感叹号。话音刚落，这姐们儿又给了我一个正面的熊抱，然后跟着她的几个大四裸友往图书馆深处跑去了。

然而这时，我和 Alice 最翘首期盼着的 Costa 却不见踪影。裸奔大军早已在几分钟前便稀释到了人群中，Costa 跑哪儿去了？

连续问的几个裸军朋友都不知 Costa 去向，Alice 不禁焦急起来。

“再耐心等等，也许有第二波呢。”安慰着坐立不安的 Alice，我也有点着急了。

就在 Alice 快化成“望夫石”之际，不远处突然又出现一阵骚动。

定睛一看——是赤裸的 Costa！只见他手捧一个燃着蜡烛的生日蛋糕，在左右两位裸友的“护送”下，像罗马战士那样庄严而稳重地大踏步走过来。所经之处，掌声与欢呼不断。

“哦，天哪，天哪，那是我男朋友！”Alice 拨开人群，朝 Costa 和两位护卫军飞奔过去。那阵势，比牛郎和织女含蓄的断桥相会要热烈多了。

“认识你，是我在耶鲁最美好的收获。很抱歉之后没法陪你过生日。那么，让我们假设今天是你的生日，好吗？生日快乐，我亲爱的甜心，我爱你……”

Costa 的深情告白还没说完，嘴唇就被已经泪奔的 Alice 用她的嘴唇堵住了。而不管是裸着的还是穿着衣服的学生，都自发唱起了生日快乐歌。巴斯图书馆从裸奔的“燥场”一秒变成了温馨的庆生派对。

二十分钟后，穿好衣服的 Costa 回到了工科男的沉稳形象，而 Alice 显然还意犹未尽。

“我说 LEO，今年你是观众，明年可就轮到你去裸奔了哟。”Costa 一边温习着边际效用曲线图，一边怂恿道。

“哈哈，我会考虑的，伙计。不过，看裸奔真的很神奇，虽然八小时之后就要考试了，我现在却一点儿都不紧张了。”

“跟你打赌，裸奔比看裸奔还好玩、减压。不信，你试试看。”

“哈哈，哈哈哈……”

这场裸奔释放了我心头的迎考压力，大一上学期的所有期末考我也都考得不错，拿到了全A。我知道考试出色和看裸奔没有直接关联，我也无法用科学原理解释裸奔或看裸奔的减压效力，但我猜想，那种单纯无邪的坦诚相见，确实会让人心情愉悦吧。

在耶鲁余下三年半的七场裸奔，我又“有意观看”了两场，因刚好在巴斯图书馆学习而“不小心”看了一场，“无奈错过”了四场。我终究没有自己裸奔一次，算是留下了一个本科时代的遗憾吧。

从耶鲁毕业后的三年里，我还会时不时想起那个校园——期末考的前夜——热闹的图书馆——那群奔放的年轻人——Costa的蛋糕和Alice的眼泪。我不是想念在裸奔上看到的青春胴体的具象，而是真切地想念——那种职场上找寻不到的、零距离的真诚坦率与无忧无虑。

在“憋纸”面前，人人都是书呆子

多年后，我比任何时候都深刻而强烈地想念在耶鲁写论文时，那种痛苦后无限回甘的酣畅感觉。

“哈利·波特”迷都知道，在霍格沃茨魔法学校有永远写不完的论文，对写论文是有人欢喜有人忧，既有以赫敏为代表的学霸秒杀一切论文，也有纳威·隆巴顿这样的孩子对论文永远愁眉苦脸。

耶鲁虽不是霍格沃茨，我和我的同学们却也永远在论文海洋里痛并快乐着。不管你主修什么专业，写论文一定是大学最刻骨铭心荡气回肠的回忆之一。

耶鲁的一些中国学生给写论文取了个别名——“憋纸”，足以见得在一所老牌常春藤大学写论文，是饱含着艰辛甚至苦痛的。记得中国孩子互相打招呼时的一句话常常是：“憋得怎么样？憋几页了啊？”或者是“最近还在‘憋纸’吗？”而最常听到的回答，既有有气无力略感绝望的“唉，刚开始写，还有十页呢”，也有如释重负欢天喜地的“我终于写完了”“我终于提交啦”，折射出“憋纸”学生的百态。

从大一到大四，我憋出了各式各样的上百篇论文，成分大约是 85% 的英文论文和 15% 的日语论文。我的耶鲁四年，是从写论文开始、以写论文结束的。如今回想起来，在图书馆里挑灯夜战“憋纸”到天明的那一次次经历，绝不仅是完成一项作业、得到一个成绩这么简单的。毕业多年后，我比任何时候都深刻而强烈地想念在耶鲁写论文时，那种痛苦后无限回甘的酣畅感觉。

在耶鲁，每个大一新生都得选修至少一门写作课。如果拿不到写作学分，是不能升入大二的。写作，被耶鲁这所西方老牌大学看作一项最不可或缺的基本功。

我在耶鲁的论文生涯，始于大一学生写作研讨课（freshman writing seminar）。每门都是小班模式，一位教授带领不超过十五名学生，围绕一个核心话题度过“海量阅读 + 课堂讨论 + 大量写作”的一学期。

考虑到自己与美国学生的英语水平差距，基于一步一个脚印打好基础的考量，我选择了难度中等的一门主题为“美国本科申请与校园生活”的写作课。全班十四个学生，除我以外的十三个同学里，有十二个美国人和一个英语是母语的印度人。

每次上课前，我们都要读完教授布置好的大量阅读材料，包括书和文章，思考并总结自己的观点，在课堂上展开激烈讨论。你一言我一语的交流，除了阅读材料本身的情节，更有作者的写作方式与风格。对于后者，教授会做出引导和讲解。

写作课固然要勤动笔。我上的这门课，要求每周一小篇，每月一大篇，期末时还得交一篇结课大论文。

面对这个挺艰巨的写作任务，开学伊始毫无畏难情绪的我摩拳擦掌，跃跃欲试，誓以唯一非母语学生的身份“杀出一条血路”。可没想到，写第一篇论文的过程就好像打了一场艰苦卓绝的战争。

人生中的第一篇大学论文只要求写四页，其实称它“长作文”更贴切。但要写的东西，叫 rhetorical analysis，大概可翻译为“修辞分析”。在那之前，我连中文的修辞分析都没写过。

什么是修辞分析？换个说法，就是“咬文嚼字”：把作者的遣词造句抽丝剥茧般地研究一遍。

同班同学大多在高中写过这类论文，所以教授的讲解异常风驰电掣，前后不到十分钟。我奋力听懂了修辞分析必不可少的三个要点：

可信度分析（ethos）：作者的论点是否有说服力？读者能相信作者吗，为什么？

逻辑分析（logos）：作者的观点和例证是否符合逻辑？

情感分析（pathos）：作者在文章中想表达什么样的情感？这种情感对读者有什么影响？

听懂归听懂，但要下笔写时，我还是底气不足。

“万事开头难。何况这只是一篇小论文，自己先努力尝试，不怕。”我给自己积极的心理暗示。

我要分析的是2007年刊登在《纽约时报》上的一篇题为《山上的小亚洲》（*Little Asia on the Hill*）的长文。作者从亚裔学生众多的加州大学伯克利分校说起，深入讨论了过去十年美国大学对亚裔学生的录取工作——种种证据显示，以华裔和韩裔为代表的亚裔族群在招生过程中可能受到了不公待遇。在美国平权法的大背景下，要想被一流大学录取，亚裔通常面临比其他族群激烈得多的竞争，比如，亚裔考进哈佛、耶鲁的概率比非裔和拉丁裔要低不少。

文章足有几万词，内容包括大量研究结果和第一手采访资料，充满着引语、评论、抒情、反讽、假设等各种修辞。写一篇四页的修辞分析，要从何下手呢？

我一时有些找不着头绪，而初稿需要在三十六小时之内发给教授做第一轮点评。雪上加霜的是，其他几门课的阅读量和作业在那两天都异常繁重，要想完成所有任务，非得熬个通宵不可。

没有时间做充分构思、找教授头脑风暴，我决定自己摸索着写完初稿。

然而，经验的不足导致我选择了错误的行文方式——我竟然决定逐段逐段地分析，直到文章结尾。

而更郁闷的是，我仅是在课上初识了这三个晦涩的拉丁词。当真正面对一篇文章时，我依然是雾里看花水中望月。一句话前一秒看还像可信度分析，后一秒却似乎更像情感分析了。

就在这种半蒙半猜的状态下，我艰难憋出了第一稿。因为走了逐段分析的错路，我竟然足足写了八页，实在有点懒婆娘的裹脚布——又臭又长的意思。写最后几段时，在篇幅严重超标和时间越发紧迫的双重压力下，我开始信心不足，半白话半梦呓地结了尾，匆匆发给了教授。

可以说，这是我大学四年最纠结、最没把握也是最不满意的一篇论文初稿。我做好了被教授全盘打回重写的心理准备。

第二天下午，我收到了教授的回复。

Hi LEO，（你好 LEO，）

Congratulations on finishing your first paper draft at Yale.（祝贺你完成了在耶鲁的第一篇论文草稿。）

Overall, I see that you worked hard on getting this done.I was truly amazed that you turned in an eight-page paper which certainly beats everyone else's in terms of length！（总体来说，我能看出你在这篇草稿上下了功夫。我也很惊讶你竟然写了八页。这个长度绝对比其他学生的都要长！）

I do believe, however, that there're several things you can do to make it a stronger paper. A)...B)...and C)...（不过，我相信你可以做些改动，把这篇论文写得更好。第一……第二……第三……）

For another thing, it is usually not necessary to analyze every single paragraph of an article when you do rhetorical analysis. Instead, please just focus on the key sections and sentences of a piece...（另外，在写修辞分析时，你通常不需要把一篇文章的每段话都分析一遍。你只需要集中笔墨在文章最核心的段落和句子上……）

Towards the end of the paper, in particular, I think you were a little running out of steam. The conclusion paragraph is not well-organized and does not effectively summarize your arguments in the previous paragraphs.（尤其是在文章结尾的地方，我能看出你已经有点累了。最后一段的结构不是很好，也没能很好地总结你在之前几段的论点。）

教授温和却毫不留情地指出了草稿里的所有问题。

如果不大刀阔斧整改，得高分一定是无望的。我不想自己大学生涯的第一篇论文就以 B 甚至 C 的成绩收场。

一些同学可能会说，大学里的课业成绩和排名还那么重要吗？何必让自己过度紧张呢！

可我并不是迷信分数，我只是要努力做到最好。又不是没能力，也不是没精力，更不是没时间，只要有一个机会，我为什么不好好拼一下？这大学里的第一篇论文，再苦再烦我也要咬着牙写出彩。不为让教授对我这个留学生刮目相看，只为不违本心、对自己负责。

终稿提交前还有一个周五加周末两天，除去其他课业和吃喝拉撒所需的时间，假设这三天每天睡四小时，满打满算还有二十小时让我去“力挽狂澜”。

定好了目标就要制订计划付诸行动。

▎耶鲁的青春岁月

第一步：找教授面对面逐条讨论邮件中的反馈。

执行情况：按时完成。

执行时间：周五下午 4 点，教授的上班时间。

过程与收获：教授非常耐心地同我过了一遍修辞分析的三大要素，并发给我数篇修辞分析例文去自学与研究。茅塞顿开，醍醐灌顶，曙光重现。

第二步：研读教授推荐的范文，仔细分析行文结构与论点。

执行情况：按时完成。

执行时间：周五晚饭后，直到周六凌晨 1 点多。

过程与收获：读第一篇时磕绊犹存，读第二、第三、第四篇时逐渐找到了门道，等读最后一篇时已经能轻而易举地抓住分析者的行文结构与分析方法。算是终于入了门！

第三步：重新构思自己的论文，列好提纲待下笔。

执行情况：按时完成。

执行时间：周六凌晨，直到快 4 点。（灌了自己两杯苦咖啡。）

过程与收获：结合研究范文的所得，忍住袭来的困意，趁热打铁再读待分析的《山上的小亚洲》，提炼出若干处最典型的可信度分析、情感分析和逻辑分析的用法，摒弃之前逐段分析的错误方式，以“开头段 + 可信度分析 + 情感分析 + 逻辑分析 + 结尾段”的形式列好了提纲。

第四步：打鸡血“憋纸”。

执行情况：提前完成。

执行时间：周六上午 8 点半开始，直到深夜近 12 点。（心里装着写论文的任务，早上 7 点多就醒了。索性不再睡回笼觉，一个鲤鱼打挺起床、跑步、冲澡、进图书馆。）

过程与收获：经过前面三步的“洗礼”，已经摆脱了写第一稿时的纠结和不自信，全程满血状态，下笔如有神，较原设想提前两小时完成四整页的写作，神清气爽喜不自胜，差点在午夜门可罗雀的图书馆里引吭高歌。

第五步：细读全稿，二次修改。

执行情况：按时完成。

执行时间：周日上午 10 点。（带着前晚第二稿大功告成的喜悦与安定感，愣是没被醉酒而聒噪的美国楼友们干扰，一觉怒睡到 8 点半。）

过程与收获：用充电至满格的脑子再审论文，发现一些行文上的瑕疵，但对总体结构和论点依然满意，算是给自己吃了一颗定心丸。

第六步：约见英文写作中心[1]辅导老师，进一步修改。

执行情况：按时完成。

执行时间：周日下午 3 点到 3 点半。

过程与收获：拜访辅导老师前，我把第一稿和第二稿都提前发给了她。

1 The Yale English Writing Center，是耶鲁为学生提供各类写作指导的组织，大多数辅导老师是教英语文学或写作多年之后退休的老教授，经验丰富。

这位七十多岁的慈祥老教授竟然在我去之前便仔细读完了两篇草稿，并在第二篇草稿上用铅笔注上了近十条修改建议，有对语言的雕琢，也有对论点的加强。老教授肯定了我第二篇的巨大进步——又是一颗定心丸。半小时的深入交流帮我把论文质量又往上提了一大截。

第七步：修改，定稿，提交。

执行情况：按时完成。

执行时间：周日下午 4 点到 6 点。

过程与收获：带着老教授给的指导与信心，我再次回到图书馆那个被自己快坐出永久屁股印儿的沙发椅上，打开电脑逐段润色，终于在晚饭前给这篇论文画上了休止符。

从周五下午 4 点打响整改论文的第一枪，到周日傍晚 6 点完成第七个步骤，点击“提交”，我度过了在大一时最紧凑而富有能量的一个周末。

诚然，在这个周末我是个眼里只有论文和学习的典型亚洲书呆子，在这个周末很多朋友都在派对上把酒言欢，对背着大书包穿梭于宿舍和图书馆的我表示重度不解，在这个周末的午夜时分的图书馆只有书陪着我，但为了实现这四十八小时内的唯一目标——把论文写好，我甘愿屏蔽所有玩乐懈怠的诱惑，把图书馆窗外不绝于耳的谈笑声当作最优美的背景音乐，一个人默默走完这个先苦后甜的过程。

几天后，当我已把精力放在其他课业和活动上时，我收到了写作课教授的电子邮件：

邮件标题：The grade for your first paper is now available.（你第一篇论文的成绩出来了。）

Dear LEO,（亲爱的 LEO，）

You have received an A for your first paper. Congratulations!（你的第一篇论文成绩是 A——祝贺！）

I am impressed by the considerable amount of improvement you have made since we discussed your first draft. The paper is impeccable in terms of its structure, arguments and prose. For example...（自从上次我们讨论过第一稿后，你对论文做出了很大的改善，令我钦佩。这篇论文从结构、论点和用词等各方面都无懈可击。比如……）

Well done and congratulations again.（这篇论文你写得很出色，再次祝贺。）

这就是我在耶鲁写第一篇论文的故事。而你一定能看出，在耶鲁写论文，是不可能东拼西凑蒙混过关的。哪怕是写一篇仅有四页的小论文，也要读大量文献、构思、写草稿、找教授讨论，直至定稿。每次写论文，都是一次对新事物完整而透彻的学习。只有读完成百上千页的书，才能将其中的精华结合成自己的论点，浓缩在一篇论文里。

有时，棘手的论文实在可以剥人几层皮。我就数次看到写完大论文的同学露出“劫后余生”的表情，也多次听到“写完这篇论文再照镜子，觉得仿佛老了十岁”之类的感叹。

我倒是挺享受每次“憋纸”的感觉。就像爱嚼槟榔的人，纵使知道槟榔味道不好，也还是难戒其瘾。我也许算得上半个斯德哥尔摩综合征患者吧。

耶鲁四年，我虽然是经济学专业，却也写过各式各样的论文：几十页的经济学理论论文，金融市场论文，生物实验论文，艺术鉴赏论文，当然还有历史论文。

我最喜欢的是大三上“东亚帝国史”这门课时写的一篇论文。那门课上，教授带我们研究朝鲜和日本高僧到唐朝学习佛法的历史。我研究的是日本高僧圆仁和尚，当时从耶鲁贝内基善本图书馆借到了一本 20 世纪 50 年代的珍本《入唐求法巡礼行记》（*Ennin's Diary: The Record of a Pilgrimage to China in Search of the Law*）。这是一本圆仁和尚用汉字文言文写的日记，历时九年七个月，每篇日记里都真切而朴实地记述了圆仁在宋朝求佛法时最细微的生活与旅行片段，颇有东瀛版《大唐西域记》之意。全书由美国历史学家和前驻日大使埃德温·赖肖尔翻译。

我用两天时间不眠不休读完了整本日记，数次为圆仁和尚在求法过程中的执着和艰辛而感动落泪。因为读懂了作者的内心世界、读出了感情，我的这篇论文一蹴而就，剖析了圆仁笔下的宋朝政治与风土，还提出了令人耳目一新的观点，被教授当作范文发给全班同学参考。

从大一时见到大论文作业的如临大敌，到大三大四时的胸有成竹得心应手，我在耶鲁严苛的训练下，从一只论文菜鸟变成了一根论文“老油条”。十分幸运，我的所有论文都得到了 A 或 A－的成绩。

在耶鲁写论文的经历带给了我什么？

我想，首先是对书的爱变得更加饱满而深沉。当书不再只是读着过瘾和好玩，而是把书读薄、再把自己的想法变成一篇论文时，你会发现自己和作者离得特别近，和书里描绘的世界离得特别近。那种与书深入对话的感觉令我着迷。直到今天，我每读一本书时都会记录下自己的想法，有时还会写出一篇完整的书评。

写论文让我变得更加严谨。我知道了尊重别人观点是和阐述自己观点同等重要的事情——所有引述他人论点的地方，不管是否引用原句，都要仔细注明，否则就可能被认定为抄袭。这一点是美国大学做得特别到位而咱们国内大学尚存不足的。

当然，这近百篇论文确实狠狠锤炼了我的写作功底。遣词造句变好是一方面，且更多体现在英语写作里，对结构把握能力的增强和逻辑缜密度的提高才是更重要的收获。进入高盛（Goldman Sachs）投行后，动辄要写几十页甚至上百页的分析报告，大学时练就的写作能力让我有如神助，每次都能快准狠地在截止时间点之前完成让上司满意的草稿。

最重要的收获，我想，还是一股韧劲儿，一种肯下力气把事情做好的决心吧。

We read to know that we’re not alone.
（我们读书，便不再孤单）

给了我正能量的耶鲁牛友 Charles

谁的人生中没有几个“CP 好友”呢？然而，Charles 却成了我生命中最特别的人之一，从第一次见面的惊艳，到最后的亦师亦友……

大三时我得到一份校园中文助教的工作，每周两次在图书馆一对一辅导中文。

Charles 是我的第一个学生。我教了他两年，直到毕业。和他的关系，也从师徒变为好友，甚至还因“出双入对”过多，被人误认成一对情侣。

成绩好并不意味着一切

Charles 当年给我发的第一封“求助”邮件，大意是自己在耶鲁已经上了两年半中文课，最近遇到了瓶颈，自感学得很差，需要辅导。字里行间满是“求帮忙”的迫切。

我欣然接受了辅导请求，心想着这位仁兄估计是学得云里雾里，需要“仙人指路”了。我得帮他走出中文学习的水深火热。

第一次辅导安排在了巴斯图书馆的一楼咖啡座。那里每天灯火通明，学生们可以毫无顾忌地出声讨论功课。

那天，Charles 穿着灰色羊毛衫，围着黑色围脖，安静地坐着喝咖啡看书。见我来了，他站起身和我握手、自我介绍、寒暄，简单几个动作却吸引了周围女生的注目和私语。后来才知道，他是耶鲁民间评选出来的 cover boy，俗称“校草”。

我看到 Charles 时，其实也有那么一秒在暗暗惊叹世上竟有如此俊秀的男生。大概 188 厘米的身高，金棕色的头发，深绿色的眼睛，挺直的鼻梁，一切都如古希腊雕塑般精致完美。但比长相更让人心生好感的，是他从容温和的表情和大方简练的一句“你好，我是 Charles”，举手投足皆贵气。就此打住，我是直男，仅是在抒发对美的赞叹。

辅导开始，Charles 自觉把对话语言换成了中文。

“李老师，你可以叫我廖涛，我的中文名。我在学《高级中文》，可最近觉得学不好，让我感到头疼。我想提高一下。”

几句话的抑扬顿挫毫无问题，几乎听不出是个“歪果仁”。能上耶鲁难度最高的高级中文这门中文课的人屈指可数，这家伙水平不赖。

“好的，廖涛。能说说你具体都遇到什么困难了吗？我们对症下药，有的放矢。”我故意连说两个成语，想“刁难”一下他，建立“李老师”的威信。

“嗯，我也希望对症下药。最好能……唔……釜，底抽薪，不要扬汤止沸。我这么说对吗？”Charles 一脸认真样地看着我。

他竟然听懂了我说的成语，还回敬了我两个难度相当、用法正确的词。这么多年来，我结识了很多中文流利的外国人，可像 Charles 这样才思敏捷、用成语见招拆招的，恐怕是后无来者。

“非常正确，你对成语是信手拈来啊，厉害！”

“信手拈来？哪里哪里。不敢在李老师面前，嗯，班门弄斧……”

好吧，我认输，赶紧回到正题：“我如何帮你提高中文水平呢？”

Charles 边介绍自己从高中开始学中文的历史，边把教材展示给我看。耶鲁的高级中文课原来真的很“高级”，课本里收录了《论语》等国内初中生学的文言文，李白、杜甫、王维的诗，鲁迅、冰心、巴金的文章节选，以及各种与中美社会有关的议论文。

最令我忍俊不禁的一篇，说的是一个叫张强的留学生，读书时与一位美国姑娘结婚，但姑娘后来发现张强并不爱她，结婚只是为了“骗”到美国绿卡。现在两人闹离婚，牵扯到“什么是真爱”“男女平等”等概念。只能说，耶鲁中文教授太能编故事了，高级中文课学生哪是在学语言，分明是在用中文学习文化和社会百态啊。

再看 Charles 过往的中文作文和考试分数，我又吃了一惊：所有小测都在 90 分以上，期中考 98 分，两篇作文均得到 A。这明摆着是个尖子生，怎么就“学不好”了，怎么就“感到头疼”了？

“廖涛，你的中文成绩很棒，口语也很溜，到底是遇到什么困难了呢？”

“李老师，我认为成绩好并不意味着一切。成绩对我而言，不是最重要的事情。我想学习中文的内在，我想学得更加深刻。可是最近，我感到有点喘不过气。因为，我虽然上课学的词语句子都没问题，可是，我都没有机会和时间，去了解语言背后的故事。比如，为什么是‘两个黄鹂鸣翠柳’，不是‘两只’呢？这些东西，教授没有在上课时介绍。而且，现在学的中文难了，能读懂，但说不出来，口语好像没变好。所以，我想请你指导我，我想把中文学得更好，不是为了考试和背书才要学……”

对一个中文非母语的人来说，这真是一个毫无瑕疵的即兴演讲！

我也终于明白，Charles 来找我，并不是为了把成绩再提高 1 分，而是为了举一反三、学习“语言背后的故事”。对他而言，学中文绝不只是掌握一项新技能，而是深度认识和研究一种他热爱的语言、一门艺术。

在耶鲁的两年中文助教工作里，我帮过九个学生，八个人来找我的目的都是提高成绩。“老师，帮我改一下作文，我想拿 A。”“LEO，带我温习一遍所有字词，我明天考试要拿 90 分。”而一旦交了论文通过了考试，他们就消失无踪了。唯独 Charles，在见面前把自己的中文学习情况形容得最“堪忧”，却是成绩最好、最真心实意想学好中文的人。

有些人说，现在的年轻人比父辈急功近利了许多，做每件事都要计算投入产出，都是为了达到一个实际目的。可 Charles 是一个实实在在的反例，大学生活已经很忙，但他依然愿意抽出时间，去学一件他已经掌握得很好的事，只因为他真的喜欢。成绩好并不意味着一切，真正的热情更重要。

那天晚上我辅导了 Charles 两个小时。我们讨论了“两个黄鹂”和“两只黄鹂”的区别，还延伸着聊了“僧敲月下门”和“僧推月下门”的一字之差。面对这个刨根问底的洋学生，我也变成了循循善诱的初中语文老师，引导他去分析鲁迅在《故乡》一文中“从屋里飞出了我那八岁侄儿”的“飞”字的妙用。Charles 发光的眼神告诉我，他很享受这段中文时间。

从那之后，我们每周两次中文辅导，雷打不动。我时不时电邮给 Charles 一些中国名家的美文，他竟几乎每篇都读，列出一堆问题，追着教授和我发问。我给他推荐的中国好电影，比如《活着》和《红高粱》，他也配着英文字幕看了不止一遍，甚至能模仿电影里的口音背出几句台词——金发帅哥说山东话的画面太美，估计你不敢看。

我教 Charles 中文，但有时我觉得他才是我的老师。他教给我的，远比我教给他的要深刻：对热爱之事的最纯粹的尊重与专注，一种匠心精神的体现。

毅力惊人的健身达人

师而优则友。我很庆幸因为中文认识了 Charles，进而成为他的死党。这位美男学霸的正能量和魅力，远不止学中文这一件事。

比如，还有强悍的毅力和自控力。

大三下学期，Charles 邀我成为他的 gym buddy，也就是“健身搭子”。

“LEO，你应该长点腱子肉。跟我一起训练吧，哥们儿。”

Charles 从十八岁开始规律健身，几年的挥汗换来一身无可挑剔的肌肉，不是那种蛋白粉充起来的大块头，而是让男女都赏心悦目的、火候恰到好处的肌肉。

跟健身专家一起锻炼，还能免费获得运动指导，何乐而不为。那时，我刚好想开始系统打造肌肉块，便欣然接受了邀约。

第二天早上 8 点未到，Charles 就来敲我的宿舍门了。

“LEO，快起来，都 8 点了。”

我是个夜猫子，早上容易恋床。可为了不在好友面前认输，想一想几个月后身形将发生跨越式的可喜变化，我还是一个鲤鱼打挺爬了起来。

“8 点已经很晚了。以后早练时，得 7 点前到健身房，把热身做好。”Charles 云淡风轻地说。

“7 点，你在开玩笑吗？”

“当然不是每个训练日都要早起，哈哈。”Charles 看着我受惊的样子，做了个鬼脸。

那天，金牌教练 Charles 帮我做了体测，当天晚上就发来一套为我量身定制的健身计划，每个步骤都解释得一丝不苟。

每周三、日：校园慢跑。周二、四、六：健身房器械训练。周一、五：休息。

周二：肱二头肌，腹肌，胸肌。

第一步：跑步机匀速十五分钟；第二步……第三步……

而 Charles 给自己定的计划，是每周只休周一一天，运动量和强度都比我的要大不少，近乎自虐。

我一直对自己的耐力和意志力颇有信心，可看到 Charles 给的魔鬼训练计划时，也不禁头皮发麻。

但健身，持之以恒才能修得正果。为了几个月后“穿衣显瘦脱衣有肉”能带给我的“虚荣感”，少睡点懒觉、多流点汗水又算什么？

何况，有一位校草陪练，是多少人求之不得的美事。

Charles 和我都是说完就办、绝不拖延的执行力党。自虐级健身行动正式打响。

俗话说男女搭配，干活儿不累。和 Charles 一起锻炼，绝对是男男搭配，运动加倍。Charles 挥汗如雨的样子，就像一剂强兴奋剂、一针强效鸡血。以前举不起来的重量，也能咬牙搞定了。

耶鲁的学习生活总是繁忙异常，可几个月的健身行动，Charles 竟一次都没有缺席和搪塞过。而我，本以为自己的毅力无人能敌，却还是因为各种原因翘了几堂训练。

记得那是二月初，一股几十年不遇的冷空气从北极圈呼啸直下，席卷了美国东北部。耶鲁大学城的最低气温骤降到零下二十多度，整个校园都被冻僵了，像是回到冰河时代。

那天早晨的原计划是环校园慢跑半小时，但经过一番思想斗争，我还是向窗外呼号的寒风妥协了，也不打算去跑健身房的跑步机。“这么冷的天，就让我享受一次小屋里的温暖安逸吧。”

刚想给 Charles 发短信商量停跑的事，这位老兄的电话先打来了。

“伙计，还是老计划，跑到菲尔普斯门集合。一会儿见。”

“Charles，今天这么冷，咱们暂停一次吧。”

“为什么呢？这种天跑步才有锻炼效果呢。好吧伙计，我先出发了，一会儿聊。”

半个多小时后，我和跑完四英里、脸冻得紫红的 Charles 在食堂吃早饭。

他略显得意地给我看自己跑到科学山（Science Hill）后拍的小视频。清晨7点多被寒流席卷的校园空无一人，狂风大作的声音似乎要冲破正播着视频的手机，独跑者Charles裹着挡风跑步衣，朝镜头比出V字手势，冻住了的嘴角努力上扬。

“半小时里我几乎没看到一个路人。整个学校成了我一人的运动场，那感觉太棒了。”

“LEO，其实天气没你想象的可怕。又不是飓风或地震，稍微逼自己一下就出门了。刚跑的时候肯定难受，但只要跑起来了，就真的很酣畅淋漓。要想锻炼有成果，就不能轻易给自己找借口退缩。”

Charles的短短几句话，让我不禁为自己的偷懒汗颜。

一个周五晚上，Charles拉我去参加他所在的兄弟会[1]——SAE（Sigma Alpha Epsilon，美国最大的大学兄弟会之一）的周末聚会。这是耶鲁最有人气的兄弟会，要想参加派对，必须有会内的“兄弟”邀请才能入内。

虽然不是SAE的成员，但作为Charles的朋友，我受到了别样欢迎。兄弟们挨个过来和我谈天，带着我玩五花八门的“饮酒游戏”。酒量不错的我被热情的兄弟会男生们连灌十多杯烈性酒饮料后，开始脚踩棉花了。

午夜零点刚过，旁边姐妹会的一群喝得微醺的辣妹驾到，引爆了当晚派对的高潮。大家咋呼着准备玩一轮大型“啤酒乒乓”（beer pong，美国大学里最令人热血沸腾的饮酒游戏），把所有酒喝光。

一个已经喝成猴屁股脸的兄弟吆喝着让我和Charles加入“战斗”时，Charles突然大手一拦。

“Brandon，别让LEO喝了。我们该告辞了。”

“拜托，Charles，才12点多，好几天没见你了，干吗这么早走？”红脸兄弟不解地问道。旁边几个五官精致、身材惹火的女生听到Charles要走，顿时满脸遗憾。她们来SAE的派对，多半是为了和耶鲁第一校草聊上一句吧。

“LEO和我正在完成一个健身计划，明早得早起。今天很尽兴了，但再

1 兄弟会，英文为fraternity，是美国大学里很重要的男生社交团体，成员们以“兄弟”相称，定期举办酒局和派对，增进兄弟情谊，也开展各种跟学习、求职有关的活动。与兄弟会相对的是姐妹会，英文为sorority。

喝，明天恐怕就起不来啦。你们好好玩，尽情狂欢吧伙计们。”Charles 温和的语气里又分明带着一种不由分说的坚决。

第二天一早，当整个耶鲁都还在酣睡时，Charles 和我已经在健身房会合，按计划完成了周六清晨的健身任务。

“说实话，昨晚派对挺开心的，我其实也挺想多待会儿。但派对伤身，如果因为通宵狂欢，第二天无法完成运动计划，我想我会十分后悔的。再说，我得对你负责啊。你喝高了我可抬不动你。”Charles 边啃着花生酱面包片边咕哝道。

多亏 Charles 强大的自我约束力，如果他没在场，我也许就会因为不好意思拒绝邀请而玩起“啤酒乒乓”，继而破天荒地第一次喝高，然后昏睡到周六中午了。

那个学期，Charles 还参选了耶鲁学生会主席（Yale College Council President），与另外两个候选人竞争“学生首领”的宝座。我也有幸作为朋友加入 Charles 的参选团队，帮他准备竞选纲领、全校拜票。

那一个月，参选团队的成员们边忙学业边协助 Charles 冲刺选举，平均每天睡五小时。而录视频、上辩论、发选文的 Charles，更是忙得应接不暇。即使这样，他依旧一天不差地坚持着我们的健身计划。按他的话说：“我心里有数，自己体能好，完全应付得了所有事。运动不能丢，把强度减轻些就可以了。”

因为有了 Charles 这个从不懈怠的健身伙伴，我的健身取得了前所未有的成效，整个人变得结实强壮了不少。

角色互换的“师生”关系

跟 Charles 认识后的两年里，我一次次被这个男生“震慑”着。除了专注力、执行力和自控力，他身上还有太多优点让我钦佩和自叹不如。

耶鲁有一个著名的评选，叫“校园里最美丽的五十个人”，每年都会根据全校民意调查，选出长得最英俊和最漂亮的五十位学生。一些同学觉得能入选“五十人名单”是一种荣耀，千方百计为自己拉票。

可是 Charles，这个女生和男生都默认的耶鲁校草，却数次拒绝上榜，即使评选主办人不惜亲自登门，求他“赏脸”。

我问他为什么，Charles 笑着说：“他们老是抬举我。耶鲁长得好看的人多的是呢，而且上不上榜一点儿都不重要。”

我想，Charles 就是明明可以靠颜值，却非要拼才华的典型代表吧。

经常有大学生朋友问我：“LEO，能给我一些建议吗？现在感到好迷茫，不知道未来的路要怎么走。如何规划人生才好呢？”

杨绛先生曾经对年轻人说：“你的问题主要在于读书不多而想得太多。”我想把这句话改一下，送给“迷茫”的大学生们：“你的问题主要在于做得不多而想得太多。”

年轻时规划未来固然重要，但阅历极其有限时，眼界尚窄，因而很难看得很远，不太可能把未来好多年的“路”都一一想得清楚明白。

这时候，做好眼前事才是最实实在在打消“迷茫”的办法。一些朋友喜欢从鸡汤文章里寻找动力和启发，读到动情时甚至潸然泪下。但这样的鸡汤故事读多了，其实是一种精神荼毒，越读反而越没有了动力打拼自己的生活。

对未来最负责任的做法，是用意志力去打败那个软弱和渴望安逸的自己，把当下的事一件件做好。

像 Charles 这样家境优渥的高富帅都在努力不懈，出身平凡的我们又有什么理由不去摆脱迷茫的多愁善感，好好奋斗呢？

“野”出更广阔的视野

旅途中最重要的事不是享受美景和美食，而是通过和当地人交流、碰撞，发现更多匆匆过客不能体会的美。

在耶鲁读书，当然不是窝在纽黑文小城里待到毕业。如果问我，除了学习以外，读大学时最该做的事是什么，我的回答会是：旅行。世界这么大，如果不在进入社会前多去看看，更待何时呢？

我想，大学时代的旅行，应该野一点儿、激进一点儿、独特一点儿、脱俗一点儿，绕过妇孺皆知的景区，去一些有了家庭和事业之后可能再也到不了的地方。

大学四年里，我拿着做暑期实习、打校园零工和发表文章赚来的钱，资助自己去全世界穷游。每一次闯荡都是不会再有第二次的学习和冒险。

对我而言，旅途中最重要的事不是享受美景和美食，而是通过和当地人相遇、交流、碰撞，发现买门票逛景点式的旅行压根儿触及不到的地方和事物。这样的旅行往往能带来更多的不可思议，所以更好玩儿，更刺激。

旅途中总会有故事，而这些故事又偏偏不可能都是完美时刻。有些时候，故事中会有更多不可思议甚至令人咂舌的瞬间，下面就分享两个我在异国旅行时的独特经历。

在东瀛学日语：碰到变态寄宿家庭女主人

大一时的整个暑假我都漂在日本，参加普林斯顿大学主办的中级日语夏季课程，在日本海沿岸小城金泽游学了两个半月。

当时，每个项目学生都被安排和当地寄宿家庭同住，这样才能深度融入日式生活，尽量多地练习日文。

我的寄宿家庭是一个普通的四口之家：五十岁的藤井先生，四十四岁的藤井太太，五岁的女儿真步酱和十岁的大白猫明子。男主人在当地最大的报社工作，女主人则是自由画家。

第一天见面时，藤井一家请我吃了日式烤肉。我对他们的第一印象很不错：藤井先生内向但友好，喝了清酒以后就爱讲冷笑话；真步酱活泼可爱，眼睛又黑又亮扑闪扑闪的；明子喜欢呼噜着在我腿间蹭个不停；而藤井太太一看就是搞艺术的人，扮相是特酷的一身黑：黑帽子，黑框眼镜，黑色丝巾，黑裙子，黑凉鞋。我想，自己一定能和他们成为好朋友。

住进藤井家的前两周一切都好：白天我上日语课，傍晚下课后和藤井夫妇一起做料理，晚上我们会去天然温泉美美地泡个汤，有时还去看电影、唱歌。真步酱很黏人，喜欢坐在我的大腿上让我陪她画画。周末，藤井先生会开车带大家到金泽郊外的山里兜风、打理在那儿的一片菜地。跟他们一起生活，我的日语水平提高神速。

唯一让我感到有些不舒服的是藤井太太。我渐渐发现，她会在我不注意的时候略含微笑地注视我，有时还会喃喃自语些我听不懂的东西。

“画家都有些古灵精怪的小个性吧。”我这么给自己解释，并没太往心里去。

然而，藤井太太的异样在接下去的两周越发明显，到了我再也不能无视的地步。那段时间藤井先生牵头一个大项目，每天晚上加班到深夜。家里就只剩下女主人、小女儿、猫和我。

做料理时，藤井太太会端着相机对着我拍个不停，边拍边发出令我百思不得其解的诡异笑声。吃饭时她一定会喝酒，微醺后就会重复说两句话：“要是我再年轻点，你会不会让我做你的女朋友啊？LEO 君能不能等真步酱长大以后，娶了她呀？”

我强迫自己认为她是酒后失态，总想呵呵着破除尴尬，但屡屡无果。藤井太太得寸进尺，挨着我坐下，要么摸我头发，要么揉我肩膀，嘴里嘟囔着似日语非日语的话。我只能推开她，说句“shitsureishimasu”（日语，失礼了），然后躲进房间学习。

难不成，自己遇到了传说中的性骚扰？

一天凌晨 3 点，我被枕边的轻微晃动弄醒了。揉一揉惺忪的睡眼，我定睛一看——好家伙，我旁边竟然躺着一个人，正是藤井太太！她未经我允许就破门而入，还睡到我的榻榻米上了！

我至今难忘她当时的模样：眯缝着眼睛，披头散发，嘴角还是挂着那种诡异的微笑。我毛骨悚然，朝她大喝："藤井太太，你为什么会到我房间！请你立刻出去！"

我的喊声吵醒了藤井先生，他赶忙跑过来，边朝我连声道歉，边抱走了神经兮兮的藤井太太。我至今不知道她当时是醒着的，还是在梦游。

第二天早饭时间，藤井太太没从卧室里出来。藤井先生继续不迭地向我说"对不起"，却对妻子的奇怪举止三缄其口。我再也无法忍受这一切诡异，上课前果断地找到项目主任，以"遭遇女主人性骚扰"为由，请求更换寄宿家庭。

这是项目头一次接到学生投诉性骚扰，大家在震惊之余高度重视，当天下午就特派了两位项目辅导员，把我"平安无事"地接出了奇葩的藤井家。我收拾行李时，藤井太太变得更加匪夷所思。她倚在我的房间门口，大笑着叽里咕噜道："你走吧，走了你会后悔的。你走吧，都走吧。"

从那以后，我再也没和藤井一家有过联系。我想，如果当时因为怕麻烦或难为情，忍气吞声任由藤井太太继续"变态"下去，那么也许后果将不堪设想。所以年轻人，尤其是女生在国外游学时，绝对不能随便放松警惕，一定要时刻保护好自己，遇到不对劲的事情就及时求援，万万不可在异乡被占了便宜。

在印度贫民窟：普及安全性知识，教当地妇女"防狼"

大二春假，我和其他十多位耶鲁学生一起踏上了 Reach Out Yale 公益旅行组织组织的印度公益旅行。此行的主要目的是深入当地贫民窟，为那里的孩子组建英文图书角、向成年人普及性知识。

我是整个团队最小、最没经验的成员——年方十九，单身，未尝人间烟火。想到接下去要向印度的父老乡亲们传授我也感到陌生的知识，不由得小忐忑、小兴奋。

去印度之前，团员们你一言我一语讨论过该如何在那儿避免食物中毒。

“贫民窟的脏乱差是无法想象、不可忍受的。我们要想保证安全，最好买矿泉水漱口，杜绝一切路边摊小吃。”

“哦，对了，跟当地人握手拥抱以后，最好用免洗洗手液消消毒……”

我的这帮美国同学习惯了干净的生活环境，对马上要深入的第三世界国家心存戒备。

到孟买后，我们直奔达哈维贫民窟。那是亚洲最大的贫民窟，也是电影《贫民窟的百万富翁》的取景地。

达哈维确实脏而破败。1.75 平方千米的天地里生活着上百万居民。如小山高的垃圾堆随处可见，臭气熏天。条件虽差，人们却生活得怡然自得：孩子们赤着小脚满地嬉戏，妇女们在家门口的橡胶水管旁洗发梳妆，男人们则光着上身聚在一起打牌谈天。

我们的向导、孟买“妇女希望”组织的发起人拉什娜女士用印地语跟大家寒暄，说明我们的来历。人们纷纷投来友好的微笑，就连老太太都倚在门口眯着笑眼打量我们。

一个卖印度酸奶的老伯热情地从大盆里舀出十几杯酸奶免费送给我们。苍蝇在四周嗡嗡转悠；盛酸奶时，他黝黑的大拇指几次不小心伸进了盆里。可我们还是一边说着谢谢一边接过了酸奶杯，毫不迟疑地品尝起来。也许是被贫民窟居民们的好客和单纯感化了，大家把之前的嫌弃和防备心全都抛到了九霄云外。

当天下午，我们的“安全性教育系列课堂”在贫民窟小广场拉开帷幕，吸引了上百个居民来听课。第一个环节是演示安全套的使用方法。不用说贫民窟的男男女女，我这个门外汉都脸红心跳。

教学方法十分直白：我们带来从耶鲁健康中心领到的数枚安全套，又提前在市场上买好几大筐香蕉，每个队员领十根，一根自己用于演示，九根分给各自面前的居民们用于练习。

此行队长、大四学生 Jennifer 是主讲人，拉什娜当翻译。

“朋友们好！今天，请允许我们向大家演示安全套的正确用法。不要小看这个玩意儿，它对防止性传播疾病和意外怀孕有着重要作用。首先，请大家捏一捏手中的安全套，感受一下它的材质……”Jennifer 用她耶鲁合唱团领唱的好嗓音，大气非凡地做着开场白。

拉什娜开始翻译的时候，我感到所有人的脸都唰地红了起来。妇女们害羞得捂住了嘴，而男子们则忍着笑低下头。但令我们欣慰的是，没有人把这堂课看成见不得人的事情，也没有人中途离开。在保守的印度贫民窟，不得不说这是一个伟大的成就。

你能想象当时的奇景吗？蓝天下，上百个印度居民人手一根香蕉和安全套，在十几个美国大学生的引导下，一步步学会如何安全健康地进行性行为，一切看上去都是如此和谐。

安全套环节还只是“前菜”，随后是更带感的妇女防身术课。我们请所有男居民离场，只让女人们留下学大招。拉什娜和“妇女希望”组织的几名女大学生志愿者是这堂课的主讲人。

“姐妹们，不要再软弱！我们要为了自己的安全和尊严而战！”拉什娜以慷慨激昂的语调开场。在印度贫民社区，妇女遭陌生人性侵的事件屡有发生，一直是印度国内最严峻的社会问题之一。

“劳烦几位耶鲁的男生到广场中间来。我们现在教大家遇到流氓时该如何应对。”

等等？我们前一秒不还是一伙儿的吗？拉什娜，你们这是要把所有男生当成色狼道具吗？情何以堪啊。

“求手下留情……”我们几个男生纵使一百个不情愿，但为了逼真的演示效果，也只能咬咬牙配合做一回流氓了。

拉什娜继续讲解：“大家看，假设这几个坏蛋想正面袭击，你们不用慌张。首先要用小臂顶住他们的脖子，就像这样——”

和我搭伙演示的女志愿者十分配合地用胳膊挡住了我的脖子，一点儿也不手软。我的喉结被压得生疼。

“随后，另一只手猛击流氓的裆部，力气越大越好。”

谢天谢地，这个动作不是动真格的。女志愿者把手放到我的裆前，示意性地挥了几个空拳，然后略带抱歉地朝我笑了笑。

“与此同时，用你的脚钩住流氓的小腿根部，将其绊倒……”

拉什娜话音未落，我一米八多的高大身躯就已经壮烈倒下。再抬眼时，我发现所有男生都被女中豪杰们制伏了，倒地时掀起的尘土在空中飞扬。

妇女们拍手叫绝，跃跃欲试。

“色狼”的使命并没到此为止。接下去十多分钟，我们几个男生继续被当成妇女学生们练习防身术的靶子。

“哎哟，我的天，力气好大。”

“抱歉，可不可以轻点？”

“慢点好吗，真疼……”

我们的哀号在半空中回响。女人们入戏太深，大概真的把我们当成坏蛋流氓了。

好在我知道，这些跤不是白摔的。这堂防身术课虽然只能教会几十个妇女如何防身，但我们都相信总有一天，印度贫民社区妇女的安全会得到更有力的保证。

当晚我们准备收工回酒店时，被几位跑过来的妇女拦住了。哦，都是性教育课上的学员。她们每人手上提着一个小篮子，里面装着煮鸡蛋、馕、烤鸡肉和煮豆子等印度食物，热腾腾的。

领头的大妈说：“谢谢你们来达哈维讲课。今天学到了很多。尤其辛苦几个小伙子了。我们没什么好东西，只能给你们准备些吃的，请收下。”

下午上课时“凶神恶煞”地摔过我们的几个妇女，此时都挂着满脸的歉意和感激，坚持让我们收下她们的好意。

折腾了一整天，我们确实饿了。大家收下食物，一上车就狼吞虎咽起来。

结果，白天的路边酸奶没把我们放倒，阿姨们的爱心料理却让全队几乎所有人都“华丽丽”地食物中毒了。也许，不上吐下泻一次，就不算到过印度吧。

野到零下 38℃的呼伦贝尔雪原，
怎一个酣畅舒爽了得

把进投行定为本科毕业后的第一步

无论你的理想是什么，对职业规划，一定要全方位考量。

转眼升入大三，我要开始规划毕业后的生活了。

在这件事上，我没走捷径，也不觉得有捷径可走。我认为唯一靠谱的方式，就是了解不同选项，结合自身情况做排除法，最终敲定适合自己的那条路。

耶鲁本科生毕业后选择非常多，但半数以上的学生会这么走：继续读书，或者进入以麦肯锡、贝恩、波士顿咨询公司为代表的管理咨询业，或者试水金融行业，比如去会计师事务所、私募和风险投资、投行等，或者投身公益和非政府组织，或者开始创业。

对这些选项，我一一代入自己的情况做了思考。

继续读书？不。从小学到大学已经在校园里待了十六年，我不想再把自己局限在象牙塔里一心只读圣贤书了。作为男生，我相信自己要去社会这所更丰富的大学里闯上一闯。更何况，起码当下我没把教书和学术研究作为人生大方向，读完本科以后马上攻硕士博士，对我而言并不必要。

去做管理咨询？不。管理咨询师恐怕是这个世界上出差最频繁的一群人了。我热爱旅行，可如果让我每天都为了工作满世界飞，大概率不会是自己想要的生活。

公益和非政府组织呢？不。从小到大我参加了很多公益和志愿者活动，也非常享受帮助他人、为社区建设出力的感觉。可是，我一个青葱的大学毕业生能在非政府组织里有多大作为和影响力呢？我经历尚浅，也没有资源，所以本科毕业后未必是把公益作为事业的最好时机。我更希望在有了一定事业基础后再进入公益领域。

创业？不。我坚信创业不是凭一时心血来潮就能玩的事。当时我并没有足够好的创业点子，也没有给力而默契的合作伙伴，所以创业并不切实际。

金融行业成了一众选择中最合适的那一个。但下结论之前，我还是仔细对比了这个行业里的不同“工种”：

会计师事务所？不。虽然从小就喜欢数学，对数字也敏感，但如果让我成天伏案和各种公司的财务报表打交道，我会疯了的。

私募和风险投资？不是现在。我对投资感兴趣，将来有一天也很可能会进入风险投资领域，但我觉得本科毕业后就搞投资还不是时候。一来我在金融方面的基本功还很弱，对各种实体行业了解也有限；二来我没有人脉，而投资却是一门关于人的生意，不认识人有时就意味着壁垒。

排除了这些选项后还剩下一个：投资银行。

投资银行虽然叫“银行”，但不是工农建交那样让人存款理财的商业银行。把投行叫作金融咨询、证券公司，或许会更恰当。投行的主要职责之一，是为企业提供金融咨询服务，协助其融资，也就是帮着“找钱”。融资方式很多，比如发行股票、债券，又比如兼并和收购其他公司。

投行工作既需要扎实的金融分析技能，又需要大量与人打交道，可以说是“软硬兼备”的一种工作。这恰恰符合我对毕业后第一份工作风格的要求。

选择投资银行，简而言之有这几个重要原因：

耶鲁的经济学专业偏理论，涉及金融、财会等实际应用方面的东西并不多。投行工作能教会我很多在学校学得很浅或压根没碰过的知识，比如搭建盈利预测模型。无论未来是否在投行走下去，这些金融实战技能都会让我一直受益。

早就听闻投行工作很累，熬夜是家常便饭。但我偏偏想进投行“自虐”一下，因为我想知道这号称世界上最苦的工作，到底能有多苦。我想在投行里摔打一下，让自己变得更坚强。年轻时吃点苦，总比老了再拼要明智吧？

投行吸引我的另一点，是投行的人。没有一个投行员工不是过五关斩六将脱颖而出的，他们常常在顶尖大学里也出类拔萃。我想让自己一直在一个优秀的环境里和优秀的人共事、交友。我不太喜欢“精英”这个词，但在投行“精英”圈里开始职业生涯，我相信自己能成长得更快。

当然，我承认自己被投行的高薪吸引。坦率地说，我需要钱。作为单亲家庭的独生子，我应该尽早挑起大梁，不但要经济独立，还得多创收、不让妈妈再吃任何苦。“在投行赚到第一桶金”这种说法可能有些夸张，但投行确实能帮我实现一点儿原始积累。

还有一个考量我不想否认：高盛、摩根士丹利（Morgan Stanley）、摩根大通（JP Morgan）这样的世界顶级投行，确实具有强大的品牌影响力。说得再直白一些，耶鲁之后，我需要另一个标签来强化自己的简历。这么说可能很“功利”，但这个世界经常是现实而功利的，你可以清高地怒骂，但在奋斗伊始，你也许只能选择接受。当你年纪轻轻、一无所有时，唯有尽己所能提高自身竞争力，才能争取获得更高平台的更多机遇。

初恋的日子

有人说，没有谈过恋爱的大学时代是不完整的。

2009年的夏末秋初，我们在新生开学营上初次相见。

“你好，我叫M，来自香港，是在大陆T市出生的。很高兴认识！我可以和你们一起出去玩吗？”

当时，我正和三个大陆新生在古老校园（Old Campus）散步，说着中文。当时看见的你，长发，戴眼镜，单眼皮，弯弯的笑眼，文静清新。

我们正式认识了。

我惊喜地发现，我们俩在第一学期选修的课里有两门重合：初级微观经济学、数学微积分。

于是常能在课堂内外碰见你。秋意渐浓，耶鲁校园开始有黄叶飘落。去往清晨经济课的路上，几次看见单薄的你，背着灰黑色的运动型大书包，走路飞快到要生风。

渐渐地，我们说的话多了起来。在食堂吃饭时碰见，聊课堂所学，也聊各自来耶鲁前的故事。你真是厉害，普通话、粤语和德语都是母语级。欧洲多年的客居生活，给了你这个东方女孩要强、阳光的性格。

临近期中考试周，这是我们进耶鲁后的第一轮大考。我们从小习惯当学霸了，此次考试怎能允许自己考不好？

我们俩第一次正式约了见面——不是约会，是约学习局。在我们都喜欢的、每天开到凌晨1点45分的巴斯图书馆，一起复习半学期的功课。

平日的你，爱笑、谦和；但讨论学习时的你，专注、严肃到有点吓着了我。好激烈又好棒的一个女孩啊！我暗自感叹。

第一次期中考结束。你我都考了接近满分，我记得你比我还高两分。

拿到成绩的下午，阳光很灿烂，有点回到夏天的感觉。我们溜达着经过冻酸奶店，很自然地走了进去，你一杯我一杯，面对大街吃着，聊着，直到夜幕降临。

10 月底下了第一场大雪。下雪的晚上，亚洲文化协会组织看一部我们都感兴趣的电影。我们很自然地在晚饭后同往。

电影的情节触发、催化了我们更进一步的交流。看完电影后回到各自宿舍，我们在 Skype 上几乎不约而同又都夹带心跳和羞涩地给对方发出了同样的信息：

“不然，我们，交往吧？”

11 月中旬，我们第一次一起庆祝你的生日。在一家泰国餐馆，吃着椰香咖喱饭，庆祝你的十九岁。我送你的礼物是一幅秋叶贴画。

那是我用自己走遍耶鲁校园、精挑细选的一百多片落叶做成的画，每片落叶上都写了一句话，有那个年代的土味情话，但更多是自己的原创。

感恩节放假，我们和几个同学一起去佛罗里达玩，这是我们的第一次旅行。

在奥兰多的迪士尼乐园，我们度过了那半年最无忧无虑的一天。在这个号称“世界上最快乐的地方”，我们快乐地做回了纯粹的小孩。

你真的很能玩过山车，一连坐了三次，比我们几个男孩都疯。不过幽灵屋制服了你，在黑暗里吓得哼哼唧唧、蜷缩到我怀里，像只受了惊的小狗。

在一起后，都爱跑步的我们并肩跑遍了耶鲁的每个角落：老校园，科学山，榆树街，东岩……

我们跑过了春花满开，大雪纷飞，也多次跑到山顶，眺望静谧的校园和深蓝色的大西洋。

你像兔子一样跑得飞快，我几乎不用让着你。你说到幼时在德国的趣事：和男孩子们赛跑，几乎没人跑得过你。有个气急败坏的男生在后面穷追不舍，却不小心绊在树桩上磕掉了门牙。都这么惨了，你说你就不能让着点？

爱在耶鲁，可没那么多花前月下、卿卿我我。我们多数时间都醉心于学业，不过周五晚餐是一定留出来一起吃的。

食堂吃腻了，就下下馆子。耶鲁所在的纽黑文小城，餐馆数量不多，但家家好吃。我们最爱的是 Sushi on Chapel, Seoul, Barcelona, Great Wall 和 Zinc，不知这些店现在还开着没有。领到奖学金和校园打工补贴后我们也偶尔奢侈一下，去更贵的 Union League Café。

不过你饭量小，还偏爱吃素，所以下馆子和吃食堂对你来说差别不大。即使点了肉菜，也总挪腾一大块到我的盘里。

再就是熬夜写论文时，你喜欢用热腾腾的比萨、烤奶酪三明治、辣鸡翅和热巧克力来投喂我："男孩子要多吃点。"

这一通操作下来的结果是：我在大二这一年就胖了十五斤。

有天晚上我突然高烧不退，虚弱之际被你架着去了校医急诊。医生一通检查，诊断我得了急性肺炎。

我刚发着烧回到自己的小屋躺下，你电话来了："不行，我来接你了，到我宿舍住几天，好照顾你。"

肺炎可能传染，我坚决不愿影响你，再三推托无果，还是被你和一位好友不由分说"运送"到了你的小屋。

那几天我愧疚不已。你的屋子只有一张单人床，硬要让给我睡。你找同学借了张折叠床，在地上充好气，凑合着睡了三天。每日的餐食，你一顿不落地买好了送到我嘴边，还给我量体温、擦脸、做冰袋退烧。

隔壁的同学对你不满了："为什么要让病号住到我们这儿？"你边赔笑道歉，边用酒精喷壶消毒好走廊和房间，让同学安心。

在你的悉心照顾下，我不到一周完全康复，实乃神速。

大二暑假，你去了乌干达的偏僻村落做非洲乡镇银行的课题调研。我虽一百个不放心，嘴上却支持你去好好体验。你不是娇弱的女生，你的灵魂里满是闯劲和探索的勇气。

当时我在香港实习，一下班就和你联系，听你告诉我"一切都好"。有几次，你到完全断网的村落里收集资料，许久打不通你的电话，我坐立不安，甚至胡思乱想。

有一次，你和另两位美国女孩同行，调研结束后被挽留在村子过夜。村里的男人带你们吃饭喝酒。酒过三巡，几个五大三粗的男人欲对你们动手动脚，你急忙拨通我的视频电话，我把音量开到最大，陪着你们大声聊天，以打消那几个男人的不轨念头。吃过晚饭，你入住留宿的棚屋，那一晚我们的视频通话一直开着，彻夜未眠。

大三时，你突然开始冒青春痘。原本白净的脸被粉刺强势攻占，几乎要沦陷。

某次吃完饭，我们经过餐馆的镜子。很少哭哭啼啼的你看着镜中的脸，竟委屈地哭出声来。那段时间你压力大极了：选修了最难的几门专业课，还要兼顾社团活动、为毕业做规划，天天熬夜。

你幼稚地说："我变这么丑了，你肯定不喜欢了。"

我把你的头搂进怀里，小声安慰，轻拍你的后背。

那段时间我自学成才，成了半个"战痘专家"，各种控痘的法子研究了个遍，然后选用最保险的方法陪你"战痘"。但我知道，最有效的"药方"，是温暖鼓励和妥帖陪伴。

读本科的几年，我们学习很拼，但旅行也没耽误。那时没有积蓄，当然以"经济游"为主。周末去纽约逛一整天的博物馆，然后去唐人街吃炒菜米饭配珍珠奶茶，就幸福得不行。

许多次周日深夜赶火车回纽黑文，两人在晄当晄当的车厢里一起啃书做题，饿了就吃块儿车站买的巧克力甜饼。火车一路往耶鲁行进，黑夜里大雪纷飞，车厢内温暖如春，这样的经历近十年再也没有过。

我们也同游过美国以外的地方，比如墨西哥城和中国台北。前者热情奔放，后者温婉宜居。犹记我们在台大图书馆坐下看书，我读台湾历史书读到入迷，你笑着说："你适合再读个历史或者人类学的博士！"

也有未完成的旅行心愿。我说，要带你去京都看樱花，三月底的鸭川两岸，樱花如雪般满开，数天后匆匆飘零落幕，有一期一会的美。

大三暑假我在高盛北京办公室实习，每天昏天黑地地忙，周末也鲜有喘息机会，顶多补一觉续续体力，再接着干活儿。

你边留校做课题研究，边担心我的身体会因不规律作息受损。某次通话，你要了我的实习地址，自己对照着手机地图和刚兴起的叫餐软件，圈出几家不错的餐馆，接着打越洋电话给这些餐厅，为我制定了“夏季营养餐谱”，每周两到三次定点送到我的办公室。

我既感动又不想让你麻烦，连说：“不用不用，别担心。”

你固执地不听：“你吃的不一定好！成天熬夜要吃点健康的。”说罢，继续远程订送餐，直到我实习结束。

你决定本科后继续深造，目标直指经济、金融博士——对，直接考博，并且要上就上全美最强的学校。

作为你的考博亲友后援团团长，我知道你肯定行。你那么强，再难的经济和数学课程都难不倒你，论文被教授点名表扬，平均学分绩点多年屹立不倒，不录你录谁？

但再强的学霸也会感到压力。在备考前最累的几个月里，你偶尔自我怀疑：“我能行吗？会不会一所大学都不要我？”

我知道这种担忧纯属多余，但还是耐心开导你，为你默默打气。

“别怕，安心准备，静待 offer 到来，有我陪着你。”

那些日子，我们每天一起坐在街角的 Au Bon Pain 咖啡馆（这家店已歇业多年）忙碌，常是结束营业前最后离店的顾客。帮你把关简历和申请个人陈述，给你按肩捶背，再不时说个笑话逗逗你，好像那段时光的压力和焦虑就全不见了，只剩下并肩作战的快乐和踏实。

几个月后，你迎来了 offer 大丰收，最终选择 S 大。我比自己拿到了 offer 还开心。

2013 年的初夏，我们一起获得学术荣誉，顺利从耶鲁毕业。

要告别共同的家外之家，我们都是又哭又笑，心中万分不舍。耶鲁承载了我们太多的共同回忆，这辈子是忘不了了。

毕业典礼上，我妈来了，你的父母和弟弟也从亚洲飞来。大家一见如故，相谈甚欢。你一向腼腆的可爱弟弟，和我打成一片。

我们还和几个玩得好的同学以及他们的家人一起，吃饭聊天、漫步耶鲁——告别前，再拥抱一次这座如梦如幻的象牙塔吧。

我们开始了耶鲁后的下一站。你跨越几千公里从美国东岸搬到了西岸，而我在四年后再次回国，驻扎北京。两个习惯了奋斗的年轻人，在各自的世界里开启了新一段打拼。

隔着太平洋和十多小时的时差，我们依然很好。虽然都不热衷煲电话粥，也不会盯着微信发个不停，但我们都把对方放在心中重要的位置。

我常加班到午夜后回家，在加州的你刚好迎来新一天的早晨。我们会聊上一小会儿，然后，用我的晚安陪你吃早餐。

相隔万里的异地恋，还是有很多幸福回忆啊。

比如，我终于能腾出时间请年假了，虽然只有六天，还是买了机票直接飞去旧金山。你来机场接我，我们熊抱，然后在夕阳里一起开车返回你的学校。

在S大的几天，我成了你的“小跟班”。你颇有博士范儿了，干练过人，做研究的同时还当上MBA课程的助教。也欣喜地看到你有了几位新朋友，都是既优秀又友好的本校博士。只要你在新环境里过得好、不孤单，我就放心。

又比如，你趁圣诞假飞来北京。那几天北京真冷啊，寒风刺骨，冻得我们腮帮子发麻鼻头红。我陪你逛北京的胡同，两人吃着糖葫芦，感受这座城市冬天里的烟火气。

我还特意在爱彼迎上租了一套两居室民宅度周末呢。星期六的下午，我们在这套小房子的客厅里放起音乐，穿上围裙一起下厨，做了红烧排骨、香辣小龙虾、肉丸汤，当然，还有你爱吃的素菜沙拉和拌豆腐。

又是一年初夏，在电话里你说，好想回到耶鲁的日子，回到那时朝夕相处的每一天。在高盛工作近两年后，我已确定不久后离职，接着申请MBA。心想着：相聚的日子，快了。

你在视频通话里开心地介绍家中新成员：一只可爱的小荷兰猪。你说，它吃东西的样子很像我，笑起来也像，性格特别温和呢。所以看着它，就能想到我。

来年春天，我被哈佛录取。三月底，樱花开了。京都的鸭川两岸，在樱花盛开的日子里一定美极了。你记得在耶鲁时，我聊起樱花如雪簌簌飘落时，脸上向往的表情吗？

春末夏初时我们分手，成了彼此最熟悉的陌生人。

去闯攻略

Action Plans
&
Strategies

拿什么拯救你，我的拖延症

拖延症，大概是当代年轻人最欲罢不能的通病，这里的“不能”，是“做不到”之意，并非“不想、不愿”。我认识的人里不乏拖延症患者，不管多么高学历高大上高精尖的人，都曾拖延过，我当然也不例外。

什么是拖延？我的解释是，可以立马着手、当下完成的事情，却故意放在那儿不开始。

背单词做习题可以“先玩会儿再干”，写工作总结可以“先睡一觉再说”，就连吃饭都能“再等会儿叫餐也不急，反正不太饿”。

我在耶鲁读本科时，有次要写一篇非常难的大论文。翻了好多文献，依然理不出最好的论点。此时畏难情绪爆棚，急性拖延症发作。不想写，不想写，不想写。把论文搁在一边逛论坛消遣，看到一篇题为《上万字经验分享，看了准能治好你的拖延症》的热门帖子。抱着侥幸和好奇点进去一看，只有一行字：“唉，还是再玩会儿，明天告诉你吧。”

那么，拖延时我们都在干什么？

刷朋友圈和短视频、发自拍、看直播、煲电话粥、躺着、发呆、不动。

对一个慢性拖延症患者而言，有多少时间因拖延而流失？

非常保守地说，一天中这样那样的拖延有三次，平均每次十分钟。所以，一天就是半小时，一周就是 0.5 小时 ×7=3.5 小时，一年就是 3.5 小时 ×52=182 小时。

一百八十二小时，可以乘北京到纽约的直飞航班十五次，北京到东京的直飞航班七十三次，北京到天津的高铁三百次。

别忘了，这还是很保守的估测结果。

拖延症带来的副作用都有什么？

最显而易见的，是多米诺骨牌式的恶性循环：因为在 A 事上拖延，导致 B 事无法按时开始；因为 B 事没结束，所以 C 事也延误了；因为 C 事没忙完，所以 D 事 E 事 F 事 G 事都被搁置着。由此一来，每天都在赶各种截止时间中度过，狼狈不堪。

因为拖着一件或几件事没做完，心里总感到没底，严重时甚至茶饭不思。有一篇大论文拖着没写完，你会痛痛快快跟老友们去喝酒撸串吗？有一个考试拖着不复习，你能舒舒服服睡一场大觉吗？拖延时的闲散发呆能带来短时放松和欢愉，但拖延后回到现实，面对眼前那一桩桩一件件事时，心中的不安和压力恐怕只会加重。

因为家务活儿拖着不干，引来妈妈不满，母子或母女间难免一场拌嘴；因为承诺过要送的礼物迟迟不买，使得恋人不快，甚至会带来一场不必要的情侣冷战；因为工作任务拖着不完成，导致上司对你的业务能力产生怀疑和批评，甚至因此危及自己的饭碗……拖延症最大的副作用，还是对亲情友情爱情以及学业事业前途的威胁和伤害啊！

我们究竟为什么爱拖延？

简而言之就是几个“怕”：怕苦，怕累，怕受罪，怕失败。

被拖着不完成的事，大多需要费点脑力、心力、体力，是要求人们燃烧卡路里“用功”的事，是会让人疲惫的事。崇尚安逸享乐的天性自然会阻止一个人去吃苦受累。

被拖着不完成的事，通常不是轻而易举就能搞定的小事，而是具有一定难度和技术性的活儿，比如考托福、写项目 PPT。面对这些有挑战性的任务，人们可能变得不自信，生怕自己做不好、完不成。因为承受不了“失败”的滋味而出现了逃避心态，索性把事情搁着不做。

当然，过度自信和有把握的心态也可以导致拖延：“反正时间还多着呢。这么简单的事用不了多久的，这会儿不需要着急。”很多时候，这种大剌剌的心态佐以其他牵扯精力的事，可能会让人不小心忘了那项一直拖着没完成的任务，等恍然想起时已经误了截止时间，只有捶胸顿足“空悲切”的份儿了。

如何缓解乃至根治拖延症？

首先咱们得知道，不管是拖延还是不拖，事情总在那儿等着我们去完成，即使拖过了初一也拖不过十五。长痛与短痛，你要选哪个？

不拖泥带水地把一件事做完的过程，固然会有疲惫纠结甚至抓狂，但这还算是“短痛”；而拖着任务不完成所产生的不安稳感，尤其是被截止时间追着的压迫感，只要你不把事做完，就会如影随形地一直折腾你，这实在算是“长痛”，还是深入精神层面的“痛”。“长痛”不如“短痛”，所以咬咬牙逼自己立马把事情做完，绝对是更明智的选择。更何况，同完成任务后的那种如释重负的愉悦感相比，“短痛”实在算不上什么。

能两分钟解决的事，绝不拖到第三分钟去做

我的一位成功人士忘年交，执行力卓越得令我生畏。他的一句座右铭，是“能两分钟解决的事，绝不拖到第三分钟去做”。

比如，动动指头就能处理的工作微信，现在就发；动动嘴唇就能打的业务伙伴电话，立刻就打。如果他的秘书磨叽了一点儿，他就会不留情面地问道：“你难道是在等黄道吉日吗？”

几个团队核心成员起初曾叫苦不迭，对霸道上司的严格作风备感压力。但渐渐地，他们不再抱怨，开始变得心服口服，更是庆幸遇到了一位雷厉风行的好老板。而这位大咖的公司，成立区区两年就已经在业界风生水起，盈利节节攀升，还在年初成功上市新三板。

在心里种下这句话：能两分钟解决的事，绝不拖到第三分钟去做。每天默念和践行，让这条信则牢牢扎根在自己的观念里吧。

每天列任务清单，定好优先级

要想不拖延，必须脑子不乱心不浮，必须清楚自己今天、明天、这周和更长一段时间的任务都有什么。

每天早晨起床时给自己列好当天的任务清单，可以按时间先后顺序，更可以按任务的轻重缓急排序。列清单的重点是要明确哪项任务最重要，哪项可以放在最后。当看到有若干件事都需要着手完成时，拖延的念想会减弱很多。

这办法挺笨，也是老生常谈，但我自己觉得效果确实特好。为了督促自己不拖延，我每天早晨都会花十分钟列好当天的任务清单，完成一条任务后就把那项的文字改成绿色。作为一个不是处女座但胜似处女座的较真强迫症族，最令我赏心悦目的是一天结束时的“满屏绿”，而最令我浑身不爽的，当然便是“万绿丛中一点黑”——有任务没完成的时候了。所以我一定会想方

设法把那件遗留事项搞定，绝不拖到明天再办，除非实在遇到了“不可抗拒因素”。

从今天开始，用这个朴素的土办法把自己的工作生活条理化和有序化，一定能杀死不少“强迫症菌”。

专注与自控，尽量保证整块时间，避免碎片时间

什么时候效率最低下？心理研究表明，是无法保证整块连贯时间做事的时候，是时间被各种事情（可以是完全没必要的干扰项，比如外界噪音、刷社交网络）分割得支离破碎的时候。

多任务处理能力固然重要，但还有一种技能同样不可忽视，英文里叫作compartmentalization（划分）——懂得如何去划分你的生活，就是知道如何把你一天二十四小时的生活分成不同的几块，在做每一块事情时都高度专注。

洗澡时就专心涂沐浴露，享受热水冲过身体时的舒爽；学英语时就屏蔽最近在追的网剧，逼自己只读英语单词和句子；睡觉时就好好躺着，不要胡思乱想辗转反侧；吃饭时就放下手机，不要一边刷朋友圈等着别人给自己点赞，一边胡乱扒拉碗里的米饭……

当在每个整块时间内都能心无旁骛做一件事时，就能保证一定的效率。效率有了，事情就能快些完成，“未决事项”也就少了，拖延症复发的概率当然也就低了。

上面讨论了那么多治拖延症的办法，当然不是在说我们要永远绷紧一根弦地奋斗不息。只要是人，就必定有偷懒倦怠的时候，也必须有懒洋洋放空自己的时候，否则就没有“劳逸结合”这个说法了。但避免无谓和有害的拖沓磨叽，对年轻人而言，确实是有百利而无一害的。

怎样优质度过大学四年

大学四年，刨除寒暑假和各种长短假双休日，满打满算一千天，稍纵即逝。从十八岁到二十二岁的四年只有一次，是一个人一生中最不该辜负和浪费的四年。

大学四年，每年都该有一个不同的过法，才能最大化这四年里的收获。结合在耶鲁的经历与体验，我把自己的想法放在这里，希望能让即将踏入大学的同学们参考。

大一

关键词：新鲜，试错，“野”

刚进大学时，每个人都带着一些孩子气，一股愣劲儿，一种初生牛犊的“二”。

当时浑然不觉，但如今看到大一照片里那个留着板寸头咧嘴大笑的自己，翻出当年在脸书等社交网站上泛着傻气的帖子和留言，忆起自己刚入校园时的一些幼稚无畏的想法，我深感：哦，那个从高中鲤鱼跳龙门进了耶鲁的十八岁男孩，当年实在是个愣头青啊。

大一学生，与其说是青年大学生，不如说是换了地方上学的高四老孩子。

大学伊始，一切都新鲜而神奇。十八九岁的大一学生，有最多权利去探索大学这个美丽新世界。

大一这年，你一定要保持饥饿，保持愚蠢（stay hungry，stay foolish ——出自苹果创始人乔布斯的一次演讲）。正因为你是一张白纸，才不该有什么顾忌和犹豫。任何在纸上画的图案或形状都会给白纸增色。

大一这年，你要敢于试错。实际上大一时不存在什么“错误”，因为一切都刚开始，充满着未知。除非你对某件事、某个职业有 100% 的热爱和确定，否则就不要过早把自己框定下来。“我一定读经济学专业”“我将来会当医生”“我准备毕业后回老家工作，在父母身边生活”——这些结论，留到大一之后再做也不迟，不要早早把自己箍死在一个狭小的范围里。

在大一这年尝试不同的课程、课外活动、专业（在美国等西方国家留学的同学大一不需要确定专业），接触不同的人，这么做并没有天大的成本、代价和风险；相反，不同的尝试会帮你发现自己最擅长和享受的事，找到同自己最契合的朋友。

大一刚开始不久，我和几个好友在草坪上天马行空侃大山。聊了什么东西，多年后的我已经不太能记起；唯一印象深刻的是包括我在内的五个人，只有一人最终学了她当时说的专业。

耶鲁每学期初都要组织一场盛大的课外活动“大巴扎”（extracurricular activity bazaar），几百个学生社团会在中心校园吆喝与纳新。大一时，我从大巴扎上拿回了几十个社团的宣传卡片，从正统而“高贵”的耶鲁国际关系协会到稀奇古怪的“爬虫鉴赏社”都有。我试着参加了其中十多个社团的活动，并最终加入了三个最匹配自己兴趣和能力的社团：Reach Out Yale 公益组织，The Pentatonic 无伴奏合唱团和耶鲁模拟联合国协会。如果在“大巴扎”上思前想后，不敢放开手脚报名和尝试，我很可能会和一些影响了我大学四年的课外活动失之交臂。

大一时，我鼓励自己跳出舒适区，以开放的心态结交朋友：住同一层楼的，上同一门课的，在图书馆书架拐角处邂逅的，在周末清晨一起练越野跑的，在食堂一起流着口水抢烤龙虾的……跟不同背景和性格的同学交流，让我学习到各种文化习俗、领略到各异的价值观。虽然跟他们中的很多人最终仅成了点头微笑之交，甚至忘了对方姓甚名谁，但大学里最铁的几个朋友，却也大都始于大一的那一声“很高兴见到你”。

所以，大一完全可以“心在野”，学得野，玩得野。哪怕出了糗露了怯犯了错走了弯路，你大可一笑而过——只是一个“乳臭未干”的大孩子，学识经验尚浅。更何况一路“野”过来，你一定会惊喜不断。

大一学生，自由尝试和探索去吧。

大二

关键词：转型，打基本功

大二学生迈进了二十岁门槛，有些同学开始自嘲“老了”“开始奔三了”。

实际上，大二确实有和大一不一样的过法。

对大多数同学来说，我相信大二是潜心积淀与思考的一年，是打牢基本功的一年。只有在大二“厚积”好，大三和大四时才能“薄发”。

首先大二学生得开始从心态上给自己断奶了。你得清楚，大二过完意味着大学旅程过半，在来到 50% 进度点之前，你如果仍把自己当成没玩够的大小孩，只会浪费很多提高自己内功的机会。

此时的你，真的要变成一个大人了。大一时你还能跟父母撒撒娇、时不时地偷懒或贪玩，大二时则必须对自己严格起来，不给自己留太多余地和借口。

相对于大一时“自由探索、广泛撒网”的策略，大二时应该“有所取舍，抓准重点”。人的时间精力有限，面面俱到的结果是什么都做不好、做不精。

学业上，国内同学们的专业课在这一年难度更大，但难度大不代表拿好成绩的机会会变低。课业难是对所有人而言的。你需要更潜心地把专业课，尤其是可能直接关联到未来职业的那几门课修好。

对在美国留学的同学来说，大二下学期需要确定专业。选专业是大学阶段最重要的决定之一，不能怠慢。

大二上学期开始前，你就应该谨慎思考最想读的专业都有哪些（如果已经心有所属，可以省略这个步骤）。假设有三个专业在你的考虑范围内，你应该仔细了解这些专业在学分、课程、论文、考试等方面的具体要求，最好还能读读几位主要教授的简历。

上学期开学后的选课期间，你应该跟这几个人谈谈待选专业：你的学术辅导老师，每个专业的一至两位教授，每个专业的一至两位大三、大四学长，以及你的父母。结合他们的建议，你应该能做排除法，将范围缩减到一至两个专业。

随后，仔细选课。我建议你选择一门难度较低的和一门难度很大的专业课，测量一下自己的水平——毕竟我们还是得考虑学分成绩，如果难度大的课上得很痛苦，就可能直接影响到成绩。如果拿不到好成绩，这个专业学起来就容易有挫败感，学分成绩不好还会影响到之后的求职或考研。

你还可以这么选择：你会很感兴趣的一门课和你会备感无聊的一门课。上这两门课，评估一下这个专业能“好玩”到哪里，又能“枯燥”到哪里。毕竟你要和一个专业亲密无间两到三年，除了就业前景等实际考量，你最好享受学这个专业的过程。

对课外活动与实习、兼职，如果说大一时什么都能“玩上一把”，那么大二时必须做减法，从你的日程表上削减、删除几项“不那么重要”的课外活动。

每个人对“不那么重要”有不同的定义。我在筛选“不那么重要”的活动时，一般会问自己三个问题：是否还有兴趣继续？是否从中学到了很多？是否觉得这项活动对未来几年的学业、职业规划有一点儿帮助？第三个问题听上去挺功利，但对每一分钟时间都很珍贵的大二学生来说，我认为必不可少。

一些同学可能开始发奋“求职”，他们想抓住一切机会积攒实习和兼职经历：无论是学校里的零工，还是各类公司、组织的实习生招募，他们都想“凑个热闹”，给简历再添一个砝码。

我想说：且慢。大二还不是削尖了脑袋找实习的时候。想体验职场？不急。大三有的是你“卖苦力”的机会。

大二是打好学业基础的关键一年，与其去小单位发传单赚几百块钱，不如定下心来多和教授切磋交流、多读几本跟专业有关的好书。当知识储备和心智修养都还肤浅时，大二学生很难找到“高级”实习。“高级”的意思是有难度和挑战，还要有一点儿名气和影响力的实习项目。比如，华尔街头部投资银行和谷歌、脸书等科技巨头的夏季实习生项目，就基本只招收大三学生。

总之，大二确实比大一“难”一些，因为你要开始正儿八经为自己奋斗了。英语里有个词，叫 sophomore slump，中文翻译成“大二学生症候群”，说的是一些大二学生会变得低落而萎靡，因为自己不再是最受宠爱和无忧无虑的“大一小孩”了，而同时也不是拿到全职或实习邀约、硕士项目录取的高年级“人生赢家”们。他们一时找不到自己的位置，状态全无，玩不好，更学不好。

但避免“大二学生症候群”并不难。接受大二这一年“高不成低不就”的事实，清楚大二这一年努力转型、稳打基础的任务，一步步耐心地往前走，你就不会在自己的大二那年留下遗憾。

大三

关键词：成熟期，做决定，吃点苦

大三是大学下半场的开始，大三学生开始逐渐习惯被唤作师兄师姐，而他们也确实要进入厚积薄发的冲刺阶段了。

很多同学觉得大四才是确定毕业后方向的最关键一年，是黎明前的黑暗。但我认为，大事应该赶早不赶晚，求职和考学的筹备一定要在大三这年启动。

相对大一的无忧无虑和大二的逐渐转型，大三确实是吃苦的一年。这一年你要啃掉更多的文章，写更长的论文，做更复杂的习题，而这还只是课业方面的难度升级。给人带来更大压力的，是对毕业后的思考与准备。

你最好是一个成熟理性而有条理的大三学生。除继续学好专业课，你应该有条不紊地过完这一年。

首先，你要当自己的决策者，想清楚毕业后第一步要往哪儿走、怎么走：是继续学习（留学或国内考研），还是踏入职场？

如果选择出国深造，你一定要通过数项留学考试，比如，托福、GRE、GMAT（Graduate Management Admissions Test，经企管理研究生入学考试）。对大多数同学而言，这些考试不会是小菜一碟。如果把复习备考都放在大四，则很可能因时间紧张而颇感狼狈，所以大三就要一鼓作气完成。第一次分数不行也没关系，还有充足时间再战甚至三战。完成留学考试只是最基本的步骤，你还需要继续研究学校，选择待申专业与项目，准备简历、文书，甚至提前联系目标学校的教授（俗称“套磁”）。如此繁多的任务，能在大三做完的就尽量不拖到大四。

如果决定在国内读研，虽然通常得大四上学期才参加考试，但大三启动复习绝对不早。

如果想毕业后先工作，千万不能等到大四才开始投简历。很多良机其实在大三时已经出现。美国大学的大三学生通常在第一学期的10月、11月便开始申请来年的暑期实习，在年底或寒假后开始笔试和面试。如果一切顺利，在春暖花开甚至更早时就会收到offer。

我的大三“求职”一瞥：大三上学期的11月中旬前，我在网上提交了三家投行的暑期实习申请：高盛、摩根士丹利和摩根大通。11月底我在新奥尔良度感恩节假期时，便收到了摩根士丹利的第一轮电话面试邀请。随后，来自三家投行的香港、北京、新加坡和纽约办公室的面试邀请应接不暇地到来。12月到1月初，我完成了五门期末考试，从美国飞回国内度寒假，还做了十多个电话、视频或华尔街现场面试，现在回想起来还感到疯狂。

1月中旬，我被邀请参加三家投行在纽约总部的终轮面试。还记得1月14日先去高盛面试，15日上午摩根士丹利，下午摩根大通，面试日程之密集颇有点战场的架势。

幸运的是，我在第一天的高盛面试中发挥不错，下午便接到电话告知我被录用了。因为高盛是我心目中华尔街最出色的投行，也是自己的第一选择，所以我礼貌地取消了第二天另外两家投行的所有面试。

从6月底到8月底的十周里，我在高盛大中华总部的北京办公室卖力工作，获得高评分，大四开学伊始便接到了全职录用通知。

从大三上学期开始申请实习到暑假过后拿到工作offer，我一共参加校园招聘宣讲会五场，往返纽约华尔街六次，自习金融与投行讲义三十小时，面试二十次（相信我，这在大三求职党里算少的），实习期间参加IPO（Initial Public Offering，首次股票公开发行）项目两个，熬通宵五次，平均每天睡眠五小时。

确实是挺苦，当时却深感忙得有奔头儿，忙得神清气爽。

如果想尽早“解放”，把大四生活过得从容多彩，大三做好规划、吃点苦头就是必要条件。

大四

关键词：先苦后甜，收获季，再次“心在野”

如果你认同我“吃苦在大三”的建议，那么你的大四将少很多迷茫、抓狂和狼狈。

当然，大四的开场往往也是黎明前的黑暗。上学期，因为被各种截止日期“催命”而带来的压力，你可能会分泌四年里最多的肾上腺素。赶赴一场场全职工作面试，递交硕士、博士项目入学申请，这些都会让你感到很累甚至很孤独。此时，最重要的是相信自己——你打的是一场有准备的仗，因为在大三时你就开始规划毕业后的生活了。

在黎明前的黑暗里前行，你需要的是咬牙咬牙再咬牙，意念强大的同时也要加倍注意身体。有机会休息的时候就果断关灯睡一觉，能多吃蔬菜水果的时候就逼自己多吃些，以补充维生素。

等待应聘和考学结果的过程经常很煎熬，很考验人。我的数位耶鲁同学在拿到重要的offer之前，被若干家公司、学校爽拒。面对拒信千万不要马上泄气，而是要相信好事多磨，最好的在后面等着你呢。

大四第二学期，你可能会分泌四年里最多的多巴胺——拿到那个期盼已久的offer，上完最后一堂课，交完最后一次作业，写完最后一篇论文，做完最后一次答辩等一个个“最后”，都会给你带来无与伦比的轻松愉悦。

终于解放了！和大学说“再见”前，你一定别留下什么遗憾。没有了求职升学的负担，你可以找回大一入校时的新鲜与酣畅，再次“心在野”。

毕业前，可以怎么“野”呢？下面是我或我的耶鲁好友们毕业前做过的好玩事，仅供参考。

和一帮最铁的朋友出去疯玩一次，来场说走就走的旅行。不要去太大众的景区，而是选一些毕业后很可能没机会再去的“秘境”探一次险（我组了一个五人小分队去墨西哥中部探寻玛雅帝国金字塔遗址）。

旁听一节感兴趣但一直没机会上的课。这堂课与专业、学分、成绩、求职等一切“功利”考量都无关。就是纯喜欢、纯好奇（我旁听了一堂专讲恐龙繁衍和迁徙的生物课）。

去从没去过的派对，毕业前认识些新朋友。这个派对可以是让你感到新奇的活动（我毕业前去“泡沫派对”上玩了一把——派对上大家身着泳装，边喝边唱，整个派对房间充满肥皂泡泡）。

跟暗恋的人大胆表白一次。毕业后大家各奔东西，有的甚至一辈子不会再见第二面。此时表白的成本最低，收益却可能最高，因为被你表白的对象也可能刚好喜欢你呢！我的几位耶鲁哥们儿尝试了此事，表白的结果格外可喜——有三人表白成功，有两对至今仍在一起，其中一对刚刚订婚。所以，毕业季无爱情、毕业即分手的说法并不永远成立。

除了这些好玩事，还有一件事你一定不要忘了——看书。我想，毕业前的一段时间是最适合看书充电的一段日子了。没了学业压力，也尚未开始下一段旅程，你应该让好书填充这段难得的空闲时间。毕业前，我一口气从网上买了十多本好书，一本本津津有味读过的感觉，就一个字：爽。

大学生必须避开的十个坑

如何过好大学四年？除了在前面和各位分享的每学年建议外，我还想在本篇列出十个大家务必要规避的坑。这些坑涉及不同方面，均为“前浪”大学生们踩过的雷，对大一到大四的同学都适用。

“考上大学就是大功告成了，大学期间不再需要认真学习，拿到毕业证就行。”

错。进入大学只是人生中又一个崭新的开端，学业依然不能随意松懈——不管从哪个角度考量，成绩都至关重要。好好学习天天向上、保证不错的绩点，不但提升知识储备、专业素质和综合实力，更能为往后的求学求职打下坚实基础。

“不想和教授、学长、学姐交流，因为他们好像高高在上的、有距离感。”

错。大多数教授和学长学姐都会乐于与你交流，不会因为你是个“小朋友”“学妹、学弟”而对你爱答不理。

我经常跟大家说，一定要大方、积极地跟教授、前辈校友互动交朋友，虚心向他们取经，不要让社交圈小到只剩下同班同学、室友。事实上，大学可能是你这辈子最后一次在没有利益纠葛和复杂人际的集体中结交好友、搭建高质量人脉的机会。很多有影响力的人士正是在大学时代遇见了一辈子的伯乐贵人、事业合伙人和生活伴侣。所以不要随意放弃同优秀教授、校友结识的机会。

“只操心和自己专业相关的事情就好了，其他信息都可以无视，不然还劳心伤神。”

错。大学是个丰富多彩的平台，而你的专业只是其中一小部分而已。试着把眼界和思路放宽，在完成专业课程学习的基础上，结合个人喜好和未来规划，多收集专业以外的信息、多学习对个人成长有益的知识和技能。你的大学生活半径变宽了，更多更好的机会也就纷至沓来了。

“大学没谈过恋爱就不完整啊，所以起码爱一次。”

错。强扭的瓜不甜，宁缺毋滥。不要因为周围的同学都在谈恋爱而着急忙慌地进入一段感情，更不能因恋爱失去了自我甚至魂不守舍。大学只有短短数年，经不起不靠谱的恋爱的折腾。还是上面说的：好好学习天天向上，让自己变得强大而笃定，才是王道。

“现在拥有无限的青春本钱，所以可以‘造’一下，比如熬夜玩乐什么的。”

错。青春不是永久，青春也绝非坚不可摧。总有年轻人因缺乏对身体的基本敬畏与珍惜，患上令自己追悔莫及的疾病，葬送了大好前程。

青春如晨光般稍纵即逝，不要想当然地以为自己还小，还有本钱可以挥霍。不，青春和健康有时很脆弱。无论如何都不能随便乱“造”。规律作息、坚持锻炼，是对自己和家人最基本的负责。

“大学学习不那么重要，赚钱才比较重要，所以翘翘课、不上学是无伤大雅的。”

错。大学生通过兼职和实习赚取零用钱，或者通过创业力争人生第一桶金都没有问题，毕竟成年后必须逐渐与社会接轨，学会同钱打交道。但如果把精力都投入“搞钱”“事业”而翘课挂科、荒废学业，则是捡芝麻丢西瓜的缺乏智慧的表现。

钱该赚，但不能操之过急。问自己：是放弃功课、每天通过打基础工赚两三百块好，还是学成本事、以优秀成绩毕业后获得心仪 offer 赚高薪更好？

“反正有父母的坚实后援，反正毕业后工作了就能赚钱，所以现在看到想买的就买，成为月光族、背点债务也没关系。”

错。无论何时都不要轻易借贷，不要让自己的人生过早有了“杠杆”。不要觉得衣食无忧、财源不竭是常态。任何人都可能因各种可抗或不可抗力的因素突然陷入财务危机——家财万贯的富豪同样不例外。进入大学后便是大人，要懂得开源节流的重要性，合理计划开支、学习理财，制定适合自己的“消费预算线”和“理财止损线”，切忌养成“没钱就借点”的习惯。这很危险。

“英语嘛，估计以后的工作和日常生活都用不上，所以在大学里不用再认真学英语了。”

错。诚然，我们国家的综合国力和地位在不断提升，中文的影响力也因此与日俱增，但英文依旧是世界上非常重要的语言。即使不考虑得这么“宏观”，从和每个人息息相关的微观角度看，英语也是一项关键技能，英语水平过硬的人常能在求学求职中占得先机。进入大学后，过四六级不该是英语学习的终极目标，而是又一个起点。敦促自己把英语掌握得更得心应手，你之后定能尝到甜头。

“别人做什么，我就做什么好了，这样最稳妥。”

错。众人都走的路确实存在道理，但未必是最适合你的那一条。大学不再是大家读同样的书、上同样的课、考同样的试的中学、小学年代，而是“在同一个大平台上各自探索、各自生长”的黄金四年。进入大学后要摆脱过度求稳、随大流的惰性，尤其要在大一、大二时多涉猎、多探索，做一个敢于试错的冒险家，再基于不同的测试结果，选定最适合自己的那条路，接着高度专注而坚定地走下去，直到开花结果。

“大学校园单纯，大学生也单纯，所以法律陷阱和犯罪离自己很远。”

错。即使大学校园和大学生活比社会“大染缸”要简单一些，也绝不代表大学生同法律风险绝缘。相反，任何时间和空间里都存在着危机，如果一时疏忽、放松了警惕（比如贪图小便宜、被甜言蜜语蛊惑），就可能掉入法律陷阱，甚至给之后的人生留下不可磨灭的污点。一定要在读大学期间保持机警审慎、杜绝任何天降馅饼，学法懂法，建立自己的风险清单，不该逾越的红线坚决不靠近半步。

美国大学九大“听说”的真相

美国大学不一定是你以为的美国大学，也许，它古板得可爱；也许，它疯狂得别样。

这几年，越来越多的高中生希望到美国读本科。关于太平洋另一头的校园生活，我听到过这样那样的说法，有对有错。我挑选出其中九个，结合自己在耶鲁的经历告诉你“事情的真相”。

学习篇

“听说美国大学上课时记出勤，如果老翘课会死翘翘。”

基本正确，特别是以常春藤联盟为代表的顶尖大学。

美国大学多研讨型小班课堂（seminar），每门这样的课通常只有十个左右的学生和一位教授、一位或若干位助教（大多是本校的研究生或博士生）。每次上课，大家都会围坐在一张圆桌旁，你一言我一语地讨论，有时简直像朋友聚会——只是气氛还没那么轻松罢了。

试想，这样的小班课如果老是有学生缺席，该多尴尬啊。教授都找不到“聊伴”，根本没法把课堂讨论进行下去。所以，小班课的期末成绩里通常包括一定比重的出勤与课堂表现（class attendance and participation），我在耶鲁上的几门小班课堂甚至给这一项分配了 30% ~ 40% 的比重。

换句话说，如果你老翘课，这 30% ~ 40% 的分数就悬了，你的期末成绩也就“危在旦夕”了。

在耶鲁等大学，动辄两三百人的大课大多也有出勤要求，只是方法略有不同——每门大课除了由教授主讲的课时外，还有由助教组织的、通常每周一次的小班讨论（section）。小班讨论和小班课堂很像，以讨论当周上课内容和课后作业为主。出勤与课堂表现通常占期末成绩的 10% ~ 20%。所以，如果你想拿 A，缺席小班讨论也是万万不可的，翘两次可能成绩就掉到 B+ 了。记得大三时，有次因赶去纽约华尔街面试而被迫要错过一次小班讨论，我还是提前一周就跟助教发邮件请假外加示好，才勉强得到他的缺席许可的。

大二时接待一个来自国内顶尖大学的学生代表团，聊到各自学校的课程设置。我说，耶鲁学生一学期通常上四至五门课，上六门课的人凤毛麟角，还需提前拿教务主任的许可才行。几位清华同学颇感差异：“你们上的课好少啊。在国内，一学期上八九门课都很正常。”

这确实是国内和美国大学教学风格的不同。如果耶鲁的每门课都没那么多课时、那么严苛的出勤要求和那么大的作业量，哥也想一学期飙十门课试试啊！

“听说美国大学本科阶段可选的学科专业比国内少。”

基本如此。

相比于国内本科专业的“五彩缤纷”，美国大学本科阶段的专业数量真不多。

以耶鲁为例，耶鲁本科生院一共只有四十多个专业。颇令人不可思议的是，国内大学里最受欢迎的金融学、会计学、法学、医学等专业，在耶鲁本科都没有。哈佛、普林斯顿等许多美国顶尖大学也是如此。是不是挺诡异的？

实际上，许多美国大学奉行的是“博雅教育”或“通识教育”（liberal arts education），视本科为打牢学术基础的阶段，相较于传授学生某个职业技能，美国大学更重视培养学生的综合能力，比如批判性思维、写作能力、逻辑分析和数理能力。而很多专业性强的学科，一般就放到研究生和博士阶段了。

所以，如果你说“我想到美国读医学、法学本科”，那多半是实现不了的。你可以在本科时读生物学或化学这两个基础科学专业（教授了医学院硕、博士项目所必需的初级知识），政治科学、历史或国际关系专业（这几个专业对口法学院的硕、博士项目），然后在大四时再申请医学院或法学院。

生活篇

“听说美国大学食堂的饭难以下咽。如果想对得起胃，就得时不时下馆子或自己做饭。”

哈哈，没那么惨。

美国饭确实相对简单粗糙些，但我吃过的五所常春藤大学（耶鲁、哈佛、普林斯顿、哥伦比亚、宾大）以及西部著名大学——斯坦福大学的食堂都很不错，我这个对食物口味要求不低的人也可以给它们打 85 分。

光是耶鲁，就有大小三十多个食堂，本科生的ID卡可以刷其中的近一半。几乎所有食堂都是自助餐形式，除粗线条的汉堡、薯条外，更有欧洲东亚伊斯兰拉美甚至非洲的风味美食，光是甜点就可以让人吃得流连忘返。

英语里有个词叫 freshman fifteen，意思是经过大一一年的胡吃海喝后，体重通常会飙高十五磅——这可不是夸张。我身边的许多同学在大一时几乎都难逃“体形吹气球”的厄运。而罪魁祸首，当然就是美味的食堂了。

“听说美国大学的宿舍很棒，据说没有‘睡在上铺的兄弟’，也没有‘相约去搓澡’这种活动。”

确实如此。

美国顶尖大学的校内宿舍条件大都很不错，即使是大一生，也可能分到一个宽敞的单人间。我在耶鲁第一年住的，就是一个位于五层的三十平方米开间，打开窗户便是一棵参天大榆树，能望见耶鲁地标性建筑——哈克尼斯塔楼。这堪称“看得见风景的房间”啊，完美！如果放在宾馆，大概能被称为“极致园景豪华房”了吧？刚踏入宿舍时，我都感觉他们把我当小王子对待了。能在这么便利舒适的宿舍里读书娱乐睡觉，应该不失为赴美求学的另一个理由吧。

以耶鲁为例，除了房型基本是单人或双人间，宿舍还有二十四小时热水、独立淋浴间。每个宿舍区配有自己的食堂、健身房、娱乐中心、图书馆，甚至还有钢琴房和电影院。学生们只需提前登记，便可刷卡进入。

在这么好的宿舍里读书娱乐睡觉，确实可以称为一种享受。为了避免挤大学公共澡堂，为了住得舒服，也必须可以是想到大洋彼岸读书的一个理由啊！

“听说美国大学生比咱们国内学生更渴望爱情，绝大多数人都在学校谈恋爱。”

老实说，完全没有。

我感觉国内大学生比我的一众耶鲁同学更渴望沐浴在爱情的柔风细雨里。

耶鲁的一家校园刊物曾做过一项调查，“惊愕”地发现只有约 30% 的耶鲁本科生正在或曾在耶鲁正式谈过恋爱。这个比例，国内的同学怎么看？还是够低的吧？

回想我在耶鲁的四年，身边的同学确实“单身狗”居多，很多人还一单就单了四年。按说耶鲁遍地是才子佳人，为什么谈恋爱的少呢？

主要原因，还是大学生活太忙。耶鲁的本科学业负担是全世界最重的之一，比耶鲁更苦的学校屈指可数吧，芝加哥大学算一家，麻省理工学院大概算另一家。试想，每周都有几百上千页书要啃完，每月都有一篇大论文要写好，每天还要分时间给各种校园活动，到了大三大四时又得应聘和考研，哪里还有大把闲工夫去风花雪月你侬我侬呢？

大二时我带一帮耶鲁同学到中国支教旅行，有天傍晚去厦大校园散步。途经芙蓉湖畔，只见一对对鸳鸯或在林中依偎，或在湖边拉手谈笑，时不时来个爱的抱抱或亲亲，让几个美国哥们儿看得两眼发直。其中一个男生更是苦笑着问：“LEO，是不是每个中国大学生在大学里都‘有责任和义务’谈恋爱？”

“听说在美国大学，你得有好酒量，还得多去派对，才能融入‘主流圈’，交到更多朋友。”

错、错、错。

当然，很多美国大学生确实热衷开派对，一些学校以社交活动丰富被称为“派对学校”，美国电影和肥皂剧里的青春男女主角们也总是在派对上翩翩起舞、邂逅爱情。但事实并非如此。

我在大学时的观察是，也许所有耶鲁学生都至少去过一个派对，但去过耶鲁所有大大小小派对的，也许只有一个人，或压根儿不存在。即使是耶鲁最有名的几个“派对动物”（party animal，意为热衷参加派对的人）在周一到周五的大多数时候也是忙正事的——上课、写论文、交作业、搞活动，而他们最好的朋友，很多也不是在派对的觥筹交错中认识的。

美国大学鼓励学生们保护和发扬自己的个性。你完全不必为了所谓的“合群”，把自己伪装成社交达人，穿梭于各种派对中。我在耶鲁就有几个朋友几乎不去派对，甚至从不喝酒（因为宗教信仰）。周末的晚上，他们会去健身房举铁，或者去耶鲁剧场看音乐剧。这几个男孩不是派对动物，却照样很有人气，通过才能和幽默收获了很多朋友。

所以，不喜欢去派对就不去。不要有任何压力去迎合任何人、任何文化。实际上，也根本不存在什么“主流圈”。每个人都应该当自己的主流，通过个人魅力和自己喜欢做的事，在大学里成为受欢迎的人，获得友情和爱情。

书呆子，也可以很可爱。

综合篇

“听说哈佛、耶鲁这类学校往往也是‘贵族们’的摇篮，学生大多出身富裕高知家庭。”

并非如此。

哈佛、耶鲁确实有一些显赫家族的后代，比如我这一级就有印度首富的女儿，我大三时的一个同班同学就是美国前总统肯尼迪唯一的外孙。但哈佛、耶鲁绝不是贵族学校。相反，美国的顶尖大学之所以顶尖，一个重要原因是生源的多样——这些学校会聚了各路才华横溢的年轻人。而才能，与家庭出身并无关系。

我自己就出身于普通的家庭背景，而我的耶鲁朋友圈里也不乏普通人甚至贫困人家的孩子。无论是“富二代”“官二代”还是普通二代，我们的共同属性是努力上进。在哈佛、耶鲁这样的学校，纨绔子弟和懒人很难获得尊重，甚至无法生存下去。

美国电影《风雨哈佛路》里的女主角 Liz，其母吸毒酗酒、疾病缠身、撒手人寰，父亲流落街头、自暴自弃，她也居无定所、食不果腹。但最终凭着超凡的毅力，克服重重困难被哈佛大学全奖录取。这是真人真事。Liz 的经历说明无论出身背景，只要你足够努力、足够优秀，顶尖学校的大门就会为你敞开。

能否进好大学，自身实力永远是第一决定性因素。

“听说相较于其他族群，亚裔学生更难考进美国顶尖大学。”

这确实不好说。

这些年确实已有过多次亚裔美国人起诉常春藤大学在录取工作中“差别对待”不同族裔。最著名的案例，是多年前一个叫 Jian Li 的耶鲁亚裔男生，将普林斯顿大学告上了法庭，声称自己各方面能力（成绩、课外活动与竞赛等）均比同高中的拉丁裔和非洲裔美国学生强，普大却录取了他的少数族裔同学而爽拒了他。

尽管“哈耶普”等藤校声称对所有申请者一视同仁，但他们也同时强调生源多样性的重要，这可能意味某些少数族裔在考学时确实比亚裔有优势。不像中国大学基本看分数招生的做法，美国高校的录取过程存在更多无法被标准量化的因素。而这种不确定性有时难免夹杂了招生办的主观想法，而这也给录取结果留下了更多解释空间。

至于中国大陆申请者在“哈耶普”的录取概率，我虽没看过官方数据（各大学估计也不会透露），但通过非官方的聊天，我可以比较有把握地说，比美国申请者录取率要低不少。

听我耶鲁的中国朋友说，人大附中每年就能有几十人一起申请耶鲁，而耶鲁虽然青睐人大附中的学子，但每年最多也就录取一到两名，所以，知名高中的内部竞争已然很激烈了。[1]

至于亚裔、东亚留学生在大学里成绩如何，仅就耶鲁一家而言，我的观

1 此信息来源于近十年前的一次闲聊。这些年的情况又有了变化：在日益激烈的申请竞争里，人大附中如今也很难做到每年都有高中本部的学生考入耶鲁了。

察是——学习几乎没有差的。耶鲁每年学分最高的几个毕业生里，一定少不了亚洲面孔。

“听说美国名校学生毕业后都能到最牛的大企业拿高年薪。手握哈佛、耶鲁文凭，无论是高盛、麦肯锡，还是谷歌、脸书这种科技互联网巨头的offer都是唾手可得，而名校学生毕业后也大都会进入名牌企业当‘金领’！”

这也许是对美国顶尖大学毕业生最大的错误认知。

人各有志，哈佛、耶鲁也不是高薪金领的制造机。

在耶鲁，并非每个人都削尖了脑袋往华尔街挤。在我大学的“最铁好友帮”里，最终只有我和另一个同学“不能免俗”地进了投资银行工作，过上了每天白衬衣黑皮鞋的“搬客”(banker，投资银行员工的谐译）生活。而其他几位同学，一个到洛杉矶勇闯好莱坞，一个到中美洲国家哥斯达黎加的乡下教英语，一个到首都华盛顿立志从政，还有一个则考上了哈佛肯尼迪政府学院，继续深造。

在其他高校，判定一个毕业生是否成功的重要标准，可能包括有没有拿到“牛气哄哄”的工作或学校offer，是不是进了投资公司、咨询公司、互联网大厂，是不是拿高年薪，是不是获得了世界名校的全奖硕博录取……

但是在耶鲁，更重要的判定标准，可能是有没有找到你最想做的事情。这件“事情”，跟个人兴趣挂钩更多，而不是薪水。在美国的顶尖大学里，人们通常不会互相评判对方毕业后的选择。只要是自己热爱的，就是受人尊重的。

当然，哈佛、耶鲁每年确实有一定数量的毕业生进入诸如华尔街投行这样的高平台。但他们也是过五关斩六将才拿到聘书的。我这届耶鲁学生有百八十人向高盛投了简历，但最终只有七人拿到全职offer。美国名校内部的就业竞争，也是颇为严酷的啊。

读一所好大学，到底有什么好的

是啊，为什么一定要上一所好大学呢？

北大、清华、哈佛、耶鲁这些地方，就那么值得人们前赴后继地向往甚至膜拜吗？如今“学历无用论”已不是新鲜事，既然这种观点获得关注乃至认同，就一定有它存在的道理，对吗？

比如，最显而易见的是，当今很多商界精英、行业领袖都没镶过顶尖大学的金边，更别提娱乐圈的顶流艺人了。而比尔·盖茨和扎克伯格即使进了哈佛，也是在辍学之后才开创了各自的商业帝国。

且慢，请让我捋一遍“学历无用论”的逻辑：因为学历和往后人生的“成功”没有必然挂钩——所以学历并非必需——所以在哪儿拿到学历就没那么重要——所以好大学也就不是非读不可了。

可是等一等，读大学，难道仅仅是为了给以后的事业做铺垫吗？上学，什么时候被简化成了如此功利的一件事？

让我们暂且抛开“成功”不谈，忽略“为以后的事业发达增添砝码”这件事后，读一所好大学，到底对一个人有什么实实在在的好处？结合过去这些年的求学经历，我想聊一点儿自己的拙见。

好大学不只教你知识和技能，更教你怎么学知识长技能

在名牌大学读书几乎没有不累的。这个累，是苦心志，是劳筋骨。其实，名牌大学和普通大学用的教材很多时候大同小异，这也意味着所学知识的内容与难度并不存在天壤之别。

经济专业的学生都要从微观经济的供需关系曲线学起，英美文学专业的同学也都要读莎士比亚。

我认为，优秀大学和普通学校在学习上的关键性差异，不在于“学什么”，而在于“怎么学”——学习的方法和过程，有时真的很不一样。

同一个知识点，普通学校的学生可能只掌握了皮毛，背一背概念，练几道习题，浅尝辄止；顶尖大学的学生却可能通过教授讲解、小班讨论、课外

研究、文献阅读、论文撰写等多种方法，很深刻立体地消化一个知识点。

在耶鲁，每篇论文都可以写得艰苦卓绝。为了理出一篇论文的论据，我经常要干掉几本书、跑上几次图书馆、查过几回期刊数据库，有时还需要和教授面对面交流观点。

写的过程更是丝毫不能马虎，文章逻辑、遣词造句等方面都需要“庄严”对待；引用别人的观点和数据时，必须仔细做好注释、写全“参考文献”，否则就算抄袭，可能被追责。

有些大四学生甚至会用一整学期来“憋”一篇毕业论文。当终于得到教授的肯定时，我有两个大四好友竟然当场喜极而泣。

经历这么多的“折磨”与历练，有必要吗？作为过来人，坦率讲，当年熬夜苦读时，确实有过累得想骂人的时候。但学习之后的成就感和长进，就好像品过好茶后的无限回甘。

知识学得很扎实这点自不用说，更重要的收获，还是通过深度学习所提高的各种能力：阅读力、写作力、分析力、批判性思维等。这些能力综合在一起，就加强了一个人的自学力。

而好的自学力不但在读书时有帮助，在未来几十年职场的摸爬滚打里，也会使一个人获益无穷。

好大学，好在气场

二十多岁的年轻人，三观尚未完全形成，性格也仍有可塑性。在三观稳固的过程中，每个人都或多或少受到身边人潜移默化的影响。若想成为一个优秀的人，就最好多和比自己优秀的人在一起。

好大学，关键的“好”在于“人”好。没有一所好大学不是人文荟萃、牛人辈出的。

在人才济济的校园里待几年，你会接触到不同类型的精英，通过和他们一起上课、写作业、运动、聊天、旅行、谈恋爱，你将一直被他们的正向气场笼罩，不知不觉被他们的优点影响，逐渐变成更好的自己。

耶鲁四年，让我备感荣幸的一大收获，就是与一群“超级厉害”的人成为师徒、同窗和校友。

我和这些厉害的同学一起揉着惺忪睡眼去赶清晨第一堂课，在图书馆啃书到天亮，在星期五晚上的大派对上喝酒唱歌，在周末乘火车去纽约逛博物馆和艺术馆……我们探讨科技革新、生物实验与伦理道德、少数族裔平权等深奥话题，更会一起在星空下畅想人生未来。

每个耶鲁学生都在释放着积极上进的气场，在友好和谐的气氛里你追我赶。和这样一群人在一起，压根儿不敢偷懒，更不可能颓废。

那些家世显赫的学生也没有纨绔子弟之气。从他们身上，我感受到了低调、谦逊、彬彬有礼。

耶鲁的教授们，是一群实力引领学术界，影响力延至政商、文艺等各个领域的牛人。大学四年里，我有幸跟诺贝尔经济学奖获得者罗伯特 · 施勒教授学习“金融市场理论”，同摩根士丹利亚太区前首席经济学家史蒂芬 · 罗奇教授讨论中国未来的经济走势，向著名的耶鲁大学投资办公室首席投资官大卫 · 斯文森教授讨教投资秘籍。

除了上课时能近距离接触传说中的各位大拿，我还获得了和教授们在生活中切磋交流的机会：跟日文教授学习剑道，到德国籍的历史教授家里啃猪手喝黑啤，帮英文写作课教授打理后花园的花花草草。

因为四年的同学情谊美好而难忘，大家在毕业以后仍旧保持着密切联系，以耶鲁校友身份为傲。不夸张地说，地球的每个角落都有耶鲁人在积极改变着这个世界，哪怕是一座只有两个耶鲁毕业生的小镇，也可以成立一个校友会。

而纽约、旧金山、伦敦等欧美大城市，更是有成千上万耶鲁人，从近百岁的老人到二十多岁的“新鲜毕业生”都活跃在校友活动中。

毕业后我喜欢穿着带有“YALE”四个粗体字母的耶鲁汗衫出游。而这个耶鲁人的标志，也几次帮我邂逅校友。有次我去北海道的函馆旅行，穿着耶鲁汗衫在漆黑的山顶看夜景时，走来一位日本老先生。

他激动地用英语问道：“你在耶鲁读书吗？”听闻我刚从耶鲁本科毕业，

他更加激动地握紧了我的手，祝贺我完成学业，并说："我是 1972 年从耶鲁毕业的！"

在这座偏远的日本小城偶遇大学长，我也很激动，用日语跟老先生聊起耶鲁往事。临别前，老校友递给我一张名片——原来他是三菱集团一位刚退休的高管。"LEO 君，下次来日本，只要你在东京，就要联系我哟。"

总之，若想在青春最好的几年里，结识一群高智商、高情商的人，和这群人成为朋友、事业伙伴、爱人，让他们给你带来源源不断的积极影响和改变，你就应该努把力，考上一所好学校。

我相信，哪怕是只有一丁点儿上进心的同学，也希望与优秀的人为伍，而不是和沉迷于通宵打游戏、恋爱对象换不停、浑噩度日胸无大志的同学玩在一起吧。

名校意味着更好的平台，更多的资源意味着离"成功"更近

如果使人受益一生的学习能力塑造和出类拔萃的师生这两点"好"，还不能说服你下定决心为名牌大学的入场券拼一把，那么我们再聊一点儿实际的"好"。

好大学带给学生的机会和资源往往是顶尖的。而抓住一个好机遇，你的起点就可能比别人高一截，毕业后直接进入人生发展的快车道。

好大学，好平台，好机遇——这点其实不言而喻，但我还是想分享一个在耶鲁的小故事。

每年夏天，华尔街的几大投行都会录取一些大三升大四的实习生，把他们分配到投资银行部、股票销售与交易部、研究部等部门实习八到十周。

在我申请实习的 2011 年、2012 年，投行实习生最多能拿到一笔相当于人民币八九万元的薪水，表现优秀的还能提前获得全职录用。这么好的香饽饽，自然受到一众大三学生的争抢。

实习面试开始前，几大投行的招聘团队通常会举办宣讲会，跟申请者"亲切见面"——告诉学生们投行是干什么的、"高大上"在哪里。

那年 9 月，高盛、摩根士丹利、摩根大通、瑞银（UBS）等几乎所有一线

投行陆续造访耶鲁。

他们派出的公司代表，从大老板到初级分析师，也多是耶鲁校友，与学生们“唠嗑”时毫无距离感，除了分享正经的实习申请秘籍外，还会聊聊哈佛耶鲁橄榄球赛胜算、耶鲁最好吃的食堂，甚至当年曾有过的校园罗曼蒂克。

与我同届的一位高盛实习生来自美国南方一所普通大学，从大一便开始积累银行、证券公司的工作经验。平心而论，他能力出众，踏实肯干，绝不逊色于来自常春藤大学的实习生。

可他费了比我多得多的努力，才换来实习机会：没有一家投行到他的大学开宣讲会，他只得数次请假飞到纽约，参加各大投行在华尔街总部的“集体宣讲会”(面向所有院校学生开放)。

作为耶鲁学生，我比他幸运、幸福了许多。除了让学生们在家门口参加宣讲会之外，数家投行为进一步表达诚意，还在耶鲁组织了几十场一对一的单独面谈，并且投行掏腰包请学生喝咖啡，为他们的实习申请出谋划策。

高盛甚至专门请华尔街著名的金融培训师到耶鲁，给学生们上课，一切免费。首轮面试，一些投行更是将考官团队“运”到耶鲁校园，免了学生们赶火车去纽约的麻烦。

而普通学校的同学呢？“抱歉，我们不会在你校组织现场面试。”“抱歉，我们没有针对你校学生的实习培训课。”“抱歉，你需要自行预订航班飞到纽约面试。”

经过讲得有点啰唆，但我只是希望把名校学生得到的各种“优待”毫无保留说出来。老实说，写到这里，我真有点为普通大学的精英们抱不平——你们很努力、很优秀，也许比名校学生更出类拔萃。可因为你们的学校在名气和资源上不够给力，所以没法给予你们一个高平台、一条快车道、一份加速度。

我们无法撼动这个现实，但我们可以绕过它——凭努力，考进一所好大学。同样优秀的两个人，那个拥有更好平台的人，很可能会有更大的胜算，不是吗？

回到开头：上一所好大学，有什么好的呢？

希望上面的三点，能给你一部分答案。

大多数人一辈子只会读一次本科，有的人会再读个硕士、博士。一生就这一次，那么为何不上所好学校呢？况且，好大学还有很多其他“好”：更棒的伙食，更美的校园，更多的奖学金……上大学，真的不只是为了拿学历，而更是为了——变成更好的自己。

第三章

-

初入职场
做一个被梦想录取的人

Career start:
Stay hungry, stay foolish

今天不易，明天也可能很难，但后天将会十分美好。

史上最完全且易懂的“投资银行 101”[1]

在高盛繁忙的工作中，我并不觉苦，反而充实快乐。在细述职场第一站的体验之前，我想先从“投资银行到底是什么、做什么”说起。

“投资银行是一个名字叫‘投资’的银行吗？就像‘工商’银行、‘建设’银行、‘招商’银行？”

“我在投资银行能开户存钱吗？利率会不会比工农建交高些？能买基金理财吗？能给水卡电卡充值吗？”

“投资银行是一种专门把钱‘投资’到银行里的机构吗？”

…………

上面这些是我在不同时间、不同地点听到的真真切切的关于投行的问题，充分体现了大家丰富的想象力。

写投行的影视剧和小说往往戏剧化到失真的程度，而市面上关于投行的书，要么术语太多太抽象，要么把投行说得神乎其神，或者妖魔化了投行的本质。

投行到底是做什么的

首先，投行不是名字叫“投资”的银行，不能让人们开户存钱和理财，更不能给水电卡充值。投资银行和“工农建交”等商业银行完全是两码事，不是一个便民和接地气的所在。

投资银行的主要客户是各类企业，是为企业提供金融顾问和融资服务的“服务中介”。一家投资银行通常由投资银行、企业融资、股票交易、研究、

1 以下内容除特殊注明，讨论的均是投资银行里的“投资银行部”或“企业融资部”。本章接下来的几篇高盛故事会多次涉及本文介绍的投行知识。

财富管理、风险控制等部门组成。

投资银行部、企业融资部最经常帮企业做的，有以下几件事：

首次股票公开发行：公司一开始都是私人拥有的，但一些企业想做大做强、进入资本市场的大海里时，就需要在公开的证券交易所第一次面向公众发行股票了。

债券发行（bond issuing）：公司发展过程中需要更多钱了，那就融呗。不想发行股票，那就发债呗。只是，债券大多是要还本付息的，除非发行的是“可转债”——到一定时候把债转换成股票。

兼并与收购（mergers and acquisitions，简称 M&A）：把公司做大的一个途径，就是和其他公司合并，或者索性“大鱼吃小鱼”，“吞”下一家公司。联想收购 IBM、吉利汽车收购沃尔沃、滴滴打车收购优步中国，都是经典的 M&A 案例。

投行里都有哪些角色

和所有企业一样，投行也是金字塔结构，大佬在塔尖，干活儿的工兵们在塔基。只是，投行的人员结构比大多数公司都要扁平很多。这里以员工结构最扁平的高盛为例进行解释。

塔基的“兵”们，叫作“分析师”或“分析员”（analyst），他们刚进投行一两年，是工作时间最长、熬夜最凶、干活儿最多的生物。

比分析师工兵资深一些的“高级兵”，叫作“经理”（associate），他们要么是工作了两至三年后从分析师职位晋升，要么是从商学院拿到工商管理硕士学位后加入投行的新人。经理的工作时长比分析师短一些，但日子照样艰苦，因为他们既需要手把手指导分析师干活儿，也需要自己搞定难度大的、分析师尚不能胜任的工作，还要跟高一级的领导汇报。

经理的直接上司，叫作 VP（Vice President，副总裁）或 ED（Executive Director，执行董事）。这估计是投行里最唬人的称谓了。记得中学时看到一则八卦新闻，说某台湾女星嫁入豪门，夫君是某华尔街顶级投行的“副总裁”。殊不知，“副总裁”只能算投行里的中高层领导而已。VP 们背景多元，有工作三至四年后被内部晋升的经理，也有很多空降兵：企业高管，私募基金等其他金融背景的人，甚至财政机关的领导。副总裁承担的多是拉客户抢项目的工作，他们经常出差，与企业高管“谈笑风生”，目标只有一个：说服对方聘请高盛作为融资项目顾问。

比副总裁更高一级的，是 MD（Managing Director，董事总经理），听上去同样霸气外露。但其实，高盛投行部在全球范围内就有几百个 MD。MD 算是投行里的大佬，有从 VP 职位被晋升上来的，也有空降兵，背景比 VP 还要多样。他们是每个项目团队的牵头人，向 VP 发号施令，再由 VP 把指令逐级下达到干活儿的分析师那里。每个 MD 都有业绩指标，通俗点说就是，肩负着为公司赚钱的重任。MD 们经常在办公室神龙见首不见尾，因为他们总是出差，不是在跟客户谈项目，就是在去跟客户谈项目的路上。

在高盛，还有一种角色叫“合伙人”（partner），他们是金字塔的塔尖，只有业绩最杰出的 MD 才有可能被晋升。虽然是合伙人，可履行的依旧是 MD 的职责——不管职位多高大上了，都得帮公司赚钱啊。

关于投行员工的论述，畅销书《猴子的生意》（*Monkey Business*）有一个更搞笑自嘲的版本，把各级员工比作不同类型的猴子，可以一读。

投行人每天都在做什么

投行人基本处在两种状态：正忙于进行中的项目（live deal，直译为“活着的案子”）的，和没在忙进行中的项目的。

正在进行的项目有“很活的”“一般活的”和“半死不活”的。在“很活的”项目团队里的投行人，每天都被各种截止日期催赶着。

进行中的项目虽然分 IPO、M&A 等不同种类，干的活却大同小异：搭建公司财务预测模型，开展客户公司的多种尽职调查（due diligence，是指对项目公司的业务、财务、管理层、法律合规、客户及供应商等多方面深入透彻的信息收集，以确定公司未出现过重大不良问题），此外还有撰写招股书或招债书，回复证券交易所、证监会对项目的反馈意见以及准备项目全球路演（global roadshow），对 IPO 而言，路演是到纽约、伦敦、香港等全球金融中心开展的为期一周左右的投资者会议，以确定股票认购额和定价区间。

没在忙进行中的项目的投行人，几乎都在做拉客户（client pitching）或客户服务（client servicing）的各种工作。

拉客户，顾名思义指的是说服潜在客户公司聘请一家投行，协助其进行发股、发债或 M&A 项目。要拉到一个潜在客户，就需要准备演示材料(pitchbook)。演示材料也被简称为“书”，涵盖的内容从行业和公司分析，到“为什么应该做 ×× 项目”，再到“为什么应该请 ×× 投行作为项目顾问”，洋洋洒洒几十页甚至上百页，可经常要在几天甚至二十四小时内完成。所以，做“书”也可以成为投行人的噩梦。

客户服务是为了跟已有客户或潜在客户保持好关系，也就是“持续跪舔”。此“客户服务”可不是“客服热线”的“客服”，而是技术含量挺高的活儿。比如，一家大国企客户领导想了解澳大利亚煤炭产业现状和潜在收购对象，就可能请投行做一份“行业分析报告”。为了讨好大客户，虽然这不是进行中的项目上的活，也得咬牙接下，熬几个大夜赶出一份像样的报告交差。

投行人的常备工具都有哪些

投行工作的紧凑和高压不输战场。若想胜利，必有利器。

利器一：黑莓手机。这是投行人互相联络时用的最给力“神器”。主要功能是发邮件，一些投行发的黑莓也可以打电话。不论你身在何地，只要有无线网络和蜂窝信号，同事们就可以通过黑莓找到你——每当有新邮件时，黑莓顶端的小红灯就会亮起，直到你看完所有新邮件后才会停止闪烁，非常固执和烦人，对吧?

深受黑莓“折磨”的分析师们还给这神器起了个黑它又黑自己的名字：拴狗链。哪怕正和对象美美地在热带岛屿游泳度假时，也不敢轻易把黑莓扔一边。小红灯一旦亮起，就得赶紧打开黑莓，看看是不是项目上来了什么急活需要自己处理。

听说华尔街某大行有个特别解气的活动，叫作“掉黑莓派对”。一些年轻员工离职后会选择不把黑莓交还给公司，而是花二百美元买下它，燃起一堆篝火，把完成了历史使命的黑莓投入熊熊大火，随后围着火堆喝酒狂欢跳舞，庆祝“回归自由”。

最近两年，投行们陆续开发了可以安装在个人手机上的邮件通信系统，所以越来越多投行人告别了“拴狗链”黑莓。但被工作邮件逼得抓狂时，可没法随意怒摔自己的手机了啊。

利器二：表格。表格是投行人，尤其是分析师相爱相杀的伙伴。不夸张地说，一天十六小时工作中有十小时都是跟表格打交道。无论是做各种财务估值和盈利预测模型，还是整理金融分析图的原始数据，都需要在表格上完成。

当然，投行人用的表格是进化版的超级表格——内置了各种高级功能和函数。比如，高盛的 IT 部门就开发出了一套高盛表格系统，极大便利了投行人在表格上作业。

要想提高工作效率，就得和表格亲密无间——熟练使用各种快捷键。最高的境界，恐怕是完全脱离鼠标、全键盘操作表格了。高盛就有几位“表格怪物”，每当搭建财务模型时，他们双手敲击键盘的样子就像在弹一首快节奏的钢琴曲，让人眼花缭乱。

利器三：彭博终端机。投行人每天都要密切关注股市和债市的风云变幻。彭博终端机就提供了一站式查找各种财经数据的便利。每个投行办公室都有几台和普通台式电脑无异的彭博终端机。打开屏幕，就进入了一个闪烁着各色数据的微型金融世界。想知道各大股票市场指数？只需键入几个字母，彭博终端机便会秒给结果。想了解某公司今日收盘股价？很简单，键入公司代码，所有跟这家公司股票有关的数字就会逐一显现。

最“高大上”的投行都有哪些

投行作为帮公司融资的高级服务中介，只要是有企业、有融资需求的地方就有投行。因为各国金融证券市场的政策、体量、发展情况均不同，每个国家都有在当地实力最强的投资银行，比如中国的中金公司和中信证券、日本的野村证券、韩国的三星证券、澳大利亚的麦格理投资银行。

然而，作为投资银行业鼻祖的华尔街和欧洲投行历史悠久，除了本土业务外，它们往往从几十年前便开始拓展海外业务，如今在世界各地都有相当的影响力。英语有个词叫 bulge brackets，指的就是以高盛、摩根士丹利、摩根大通、美银美林（Bank of America Merrill Lynch）和花旗（Citi）为代表的华尔街投行，和以瑞银、瑞信（Credit Suisse）、德意志银行（Deutsche Bank）、巴克莱（Barclays）为代表的欧洲投行。

高盛作为全世界历史最悠久的投行，在除南极以外所有大洲的几十个国家设有办公室。在中国就有香港、北京、上海、深圳和台北办公室。

一入高盛催人长

在高盛前一百天的关键词，是无止境的加班和一次次冲出舒适区的挑战。

2013 年 8 月 20 日是个没有雾霾的星期二。

结束了夏天在纽约总部欢乐充实的新员工培训，我带着知识、信心和期待来到北京，成为一名北漂美企金融民工，坐标金融街 7 号英蓝中心 18 楼。

一年前的这个时候，我刚结束荡气回肠的十周实习。回耶鲁前，三个项目团队的上司轮番请我吃饭，不遗余力地强调高盛大中华总部的各种好，希望我毕业后回去。

我是那年表现出色的明星实习生，9 月中旬便毫无悬念地拿到了全职录用。那时纽约办公室也联系上我，邀请我去跟那儿的投行大佬们喝个咖啡，给我调到华尔街的机会。

但就像我实习时已经想好的：到耶鲁读书，意味着我跟国内已脱节四年。

北京金融街 7 号，
我职场之旅开始的地方

我当然可以在纽约总部开始职业生涯，但我可能没法成为最好的那个，因为美国本土同事们会比我更如鱼得水。作为中国人，我不能放弃同国内的接触、对国内的了解。更何况，我喜欢北京，也尚有太多亚太金融市场的知识可学。

所以，我回来了，回到了熟悉的金融街。那天早上，大家看到我都特别高兴。

“LEO 回来啦。欢迎回家！”

我本以为对办公环境的熟悉和同事们的支持能让自己游刃有余。但实际情况并非如此，在高盛前一百天的关键词，是无止境的加班和一次次冲出舒适区的挑战。

无尽头的加班，不怨

早在纽约培训没结束时，我便被两个大老板提前预订，上了他们各自牵头的项目：两个繁忙异常的香港 IPO。

与我同届的分析师，有一半还在等着被分配到进行中的项目上，有的甚至晚上 9 点就能下班了（对分析师来说这是早得不可思议的下班时间）。而我几乎没有机会喘息，就一猛子扎进了永远做不完的工作里：

“LEO，请今天内完成这十家公司过去一个财年的盈利指标计算。”

“LEO，请把周五见客户用的 PPT 做好，明天上午 10 点前要。”

“LEO，麻烦做一个美国光纤光缆市场的行业分析，涵盖 ABCDEFG 这几点，尽快。”

“LEO，抱歉这周末得加个小班，我们最新一版的财务模型需要改盈利假设数据。”

…………

进入 9 月，北京天气转凉，空气也变糟了。有时一连十天都是雾霾，从 18 楼办公室望出去的京城上空，简直像一锅上汤娃娃菜。

那段时间，周一到周五没日没夜地苦干，就连周末懒觉也成了奢望。我逐渐开始长痘，起初是两颊上的零星几颗，后来逐渐蔓延到额头和下巴，连成一片。

在大学里我还被人叫作“正太”呢，回北京没多久就脱胎换骨了。校友再见到我时总会惊呼："哎呀，LEO 怎么长这么多痘了？你……还好吧？"

作为职场新手，我那时一门心思努力工作，发奋学知识，提高业务水平。看着满脸的痘，我跟自己说："这算什么？等哥忙完这一阵就到国庆放假了，休息好了状态也就恢复了。再说，好皮肤对男生而言没那么重要。"

转眼到了国庆节。妈妈来看我，我欢天喜地订好了去天津的高铁票和那座城市最好的酒店，想着娘儿俩能享受享受狗不理包子、天津相声，好好休息几天，犒劳自己一下。没承想，刚抵达天津高铁站，手机邮件就来了，是执行董事发的："LEO，项目时间表有变，现在就要进入港股上市前最后冲刺。你是团队的重要成员……"

读邮件的时候，我妈正兴致盎然地问我晚上是想去听相声还是去小白楼散步。邮件后半部分我当时没读完，因为命运已经被宣判了啊——加班，加班，加班，直到……我也不知道直到什么时候。

于是，在天津那两天成了入职高盛以后最忙乱的四十八小时：大概有四十四小时我都待在酒店房间，做财务预测模型、写行业分析文件、参加电话会议、整理讨论纪要，直到椅子上留下一个鲜明的屁股印（但愿不是永久的印，哈哈)，连笔记本电脑都开始了罢工。

剩下四小时，我争分夺秒陪我妈去转了转小白楼历史区。哦，不对，是她一个人溜达，我坐在一家肯德基继续鸡血满格地开我的电话会。感谢我妈的不离不弃，还给我叫狗不理包子外卖，也算不枉天津行了吧。

我安慰自己，也安慰我妈："嘿，起码酒店咱是真心住得值了！一点儿没浪费，还欣赏了两天天津海河极致夜景呢。"我妈深表赞同，没表露对儿子的心疼。

原计划的"天津四日休闲补眠游"，最终变成"天津加班二日行"。我改签了高铁票，国庆假期第三天便回到了雾霾依旧的北京。10月4日至10月7日，我每天都在办公室同电脑为伴，独赏霾天里朦朦写意的日落。

那个"十一"后，我脸上的痘又多了些，但不知道怎么回事，看上去反而更和谐了。但值得开心的是，项目全力推进，我也成了这届新同事里见证香港 IPO 胜利完成的第一人。大老板小老板都说："LEO 真棒，下个项目的分析师我们预订 LEO 了啊。"

当“搬客”时西装
革履的 LEO 小哥

入职高盛后的第一个黄金周，我不是为了得到上司的赞赏而拼，我是为自己拼，为责任感拼。既然选择了高盛这个不简单的平台，我就要咬牙接受和适应那里的高压生活。既然是项目上不可或缺的角色，我就该靠谱地完成好工作。

牺牲一点儿休息的时间我不觉得是吃亏，只认为那是对自己能力和价值的证明。年轻时苦一点儿，没什么可抱怨的。

后来，我开始恢复跑步，也适应了北京。脸上的痘渐渐消退，连痘印都没留下几个。

冲出舒适区的挑战

高盛分析师们最常说的话，是“好的，我会完成”“好的，我来做”。

我们身体虽疲累，心却没那么累——毕竟还是投行金字塔最基层的角色，上面有好几层大小老板“罩”着，不需操心太多项目统领上的事。只要能把活儿干完，就不会有其他方面的压力和负担，在分析师的舒适区里无忧地待着。

我参加的两个 IPO 项目都是任务多人手少。我是唯一的分析师，上面分别只有一位经理和一位执行董事，他们又同时在牵头其他项目，忙得团团转。也因此，我屡次被“推出”分析师的小舒适区，分担老板们的工作。这些逼我冲出舒适区的挑战，虽然让我几次压力暴增，却也促使我飞速成长。

DP 公司的香港 IPO 是我当时参加的两个项目之一。这家公司是国内瓷砖行业的翘楚，总部在广东佛山。公司上市前的冲刺期里，我经常跟着大小老板从北京打飞的南下 DP 总部，与公司管理层大佬们开会。每次虽然都穿着西服打着领带装深沉，但毕竟还是年轻小兵，开会时发言很少，基本都是两位老练的上司把控全场。

一天上午，我刚进办公室就接到了执行董事的电话：

“LEO，这件事很急。Sam（DP 的首席财务官）刚给我电话，说有几页分析师大会用的材料要改，涉及部分文字和图的调整，需要今天就面对面敲定。我现在在上海开会，Maddy（我的小老板）在国外，更不可能赶过去。所以 LEO，需要你代我们俩飞一趟广东，今晚前就和他们定好……”

“Z 总，嗯……就我一个人去吗？”

“对，LEO，其实你比我和 Maddy 更熟悉分析师大会材料，毕竟是你一页页做好的。所以别担心，你没问题的。S 资本（DP 的主要投资方）的 J 总也会在现场一起讨论。我跟他们打好招呼了。”

我的心脏简直要跳出胸口了。入职才两个多月，我竟然就要代表高盛团队的两位牵头人，独自和公司高管、投资方代表坐在一起讨论工作了！

“LEO，没有什么人比你更熟悉这些材料了。你能行的。”努力按捺住紧张的心情，我捶了捶胸膛，为自己打气。

几小时后，我打飞的赶到了炎热依旧的佛山。

深吸一口气，再整整领带，我走进了 DP 总部。公司高管团队的包副总、Sam、Sam 助理 Wing 小姐和 S 资本的 J 总已经在谈笑风生，整间会议室只有我一个突兀的“90 后”。

“LEO 到了啊。辛苦辛苦，还麻烦你从北京飞来。请坐。”包副总亲切地招呼我坐下。要知道，他一直是DP高管层最不苟言笑的那位，我一度甚至有点怵跟他面对面谈工作。

"LEO最近青春痘变多了，哈哈。是不是熬夜太凶？"S资本的J总笑着打量我。她是拥有会计师、投行家和风投家背景的大牛，之前几乎轮不到我和她直接对话。

几小时前的航班上，我还在为即将开始的孤军奋战而忐忑：怎么跟高管们问好？他们会不会不睬我这个高盛小兵？会不会有我答不上来的问题？如果有，该怎么应对？万一露怯了要如何圆场？

进会议室后一分钟，我的重重思虑便消散了不少。很多时候的担忧，其实都是无谓地吓唬自己，完全没必要。

讨论会进行得顺利高效。让我最有成就感的是，大佬们根本没把我当小虾米，每个讨论点都会仔细询问和倾听我的意见，从一组数据更好的呈现形式，到一个核心业务亮点的语言表述，甚至连高管介绍页上几位大佬的照片尺寸和亮度，我都代表团队发表了看法。

风尘仆仆坐飞机赶回北京时，已是凌晨1点多了。一下飞机我就看到了执行董事和Maddy的邮件："LEO，干得好！Sam跟我说今天的讨论卓有成效，分析师大会材料已经润色得差不多了。辛苦了，赶紧回家好好休息。"

人生第一次一个人代表一个团队的出差，大捷！

我背着电脑包，大踏步走出了到达大厅。深吸一口带着雾霾味的空气，都觉得格外舒坦。

当接到超越自己本职工作的任务时，不应退缩，而该激动才对，因为这意味着你的能力获得了上司的认可。如果工作表现不行，团队怎么敢放你去闯呢？

完成任务的过程中，一定要摒弃各种思虑，尤其不要太在意资历老的人会怎么看你。只管集中精力和注意力在工作上，细心倾听和思考后果断表达出自己的想法。当你有硬实力、能为项目带去积极贡献时，没有人会随便瞧不起你的新手身份；相反，只会对你刮目相看。

养猪场上的“搬客”

干得了投行，下得了猪房。不放弃一丝希望，机会便会如约而至。

果断争取到的机会

2013年底，高盛正式被W公司聘请为香港IPO项目的联席保荐人投行之一。这家公司是中国家喻户晓的老牌企业，在以火腿肠为代表的猪肉食品领域称霸多年，还跻身世界500强企业之列。

彼时，W公司刚斥资几十亿美元并购了美国第一大猪肉食品商，一跃成为全球首屈一指的“猪肉玩家”。W公司的香港IPO，注定是一桩世界瞩目的大事件，是投行人都希望参与的里程碑式项目。

我所在的消费品零售行业组接过了代表高盛筹备W公司IPO的重任。那时，我仍在两个IPO项目上忙得四脚朝天，已分身乏术，所以失去了加入W公司IPO首发团队的机会，心里难免遗憾。

12月底的一天上午，我正在开电话讨论会，突然收到来自W公司项目的执行董事Yvonne的电邮。这是一封发给组里所有经理和分析师的“紧急求助”邮件。

“各位：W公司的上市项目即将开展生物资产尽职调查工作。目前，项目团队的所有投行员工都在彻夜加班搭建财务模型、撰写招股书关键章节，无人能参加下周的尽调。本次尽调历时三天，从12月29日到31日，地点是河南驻马店的W公司肉猪基地，主要工作是猪舍考察和猪只盘点——也就是‘数猪’。我们急需一位同事的援手，协助团队完成本次尽调工作。不胜感谢。”

收到邮件的同时，办公室也炸开了锅。

“数猪啊！太牛了。”

“生物资产尽调好像很有趣。之前纽约团队做过一家渔业公司项目，据说还潜水去考察了他们的水产养殖呢。”

“竟然在 2013 年最后三天去尽调，是不是要在猪圈跨年，与猪共舞了？有点狠啊。谁会想去？”

听着同事们热火朝天的讨论，再一次读完言简意赅的求助邮件，我不由得手心发烫心跳加速。那是每次机会来临时我的必然反应。

W 公司的 IPO 是我梦寐以求希望参与的项目。本以为已与它失之交臂，可现在柳暗花明又一村，良机从天而降，虽然只是项目工作的“边角料”——三天而已的生物资产尽调。

但是再次要的工作也是工作，是项目胜利完成所不可或缺的元素。何况，要想争取到机会，就绝不能对机会挑肥拣瘦。当大多数人在脏活累活面前望而却步时，如果你能知难而进，就已经赢了一半。

三十秒后，我做出了决定——自告奋勇去数猪。

我即刻拨通 Yvonne 的电话，告知她我可以帮忙，但本着负责任的态度，我得拿到几位自己所在团队上司的批准。

求助邮件发出没多久就收到应援，正在香港焦头烂额着的 Yvonne 喜出望外，连声道谢。

第二步，我火速给自己的两位执行董事上司发邮件解释了 W 公司生物资产盘点的事，说明自己愿意熬通宵把项目工作提前做好，且去河南出差不会耽误太多时间。

与此同时，我跟几位在北京办公室的项目小老板和分析师口头说明了情况，直接获得了他们的批准和支持。

一小时后，两位大领导也爽快地给我开了绿灯。其中一个还不忘在邮件末尾祝我“好运，‘玩’得开心”。

带着所有团队的批准，我马上给 Yvonne 发去了确认邮件。

“LEO，你是唯一回复愿意帮忙的，真的非常感谢。快过新年了，却得麻烦你跑一趟河南农村，难为你了。我马上让团队把你加入项目工作组邮箱，提前准备就绪。”电话那头传来 Yvonne 如释重负又略带歉意的声音。

而此时我并没告诉她，妈妈刚从厦门飞来陪我过新年，只在北京待一周。去河南，意味着我只能吃四天妈妈做的可口饭菜了。

但无论如何，我抓住了这个机会，能参加那一年最重要的食品企业的 IPO 工作了。这让我异常喜悦。

要当猪场“知青”，必须先被隔离

数猪行动前两天，我每天熬到后半夜，提前把手头的项目工作保质保量做好，还抽时间研读了 W 公司的资料，对这个项目有了初步了解。

12 月 28 日下午，我从北京飞郑州，下飞机后又马不停蹄乘车赶往 W 公司位于驻马店乡下的大型肉猪养殖基地，抵达时已是深夜。隆冬时节，河南原野上只有伸手不见五指的漆黑和刺骨的大风。

同行的还有三位项目同事，都是只比我大两三岁的小伙子，一位来自该 IPO 项目的另一家牵头投行摩根士丹利，一位是仲量联行的资产评估师，还有一位来自会计师事务所毕马威。大家对接下去几天“未卜的”命运既兴奋又担忧——真的要跟猪同吃同住吗？

对养猪场的第一印象，用“未见其形，已闻其味”来形容再恰当不过。虽然离猪舍还有数百米远，可浓郁的猪臊味已足够令初来乍到的人感到呼吸困难。

猪场的王副主任笑吟吟地打着手电来迎接我们。“各位领导辛苦了。你们都是从北京和香港来的吧？我们这儿条件不太行，委屈你们啦。”

话音还未落，一辆满载成年肉猪的大卡车从身边席卷着尘土和猪的哼呜呼啸而过，一阵更浓郁的臊臭味扑鼻而来，愣是把我到了嘴边的问候语堵了回去。

“各位领导，我们的猪舍考察和猪只盘点会在第四天早晨开始。进入猪舍前，得辛苦各位领导配合隔离四十八小时。隔离的目的是防止携带病毒进入猪舍、感染猪群。隔离期间会安排大家住这里最好的宿舍……”

听到要隔离四十八小时，四个数猪青年异口同声地“啊”了出来，对未来几天生活的不确定感又顿增不少。

王副主任继续给我们几位“领导”解释道：“隔离期间得委屈大家在猪场生活区内活动，不能进入猪舍，不能外出，不能洗澡。现在天冷，进入猪舍前务必防止感冒。”

几小时前，我还是穿着西装和黑皮鞋，在京城的高端写字楼里做着复杂估值分析的投行男，几小时后，我已经在七百公里外的中原乡下为数猪做准备了。

虽然预感隔离的四十八小时将不会太舒坦，但站在猪比人金贵的这片土地上，我突然感到莫名的幸运。生活像一盒巧克力，我能尝到同事们没机会尝到的“猪肉味巧克力”，这难道不是一件非常值得纪念的事吗？

“各位领导，现在请大家做一下紫外线消毒，然后洗澡，更衣。”

不得不说，为了保证肉猪成长环境的绝对安全，W公司做得毫不马虎。

消完猪场第一毒，洗罢猪场第一澡，换上深蓝色的猪场工服和白色胶鞋，我终于进入生活区入住，此时已是凌晨零点三十分。

我们住的猪场豪华房是两人一间的十五平方米集体宿舍。屋内一张写字台，两张小床，颇为简约。和我同屋的是摩根士丹利的分析师Chris，他前一天也熬到后半夜，又从香港经深圳辗转到河南，早已疲惫不堪，一进屋就倒在了床上，无奈身高超过了一米九，平躺时脚只能悬在半空。

“既来之则安之。”Chris蜷起双腿翻了个身，不久就发出了鼾声。

窗外隐约传来猪群的哼鸣，以固定的分贝和韵律在我耳畔回响，原来猪里也不乏夜猫子。这是纯天然的催眠曲，我很快进入了梦乡。

被隔离的两天是我多年以来过得最规律的四十八小时。

早晨7点半起床，我们会带着猪场赞助的脸盆和牙杯去开水房洗漱。

白天大部分时间，我和Chris会抱着各自的黑莓手机工作——生活区的网速让我们根本没法从笔记本电脑登进公司系统。但两个奋斗青年都认为，网速不给力并不是罢工的借口，所以在信号时强时弱的猪场，我们依旧坚持做完了力所能及的工作。屋里暖气不够，我们就各自裹着大棉被蜷缩在床上干活儿。

好心的王副主任为了给我们解闷，特意安排猪场播放“肉猪养殖入门”的教学片，美其名曰“看一场和猪有关的大片”，还让饲养专家陪同观看、现场答疑解惑。那两天，我学到了这辈子都用不完的养猪知识。Chris一本正经地说：“如果哪天在投行干不下去了，就合伙开一家高端养猪公司，给猪按摩听音乐喝啤酒。日本有‘神户牛’，中国也能养出‘驻马店猪’。”

养猪场上空的天是晴朗的天，养猪场里的生活是单纯美好的生活。

零距离数猪六小时

第三天清晨6点，猪场饲养员上门把我们叫醒。今天终于要进猪舍做生物资产尽调了。

6点半，我们四位数猪青年开始入猪舍前的消毒。第一步是洗澡——四十八小时以后的第一个热水澡洗得格外舒坦，即使是跟几十个男饲养员挤挤挨挨洗的集体澡。

第二步是消毒。天气寒冷，我穿了一件有衬里的毛衣，被翻来覆去消了足足一分钟毒。接着，我们换上饲养服、胶鞋和手套，依次通过紫外线和水雾消毒通道。

“为了这次相聚，我连见面时的呼吸都曾反复练习。”消完毒的Chris哼起《漂洋过海来看你》。哦，不，应该是“漂洋过海来看猪”吧。

进入猪舍前，王副主任和我们再次确认了生物资产盘点计划：饲养场共有十五个猪舍，包括怀孕母猪、哺乳母猪、种公猪、幼年猪等多个种类的几千头猪。在尽调前一天，W公司向我们提供了各猪种的最新数据和猪舍信息。我们四位尽调人员要做的，是在饲养员引导下，现场逐舍盘点，以确认实际情况与公司资料相符，尤其是确认猪舍里没有疫病的存在。

“如果准备好了，我们现在就进猪舍开始盘点。头三个舍是哺乳母猪和刚出生一周的小猪。味道比较重，大家多忍耐一下。”

一分钟后，我们在王副主任和饲养员的陪同下进入了“猪山猪海”：这是一个几百平方米的宽敞猪舍，分成几十个隔间。每间都有一头刚生产不久的母猪和它的猪娃们，少则两头，多则一小群。

母猪们听到开门的声响，不约而同转过头，上下打量着我们这群闯入者，而小猪崽们则是“初生猪娃不怕人”，甩着尾巴扒着栏杆，朝我们直哼哼。

前一秒我们还在为眼前的“美丽猪世界”暗自惊叹，后一秒我们已经快被刺鼻还辣眼睛的猪臊味熏晕。

然而工作就是工作，从不该轻易打退堂鼓。我站定在原地，暗示自己正身处一片空气清新的湖畔，周围鸟语花香，天空白云朵朵。在这种违背现实的积极心理暗示下，一分钟后，我竟已几乎感知不到气味的存在。

三位数猪伙伴显然也逐渐从昏厥的边缘缓过神来。大家朝王副主任做了个 OK 的手势，开始了第一个猪舍的盘点。

“第一栏：一,二,三,四……合计六头猪崽和一头母猪。”

“第二栏：一,二,三,四……合计四头猪崽和一头母猪。”

“第三栏……”

代表了两家投行、一家资产评估方和一家会计师事务所的四位数猪青年在“猪林”中逐栏徒手盘点，每点完一个栏，都仔细将数字记录在盘点表上。因为猪崽们喜欢乱窜，造成几个人盘点的数字偶有不同。这时，我们一定会重新来过，直到所有人点的数一致为止。

盘点同时，我们还会观察猪舍的设施和环境，确认没有毁坏失修的情况存在；碰到伏地不动的猪，我们会多在猪栏边停留片刻，并咨询饲养员，确认没有疫病发生。

从上午 7 点进入第一个猪舍，到下午 1 点从第十五个猪舍筋疲力尽地走出来，我们一共与猪零距离共处六小时，这是一辈子都难被打破的“伟大”纪录。

我们领略了“猪生百态”：母子猪的温情满满，幼年猪的活泼好动，怀孕猪的慵懒笨拙，种公猪的霸气逼人。不管是哪种猪，都用它们无与伦比的气味表达了对我们的热烈欢迎。

最让我和数猪同伙们长舒一口气的是，这次尽调的实际盘点数与公司提供的数据完全相符，猪舍环境和猪的健康状态良好。

有了这个结论，W 公司的 IPO 才可以全速推进下去。

“知青”的总结

当天傍晚，数猪小分队在郑州机场解散。到了离别时才猛地发现，我们对过去三天的猪场生活竟都有些意犹未尽。四个“知青”紧紧拥抱，约好后会有期。

上飞机后，我累得直接“北京瘫”在了座位上。快睡着时，突然从后排传来一个乘客不满的牢骚：“哎，服务员，怎么机舱里空气那么不好啊？有种臊臭味你闻到了吗？”

“不好意思先生，我也闻到了。可能是哪位乘客的行李有异味。起飞后通风系统会启动，到时空气应该会变好。”

这个略带无奈的对话让我如梦初醒——走之前竟然没换掉在猪舍里“浸泡”了六小时的毛衣！

也许是和猪待了太久，对它们的味道都浑然不觉了吧。

我赶忙向空姐要了两张毯子，把臭气源毛衣裹了个密不透风，才带着歉意昏睡过去。

因为航班延误，带着猪臊味回到北京办公室时已是午夜。偌大的办公室空无一人——2013 年的最后一天，大家终于能早点回家了。

我决定善始善终，把此次尽调的总结报告写完再下班。坐在电脑前，四周寂静无声，脑子里却满是大猪小猪的样子和它们或欢快或忧郁的叫声。

过去的七十二小时，注定是我在高盛两年乃至未来职业生涯的几十年里都不会再有的奇遇。

第二天，我收到 Yvonne 发来的感谢邮件，定睛一看，高盛亚太投行部的主席等多个区域大佬也被抄送进了邮件。

Yvonne 盛赞了我的数猪“壮举”，感谢我在团队艰难的时候雪中送炭，甚至放弃新年夜的难得安逸，在办公室加班到深夜。

其实，即使我对 W 公司的 IPO 项目毫无兴趣，在接到 Yvonne 的求助邮件时，也依旧会自告奋勇去帮忙。作为初级员工，就该皮实一些、愿意承担别人不愿做的工作。不管是什么任务，都要真心实意地完成好，为团队分忧减压。

后来，在参与另一家国内乳制品公司的香港 IPO 项目时，我又一次与动物亲密接触，在寒冬腊月带领几个同事到内蒙古巴彦淖尔的有机牧场进行生物资产尽调。那次数牛也是荡气回肠的回忆：凌晨 4 点的披星戴月，零下 20℃的塞外朔风，因沾满牛粪而直接报废的一双鞋，母爱泛滥的泌乳牛和黏人的小牛崽……

唯一不同的是，返京飞机上的空姐和乘客没再因为异味捂起鼻子。

在“绝望”中寻找希望

从小到大都没骨折过，为什么这次摔一跤就折了手腕？还不偏不倚伤在“人体最难自行愈合”的那块骨头上，并且正值事业的上升期。在一个“万般皆下品，唯有事业高”的奋斗小伙儿看来，这个急刹车几乎是不可接受的。

2014 年 1 月，我正式加入 S 公司的香港 IPO 项目团队。S 公司当时是国内最大的有机乳品公司，而高盛是这个项目的保荐投行，承担着最大的责任和工作量。

S 公司高管层上市心切，同高盛制定了魔鬼式的项目执行时间表，力求在 2014 年上半年完成 IPO。客户公司的勃勃野心也意味着，高盛团队将度过昏天黑地赶截止日期的六个月。

春节刚过，我便被安排去呼和浩特的 S 公司总部做首轮业务考察。那是 2 月中旬的一天，京城飘着小雪，天阴冷难耐，我从早上进办公室起就感到一种异样的压抑，太阳穴突突直跳，还略有些气短。

“也许是这两天没休息好吧。”我打起精神头干活，说服自己不去理会身体的不适。

因为工作多得做不完，我订了当天最晚飞呼市的航班，好在办公室多忙一会儿。

一天无喘息工夫的忙碌，连午饭都是边发邮件边在工位上草草解决。忘我地打完最后一个电话会议，一看表，竟已快 7 点，而我的航班将在 8 点半起飞。从金融街到三十千米外的机场得穿越高峰期的“首堵”城，有时一个钟头都到不了。

我赶紧抓起行李箱冲出办公室，高盛的司机已在楼下守候多时。内蒙古天寒地冻，我特意换了一双暖和的高帮皮鞋，跑起来都有些吃力，也可能是身体状态不佳的缘故吧。

办公楼大堂正在翻修，围了一米高的防护栏。而我正提着箱子飞速往外冲，等反应过来眼前有障碍物时已经晚了。心想着“工人师傅们，不好意思给施工添麻烦了”，我原地起跳准备跨过护栏。

要是穿着平日的轻便皮鞋，跨过一米高的障碍物当然是小菜一碟。可那天的皮鞋笨重了不少，再加上脑子已经累得有些迟钝，我做出了史上最不协调的跨栏动作：前脚尚未越过栏杆，后脚就急着跟上了。雪上加霜的是，我还背着双肩包、拎着行李箱。

两秒之后的结果可想而知。一米八几的我连包带箱从半米高的空中潇洒地“降落”，扬起一地尘埃。情急之下，我本能地用手撑地，所有重量狠狠地砸在了单薄的左手腕上。

一阵前所未有的痛感瞬时从腕部蔓延至全身，把所有疲劳和压抑都击得粉碎。

读书时在球场和田径场训练时也摔过几次，但这次的触地面只有手腕一点儿，压强十分可观，我顿时疼得哆嗦。

“不行，不能误了飞机。得赶紧出发。”强忍剧痛，我挣扎着爬起来，边吸冷气边往外跑，留下几个吓了一跳的工人在背后“啧啧”着目送我远去。

“师傅，麻烦您尽快。我的航班8点半起飞，今天就这一趟航班，拜托！”

那天唯一的顺利，恐怕就是没被京城高峰期的交通刁难了。小车一路风驰电掣，穿西城越朝阳上机场高速。寒风凛冽的冬夜，我在温暖的车厢里独自“疗伤”，不准备把刚发生的小事故告诉任何人。

“从小到大都很皮实，蹭破皮崴个脚的事多了去了，这次只是疼了点，但肯定没问题。”我一边揉着开始发肿的手腕，一边“违心”地安慰自己。摔倒时的爆发式刺痛，此时变成了更加深刻的放射性钝痛。

到了机场，我以光速买了一盒跌打扭伤膏药，然后在头等舱通道一路闯关，总算有惊无险登上了飞机。

“成功！”望着肿成小馒头的左手腕，我欣慰地闭上眼睛，想强迫自己在飞机上睡着以缓解痛感，但终究无济于事。

已经不记得在呼市的那一晚疼醒了几次，或许压根儿没有睡着。只记得换过两帖膏药，不断给自己咬牙打气：受伤是自己的疏忽所致，一定不能耽误工作。手腕再疼，能疼过关羽的刮骨疗毒吗?

第二天，我按原计划起床，跑步，洗澡，吃饭，努力不去理会手腕的阵痛——经过一整晚或梦或醒的积极心理暗示，痛感竟真的减轻了少许。

一天的业务考察马不停蹄，结束时已是下午4点多，冬天的呼市黑夜将至。回到车上，我总算可以松一口气，翻开厚厚的袖口，关照一下受伤的手腕了。

当我小心翼翼更换膏药时，S公司的随行人员突然惊呼起来：

“哎呀，李经理！你手腕受伤了！怎么肿得那么厉害？”

我只得把出差路上不慎摔倒的事跟他说了一遍。

“这样不行！您该早点说啊。走，我陪你去蒙科大附属医院看急诊。”

想到下一阶段的工作任务将更加繁重，而身体又是革命本钱，不得有任何闪失，所以医院真的是不得不去了。

在这家内蒙古数一数二的三甲医院，我拍了X光片。急诊医生端着我的片子打量片刻后轻描淡写地说：“小伙子骨头硬。应该就是创伤，不严重，三两周能恢复。别让左手腕受力，不要做俯卧撑。”

听到“并不严重”的结论，我如释重负。谢天谢地没有大碍，工作不会受影响了！

然而，故事可没有到此结束。

回到北京后，手腕的肿胀和疼痛越发明显，红花油和膏药不见任何效力。打字快的时候，左手腕便疼得厉害。更糟的是，每晚睡觉时一定会疼醒几次，有时再也无法入睡，只得数着羊盯着天花板到天亮。

起初我还很淡定，心想伤筋动骨一百天，何况医生都说了问题不大，估计再忍一忍就好了。

然而几天后手腕情况非但没有好转，反而肿得越发明显，稍碰一下就嚯嚯地疼。

我开始焦虑了，一种不祥的预感涌上心头：莫非是呼市的医生误诊了？

为了不留下后患，我当机立断——去积水潭医院（北京数一数二的骨科医院）复诊！

不幸的是，在触诊和X光检查后，我担心的事还是应验了。

“小伙子，你是真能忍疼啊。你带过来的这张片子和今天拍的片子都显示你的左手腕舟骨骨折了，而且现在来看，骨折线非常清晰，比刚受伤时又恶化了。舟骨是人体最难自行愈合的一块骨头，恢复不好的话有坏死风险。现在有两种方案，第一种是保守治疗，打石膏让它自行长好，但时间和结果都说不准，临床上有很多长时间无法愈合的案例；第二种就是手术，在你的断骨处植入一根钉子，把骨折处合拢，但术后还要戴一段时间防护手套，这种办法愈合率高很多……”

舟骨，坏死，无法愈合，钛合金钉子……

医生的一番话让我蒙了。从小到大都没骨折过，为什么这次摔一跤就折了手腕，还不偏不倚伤在“人体最难自行愈合”的那块骨头上？

我的内心是复杂而有些崩溃的。我怨那个呼市的“大夫”贻误了我的伤情，我害怕恢复不好会留下永久性后遗症。而在那一刻最让我沮丧的，还是骨折治疗将对工作的影响。那时我入职高盛半年多，适应期过后已逐渐上了正轨，各方面表现都不错，是同届分析师里最受重用的员工之一，正在两个IPO 项目上奔忙。

在职场的关键上升期骨折，意味着我将不得不放缓工作节奏，暂别朝夕相处的同事们，回家养伤。我能做的将极其有限，为团队创造的价值也会大打折扣。

对一个“万般皆下品，唯有事业高”的奋斗青年而言，这个急刹车几乎不可接受。

然而，该发生的已经发生了。当遭遇不顺时，如果任由自己被懊恼的负能量场包围，只会让情况更糟。这时候要做的，唯有坦然接受事实，努力平静下来，接着确定一个最佳解决方案并尽快开始执行，将损失降到最低。

“大夫，我要做手术。请您尽快帮我安排时间。”

我必须以最快、最有把握的办法对身体负责，尽量减小对未来生活和工作的影响。

因为是在出差时“英勇负伤”，公司给了我三个月的带薪伤假，并承诺在恢复不好的情况下可以延长。同事们也纷纷问候，祝“断臂大侠”早日回归，“项目上的事你甭操心，有我们在，你先好好养病”。遭遇挫折时，伙伴们的支持往往能带来巨大的精神鼓舞。

一周后，医生在断骨处植入了一根可以和骨头长在一起的钛合金钉子，痊愈后也无须取出。

手术的成功只是康复之路的开端。拆线后，我戴上了防护手套，继续固定伤处。天气逐渐热起来，密不透风的手套硬壳把皮肤捂得近乎溃烂，一出汗就奇痒难忍。

从动手术的那一天起，我的黑莓就一直没关过机。在暂别办公室的日子里，黑莓小红灯的闪烁会让我心安，让我觉得从未离开过那个灯火通明的奋斗场，让我知道自己参加的两个 IPO 项目都在日新月异地向前推进着。

术后第三周，左手腕的疼痛感基本消失，核磁共振检查也显示骨折线正在逐渐缩小。随着伤情一天天好转，我的心也日益“不安分”起来。

伤假开始前，上司叮嘱我一定要“专心休息，不留下任何后遗症”。团队成员们都做好了“LEO 会彻底停工三个月”的准备，两个 IPO 项目分别增加了一名分析师接替我的工作。

然而，我从未想过要彻底停工三个月。左手腕虽然伤了，可我依然耳聪目明思维敏捷，右手也依旧好使。这些难道还不足以让我提前复工吗?

更何况，两个项目都进入了疯忙的冲刺阶段，同事们经常挑灯夜战到凌晨两三点，恨不得化身八爪鱼才能把工作做完。作为团队的一员，我没法不去帮忙分担，更不能接受同事们熬夜到爆肝，而自己却闲到长草的生活状态，这会令我自责、难堪和恐慌。

我有把握复健复工两不误。很多时候困难都是相对的。如果把困难想得很严重，它也许确实能严重得要人命，但如果在困难面前举重若轻，它也许真的就“不过如此”。

当我跟两个团队的上司说了复工想法时，他们的第一反应都是“LEO 你疯了吗？骨头都还没合上就想工作，没必要的”。

但当我表达了自己渴望为团队分担压力，养伤期间可以在家远程工作，以及参与无须双手打字的工作时，上司们被说服了。从他们的语气中，我听出了感动和感激。

就这样，我开始了边复健边在家工作的日子。在复查、换药和腕功能恢复锻炼之余，我会坐在写字台前继续“金融搬砖”的生活：参加项目电话会议，手写进度纪要，收集行业和公司资料，遇到截止日期不着急的时候，还会用右手打字写文件。总之，除了没法做需要双手操控键盘的财务模型之外，

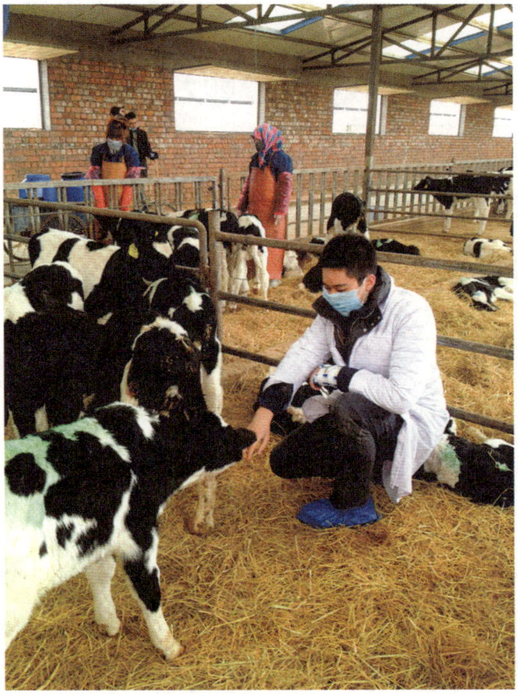

戴着骨折固定护具又一次出差内蒙，
在零下 20℃的寒冬里做牧场资产尽调

其他投行的日常工作我都用右手搞定了。

最初，团队同事们担心我过早回归工作会影响康复，便特意不派强度大时间紧的任务给我。但我总是尽力多做一些，工作质量也与受伤前几乎无异。就这样，上司们渐渐放心了，开始托付给我更多的工作。

说来神奇，在家复工后，骨折处的愈合速度竟比全天候疗养时更快了。术后三个月的一次 X 光检查发现骨折线已基本消失。我想，这块人体最难自愈的骨头得以恢复，一定和复工带来的充实和安定感有关。

如今，左手腕的功能已经恢复了 99%，只留下一道蜈蚣状的手术刀疤。我想，这是高盛时代最重要的一个印记，因为它代表了年轻时的拼搏和在困难面前不妥协的决心。

投行赋予我的关键能力

忘时，忘物，忘我。

诚实，朴实，踏实。

可以用一串数字概括我在高盛的两年：

参加了六个港股和美股 IPO 项目，上市公司全部是各自行业的霸主，总融资额超过二百五十亿元人民币。

去过中国的二十二个省、自治区、直辖市出差，乘商务舱、头等舱飞行十五万公里换来一张国航白金卡，曾在海拔三千八百米的拉萨做税务和工商调档，也曾在零下二十八度的哈尔滨考察业务。

单周最长工作纪录：一百零九小时。

熬夜纪录：连续两个通宵（外加第三天白天）。

搭建了合计一千五百张表格的逾二十个财务预测模型。

完成了一百二十本中文或英文演示材料，最短的六页，最长的一百五十页。

参加了近两万分钟的项目电话会议。

回复了大约五万五千封工作邮件。

不夸张地说，在投行奋战两年，堪比在一般公司工作五年甚至更多。这些可能有点惊人的数字背后，是投行对一个职场新手暴风雨般的、魔鬼式的锻造。

在纽约总部接受入职培训时，当年的高盛总裁布兰克芬曾对我们说（原话大意如下）：

Goldman Sachs will stretch you real hard in many ways — physically, mentally and intellectually. You will ride a very steep learning curve here at Goldman, and you will feel great about it.（高盛会从体力、心力和脑力等各方面磨炼你。在这里，你会攀登一条非常陡的学习曲线，这会让你感到很棒。）

到摄影棚拍一张职场西装照片

我在高盛的每一天，确实都如布兰克芬说的那样，痛并快乐着。通宵加班的劳累和完成项目的欣喜都注定会让我永生难忘。

无论工作曾经多苦，我都感谢高盛给了自己酣畅淋漓、长进颇多的职场初体验。在高盛得到的技能将让我受益终生，不管我未来在哪里、做什么。

也许你未来不会进投行，但若想在职场上有所作为，我相信下面的四项技能都是不可或缺的。

重视细节

投行恐怕是我所知道的最“处女座”的地方，对任何工作都较真到极致，毫无妥协余地——不管是内容还是形式，每个细节均需要充分考虑、滴水不漏。

我在高盛实习的第一个任务，是帮上司修订一篇分析报告的文档。彼时，我还没有使用审阅修订模式的习惯。在未询问清楚上司要求的情况下，我就擅作主张，决定用“红色”来标注所有修订。更欠考量的是，我想当然以为只要修改内容和措辞即可，无须考虑其他。

当我把打着一块块红补丁、格式略显杂乱的修订版发给上司后不久，就收到了他的回复。电话里，上司有些不客气地说："LEO，你再把自己发来的文件打开看看。第一，你没用审阅修订模式，所以我还得手动把你的红色修订一条条改回黑色字体。第二，修改文件不只是改内容，还得校对格式。这篇报告的格式问题你都没碰。比如，第二段的最后一句话少了句号，第三段中间部分的引号用成了英文引号，最后一段倒数第二行的间距有问题，变成1.5倍行距了……"

听着上司的"教育"，我的脸火辣辣的。这是我投行生涯里第一次，也大概是最后一次因为忽略细节而"被骂"。大三暑假的实习，让我一次次感受到注重细节这项投行基本素质的重要性：宏观到工作材料的内容和调性，微观到文件的字号、字体颜色、间距，都不能想当然。全职加入高盛后，我养成了检查工作以避免出现细节错误的习惯，终于把自己变成了一个给领导省心的"处女座"。我的同级分析师里，也有人因为忽略了一个难以被察觉的细节而被骂得梨花带雨。

有人吐槽投行这种不近人情到变态的"较真"：这么纠结细节，有必要吗？至于吗？

其实，投行人不是细节的俘虏，并非为了较真而较真。对精细缜密的追求，源于对客户的尊重和责任感。作为项目乙方，投行团队获得了不菲的服务佣金，理应保证工作质量，不辜负客户的信任。高盛能有今日的影响力和地位，与一百多年来高盛员工的精益求精不无关系。

多任务处理能力

投行人（尤其是初级分析师）常常需要兼顾多项工作，有时恨不得长出三头六臂十个脑袋。我最忙时曾经同时在四个项目团队上处理十多项工作，想不多任务处理都难。如果不想没觉睡，就必须管理好工作计划和进度，争取用最短时间完工。

进高盛两个月后，我逐渐摸索出一套自己的门道：每天早上到了办公室，我都会用五分钟在待办清单上列好一天中的所有任务，注明截止日期和每个任务对应的上司是谁。根据这两个信息，我再快速决定好每项任务的优先级——高、中或者低。

为什么要根据上司来定优先级呢？这其实算使了个小聪明。经过一段时间的观察，我总结出了不同上司的风格。比如，有些上司永远说一不二、不由分说，他让你“今天之内”完成一项工作，那么你就必须在午夜来临前交差，否则就“凶多吉少”了。而有些上司则是表面“唬人”的纸老虎，布置任务时貌似很强势——“很急，明天中午前务必给我”，但实际上并没那么火急火燎，说是“明天中午”交，但也许后天中午前都来得及。我还碰到过一个有点犯糊涂的上司，经常忘了给分析师定的截止日期是什么时候。

所以，如果是说一不二的上司派的急活儿，那就是真急，优先级自然放在“高”档。如果是后一种上司给的任务，有时就能往后排一点儿。

当定好任务清单和优先级后，就要专心致志开始干活儿。有些人真的是在同时处理多任务：边看文件边开会边琢磨项目方案。但我并不推崇这种做法——怎么可能同时干几件事又能保证高正确率呢？如果不是万不得已，我都会努力将宏观的多任务变成微观的单任务，把工作一件接一件搞定。比如，9点到10点完成任务A，10点半到12点是任务B，下午2点到4点做任务C……做一个任务时就心无旁骛，不去想尚未开始的其他任务，将分心可能性降到最低。同时有好几件事压在心头已经让人容易抓狂了，所以必须自己把时间分段，每一段对应一件事，屏蔽干扰。

快速学习能力

如果用几个关键词总结高盛分析师的工作生活，除了“熬夜”和“高薪”外，一定还有“学习”。入职时，分析师们在纽约总部参加六周培训，学习最基本的投行技能（比如估值方法、金融会计知识等）。入职后，分析师们会接触不同的融资项目、资本市场和客户公司。培训时的所学往往无法完全应付实战场上的所需。

若想成为一个出类拔萃的分析师，不但要不断学习充电，还要拥有快速领悟、学以致用的能力。我在高盛的两年，不曾有一天中断学习。有因工作需要而不得不学，更有为了提高业务水平和竞争力的主动求知。

刚进公司时，我就有意识地拜师学艺，找到了两位可以请教的前辈，一位是朝夕相处的小领导，另一位则是在工作上几乎没有交集，但业务能力出众且非常聊得来的执行董事。因为两个前辈资历不同，所以我能从他们那儿学到不一样的业务知识，最大化学习半径。

跟着他们学艺的办法就是一个字：问。我相信新员工最不该顾虑的便是“多问”。初来乍到白纸一张，问什么都不会被人嘲笑。恰恰相反，勤学好问的新手往往受到上级的欢迎。

向小领导请教的问题大多关于我们正在忙的项目：小到一个术语的定义，大到某种复杂的上市法规。渐渐地，我的知识盲点越来越少。而懂得越多，工作起来就越得心应手、越能帮他分担更多工作。

向执行董事求教的方式略有不同。不像跟小领导能天天见、天天问，我和执行董事每周吃一次饭，吃饭前我会提前在脑子里列好问题，边吃边问、边学。而求教的东西，不是项目上的鸡毛蒜皮，而是更宏观的金融知识，比如中国投行市场的发展史、华尔街投行的转型、香港和纽约证券市场的对比等。

除了拜师学艺外，我还尽量利用高盛给员工提供的丰富学习资源，为自己加码。与其说高盛是一个企业，不如说它是一所大学。在这里，有高盛知识管理系统，还有高盛大学。两个平台上有大量可以免费下载的资料，比如成千上万个融资项目的案例分析和几十种金融估值模型的讲义和模板。

对初出茅庐但求知若渴的新手来说，这些资源无疑是一座座大金矿。工作之余，我给自己制订每周和每月的充电计划，见缝插针地学习。比如——

本周任务：研读周大福、普拉达、辉山的香港IPO案例，明白高盛在这些项目中的核心角色与贡献，结合当下资本市场情况对上市时的估值进行思考。

本月计划：下载并学习两个在培训时没接触过的LBO模型（Leveraged Buyout，杠杆收购），尤其要弄懂所有核心假设（key assumptions，做金融模型时很重要的数据）背后的道理。将本周看过的十个IPO案例要点再复习一遍。

因为平日工作实在很忙，我通常不给自己制定高得难以实现的目标。但任务就是用来完成的，一旦确定好当周、当月的学习计划，我就不再给自己讲条件，坚决咬牙学完。

一股韧劲儿

有句话形容投行的残酷：女生当男生使，男生当牲口用。想在投行这样的高压锅里生存，就得学会“不娇气自己”。

“对自己狠一点儿”，不是指全然不顾健康、随意透支身体，而是对工作的强度和压力稍微钝感一些、别那么在意和焦虑的意思。

参加某家装家居龙头企业的香港 IPO 项目时我经常出差，忙时曾一天两飞，行经三座不同省份的城市。最折腾的一次，是前一天还在昆明考察，第二天就去了拉萨做税务调档，完全没有机会吃上一片抗高反药，就被因高原气流而颠簸不堪的飞机带上了海拔三千八百米，而那时正值隆冬，是一年中含氧量最低的时候。

敏感的人可能会有这样的反应：“怎么办，都没有准备好就上高原，会有缺氧反应的，肯定很难受，好郁闷啊。我最好二十四小时抱着氧气瓶，不让自己有任何危险……”因为心里紧张，状态也受到影响，最终导致没法很好地完成工作任务。

但其实很多时候，人的适应能力非常强大，根本没有一些人想象的那样不堪一击，不会淋一次雨就感冒，熬一次夜就神经衰弱，上一次西藏就发生高原反应。要想在工作中放开手脚干出成果，就不能娇气自己，一会儿担心 A 一会儿又顾虑 B。

那次在拉萨，我给自己的暗示是：没事，我年轻壮实，先好好工作，不去想自己正身处高原，即使有高反也是年轻时难得的体验，大不了去医院吸氧。

可能也正是因为这种“不怕、不关心”的气场，什么抗高反药都没吃的我平安无事地度过了在拉萨的三天，除了偶有头疼外，我大块吃牦牛肉、大口喝酥油茶，甚至还到布达拉宫广场上慢跑了两次。

有一位高盛 MD 以工作时韧性极强而远近闻名。她年近四十才生子，怀胎九月时还奋斗在一线，牵头着两个大 IPO 项目，日理万机。传言说，这位斗士 MD 去医院生孩子前的几小时，仍在办公室边修改招股书边和美国总部开电话会。

有下属委婉地提醒她注意身体，“孩子要紧”。这位 MD 轻描淡写道：“嗨，这都不是什么天大的事。工作中哪有这么多叽叽歪歪的顾虑？只要能在该休息的时候好好休息，就问题不大。”

对自己毫不娇气的斗士 MD，如今已是两个健康漂亮宝宝的母亲。

再见，高盛

2015 年 6 月 21 日是我在高盛投资银行的最后一天。近两年的投行人生活，在这一天画上了句号。

2013 年夏天进公司时，我是朝气蓬勃的青葱小伙；两年后，朝气依旧，还多了一份职场带来的淡定和锐气。

对在高盛的七百多个日日夜夜，我心里只有感恩。我把那些为了项目奔忙和熬通宵的日子看成年轻时不可多得的历练。这个世界上有成千上万种方式开启职业生涯，从高盛出发，可能是诸多选择中相对苦心志、劳筋骨的，却也是非常促人成长、成熟的。

得知我要从高盛离职后，亲朋好友们反应不一。

有人说："LEO 你傻啊，高盛是多少人梦寐以求却求之不得的高大上平台啊。放弃这么好的工作不要，你将来可别后悔。二十多岁就能拿近百万元年薪，哪里还有这样的香饽饽呢？"

有人说："LEO，发生什么事情了？身体不要紧吧？为什么不在那儿多干几年呢？"

有人说："LEO，你终于逃离投行苦海啦。你要是在高盛待下去，那才是屈才。走得对！别把青春都献给投行了。"

有人说："LEO，祝贺你。不管你接下去的路怎么走，都相信你能走得很好、很踏实。"

他们也许不知道，其实，投行就像围城，在外面的人想进去，在里面的人想出来；其实，在投行，分析师离职是和太阳从东方升起一样平常的事情。与我同届的员工，甚至有干了不到一年便离开高盛的。

对大家的关切，除了说一声"谢谢"，我并没做任何解释。因为，我从高盛离职的决定没有受任何人影响，更不是任何难言之隐所致的无奈之举。其实，从进高盛的第一天起，我就做好了两三年后离开的准备。

我清楚自己进高盛工作是为了什么：不是为了在那里逐级晋升到董事总经理——毕竟做大银行家不是我的人生理想——而是为了在这个高强度严要求的环境里以最快的速度打好基本功，为以后几十年的打拼走好坚实的第一步。

是时候迈出下一步了

2015 年 5 月底的一天，我再次飞到香港出差。进高盛后的两年里，我已数不清去了这座城市多少次、在那里熬过多少通宵。我只记得，自己在香港见证了四个公司敲钟挂牌，圆了上市梦。

这次来香港是为了 R 集团的港股 IPO。这是高盛北京和香港办公室高度重视的一个项目——毕竟，待上市的 R 集团是中国家装家居行业的领头羊。

高盛是这个项目的保荐人和承销商，而我是高盛团队的分析师，自然要承接不轻的工作任务。一落地香港，我就直奔会议室和各方团队会合。

鸽子笼般的房间里坐着公司高管及投行、律师事务所、会计师事务所等团队的二十余人，桌上铺满了成堆的招股书草稿页，空气中弥漫着紧张和压抑的味道。

“这句话要这么说比较好。”“这组数据挪到后面阐述会比较有说服力。”“这个数字的计算口径请统一。”“行业横向比较里再加上这个维度，会更凸显公司优势。”

对招股书精益求精的讨论一直进行到凌晨 1 点，公司高管和各团队的大老板们才“依依不舍”地离开了会议室，留下我们几个年轻同事继续干活儿。

结束工作时已是清晨 6 点多。天刚亮，但窗外的中环金融区好像从来就没沉睡过，水泥森林彻夜灯火通明。不知道又有多少人在这个亚太最繁忙的密不透风的 CBD 里熬过了一整夜。

我走出会议室，准备回酒店小睡一会儿，再继续新一天的战斗。走在皇后大道上，海风吹着脸颊，特别舒服。

虽然刚熬了通宵，但此时我的头脑比任何时候都要清醒。我想，是时候把离开高盛提上日程了。

这么想，绝不是因为工作太累了而赌气。熬过那么多夜，我没觉得这个通宵有什么特别。但在这个独自走回酒店的清晨，我确认自己对工作的热情正在不断减弱，也许很快就将熄灭。而更重要的是，过去一段时间的重复性工作越来越多，我已经很难学到新东西、获得新挑战了。

换个学术点的说法：我理性地意识到，继续在高盛工作的边际效益（marginal benefit），比如，学到的新知识和技能，已经开始不敌边际成本（marginal cost）了；比如，高强度工作对身体带来的损耗、无法做更有意义和有趣的工作。

当每多工作一天都会带来多一些成本的时候，就应该考虑离开，然后去寻找边际效益大于边际成本的机会了。

也许有人会说，我忽略了薪水："高薪难道还不能给你继续留在高盛的强大动力吗？"

如果我已婚，需要养家糊口，那么我可能会把薪资看得很重。然而，恰恰因为年轻，我才不希望自己只是为了钱而工作。

钱固然重要，尤其是对我这样出身于普通家庭的孩子。但在年轻朝气的那几年，与其被钱拴在一个地方日复一日地工作大半辈子，不如带着热情去闯，尝试新的可能，练就新的能力。

如果年轻时能积累到足够的本领和经验，还怕日后会"没钱赚"吗？

接下去，请让我为"热爱"而忙

没费太多周折，我就想清楚了自己的下一步：不一定再追逐一个高盛这样的光鲜平台，但一定要把工作和个人热情紧密结合在一起。

前面提到过，我的热情是和旅游有关的一切事：从小便翻烂了许多本地图和游记攻略，初中时成为携程旅行网的有问必答专家，高中时去戈壁和大湖科考，大学时玩得更野，穷游世界上各种不为人知的角落、成为耶鲁 Reach Out Yale 公益旅行组织的主席……

我真的，生而为游。

要做什么样的和旅游有关的工作呢？我不想去携程、去哪儿这样的公司，我怕到了那儿还会成为蹲办公室的白领一族；我想结识行业内有趣、有范儿的专家，做更精致的、更纯味的、体验性更强的旅行。

我那时唯一想到的一个人，就是 Mei。几年前，我通过一场演讲知道了她。

她是谁？她是一个很酷的、带着一点儿传奇色彩的人：从小在云南的山里长大，90 年代中期从国内考入哈佛商学院，拿下 MBA 学位后加盟麦肯锡成为一名企业管理咨询师，后来辞职创办了自己的高端旅行公司，带全世界的老外探索原味中国，也带国人用更深度的方式游世界。她还是三个混血宝贝的母亲，跑过十多个全程马拉松比赛。

决定离开高盛后，我比之前任何时候都想找到她。

特别幸运的是，我很快通过 Mei 公司的网站联系上了人事部经理，进而和 Mei 约好喝咖啡，前后用了不到二十四小时。看得出，她也对这个毛遂自荐的应聘者很感兴趣。

见面那天，我西装革履，她穿纯麻色连衣裙，露出跑步晒出来的健康黝黑皮肤。

“能看出你是训练有素的高盛员工，哈哈。我在麦肯锡时也是这样，精神、板正得很。”Mei 笑着露出一口洁白的牙。

其实这次见面有面试的性质，但我俩谁都没把它当成面试。从各自的旅行经历说到对国内旅游业乱象的理解，再到 Mei 的旅行风格和管理理念，我们一见如故，一拍即合，自动达到了“同一个团队，同一个梦想”的高度默契。

如果一定要问她考了我什么面试题，我只能回忆起这两个：

“津巴布韦的首都是？”

“甘肃南部有一片藏区你知道吗？能不能说说你对甘南藏区的理解？应该用什么样的方式体验那里的自然和文化？”

我相信自己的回答让 Mei 满意了，否则她不会干脆地邀请我加入团队。

“LEO，你年轻，也有能力。我不会让你在我这儿当普通员工。我想，你应该和我一起，做些更有趣的事情。我在筹备一个小的旅行创业项目，跟互联网和共享经济有关，会很好玩，甚至可能颠覆现在公司的商业模式，有点搬起石头砸自己脚的意思。我相信你会感兴趣。”

这杯咖啡喝完以后，我更加确定自己做了正确的选择。在热爱的旅游行业里，开始未知而激动人心的创业，这将是我的下一站职场冒险。还有比这更好的机会吗？

创业多滋味

创业的魅力，在于能逼你练就一颗强大的心脏和“小强”般的气场。

在创业的世界里，我是从再平凡不过的一名新兵起步的：项目也许注定“小而美”，无法长成“独角兽”，而我也从不认为自己是天生充满创业天赋的奇才。再加上创业历程和经验仍有限，所以我不打算长篇大论、好为人师地聊创业，只想分享几条自己的心得体会。

“创业狗”没主人，你就是自己的主人

你可能和我一样，创业前是大公司的白领，每天坐办公室，被老板派活儿。但从创业的第一天起，你就不再是被发号施令的人。虽然叫“创业狗”，但你其实要当家做主了。

每天员工干什么、这周的主要任务有哪几项、这个季度的业绩目标是什么、这半年的融资如何搞定、这一年的营收要达到什么水平……一切微观宏观的问题，你都要费心、走心，甚至同时还得亲力亲为，所以人们才爱把创业者叫“创业狗”——累成狗啊。

当创业项目的主人，有点像做一个小婴儿的父亲，你得全方位对婴儿的健康成长负责，否则孩子就有可能夭折。

当创业者，得放低身段，练厚脸皮，不怕碰钉子

在高盛时我虽是个分析师小兵，但屡屡被客户尊称为“李总”“李经理”。创业后，我虽然是“联合创始人”“首席运营官”，但在公司刚萌芽、影响力还很弱的时候，这些看似光鲜的头衔就什么都不是。

为了拉项目、谈客户、找资源、促合作，就得放低身段，不为创业前后

待遇的落差而黯然神伤。你和你的公司还没做出什么成绩呢，别人凭什么要对你毕恭毕敬、为你开绿灯？

我在云南边陲小镇谈项目的时候，曾有淳朴的村民把我当成大城市来的骗子，到村里窃取情报、坑害百姓。被村民们毫不客气地赶到村口的刹那，我百感交集：几个月前，我还西装革履在亚太金融中心最高端的写字楼里和公司高管谈笑风生呢。

但这也恰恰是创业的魅力——能逼你练就一颗强大的心脏和“小强”般的气场。项目上线后，当时坚信我是骗子的大叔，主动打电话给我赔礼道歉，还请求把他们村子的民俗体验发布到我们的平台上。你看，有了实力就有了说服力，逆袭也不是那么难的。

中途调整商业模式和执行其实是家常便饭

开始创业我才发现，创业项目里一片坦途的实属凤毛麟角。很少有创业者能完全依照最初的商业计划一路走到底。从 0 到 1 的过程中存在太多变数：政策风向变了，合伙人变了，融资变了，消费者口味变了……任何一环的变动都可能导致创业计划的改变。

筹备初期，我们想上“高才生带你深度游美国校园”这个板块，我也兴冲冲地在美利坚几所名校走了一回，招募到近百位出色的中国留学生。然而，在板块上线前，我们被签证政策打了个措手不及——所有持 F-1 留学签证的学生都不得在读书期间从事有偿校外打工。一旦被查到，就可能丢失 F-1 身份，甚至遭遣返回国，后果很严重。

我们要对学生们负责，绝不能因为“做生意”而给他们的留学生活制造风险。所以，在律师的建议下，我们忍痛叫停美国校园板块的开发，转而深耕国内乡土体验项目。

像这样的业务发展调整，其实每天都在创业世界里上演。夸张的例子也不少，比如我听说过一开始想做跨境电商的团队，后来彻底投身宠物美容这个小板块了。

创业，就是要跟各种人打成一片

成为创业者之后，我才发现高盛的生活真是相对单纯，起码在人际交往方面是这样：一天中十几小时是和同事低头不见抬头见，而出差时打交道的客户类型也比较单一，大多是企业高管层。

创业后就大不一样了，每天都要在光怪陆离的世界里和各种人对话，有些人奇葩得堪比妖魔鬼怪。但为了推进项目，你就不能戴着有色眼镜去评判交谈对象，更不能因为反感一个人就随便拒绝和他对话。

在各地谈首批上线项目时，我深度接触了从乡级到省级的政府领导、潜在投资人、酒店运营商、旅行社老板、学生、自然学家等五花八门的人类。我在贵州大山里的村寨和侗族同胞喝过大酒，在合作洽谈后的 KTV 包厢被领导逼着陪舞，也无奈递过香烟、违心地叫过“张哥”“王姐”。创业一年接触的人，大概能顶高盛的五年。

不管创什么业，其实做的都是一门人的生意。如果能和人打成一片（当然不需要总是“交心”），很多时候就已经成功了一半。

去闯攻略

Action Plans
&
Strategies

如何让你的简历脱颖而出

不管你当下的任务是考学还是求职，无论你现在是十六岁还是六十岁，这辈子一定在某些时候需要“倒腾”出一份像样的个人简历。把简历写出来，容易；把简历做好，难。简历虽有“简”字，却并不简单。

从申请耶鲁本科到初入职场再到报考哈佛 MBA 的几年里，我制作过六七个版本的个人简历，既有英文的一页标准简历，也有中文简历和日语的“履歷書”。此外，我也帮很多朋友看过简历，既有大刀阔斧地改，也有稍做润色的“微整”。我还以招聘者的身份审过大学生们的简历，总结出了更多关于简历的门道。

纵使简历的内容、格式和用途多种多样，但依然有很多制作方法和策略是通用的。在结合了哈佛大学（尤其是哈佛商学院和《哈佛商业评论》）有关简历的论述和我个人的经验后，我想把“如何做出一份优秀简历”这件事讲明白。

如果你目前的简历只是及格，那么我希望可以帮你把简历提高到九十分。

什么是简历

这里不做赘述，仅分享哈佛给出的定义：

A resume is a brief, informative summary of your abilities, education, and experience. It should highlight your strongest assets and skills, and differentiate you from other candidates seeking similar positions. Although it alone will not get you a job or internship, a good resume is an important element toward obtaining an interview.（简历是对你的能力、教育和经历的一份简要信息概述。简历中应该突出你最核心的资历与技能，以将你从申请类似职位的其他竞争者中区分出来。虽然简历本身还不足以帮助你获得工作或实习，但一份出色的简历是获得面试机会的重要因素。）

Before you get started, think about your strengths, weaknesses, personal preferences, and motivations. You should also consider the company/school's styles and needs, who your competition might be, and your unique skill set.(在开始写简历之前，你应该思考一下自己的强项、弱项、个人喜好以及志向都有哪些。你还应该考虑一下要申请的公司或学校的风格与需求是什么、哪些人会是你的竞争对手，以及你有哪些别人没有的技能。)

一份标准简历由哪些部分组成

基本构成：

1. 联系方式：方便招生办、招聘方联系你。对中文简历，除中文名字外，还可在第二行附上英文名（比如：李柘远 LEO Zheyuan Li）。联系方式通常包括邮箱、电话号码（可以是手机号）以及邮寄地址；如果是在国内求职、求学，还可附上微信号。但不要写其他社交账号，例如脸书、抖音等。

联系方式应该写在简历顶端，紧接姓名下方的一行。

2. 教育背景：我一般把“教育”放在简历的第一部分（紧接联系方式，有些同学会把工作经历作为第一项——这样也可以）。通常按时间倒序排列主要的教育经历。比如：2020—2022 年某大学经济学硕士；2015—2019 年某大学会计学学士。

有人会问，要从大学一路列回到小学教育吗？当然不用。通常列到高中即可，如果篇幅有限，列到本科就行。

另外，一定要在每段教育经历里包括所学专业，最好写上平均学分绩点、排名，不一定列出所学课程（如果你要报考博士，并且将来想从事学术，那么最好列出与报考专业最相关的高级课程——注意，是高级，不是初级入门课）。

如果在校期间有任何学术成就（如发表论文、获得奖学金等），也要写出来。

3. 经历：这是与教育背景同等重要的一个部分，通常分为两种：一是工作、实习经历，二是课外活动、社会实践经历。这一部分通常列出三到五项即可。如果超过五项，则可能因为篇幅限制而无法完整呈现每一项的核心成就与亮点。

对在校生：你们尚无全职工作经验。我的建议是列出一到两项实习经历和一到三项课外活动经历（比如学校社团等）。如果要申请全职工作，则可以把实习经历放在课外活动前面。

对于已毕业工作的同学：我的建议是列出一到三项全职工作和实习经历，一项最重要的课外活动经历（在校时的主要活动、工作后参加的社团）。

我在耶鲁读本科时简历的权重划分是：两项实习，两项课外活动；在考哈佛商学院MBA时的简历划分则是：两项全职工作，一项实习，一项大学时期社团活动。

通常应该按时间倒序来排列各段经历，但如果你最近的一份工作或活动并非最重要的经历，也可以把更重要的那一段列在最前面。

呈现每段经历时一定要包括这些基本因素：

时间段：阐明这段经历是从什么时候到什么时候。

公司名或社团组织名：这段经历的平台是什么？比如：某电视台、某大学学生会团委。

地点：这段经历发生在哪里？比如：美国华盛顿、中国上海。

职责与成就：在这段经历里你的角色是什么？职责有哪些？取得了什么成绩？通常以分点的形式呈现。

写几个点比较合适？我的建议是：最重要的那段经历可以写三到四个点，其他经历一般放两个点就可以，最多不超过三个点。

其他成分（视具体情况，并非都要列入你的简历）：

1. 概述、简介：通常由三到四句话组成，放在“联系方式”之后、“教育”之前。我在简历里从来没放过这一项，但也看过一些简历里有。这是对整份简历的高度概括，让人知道你的核心标签是什么。比如，“一个曾在某大学主修生物学并以最高学术荣誉毕业、在生物医药公司从事科研工作三年、攻读MBA后有志从事生命科学领域风险投资的人”。

2. 技能：这里要呈现的是你都有哪些“撒手锏”技能，比如编程能力、外语（此项也可以单独列出；每项外语最好注明掌握程度，比如：母语水平，熟练操作，一般会话水平等）。

3. 执照与证书：对申请特定学校和行业工作的同学而言比较重要（比如

IT 和金融行业），可以把所有已获得的证书写下来（比如 CFA、ACCA、CPA、FRM 等）。

4. 爱好与特长：原则上不要放很白开水的爱好，比如：唱歌、跳舞，除非在这些方面有突出成就。最好是取得了一定成绩认证的，或较为独特的活动，比如：观鸟、作曲、跆拳道黑带。

一些人觉得简历不过是考学或应聘材料的一项而已，“没那么重要吧”。那么，让我告诉你，简历的重要性远比很多人想象的大得多。

例如，高盛投行每年年底都会收到成千上万份暑期实习申请。人力资源经理会首先下载并整理好所有应聘者的申请材料，交给投行部经理级别以上的员工进行“初筛”，以选出进入初面的学生。投行人都很忙，无暇深度阅读材料中的每项细节，往往会先翻阅应聘者的简历，选出最有竞争力的一小批人。如果你的简历做得马马虎虎，甚至出现明显错误，你的应聘之路就“凶多吉少”了。

说得直白些，招聘方就像是去商场买东西的人，而你是一件商品。在没有见到商品“本尊”之前，购物者只能通过简历（商品描述）来初步判断商品好坏。所以，把简历做好实在大有必要。

十条关于简历制备的建议

多呈现“影响”和“结果”，避免无关痛痒的表述

我见过不少简历，乍一看内容充实，仔细一读，却发现很多表述非常白开水、毫无价值。最大的通病是很多人在简历里仅平铺直叙了某项经历的基本内容，却没有说明做出了什么贡献、带去了哪些影响、有什么过人和独到之处。

例如，我在为公司招募实习生时，在多份简历里见过类似的话：

“带领了一个十人的团队，负责社团活动策划以及与赞助商洽谈。”

诚然，这句话没有语病、内容也没错，可它无法给我留下哪怕一丁点儿的印象。如此空泛的表述不能帮助我了解该同学在这项经历中有过哪些可圈可点的成绩。

如何提高这句话的分量呢？比如：

“作为本社团历史上最年轻的主席，带领十人的团队组织了一系列活动，获得的赞助金额创社团新高，并获学校‘年度最佳社团’称号。”

这样修改后，内容是不是瞬间变得有说服力了许多？

总之，在描述一项经历时，不能仅阐述“你做过什么”，而是要让人知道“你得到了什么”，“你的成就是什么”。

“你做了什么”和“你成就了什么”是不同的两件事。

数字，数字，数字——尽可能“量化”你做过的事

这可算上一条建议的延伸，都是关于如何有力阐述你的核心成就。很多时候，数字都是很有效的“武器”，能使一段表述更具说服力，起到画龙点睛的效果。

可惜很多同学还不知道这个道理，写简历时总是泛泛而谈、缺乏力度。来看个例子，有一份简历里有这样一句话：

“作为社团联合创始人兼管理成员，组织各项活动，丰富了校园生活。”

如果我作为人事总监或面试官看到这样的表述时，可能会直接淘汰这份简历。为什么？因为这句话的表述过于模糊，模糊到让我觉得这位应聘者对自己不负责任、完全不懂该如何“推销”自己。

这一行模糊的表述让我产生很多疑问：“管理成员”指什么职务？成功组织了什么活动？如何丰富了校园生活？

要如何优化这句话的表述呢？量化一定是好办法之一，因为每个人都读得懂数字，也更容易理解数字（而非抽象的文字描述）表达的信息。

改成下面这句怎么样？

“作为某某社团的联合创始人兼活动组织部部长，带领9人团队，一年内组织9场校际辩论赛，总计5500人（25%为本校学生）参与，全校社团排名第1。”

因为新添加的数字，这段表述是不是有力多了？

所以，一定不要轻视数字的力量。再看一个例子：

无数字版本：“作为空气净化器销售部经理，带领团队有效提高了销售业绩。”

有数字版本："作为空气净化器销售部经理，带领 11 人团队实现 1.2 亿元年度销售业绩，同比增长 150%，为公司上年度总营收贡献了 45%。"

不求面面俱到，要懂得抓重点，"少即是多"

不少人有这样的心态：我品学兼优、多才多艺，所以在简历中也得尽量把所有才能都写出来。过去几年里我读了太多"万金油"简历：一个人好像什么都会、都做过，但如果让我用两三个词概括他的核心亮点，我却没有印象、说不出来。

其实，简历很忌讳的一点就是"大杂烩"，什么调味料都放进去的结果是什么味儿都尝不出来。没法让读者记住你的简历，是一份失败的简历。

写简历时应该敢于取舍、删繁就简、抓好重点。纵使你有十八般武艺，在简历里也得忍痛割爱，只着重阐述其中的几项。比如你要申请新媒体公司的实习，就该重点介绍与媒体相关的实习经历；如果你应聘的是编辑或撰稿人职位，就该多突出自己的写作能力、曾发表的作品；如果你想进投行，就多强调对金融行业的热情和了解……

总之，人们的记忆和认知能力是有限的。很多时候，大家只会因为你的其中一个"标签"而记住你，比如"才华横溢的钢琴家""获国际大奖的数学天才"等。所以，大家在写简历前要多想想：自己的核心竞争力是什么？该如何为自己定位？塑造什么样的形象？

请一定记住：少即是多。

不把相同简历投给多家公司或学校，尽量准备不同版本的简历

简历不能面面俱到，而是有所取舍和突出。在大多数情况下，我们不会只申请一所学校或一家公司，而是报考不同专业和职位。这时就得在一份简历的基础上多准备几个"变体"版本了。

比如，某同学同时申请了沃顿商学院和斯坦福商学院。这两所都是世界顶尖商学院，但差别不小。沃顿盛产金融家，而斯坦福是创业精英的孵化器。若想增加两所学校的录取胜算，就可以准备两份"定制简历"，以显示自己和

它们的风格都很契合。给沃顿的，多突出自己在金融行业的履历；给斯坦福的，多强调自己在创业领域获得的成绩。

大三时我曾参加过摩根大通和耶鲁管理学院合办的一个学术研究项目，因为表现不错，获得了摩根大通某高管的推荐。在给摩根大通的实习申请简历里，我就把这段经历和高管的推荐放在了“工作经历”的头条。而给高盛的简历中，我在头条中并没有加入这条和摩根大通相关的经历，而是把它放在了次条。头条放的是什么呢？我曾做过的一项关于中国投行业的课题研究（获过奖，并且里面关于高盛的着墨很多）。

简历简历，简洁才给力

不少同学说不清简历和履历（curriculum vitae，简称 CV）的差别，也不确定自己是该准备哪一种。

简历和履历在很多方面存在区别：简历通常只有一到两页，用于总结一个人的教育背景、工作经历和技能，调性更实际；而履历的内容更详细，长度可达三到五页，着重于展现教育和学术科研经历，包含曾发表的作品、所获学术荣誉等信息，调性更学术。

对多数求职的同学而言，制作一份简明扼要的简历足矣；对申请留学的同学来说要具体情况具体分析。我的观察是，如今大多数硕士项目（尤其是美加地区的学校）并不要求申请者提供履历，而只需一到两页的简历。申请哈佛商学院 MBA 时，我提交的就是一份一页纸的简历。

其实，招聘官或招生官读一份简历花费的时间很短，甚至不超过一分钟。所以，不要提交一份像论文那样细致冗长的简历——他们根本就没有精力看。在简历里也不必写主谓宾兼备的完整句，通常以动词开头即可。

如有想铺开阐述的事情，在简历里也得克制住不说，仅言简意赅地阐述核心亮点，在申请文书或面试中再详细介绍。

多检查几遍，不放过任何犄角旮旯的差错

大一上学期快结束时我制作了人生中的第一份一页纸标准简历，初稿完

成后我检查了四遍。猜猜我一共发现多少个错误？二十五个。把这二十五个错误一一订正后，我当时认为这份简历堪称完美了。

大四毕业前我整理电脑，又翻出了大一时的这份简历。猜猜我又检查出多少个错误？八个。这可是当年我坚信几近完美的简历！我相信，现在如果再翻出这份二次修订后的简历，一定还能发现新问题。

举这个例子是想告诉大家，永远别觉得已经“十全十美”，我们至多只能“接近完美”。对简历，我们最好精益求精。因为在见面试官之前，简历就是我们的代言人、“脸面”，我们理应以尽量好的形象示人。

你可能觉得小纰漏无伤大雅。但事实是，某些错误一旦出现便可能让你直接无缘面试。如果连最基本的错都会犯，又如何让面试官相信你可以胜任难度更高的任务呢？他们恐怕只会对你的细节处理能力打上大大的问号。

除了措辞问题，还有很多格式方面的常见错误，即使微不足道也得尽量避免。这些错误的出现，就好比颜值很高的一个男生，鼻孔里突然冒出一根鼻毛那样尴尬。例如：标点符号出错（比如把句号写成逗号，把英文的句号写成中文的句号等）、空格或空行出错（比如开头本该左对齐却缩进了两行，日期没有右对齐等）、字号字体出错（比如第一段用 10 号宋体，第二段却无故变成 9 号楷体）、段落间距出错（比如前半部分都是两倍行距，后半部分却变成 1.5 倍），以及其他小纰漏（比如不该用斜体的却斜体，该居中的没有居中……）

另外需要注意的是：除非地球人都耳熟能详，否则一定要把缩写的全称写出来，这一条建议更适用于外文简历。很多同学考虑到简历篇幅有限，于是放了各种缩写以节省空间。但是除了 CCTV、KFC 这些妇孺皆知的缩写，我们需要在简历里把绝大多数缩写的全称写出来。

有些人会想当然地认为招聘官或招生官明白各缩写的含义，还有人会想：不就是一两个缩写吗，读简历的人去百度一下不就明白啥意思了吗!

可千万别这样神经大条。一来，不是每个人都对你所在领域的缩写了如指掌；二来，为读简历的人减少麻烦，其实就是在帮自己。

举例：STD 是英文中常出现的缩写，而它代表的意思也很多。有次我帮一个同学看简历，他的一项工作经历中出现了多次 STD。那是一份在电脑公司的实习，我联系上下文仔细琢磨，又在网上二次验证后，才确认 STD 在这里是

Software Test Description（软件测试描述）的意思。而 STD 通常是什么意思呢？Sexually Transmitted Diseases，即“性传播疾病”。你看，是不是尴尬了？

永远不要造假、不要过度粉饰

之前我听到某奇葩同学抛出过一个奇葩言论：“嗨，HR 和面试官这么忙，哪有时间去查简历内容的真伪啊，稍微掺点水不碍事。”

必须说，这个想法非常愚蠢且不负责任。其实这条建议本不该存在，因为实事求是本是天经地义。无奈总有人想浑水摸鱼、打擦边球，本来只干了“1”的事硬要在简历上描绘成“10”。比如，明明只是一个社团的普通成员，却要把自己说成管理骨干。更有甚者，直接无中生有，在简历里加上压根儿没做过的事。

永远不要觉得招聘方、招生办好糊弄。瞒得了初一，但你也瞒不过十五。即使起初没被识破，之后也一定会现出原形。比如，当面试官仔细盘问你在简历上添油加醋甚至凭空捏造的经历时，你是否会瞠目结舌？比如，在拿到 offer 后、正式入职或入学之前，你很可能要接受全面的“背景调查”。除了排查犯罪记录外，第三方调查公司还可能逐一联系你在简历上所列出的学校和公司，以证明你确实如简历所述，曾在某地方担任过某职务做过某事，甚至连薪资的数字有时都要进行核对。一旦发现信息不属实的情况，调查公司就会第一时间反馈给雇用方或录取学校；情节严重时，你的 offer 将会被吊销。

无论出于什么动机，都不该在求学求职时丢了诚信。切忌铤而走险、无中生有，切忌粉饰简历中的任何一项内容。

“中规中矩”好过“标新立异”

我曾听不止一个人说，因为简历大多是一两页的标准文件，所以若想出彩，就得下点别人没有的功夫，也就是要敢于创新，让自己的简历看上去不一样才能脱颖而出。

我也确实见过几份神奇的简历，有人用了独特的艺术字体，有人在简历里放了自己盛装出席时尚聚会的写真，甚至还有人借表情符号卖萌——当我在某份简历中看见“:P”这个符号时，真的有种“很汗”的感觉。

有创意是优点，但也要用对地方。简历就不是你可以恣意创新的文件，它在绝大多数时候只能是一份正规严谨的文件，所以那些卖萌搞怪、标新立异只会弄巧成拙、给你减分。

一定请可信任的靠谱之人帮忙审阅

有些同学觉得简历是很私人的文件（尤其是学分等数据），所以不愿让别人看到，其实我最初也有类似想法。直到大三上学期申请投行实习前，我参加了耶鲁学生职业中心的“简历修改会”，让那里的职业辅导老师审阅了我的简历。经验丰富的老师三下五除二提出了十多个修改意见，既有格式错误，也有措辞不足。我恍然大悟——早就该请别人帮助把关一下自己的简历质量啊！

很多时候我们自己无法察觉的问题，在别人那里却是炳如观火。所以，我建议大家把自己修改后的简历发给值得信任的老师和朋友，让他们帮助一审，一定可以发现之前被你忽略的纰漏。

关于简历的几个问题

“简历里要不要放照片？”

我至今没有在简历里放过个人照片，但我审过的简历里大约 30% 在左上或右上角附有标准证件照（国内使用的简历居多；在美国的简历几乎不放也不能放照片——为了保证足够公平，防止招聘官或招生官以貌取人）。放不放照片并没有硬性要求，有时用人单位还可能特别说明要放照片。如果放照片，则一定要选择近期拍摄的证件照，原则上不放生活照。

“什么时候开始准备简历最好？”

我的建议是上大学以后就要着手准备一份简历了，因为只要进入大学，就很快会有用到简历的时候。每学期结束前结合最近的经历对简历进行一次完整更新。

“简历和面试，哪一项更重要？”

都重要，但简历打头炮、树立第一印象，所以有时会更重要（毕竟好的简历是面试的敲门砖）。况且对申请留学的同学们而言，一些学校对国际学生并不进行面试，能否拿到 offer 完全取决于书面材料（简历是其中一项）。

“如果曾在读书或工作期间休学或休过长假，需要在简历里说明吗？”

因为休学休假（比如间隔年）而出现工作或求学的时间断档时，必须在简历里说明原因以及在休假期间做了什么——是健康出现问题而被迫请假？结婚生子？还是参与了创业、课题研究或出去环游世界？如果是主动选择的休假，最好多强调在“断档”期间获得的成绩。

“如果曾转学到另一所大学，要在简历里说明吗？”

是的，通常要在“教育背景”一栏里写出来。如果有意或无意忽略了某段教育经历，反而可能引起怀疑。

我的面试秘笈全分享

2008年秋天，还是毛头小伙的我参加了耶鲁大学招生面试。那之后我又陆续经历了多次重要面试：香港地产集团实习面试、华尔街各顶尖投行面试、世界经济论坛杰出青年面试、创业合伙人面试、投融资面试、哈佛商学院MBA面试……掐指一算，我已参加过不下五十场现场面试和二三十个电话面试。

从2015年开始，我又作为耶鲁大学校友面试官、创业团队合伙人或公司高管，面试过上百个学生——从像我当年一样青涩的高中生到学识渊博的博士生，我也算通过面试近距离观察和了解了各式各样的人。

为了拿到理想的offer和聘用书，我们这辈子一定得经历几回面试。基于自己成功通过不同面试的经历，我想分享十条建议，适用于考学、求职和参与活动资格选拔的相关面试。

吃透你要面试的公司、学校

一定不能只了解皮毛！很多同学面试前只是逛逛学校、公司的官网，浅尝辄止。这并没错，但也绝不会给你增加竞争力。如果你吃透这家学校、公司，对他们并非人尽皆知的事实如数家珍，甚至能联系自身情况做一番点评，就可能给面试官留下深刻印象。

我的经历：大多数应聘者会通过宣讲会和官网信息了解一家公司，但我不允许自己到此为止。我要比别人多做一点儿、更进一步，面试高盛前，我会把高盛投行业务研究透彻。

怎么做？读书。面试前两周的课外阅读时间，我都拿来读跟高盛有关的书，前后啃了三四本，比如《高盛帝国》《解读高盛》，中文书英文书都读。

高盛最后一轮面试时，一位董事总经理照例问我“为什么选择高盛”，我从早就烂熟于心的“三段论”标准回答开始，引申到书里读到的高盛进入中国市场的故事、高盛为何被一些媒体称作“吸血乌贼”，以及保尔森（高盛前高管）从公司离开后担任美联储主席的故事。我不只是阐述事实，更把这些事实结合自己的情况进行表述，“趁机”突出个人亮点以及对高盛的认同。这位面试官全程“赞叹脸”，末了只对我说了一句话：“LEO，你太厉害了，你对高盛的了解胜过公司绝大多数员工。如果不让你来我们这儿实习，我会觉得不可思议。”

对一家公司的透彻了解，绝不仅是显示你的渊博知识，更能给面试官其他积极暗示：这个学生对我们公司是真爱，爱读书、好学，思维逻辑和语言表述能力很强……

面试哈佛商学院前，我约聊了几位校友——他们来自不同背景（行业、国家等），毕业年份也不同。我准备了一份问题清单请他们回答，从不同角度深度了解了哈佛商学院是一家什么样的商学院（不限于宣传材料上说的“培养商业领袖”“案例分析教学法”，而是一些独家细节，比如“管理学的哪位教授写过一本什么样的书，其中的什么观点被热捧，什么观点被吐槽”等）。当我向面试官介绍自己对哈佛商学院的了解时，她惊喜地说：“LEO，你对我们学校的了解好像比我还多！”

提前准备最可能被问到的问题，但不要逐字逐句背答案

每次面试前我都会至少提前三天准备出一份“问题清单”，分门别类列出十几个到上百个不等的问题，关于自己的教育过往、工作经历、性格、强弱项、未来规划等。这些问题都是我认为面试中最可能出现的问题。列出问题后，我会开始逐一思考怎么回答最好——什么该说，什么不该说，哪些点先说，哪些最后说，哪些详细说，哪些一笔带过……

不过，我只会把这些“点”以关键词和数字（甚至图片和符号）的形式列出来，从不会把答案逐字逐句地写出来——没时间打那么多字倒是次要的，更重要的原因是我不想把自己“局限”进任何具体、确切的表达中。万一没背熟练，在面试中卡壳时就会特别紧张。

所以，面试前的准备不能太抽象，但也不能太具象。除非是自己觉得非说不可的、可能给面试加分的精彩金句，否则就不要像背课文似的逐字逐句确认。

面试前，一定要把自己的“来龙去脉”掌握得滚瓜烂熟

可能有同学会疑惑：我当然了解自己了。我不熟悉自己，我熟悉谁呢？但熟悉还不够，“滚瓜烂熟”才够火候。面试前大家都会复习个人简历——哪年哪月到哪年哪月在哪儿学习、工作、做志愿者，等等。但仅复习这些基本信息还不够，你一定要过一遍实际情况背后的故事——你为什么会学这个专业？为什么参与这个社团？你在这个课题中的主要贡献是什么？你学到了什么？项目实施过程中遇到哪些挑战、你是如何克服它们的？你的强项和弱项是什么？你未来的规划是什么？为什么这样规划？……

总之就是一句话：充分地了解你自己。有些面试官很喜欢深挖关于你的细节，甚至挖到你都几乎忽略的犄角旮旯。要想给出令他们满意的回答，你就必须把“自己”深刻地复习一遍。

我的经历：虽然不方便透露哈佛商学院面试的详细细节（需要替学校招生办保密），但我可以跟大家说，面试官在面试我之前就已经对我的简历了如指掌了。她几乎没有问我任何傻白甜的问题，而是直入主题，从我创业经历中的一个很不起眼的细节开始，抽丝剥茧般地抛出一系列关于“我”的问题，以了解“我从哪里来”“我现在在哪里”“我要到哪里去”。有些问题非常短平快，我十秒即可给出答案；问完一个简答题，她会马上给出一个难一点儿深一点儿的问题。

面试后我的感受是：谢天谢地。还好我面试前详细地回顾梳理了多遍自己的经历，否则真可能会招架不住面试官连珠炮式的关于“我”的发问。

问什么答什么，不要啰唆，切忌长篇大论

有些同学觉得面试中要尽量多说些。“毕竟一场面试时间有限，我怕面试官问不到点子上，没法让我把个人亮点充分展现出来。”我在面试实习生时就遇到过好几个非常能说的同学。我其实只问了他“1”，但他偏能从“1”延伸出来，口若悬河眉飞色舞地说到“23456789”，说到最后都忘了我问的是什么，有些“找不着北”了。我本来只希望他用不超过两分钟的时间作答，却不小心听了一场慷慨激昂的十分钟演讲——抱歉，也只是这个面试者慷慨激

昂，而我这“不耐烦”的面试官听到四五分钟时就想打哈欠了。

大多数人欣赏说话做事干脆果断的人，在时间有限的面试中尤其如此。在大多数时候，面试官真的就只对“1”感兴趣，并不想听你说太多和“1”没有什么关联的事。如果他对你的“23456789”感兴趣，通常会继续追问。回答每个问题时都施展卓越的“发散思维”其实并非好事，甚至会给面试官留下“这人比较啰唆黏糊，喜欢兜圈子、说车轱辘话”的印象。更何况言多必失，你说得越多就越可能出现漏洞，到头来给自己减分。

面试中不管遇到什么情况，都要淡定，记住，这只是一场面试

并非每次面试都是中规中矩、平稳无事的，也不是每个面试官都友好和善。有时候，面试官会故意制造紧张气氛，比如冷不防抛出高难度问题，令你措手不及，以考察你的应变能力。但面试前和面试中都要跟自己说：这只是一次面试，面试官的目的无非是更全面、直观地了解我，所以不要被突发状况吓到直冒冷汗瞠目结舌。哪怕是因为一个刁钻的问题卡了壳，也尽量别“面露难色”，在快速梳理头绪的同时保持淡定的微笑，等面试结束后再独自抒发情绪也不迟。

我在几十次面试中经历过三四个或大或小的奇葩而又惊魂的事件。印象最深刻的一个发生在高盛最后一轮面试中。当时我面了好几个面试官，最后一个特别“凶”。记得我和倒数第二个面试官相谈甚欢，不小心超时五分钟（最后一次面试迟到了五分钟）。我刚推门进去，面试官就不客气地敲了敲手表说：“你一点儿时间观念都没有，你觉得你够资格来我们这儿实习吗？”我被她这句话问得有点蒙——前一次面试聊得尽兴，也并非全是我的原因啊，上个面试官就是喜欢和我多聊几句……虽然这么想，但我还是诚恳地道了个歉。刚在面试官面前坐下，她又继续问我：“你能不能不要坐得离我那么近？让我觉得呼吸都不顺畅。你能不能往后坐下？”开始面试后，她噼里啪啦抛出各种技术性难题，不管我回答什么、怎么回答，她总是皱着眉头挑我的刺。总之脸上就是两个大写的“不爽”。

虽然被问得“外焦里嫩”，但我全程努力把控着自己的情绪：不能慌，不能和她着急。谁先发火谁就输了，所以她已经输了。我不跟面试官一般见识，

我只管回答好每个问题就行。

从这场面试出来后，我确实有一丁点儿“整个人都不好了”的感觉——明明没做错什么，问题也回答得到位，她为什么要三番五次地鸡蛋里挑骨头?

猜猜发生什么了？终面后的当天下午，我就收到了高盛的电话，通知我拿到了 offer。而打电话的不是别人，正是最后那位连环“逼”问我的面试官。电话里她瞬间变回“好人”，态度亲切地祝贺我被录用，还对我刚才高压下的沉着表现做了一番赞扬。

所以，这位面试官其实压根儿不坏，但她在面试中角色扮演了一把（也许是 HR 特意如此安排），变身咄咄逼人、有些刻薄的“坏人”，以考验面试者的心理素质——要知道投资银行业可是高压锅，员工们必须具备卓越的抗压能力。

不要夸大其词，永远要诚实作答、实事求是

其实这本不该成为单独的一条建议，但在我为自己的公司面试实习生时，不止一次发现申请者说话有水分。有的人把只做了 1 的事情夸大到 5，更有甚者直接凭空捏造出一段经历。我想严肃地告诫大家：千万别冒这个险，拿自己的名声开玩笑十分危险且不明智。面试官们阅人无数火眼金睛，一定能从你的动作、表情和言语中察觉出异样。如果被发现捏造或夸大事实，你的面试也就结束了。

夸大事实的缘由是不自信，怕自己在面试官眼中不够出类拔萃。但即便你把自己“说厉害”了，就一定能获得面试官的首肯、成为最该被录取的那个人吗？未必。总有比你牛的人存在。所以，在面试中要实事求是，把自己确实拥有的才能与优势阐述好，就足矣。

语速不要太快，无须为了“微笑”而努力挤笑，注意倾听

我有时说话语速较快，尤其是在家人和好友面前。但我在面试时一定会有意降低语速。有留学经历的同学们可能知道，中文是一门听上去节奏较快、有些铿锵的语言——我大学时的美国舍友在我用中文讲完电话后曾几次发问："LEO，你还好吗？刚才你是在跟人争吵吗？"其实，我只不过是语速快、情绪稍稍激动而已，压根儿没和任何人吵架。

所以，语速过快可能给人留下不亲切、不冷静的初印象。面试不是辩论，而更像一次礼貌的聊天。面试官通常是第一次见面的陌生人，从心理学角度来说，陌生人见陌生人时都希望彼此能有条不紊、从容随和地说话。所以，不管遇到什么让你激动的问题，都不要猛地提高语速。你可以通过肢体和脸部动作来适当表达自己的情感，但切忌变成"突突突"的机关枪。

另外，大家都知道要面带微笑，但实际上我对此持保留意见——当然，面试时我们要大方友善，但如果你是个天生羞涩内向、不习惯微笑的人，就千万别逼自己在面试里挤出"围笑"，那样不但会让你不自在，你并不自然的笑容还可能令面试官不适。

同时，面试中虽然你是主角，要说大部分的话，但倾听依然十分重要，甚至有时比说话还重要，切忌随意打断面试官。我之前面过一位聪明的高才生，各方面都出色，但她让我觉得不太舒服。为什么呢？因为她不止一次打断我（当然我相信她没有恶意），我说了一半后稍做两秒停顿，她就接上话茬帮我补全后半部分了，而她补全的部分有时并非我想说的话。这样的做法可能会给人留下自以为是的坏印象。

尽量做"模拟面试"

面试前的紧张无可厚非，但别因紧张而不敢请别人协助你做面试练习。很多时候只有通过"模拟面试"，我们才能发现一些被自己忽略的问题。

如果时间和精力允许，我建议大家做两到三次"模拟面试"，找不同人（好友、老师、同事、上司等）扮演面试官，让他们向你发问，并观察你作答时的表现。模拟面试结束后请他们对你的面试情况进行评估，着重指出尚存的不足之处。

我的经历：哈佛商学院面试前我碰巧工作很忙，只有两天半的时间准备，但我还是抽出一小时，找一位长居北京的美国教授帮我做了模拟面试（方法：我提前发给他一份商学院的面试问题集，见面当天找了一个安静房间，关上门、坐定，他开始从问题集里抽选问题考我，并不时根据我的回答延伸出新问题，全过程用时四十五分钟）。

模拟面试后，他很“严苛”地指出了我的 a、b、c、d 几项问题——比如，对某一个问题的回答侧重点应该改一下；某个用词、某种表达稍微有点奇怪，让他没充分理解我的意思；回答某问题时过于激动，以至于肢体语言稍显夸张等。他的建议非常重要，因为绝大多数不足都是我先前没有意识到的。

“骚扰”有经验的前辈

这条建议并没什么新意，但还是要跟大家强调：这么做，真的很有帮助！

感谢耶鲁，这所大学在华尔街有成百上千位校友，我也在备战面试时得以获得数位校友的点拨。

不过校友们日理万机，几乎不可能主动帮你。要想让他们指导，还得自己积极联系和出击。

当时，我首先从耶鲁学生职业辅导中心要到了华尔街校友的联系表，再从几百人里筛选出了五位校友：他们正在高盛投行部工作，从耶鲁毕业不超过三年（对分析师的工作最熟悉；职位还不高，最容易联系上）。

我仔细写好一封邮件。

尊敬的 ×× ：

您好！我从耶鲁学生职业辅导中心副主任 ×× 女士处获得了您的联系方式。希望这封邮件并没有给您带去太多打扰。

我叫李柘远，目前是耶鲁大学大三学生，经济学专业。我正在申请明年夏天的投资银行实习。我了解到您目前任职于高盛纽约总部。不知您能否在本周方便时抽出十分钟时间，让我与您通一次电话？我有几个问题，希望能获得您的指导。

非常感谢。

祝好。

然后，我将邮件群发给了五位校友，最终有四位爽快答应通话。

打电话时，我把提前准备好的问题表放在面前，逐一询问，大到不同轮次面试的问题难度、如何应对风格各异的面试官，小到着装的颜色选择、提前几分钟到面试室外等候等。

每次电话取经都让我醍醐灌顶，也使我对即将开始的面试更有底气。

还有个小聪明可以一耍。每次面试时，我一定会提及曾经联络过的几位校友。

“您知道吗，我前几天和A、B、C通了电话。他们也是耶鲁毕业的，我们还一起上过课。感谢他们和我分享了很多高盛工作的趣事，帮我加深了对公司的了解，也让我更憧憬在这儿实习了……”

每每这么说，面试官都会很受用地微笑和点头。记得有一位面试官还开心地大笑：“啊，A是我的兵呢。我们在一个项目上，他特别好，工作很卖力。你们认识啊……”

所以，跟前辈校友联络，不但可以向他们取经，还能很自然地拉近与面试官的距离，增加友情分。

面试后尽量给面试官发一封感谢邮件

发感谢邮件在国外是比较普遍的一件事。面试后，被面试者向面试官或面试单位的HR发一封电子邮件，感谢对方给予面试机会，并抽出时间完成了面试。

但是，只在感谢邮件里说一句“谢谢”是不够的。实际上，感谢邮件应该是最后一次说服面试官录取你的机会。

我在写英文的感谢邮件时，通常会按照以下模板：

Dear ××,

Thank you very much again for giving me the opportunity to interview with ××.（学校、单位名称，比如哈佛商学院。）It was my great pleasure speaking with you this afternoon/this morning.（我一般不用“honor”这个词，因为语气过于谦卑。）

During the interview we mainly focused on ××.（一句话简单回顾面试中主

要聊的内容，或者让你印象最深刻的部分。比如“我曾在高盛参与过 4 个 IPO 项目的工作经验”。）I only wish that our interview could last longer so that we could discuss ×× in further details.（注意！这句话是重点——你在面试中有没有遗漏什么重点？比如你的某项核心经历、亮点、撒手锏——可能是你忘了说，也可能是面试官没有给你机会说。在这封信里一定尽量简要补上，从而让面试官意识到：哦，原来这个人还有这项经历、特长。）

After the interview I can't be more convinced that I am a perfect fit for ××.（这一段要再次表达自己对这家学校、公司的爱，以及间接却“赤裸裸”地告诉面试官为什么要录取我。）I will bring to the program/the position exceptional leadership abilities, ××.（这句话说明自己能给这家学校、公司带去什么，也就是再次强调自己的核心竞争力。）

I appreciate the time you spent to interview me. I am very excited at the prospect of attending ×× (school)/joining ×× (company) this coming fall, and look forward to hearing from you soon.（总之就是再次感谢。这一段基本是礼貌性质的套话，但不能不写。）

Sincerely,

××

当然了，如果面试前后你压根没有机会得到面试官或相关人士的联系方式，比如他们没主动给过你名片，那么这封信就免了。千万别为了发感谢邮件而刻意搜索面试官的联系方式，那样可能会让对方觉得不适。

最后，我想分享二十五个面试核心问题，都是我过去在被面试和面试别人时高频出现的问题。建议大家提前思考、好好准备。

1. 你最核心的强项有哪些？
2. 你有哪些弱点？
3. 你为什么想申请这所学校或公司？
4. 五年或十年以后的你会是什么样的？

5. 请告诉我，为什么要录用或录取你，而不是别人？

6.（针对转学、跳槽者）你为什么想离开现在的学校或单位？

7. 告诉我一项你最引以为豪的成就。

8. 告诉我一个你曾犯过的错。

9. 你为什么要申请这个专业、部门、职位？

10. 请用三分钟时间介绍一下你的简历。

11. 聊一聊你曾应对过的一次困难。

12. 聊一段你在课题或项目中超额完成任务的经历。

13. 你的偶像是谁？你欣赏谁？

14. 你的动力源自什么？

15. 告诉我一段你与上司、老师出现意见分歧的经历。

16. 你如何应对压力？

17. 你的学业、职业目标是什么？

18. 如果我现在打电话问你的上司你可以提高的一方面，他会说些什么？

19. 你是一位领导者还是一位跟随者？

20. 聊一聊你最近在读的一本书，或你最喜欢的一本书。

21. 介绍一下你的领导才能与经历。

22. 对你的行业或专业，你最喜欢和最讨厌的一件事分别是什么？

23. 你曾失败过吗？如果有，你是如何应对的？

24. 你曾遇到过的最大挑战是什么？

25. 你如何看待和对待自己的竞争对手？

如何做一个好的职场新人

“职场新手如何做”永远是年轻人非常关心的一个实际问题。而诸如《职场新人十大法则》《职场新手通关秘籍》《初入职场，你必须拥有的宝典》等文章也永远层出不穷。我翻过几篇，句句在理，但大多欠缺实例支撑。何况，写职场新人法则的鸡汤大师，有的在职场打拼了几十年，已经不太能感知当今时代职场新人的困惑、不安和诉求了。

我参加工作已有七八年，在金融大厂干过，也参与过从“0”到“1”的创业，如今在飞速成长的公司担任高管。应该说，我远不是经验丰富的职场大咖，但也对工作有了一定的阅历和思考。

基于自己这些年的经历，我想通过此文聊聊，如何才能成为一个给力而受人赏识的职场新人。

若面面俱到，职场新手法则实在可以写出厚厚一本。这里分享的建议，是我认为最重要也是自己最有感触的四个点，每一点都对应了我在职场上的所见所闻，希望能给各位还在读书或初入社会的同学一点儿启发——无论你正在或即将就职于外企、国企，还是自己创业。

接受办公室政治，但绝不当其中的积极参与者

有人的地方就有办公室政治，而这种“政治”，有时甚至意味着钩心斗角、尔虞我诈。

职场新手如何对待办公室政治？我认为可以归纳成十个字：“接受其存在，绝不蹚浑水。”

我是个天生不喜复杂、不擅做局的人，所以对办公室政治厌恶有加。明明可以通过实力把工作做好，干吗要制造这么多纠结的人事呢？我相信很多初出茅庐的毕业生，也和我一样向往简单的工作环境。可是，像校园那样单纯的地方，职场上几乎是无处可寻的，只因职场比校园多了一个东西：利益。

所以，职场新人必须接受办公室政治的存在。但是接受绝对不是参加和接纳的意思。如果初入职场就把太多精力投放在搞办公室政治中去，那么你

就把自己置入了危险境地。

刚上岗的小兵还是白纸一张。首要任务理应是抓住一切机会和时间修炼业务能力，尽快上手。不管处在人际关系多么盘根错节的职场环境，过硬的工作能力永远不会坑你，只会保护你、提携你。即使遇到最令人沮丧的结果——被办公室政治排挤走了，你照样能凭硬实力找到更好的下家。

如果一进公司便恨不得张开所有毛孔关注人际关系局势，每天思考的都是“应该如何站队”“跟哪一派走得更近”“哪群人在公司更得势，哪些人最不受欢迎”，那么你本来就年轻而尚缺定力的心就更容易被搅乱。因为担心触犯办公室政治的雷区而处处小心，步步留意，你甚至可能没法放开手脚把工作做好，更别提利用业余时间多学多充电了。工作伊始即成为办公室政治的研究者和参与者，你非但不会“得势”，还可能成为办公室政治的奴隶。

况且，职场新人是公司里影响力最弱的存在，效力多年的高层和老职员才是呼风唤雨的角色。这也就意味着新人压根儿不处在办公室政治旋涡的中心，一般不会受到大的影响和牵连，所以无须过度担心人际关系的复杂会挫伤自己的羽毛。

最关键的是，参与办公室政治会给职场新人带来不必要的麻烦，甚至惹来炒鱿鱼之祸。在某家投行的香港办公室曾发生过这样一件事：前一天还在熬夜加班的两个年轻分析师，第二天却突然从员工信息系统中“蒸发”了。大家都十分诧异——两人工作表现很不错，难道是商量好一起跳槽了吗？之后同事们得知了真相：原来，他们在公司的即时聊天软件上吐槽一个共同上司，可能用到了一些不雅的骂人词汇，被IT部门监控抓个正着，汇报给了人力资源主管。因为两人的言论有了“挑拨公司人际关系”的意味，本着维护员工团结的原则，HR主管当机立断，给两人下了离职令。

两个分析师可能以为只是吐槽上司解个气，却没意识到已经蹚进了办公室政治的水。骂几句气话是过瘾了，却因此丢了众人艳羡的投行工作，得不偿失。

花这么多篇幅讨论办公室政治，因为它确实是一剂毒药，对职场新人的毒性尤大。除了接受其存在外，要如何应对办公室政治呢？我想，不管办公室里有多么令你不快的同事，职场新人都要尽量与人为善。真诚友善经常是对付涌动暗流的最有力武器。另外，遇到同事们聚在一起嚼舌头时，职场新人千万不要参与讨论；如果没法回避，就安静地坐在那儿，不要表露出感兴趣的样子。对复杂的人际关系，要有一点儿定力和钝感力——钝感不是反应迟钝之意，而是不敏感、不过度担心、不过分纠结。

多为上司减少麻烦和负担，就是在帮自己

职场新手能做的事不多，能干的高级活更少——能力和经验的肤浅摆在那儿呢。可是，哪怕是最没技术含量的端茶送水，其实也能出彩。工作任务不分高低贵贱，只有“做得好”和“做不好”两种性质。而“做得好”了，就能帮上司减少麻烦。没有上司不喜欢能为自己减负的下属，也更愿意重用和提携给力的年轻人。

假设一项工作任务是“1”，那么“为上司减少麻烦”，不仅指完成好“1”本身，还指在力所能及的范围内，把“1”做到“1.1”“1.2”。这多出来的“0.1”“0.2”，往往能区分出谁是“杰出”员工，而谁只能是“优秀”员工。

我在高盛的第一个直接上司 Serena 是全北京乃至亚太区工作评分最高、最受大老板喜欢的员工之一。她从某名校本科毕业后即加入高盛大中华区总部，在我进公司时已效力五年。如果单比投行最常做的那几项工作或者对工作的态度，还有几位同资历的员工能与 Serena 媲美。

Serena 之所以脱颖而出，关键就在于她多做的那“0.1”“0.2”。

Serena 的“0.1”例一：高盛大佬们为了推进项目满世界奔波，三天一小飞，五天一大差，在路上时只能用黑莓手机收发工作邮件。而通过黑莓查看邮件里的附件经常很痛苦，因为网速缓慢或文件过大，附件时常无法加载。每次 Serena 给出差的大佬发带附件的邮件时，一定会把附件中的关键信息以分点的形式总结好，贴在邮件正文内。这样就给大佬们带去两点便利：第一是免了开附件的麻烦，第二是无须花时间阅读附件全文，便可迅速得到最重要信息。

Serena 的“0.1”例二：分析师和经理完成的 pitchbook 草稿都要经过大佬一轮甚至多轮修改后才能定稿。每次请大佬审阅修订版的 pitchbook 时，Serena

总会把草稿打印并装订好，在有修订的页面下端粘上彩色贴纸：红色贴纸代表该页有文字修改，绿色代表图表修改，而黄色代表图文修改兼有。简单无奇的小贴纸免去了大佬一页页翻阅和查找的麻烦，提高了团队的工作效率。

Serena 的“0.1”“0.2”之举还有很多。多做那“0.1”也许只花了 Serena 十分钟，却给大佬和团队省去了比十分钟重要得多的麻烦。我很庆幸入职时便能当 Serena 的徒弟，而我也效仿她，学会了“从 1 到 1.1”：每次项目会议后整理纪要，我会把需要高盛团队解决的重要事项用红色标出并单独罗列后再发给大老板；与客户公司的管理层开会时，我会默默记下高管们的各种喜好，比如，如果董事长说爱喝皮蛋瘦肉粥，我一定会在工作餐前让饭店准备好一碗热腾腾的粥；我还会把项目各团队核心联系人的手机号码整理成表，打印后做成可以放在钱包里的三折页，大佬有了这张联络信息卡，便再也不会遇到紧急情况时找不到联络人号码的窘境了。

因为这些“0.1”“0.2”，我也成了老板们较为青睐的员工。为上司减少麻烦和负担，并不是巴结献媚，而是站在他们的角度，帮助团队更快更好地把事情完成。职场新人们千万不能轻视多做的这些“0.1”“0.2”——它们有时是锦上添花，但关系到选拔和晋升时，可能会左右全局、一锤定音。

宁愿不做任何承诺，也不要 over promise, under deliver

over promise, under deliver 中文可以翻译成“承诺的比实际做到的要好”，或者“做的没有说的好听”，与之相对的是 under promise，over deliver（实际做到的比承诺的更好）。两个词说的都是“承诺”与“实际行动”的关系，under 和 over 调换一下位置，就可能让职场新手进入完全不同的境遇。

大多数人刚开始工作时都有颇高的心气和斗志，迫不及待地想证明自己、站稳脚跟。一些新人生怕让团队和上司失望，所以哪怕不是 100% 有把握完成的工作，也先一把揽下来，无意中许下了没法兑现的承诺：“好的，我本周五前就能写好五十页的行业分析报告。”“没问题，这个估值模型交给我吧。明天肯定能搭建好。”

高盛前两年的一个实习生 M 毕业于一所欧美顶尖大学，各方面均出类拔萃。可几乎所有带过她的同事，都发现了她喜欢 over promise 的毛病——而这真的算是她唯一的缺点了。

有次，我的一个分析师同事被要求在两小时内整理出二十家公司上个财年的净利润率。同事正忙着另外两个急活儿，焦头烂额，便想到请 M 帮忙，而 M 也不假思索地回了一句："没问题，我一个小时就能搞定。"分析师听到这句话，自然放心地继续忙手头活去了。

一个半小时后还没 M 的动静，分析师同事有些担心，便去 M 的工位上找她，差点吐血——M 竟然仍在修改另一个项目的演示材料，压根儿没开始整理净利润率数据。

"哦，实在不好意思，另一个项目的活比我预想的麻烦。我十分钟后就开始这项任务，尽快发给你，可以吗？"看着急得冒汗的分析师，M 淡定地解释和道歉着，全然忘了自己拍过胸脯的承诺。

郁闷的同事只得冲回电脑前，心急火燎地下载好二十家公司的年报，自己一份份地查找起来。无奈只剩不到半小时，他紧赶慢赶还是只整理出了十多家的数据。

这时，上司打电话来催了，可怜的同事只得道歉并解释情况。

悲摧的是，这二十家公司的净利润率是客户公司的 CFO 请高盛团队帮忙整理的，他一定要在上飞机出差前看到。得知高盛团队因为"一些原因"没法按说好的时间提供数据时，CFO 不禁气急败坏……

在高盛，因工作疏忽而导致客户不满，是严重的错误。

最终，M 没拿到全职工作录用，即使她的工作质量有时棒到无懈可击。我猜想，上面这个"小事故"一定影响了她的评分，实习期间的屡次 over promise，under deliver 就是她的"阿喀琉斯之踵"。

一旦做出了承诺，就是给了别人一份期待。承诺得越好，别人的期待就越高，承诺无法兑现时带给别人的郁闷甚至怨怒当然就越强。一次 over promise, under deliver 便足以让自己的职场信用大打折扣——办公室远没有家和学校那么包容，"失信"往往被看作严重甚至不可原谅的错误。

有时候，过度承诺是出于好心——渴望完成有挑战性的任务，让团队刮目相看；或者，担心不做承诺就是认输，会让上司看不起。其实，真的没有必要因为这些考量而拍胸脯说大话。职场新人能力尚浅，很多任务确实无法胜任，上司当然能理解，也不会因此就嘲笑或怪罪你的。

相反，如果以谦虚而积极的态度表示自己无法做出保证，但一定会尽力，并且最终又快又好地完成任务时，你就会让零期望值的上司惊喜——这是 under promise, over deliver 带来的“意外之喜”。

初入职场，心一定要定、定、定

很多人从小到大都无数次听过这样的告诫：“开学了，要收心了，好好上课，不要浮躁。”

初进职场和初入校园在这点上有很大的相似——要收心、要戒骄戒躁。只是，入职后“定心”比入学后“静心”的要求，我认为还要高一些。

第一个层面的定心，和入学时的“收起玩心、回归课堂”很像：毕业假期里总归是疯了几回野了几把，但开始上班时就必须戒掉玩乐欲了，否则根本无法集中精力应对初来乍到的纷繁压力。如果入职没多久就一边干活一边刷着朋友圈开着淘宝，或者天天期盼假期到来，盘算着周末去哪儿浪一把，你将很难在这份工作里有什么大作为。

更高一个层面的定心，指的是“把自己钉在这个工作平台上，脚踏实地、心无旁骛奋斗几年”的定力和决心。

有些职场新人喜欢“这山望着那山高”，总觉得做现在这份工作是屈才，还老爱吐槽公司的种种不是。在这种心态下，负能量与日俱增，没干多久就开始酝酿跳槽。

我在高盛时有两个同事经常抱怨公司：“成天没日没夜加班，命都不要啦！”“无用功太多，这些破材料做得再精美有什么用？”“辛苦一年，奖金就这么点，公司真是越来越抠了（他得到的年终奖有几十万元，和同届员工差别不大）。”“哎，我得赶紧撤了，跳槽跳槽。”

我眼看着这两位仁兄越抱怨就越没干劲儿，心越不定。结果，他们俩干了不到一年就离开了高盛。一个选择去了初创公司，而另一个因为工作表现不佳而被辞退了，据说离职后好久都没找到满意的下家。

去了创业公司的那位，还没两个月就生了悔意，开始思念在高盛时的各种好。创业水太深，竞争太烈，人心太杂，这位海归同事完全无法适应，甚至感到手足无措。而薪水更是一落千丈，期权也暂时是“空中楼阁”。

职场新人在想吐槽和跳槽前，首先应该清楚现实：不管是什么工作，都有让人无语抓狂的时候。如果工作像吃饭睡觉打豆豆那般安逸，又为何要有工资这种激励工具的存在呢？不管是什么公司，都存在各种不尽如人意之处，没有一家公司是世外桃源。跳槽不该受浮躁的情绪支配，而是深思熟虑以后的慎重决定。

我认为，职场新人本不该有太多挑肥拣瘦的权利——你还什么都不是呢、什么建树都还没有呢，哪有足够的底气对现在的平台指手画脚呢？职场新人要做的，是看到公司能给予自己的各种机会，潜下心来学习和成长，等羽翼丰满些时再选择更好更高的平台也不迟。

这七大毛病，99.9% 的年轻人都会有至少一个

这篇文章，是把咱们年轻人自己都不一定想直视的问题赤裸裸挖出来给人看。我想你会躺枪一次或两次或更多。我反正把自己写中枪了。

将年轻人自身的问题一一列出来，是为了让我们变得更优质。青春就是个取精华去糟粕的过程。十年只有一次，三千六百五十天弹指一挥间，不过得更棒一点，你觉得对得起自己吗?

好的，准备就绪，开始往下看吧。不用自责，不用脸红，因为我们可塑性还很强，还来得及跟这些毛病说再见。

捧着手机刷不停

曾几何时手机只是打电话发短信的工具，如今手机是许多人的生命，许多人成了手机的奴隶。

只要是醒着的时候就得有手机陪伴左右，具体表现有以下这些：

1. 微信依赖：没有收到新的微信就觉得少了点什么，心里空荡荡的，甚至再也无法集中精力干正事。

2. 查朋友圈强迫症：看到小红点就得立刻点掉，否则浑身不自在，就好像有个地方痒却用手挠不到。

3. 发朋友圈、微博上瘾症：以“美美的”或“帅帅的”自拍居多，表情、角度和配文都极尽自恋之能事。有时候发图只是为了让暗恋的那个他看到。如果他点赞或评论了，一整天都会变美好；如果没有，一整天都会怅然若失。除了想得到他的回应，还希望获得很多点赞。每隔十几二十分钟就要看看有没有新的赞。如果得到三位数的赞，会美滋滋地觉着自己是万众瞩目的明星。

4. 刷交友软件：单身大龄青年居多，为缓解空虚寂寞而刷交友软件上瘾，有一搭没一搭地聊。

5. 网购：每天必逛各种电商团购软件、刷卖货直播“剁手”，手机支付一键搞定的简易快速使人对花销变得不再敏感，感觉不到钱在哗哗地往外流。

我深信，缓解和消灭上述手机上瘾症症状绝不是不可能。想一想下面几条，动用起自己的毅力和决心，有一天你会把手机“打回冷宫”，起码也可以让手机不再篡位成你生活的主宰：

保守算，平均一天百无聊赖玩手机会浪费一小时，则一周有七小时，一年有 7×52=364 小时。这几百小时能乘京津高铁七百多次，更可以用来精进一项技能，比如减肥十斤练出漂亮马甲线，拿下英语四六级、会计师考试、特许金融分析师一级、日语二级……时间的流逝是最让人恐慌的事，何况你浪费的是一寸光阴一寸白金钻石的青春时光。莫等闲，白了少年头，空悲切。

朋友圈点赞是伪装得最好的精神鸦片。哪怕获得你心仪之人的赞，又能怎样？代表他爱上你了吗？代表你和他好了吗？而获得二百个赞，又能怎样？代表你是万人迷吗？这二百个赞能立刻转化成什么实在的好东西吗？或者庸俗地说，能变现吗？在职场上获得上司对你工作业绩的表扬，在考场上获得可能帮你申请到名校的高分，在爱人那儿获得能让你们爱情升温的一个拥抱一个吻，才是最实实在在的“赞”啊！

在直播上看的是什么？允许我不客气而主观地说一句，有些直播内容并非有营养的东西。迷上看直播，很大程度是因为你的窥私欲，想打听别人生活的空虚与无聊心态。花十分钟看一个网红在直播中一口一个“宝宝们”“家人们”地叫着求点赞和打赏，你得到了短暂的放松，也可能因为给对方刷礼物而换来了些许满足感，却也可能在之后更感空虚。

手机软件交友不靠谱。“干吗呢”“在吗”“吃了吗”“有空吗”——诸如此类的对话构成了软件陌生人聊天的地基。有那点闲工夫在手机上磨叽，真不如把自己拾掇好，在各种质量高的兴趣沙龙活动里结交朋友来得更踏实和有效率。

在手机上买东西不眨眼，等年底算一笔购物账时就会不敢睁眼。当月光族就那么身心愉悦吗？

对了，你一定爱美。请牢牢地记住，长期低头玩手机会让皱纹更快爬上你的脸，皮肤会因手机辐射而变得粗糙和暗淡。

让手机老老实实当你生活的小配角，对你、对手机都有好处，真的。

希望走捷径一夜成名，秒变高富帅白富美

“网红”近年成了热词，一些人通过当网红发家致富，实现了财务自由。随着网红概念被越炒越热，年轻人的浮躁之气也升腾了起来。想学技能练本事，一步一个脚印往前走的人少了，想走捷径攀高枝一秒收获功名利禄的“90 后”“00 后”多了。

“你看，这么多网红以前也是路人一个啊。某某某初中都没毕业就能当网红，还收获了几千万粉丝，一场直播卖货能赚上百万元。”

“录个小视频吐吐槽就能受万众注目，获千万融资……”

“选秀出身的某男，在直播平台露露肉骂骂人便轻松获得打赏无数。”

“还有那些玻尿酸硅胶整容脸泛滥的女网红，在微博上转发条广告都有数万元收入，网店更是年入八位数……”

羡慕嫉妒恨的心态加上对自己过高的评价，让一些年轻人忘形忘本，幻想自己有一天也能走上当网红赚快钱的康庄大道。

可是这种“捷径”，就真能走得又“捷”又简单？

比如，你能感受一些头部网红获得融资，不再是自由身以后的压力吗？你能承受他们每时每刻不在酝酿下一个视频说什么、怎么拍的巨大脑力心力付出吗？你知道他们在出圈成名前，多次试错无果的不顺吗？

那些让人艳羡甚至嫉妒的抖音、快手、小红书公众人物现在是运营得风生水起，可他们的幕后团队抓住平台红利期，用几年时间辛勤耕耘与积累直至成功的过程，你了解吗？你耐得住厚积薄发前的煎熬吗？

头部“小鲜肉”现在确实风光无限，你也许比他们长得还帅还嫩，但你未必能咬牙挺过他们成名前那几年的付出与妥协。他们的吸金能力令人咋舌，但未来某一天过气后的落寞甚至不顺，是你能以平常心接受的吗？

如果你对上面这些问题无感，坚信自己有一天能走上成名成功的捷径，那我佩服你，并为你祝福。只是，你现在还认为有一夜变凤凰的捷径吗？

拖延症爆棚

这一条不在这里赘述了，请参见《拿什么拯救你，我的拖延症》。

迟到，总是迟到

这个算拖延症的一个变种，总之就是时间观念特别差。不管跟谁见面、赴多重要的约，都能给自己找到这样那样的理由华丽迟到。

6点的会，到了5点还在床上玩手机磨叽，5点15分起床伸懒腰冲澡，打扮完毕时已经5点45分。"不好，要迟到了！"等上了车，才意识到正值高峰期，主干道成了大型停车场，眼睁睁望着自行车电动车小三轮从机动车的缝隙间得意扬扬地呼啸而过。等终于到了见面地，可能已经快7点了……

每次迟到后都会感到抱歉或懊恼，但往往顽固不化，下次依旧迟到。

迟到，归根结底起因于对自己和对别人的责任感缺失、自我管理能力的低下。

迟到，会破坏别人对你的感觉，留下不讲诚信的印象。

迟到成了习惯，会让整个人变得懒散随便，碌碌无为。恋人间伤了感情，上下级间丢了信任。

如何治疗迟到症？书上网上给的鸡汤良方已经很多了。请自行选择最适合的方子对症下药。

当又动了不守时的念想时，就狠狠拍自己脑袋一下——

提前五分钟到，真的会要你命吗？

熬夜，没正事做也熬着不睡

这也算是拖延症的一个分支。

最典型的症状，就是哪怕晚上事情都做完了，一看表才10点多——太早了，再"醒会儿"吧，于是继续以各种手段消磨时间到三更半夜。久而久之就成了熬夜强迫症。

我自己也是熬夜党的忠实会员，入会时间大约是读本科时，会龄已有超过十年，最近依然在尝试退会。大学时课业繁重，一周能有两天是要学习到前半夜、一天学习到后半夜的。所以不自觉就习惯了"今天起，明天睡"的模式。进入高盛工作后，投资银行那种"把女生当男生使，把男生当牲口用"的拼命模式更是巩固了我的熬夜症。如果哪天有可能"今天起今天睡"了，也基本会把这种机会抹杀在摇篮里。

为什么熬夜？我想可以用三个字总结：“不甘心。”不甘心一天就这么过去了，不甘心还没有休闲消遣够就要去睡觉。而“不甘心”的源头，经常是白天做事拖沓，无端浪费了很多时间，所以到了深夜“方恨时光易逝”。

拖着不睡时都在干什么？如果是读一本书、看一部好电影、来一次夜跑倒还好，起码丰富精神生活，出汗排毒。但很多时候的熬夜其实就是在空耗、在浪费生命——刷会儿朋友圈，看段小视频，煲个电话粥，一两个小时就不知不觉过去了。

我熬夜最凶的时候是大四毕业前和入职高盛的第一年，那时凌晨 2 点睡是常态。二十多岁血气方刚的身体逐渐出了状况：几乎没长过青春痘的脸开始冒疙瘩，从前跑步训练造就的那双结实的腿开始变得沉重绵软，连续跑上五公里就会气喘不已。

这还是熬夜最看得见摸得着的副作用。前段时间看到一篇令人痛心的文章，盘点了最近突发疾病而英年早逝的十多位优秀媒体人，大多年方三四十，本应是最风华正茂的年纪，但长期的压力和熬夜一点点摧毁了他们的身体，直至终结了他们的生命。所以，熬夜更可怕的副作用，是对精气神和免疫力的长期消耗，是给身体机能带来的潜移默化而不可逆的损害。

把熬夜带来的副作用和拖着不睡带来的寥寥欢娱做个比较，你现在还觉得每天都当夜猫子是件幸事吗？我不觉得，我也有点害怕了，准备不老让自己刷夜爆肝了。即使变不成早睡早起的人，起码也要多点“今天起今天睡”的时候。

有觉能睡直需睡，莫待无觉空悲切。

对最亲近的人，尤其是对父母不耐烦

“唉，妈你能不能少说几句？太烦了。简直受不了你们，得，我反正快搬出去了。以后不跟你们住，我们都能清净点。”

“你能不能不这么黏人？我刚在忙，才半小时没接你电话你就不高兴。你让我怎么样啊？我是你的奴隶吗？”

“你真是天下最不可理喻的人。脑子有病，莫名其妙。”

…………

诸如此类气急败坏甚至颇具攻击性的话，你是不是曾不假思索地甩给过自己最亲近的人：正值更年期或已迈入老年期的父母，曾经热恋得恨不得每秒钟都甜腻在一起的男女朋友？

当你毫不客气地发火过后，是不是经常后悔愧疚，觉得对爸妈、恋人这么狠实在是不应该？

我自己和我的几乎所有年轻朋友都有这个毛病。对最亲的人，却经常最不耐烦。

几年前看过一篇文章，说其实离家上大学后，绝大多数人在余下的人生里，满打满算只能和父母"在一起"一百五十次了，而这还是宽裕估计——确实，很多人长大后不会跟父母生活在同一座城市，每年只有大节假日时才会回家探亲，或者父母到子女的城市探望，两种情况合起来算一年四次吧。假设已经步入中老年的父母还能在你生命里三十五年至四十年，那么两数相乘的确只有一百五十次上下。当时我在美国读大学，一个人在宿舍读到这个数字时，竟泪如雨下不能自已，深感自己还不够孝顺。对父母等最亲的人无端发脾气动粗，只会增加你日后感到愧疚甚至悔恨的机会。

前段时间读到一篇题为《不对亲近的人发脾气，是最大的教养》的文章，里面有两句话说得很好，分享给大家：

你永远只能伤害你爱的人和爱你的人。这是个多少有点悲凉的真理。如果我们沦落到要让家人难堪来获得满足，那么我们就是一个大写的弱者了。反过来我们也应明白：你最亲近的人，只有你才懂得如何去爱。深到骨子里的教养，就是好好对待自己的身边人。因为他们对自己的好，同样是深到骨子里的。

看不进长文章和纸质书，写作能力退化

如果你坚持不跳行地读到了这里，那么恭喜，你还算有耐心和定力阅读长文章的人。如果你是抱着"快点刷到文章末尾"的态度跳到这里的，那我希望你耐着心读完下面几段。

曾几何时，图书馆是你最熟悉的地方，你喜欢在一排排书架里徜徉，只为找到那本最想看的名著。那时，你喜欢和伙伴们逛书店，碰到想读却舍不

得买的书，你甚至会席地而坐，如饥似渴捧着它读一下午，忘了时间这回事。曾经，你会给心爱的书包上封皮，你会把书依依不舍地合上，放在枕边，你会边读边做一本本的笔记，你还会和同学们交流各自读的好书……

最近这几年，生活节奏的变快和智能手机的入侵，使你花在读书上的时间和心思越来越少。一开始你可能还会觉得恐慌和遗憾："好可惜，竟没能抽出半小时读完这一章。"可之后，你接受了与书渐行渐远的事实，再之后，不读纸质书成了生活的常态。即使有了整块空闲，你也更可能只是捧着手机刷个不停或邀三五好友出去玩。而最近读完的一本书的封面上，早已落了尘埃。

你甚至连手机上的长文都开始抵触了，一看到密密麻麻的字就犯晕。除了满是图画和快餐式语言的文章，你的生活里没有了其他读物。

因为太久没看过一本正经书，你的写作能力也在退化。以前你可能还想着成为一个诗人或散文家，但现在的你笔杆生涩，措辞贫乏，最信手拈来的词不再是学生时代熟读能吟的诗词，而成了"然并卵""爷青回""yyds""芭比q了"等浮躁的网络用语。写作水平退化得连最程式化的工作报告都写不利落了。

与什么疏远，都不能与书疏远。

在信息爆炸的年代，更应该逆着社会大环境的浮躁与急功近利，摒弃那些快餐式的文化消遣物，让自己的身和心都回到安静的地方，捧起一本书，一页一页读起来。

对朋友圈里疯转的八卦文了如指掌头头是道，不是博识，而是俗气和肤浅。

对各种好书里的情节与观点信手拈来、娓娓道来，才是厉害与智慧。

有几个好友半年前组了一个微信小群，取名"180天读18本书"。他们都是投行和国际律所里的大忙人，最惨的时候一周工作一百小时。即使生活被塞得如此满当，他们依旧感到空虚和焦虑——跟同学聚会，除了工作上的事能聊几句，他们对其他事都变得有些愚钝甚至无知，这些事，包括好书、好电影和好戏剧。

他们意识到，只有读书，才能不让自己彻底被工作俘虏，才能让自己依旧是一个既有趣又酷的人。于是，这几个家伙开始每周末一次微信分享会，聊聊过去七天读的书，每个月末交一篇千字读书笔记。他们还规定，这十八本书不能是机场书店兜售的成功学，不能是网络小说，必须是年龄超过一个世纪的经典老书。

最近，我和读书小组的其中两个好友吃饭，聊天时深觉他们比一百八十天前变得“气自华”了许多。虽然因为项目太忙，他俩分别只读完了十四本和十五本书，可谈到读书的过去半年，他们都觉得是入职以来最快乐而充实的一段日子。

这几天，他们已经把微信群名改成了“360 天读 36 本书”。为什么我会知道呢？因为我也成了读书小组的一员。

即使说得功利一些，多读纸质书也是有百利而无一害的，你看，几乎所有成功人士都酷爱读书。在赶飞机时阅读，在周五的晚上阅读，在加班的闲暇五分钟里阅读。他们越读越智慧，越智慧就越成功，进入了良性循环。

读的书多了，写作功力也就自然开始回升了。不管世界变得多光怪陆离、先进得多令人叹为观止，有两样东西我们真的不能丢弃：阅读与写作。

如果读完这篇文章后你“毫发无损”，那么你是一位好青年，把自己写中枪的我由衷佩服同龄人的你。如果你每读一条就中枪一次，现在已经弹痕累累了，也别郁闷，因为这些绝对都是可逆的毛病。

从下一秒起，你可以：

卸载手机上会浪费你很多时间的软件。

规定自己每一小时才能刷微信、微博一次。

把时钟调快十分钟。在别人见证下给迟到规定一种严厉的惩罚。

不要再把时间花在不停地自拍和发自拍照上。真的没用的，而且发多了惹人烦。

去书店吧，闻闻里面久违的书香，买几本好书，今天就制订一个阅读计划。

第四章

-

回归校园
敲开哈佛的大门

Back to school:
Harvard, here I come

开学前一夜无眠，因为时差，更因为太兴奋了。

投行两年创业一年后，我又回归了学生身份。

哈佛大学的一节课到底是怎么上的

每节课往往都从一个令人紧张的“突然点名”开始……

这几年，我曾在不同场合听到不同的学生抱怨上学累、读书苦。因为上课感到无趣、无用，一些大学生变成了请假达人、翘课惯犯；为了追寻“内心的热情与理想”开始做代购赚钱，另一些同学毫不心疼已经支付的学费，一学期下来，觉没少睡，游戏没少打，上课次数屈指可数。

我也听过一些关于在国外大学读书的议论。有人说，留学有时就是“混日子”，因为课业很“水”，只要家里有钱就能送出去，“然后换个文凭”。

因此，有不少人问我：“在哈佛商学院学习是一种什么样的体验？”累吗？难吗？压力大吗？

毕竟，我也曾听人说过：“商学院还挺轻松的，作业不多，还不算学分成绩，只要别挂科就好啦。”

我还听过更率性的：“谁来商学院是为了读书啊？搞搞社交，找找对象，两年就过去喽。”

这些人说的不是哈佛商学院，一定不是。我不知道其他商学院什么情况，但在哈佛商学院学习，“混混就过关”是不可能的。尤其是在一年级。

几个二年级的美国朋友回忆起一年级时，几乎异口同声地告诉我：“累！比读本科还忙。”

写下这篇文章，我一是想回答“在哈佛商学院的学习体验”这个问题，详细、完整地还原我在哈佛上一节课的全过程；二是回应关于“留学很水”的言论，别的学校我不敢妄下结论，但作为在哈佛完成了 MBA 学业的人，我可以负责任地告诉大家：在这里读书，即使你想“水”过也根本不现实；第三个目的也许最重要——为所有想激励自己、希望学得更好的同学打一针鸡血。

以下“实景还原”，以我就读的哈佛商学院为案例展开。哈佛由多个部分组成：本科生院，商学院，法学院，医学院，肯尼迪政府学院，等等。每个学部的特色和政策都略有差异，但毫不夸张地说，哈佛商学院的上课要求算是整个学校里相对严苛而不可妥协的。说得通俗点就是，商学院比较“事儿”，关于上课的条条框框最多，学生们要想顺利毕业，就必须严格遵守各项规定。

上课前

在哈佛，上课前的工序通常很烦琐，并且很难浑水摸鱼。这其中最重要的一环便是“阅读作业”。相信一些朋友听过美国顶尖大学阅读量繁重这件事，对多数哈佛学生而言，上课前需要完成的阅读作业量确实不容小觑，哈佛商学院尤甚。

可能有人会问，如果跳过课前阅读，直接去听讲，应该也没什么大碍吧？事实并非如此，因为在哈佛商学院，课前阅读（pre-class reading）是上课之基，如果不做阅读，就很难完成课前和课后作业、参与课堂讨论，进而直接影响期末成绩。

哈佛商学院上课前的阅读作业通常有这几种类型：商业案例（business case）、教材阅读（textbook reading）、辅助材料（supplemental reading）和多媒体阅读（multi-media reading）。

哈佛商学院是“案例教学法”（case method）的鼻祖，至今仍是把案例教学的风气发挥得淋漓尽致的学校。所谓“案例教学”，就是通过研究和讨论各种公司遇到的实际情况来学习商业理论知识——“实践出真知”。

商业案例是课前阅读的重中之重。哈佛的 MBA 学生平均每天要读两到三个完整案例，大部分案例都是由哈佛教授和研究员在经过相当一段时间的学术研究后撰写的，少则十多页，多则几十页。只有两个案例要啃时，大家还会在聊天和邮件里欢呼：“It's two-case day today!”（言外之意：总算能稍微消停会儿了，有时间做其他事了。）

一个案例除了正文外，还有以商业图表为主的附件，通常重现了一家公司和相关员工应对某个商业问题的情景，比如：“吉利公司收购沃尔沃汽车”“孙正义与软银愿景基金的创立”。

教材和辅助阅读材料是案例阅读的补充，通常阐述的是和第二天上课案例相关的抽象化商业理论（business theory）和概念框架（conceptual framework）。比如，市场营销课的某个案例讨论了一家美妆公司在成立伊始是如何获取第一批用户的，那么这个案例的辅助阅读材料就可能讨论“获客成本”和“顾客终生价值”这两个相关理论。

多媒体阅读最多元，也往往很有趣，基于文字、视像、音频甚至游戏等多种形式。在哈佛的两年，我曾一边观看教授布置的课前视频，一边做文字阅读，也曾边玩“啤酒生产模拟游戏”，边读关于生产流水线搭建的案例。

案例绝不是速读一遍就能轻松搞定的，而是要精读、慢读，边读边做笔记、归纳要点、思考教授在导读里提出的问题。总之，需要读得很深入、很立体。碰到不熟悉的领域和议题时，还要请教懂行的同学、查找背景材料。

带着案例的自学成果，大家每天都要参加讨论小组的集体学习。开学时，每个学生会被分到六人一组的讨论小组，在未来一年里“互帮互助”，主要形式是一天一次的案例讨论会，在会上捋一遍当天案例的要点，加深理解。

上课前一天我会尽量安排若干个“整块时间”(我对整块时间的定义是不间断一小时以上)，在哈佛图书馆集中攻克阅读。开始阅读前，我会首先确认当天要读完的总页数，以及分配到每节课的阅读量有多少，然后再决定从哪一份阅读材料开始。我的习惯是“先苦后甜”——哪节课需要完成的阅读量最大，就从哪节课开始。

如果当天的阅读负担不重（我的粗略定义是总页数不超过 80 页正反面 A4 纸)，那么我会做全程精读——不马虎地一行行、一页页读下去，边读边做多色笔记，用不同颜色的笔画重点、做关键词批注、写个人感想、记录阅读时的疑问，待到课堂或课后与教授探讨。

不过，单日的阅读量常常会超过八十页，全程精读也因此变得不现实。这时候，我会结合精读和速读。如何判断哪些内容精读、哪些速读呢？这就得说到在哈佛上课前的另一个重要工序——写课前作业（pre-class assignments)。

我听说在一些大学，上课前从来没有要提交的作业，但哈佛的情况就是——完全相反！在哈佛商学院，每个案例都配有不同种类的课前作业，比如：

课前简答题（pre-class assignment questions）：教授会给出基于案例内容的一套思考题，要求大家在读完 case 后做深度思考，不少同学（包括我本人）都习惯把自己的答案整理出一份，第二天带到课堂上作参考。

课前调查问卷（pre-class poll / survey）：许多教授还喜欢布置课前调查，学生们完成阅读后在线上完成和提交问卷。这项作业往往是必须完成的，而且经常作为课堂讨论的辅助资料。

书面回复或短作文（written response/ short essay）：有时，“课前简答题”会升级为短作文，甚至可能变成数页的长作文或小论文。这项作业要求的时间精力较前两种作业多了不少，而且往往也是强制性的。如果没在课前完成，期末成绩就会被影响。

模型或数据分析类作业（model/ data analysis）： 课前做金融预测等不同模型，也是家常便饭，金融或投资相关课程更是尤为普遍。

同伴访谈（peer interview）： 这是一种有趣但也耗时的作业。在课前和同学做面对面访谈，主题一般与第二天上课的案例直接相关，然后把访谈纪要整理出来，带到课堂上，或者在课前提交。我曾上过一门和创业有关的课，整学期下来竟然做了超过十个同伴访谈，平均每个访谈要花一个半小时到两小时。对日常生活很忙的哈佛学生来说，这着实算是不小的课业负担了。

前面说到如何判断精读还是速读，就直接取决于阅读材料同课前作业的相关度。如何判断呢？我的习惯是先快速扫一遍当天的所有作业题（不论是课前简答题还是其他形式），大概了解作业里出现的关键词，再根据这些关键词、关键信息对照速览阅读材料，就能八九不离十地判断出哪些内容必须得仔细读懂，才能做作业题，而哪些内容是次重要的背景阅读，暂时只需速读即可。一般来说，案例材料本身是重中之重，为了做作业和第二天的课堂研讨，是必须仔细读完的。

总之，在哈佛上课前的步骤颇多，而且不完成都不行。不夸张地说，课前准备所花的时间平均可以达到上课时长的两倍。

上课时

上课前一切准备就绪，接下来便是背起书包进学堂了。以商学院为例，揭秘哈佛课堂的真相。

首先说说各项“课堂纪律”。看到这个词你也许会感到奇怪，早就不是小学生了，大学课堂不是自由得多了吗？还有什么严苛的纪律可言？然而，哈佛商学院的课堂确实存在不可妥协的“条条框框”。

首先，课堂出勤的要求很严格。部分高校课堂不考核出勤，因此有学生翘一整学期的课却依然“安然无事”。在哈佛商学院这是不可能发生的，出勤与课堂表现通常占到一门课期末成绩相当的权重——平均 40% ~ 50%，一些课甚至超过 60%。因此，任何一次无故缺席（unexcused absence）都会直接扣出勤分。如果某学生一学期的某节课无故旷课三次以上，就很有可能被教务处“抓”去谈话，同时被扣掉相当的出勤考核分，危及期末成绩。

不仅是整节缺课，迟到和早退也经常影响出勤分。如果实在遇到不可控因素而必须请假、迟到或早退（比如生病就诊、亲人出现紧急状况、应聘面试等），就需要在上课前在线提交请假申请，如实说明原因，有时还得单独给教授发一封补充邮件。

因为这样严苛的出勤规定，哈佛商学院的MBA们恐怕是全世界最乖、上课出勤率最高、迟到率最低的高校学生了。那么，是否有机会“偷偷翘课”、钻空子呢？我只能说，机会十分渺茫。因为每堂课的教室里都坐着一位教务处的登记员，登记员会协助教授核对每一位学生的出勤情况，如果发现有人未请假旷课，就会直接上报教务处、知会课堂助教。怎么样，是不是够狠的？

除了有点变态的出勤规定，哈佛商学院课堂还严禁一切电子设备，包括电脑、手机、平板电脑、录音笔等所有插电的玩意儿（某些必须用电脑的情况除外）。这项规定的初衷是确保学生认真听课不开小差、教授讲课不受任何干扰。在哈佛的课堂，手机突然发出声响是让人无比尴尬的事。记得一年级时，班里有位同学的手机突然播放起Lady Gaga的音乐，郁闷的是手机还出了故障，按键失灵，歌曲怎么都停不下来，于是，这个同学只得面红耳赤地以光速冲出教室处理“闹癔症”的手机，留下一屋子又尴尬又想笑的师生。

如果说森严的规定已经让学生心生压力，那么高强度、快节奏的课堂风格才更让人绷紧神经，丝毫不敢怠慢。在哈佛商学院的课堂里，学生们是几乎没任何机会分心、开小差的。为什么呢？上面提到，“课堂参与”是期末成绩很重要的决定因素，所谓“参与”，不仅指准时进教室上课，更指全身心参与课堂研讨、举手发言。一节八十分钟的课上，至少有六十分钟是教授引导着大家就当天案例进行抽丝剥茧、深入浅出的高强度讨论。

每节课往往都从一个令人紧张的“突然点名”开始——教授会抛出第一个待讨论的问题，通常是关于案例的宏观问题，然后不等大家举手就直接叫一个学生回答。比如：“首先，我们来探讨一下A公司为什么能成功抵御金融海啸，在2008年和2009年连续取得行业最高的利润率？Alex，你认为呢？

跟大家说说你的观点。”

理论上讲，每个学生都有可能“中奖”，成为被教授突然点名的对象。但两种人的概率更高：一种是在过去三节（或更多）课上都没发过言的学生；另一种是个人背景（来哈佛前的职业或生活经历）和当天上课内容相关的学生，比如今天研究的是奔驰公司的案例，那么在汽车行业工作过的同学就可能被突然点名。有时候，教授还会提前发邮件给个人经历和上课内容有关的学生，邀请他们在第二天的课上做分享。

你可能会问，教授怎么能记住谁好几节课没发过言了，又是如何知道谁有和案例相关的经历呢？这就回到了上面说过的“教务处登记员”这个角色——在快速完成出勤统计后，登记员就会登录“课堂内容记录系统”，此时电脑屏幕上会出现这堂课的固定座位表，每个座位都对应一个学生姓名。每当有学生发言时，登记员就会找到他的座位，做下“此人已发言”的记录，然后把他的发言内容速记下来。了解学生的个人背景对他们而言也轻而易举：哈佛商学院有一个在线信息系统，每个学生都会在上面建立档案，介绍自己的基本信息，比如教育、职场、生活背景，个人技能与爱好等，教授或者助教可以浏览大家的自我介绍页，轻易找到和教学内容有关的学生。

因为课堂参与对期末成绩很重要，而发言又是这一项考评的重要因素，所以大家都努力上课时给出高质量的发言。我和不少同学因此养成了一个习惯：在前一天完成阅读和课前作业的同时，根据课前简答题，准备好第二天上课发言时可能用到的发言论点，在教授提出相关问题时便可以“打有准备之仗”，快速举手抢到发言机会。

在哈佛商学院，MBA 一年级的课堂平均有九十人，二年级选修课少则二三十人，多则一百人以上，这也意味着每堂课对学生发言的频次、时长甚至质量的要求都不同。比如在 MBA 最后一个学期，我上的一门课只有二十多个学生，为了在课堂参与部分获得高分，几乎每节课我都得发言，最好还能发不止一次言。因此，我在这门课上花的心血就特别多，因为每次课前阅读和作业都要认真完成，并且好好准备发言论点，这样我才能在上课时从容接住教授抛出的各种问题，完成高质量的发言。相反，在人数很多的大课上，如果你想发言，就得“眼疾手快”争取机会，毕竟错过了一次被点到的机会，下课前就可能不会再有第二次了。

出勤和课堂参与固然让我“压力山大”，但也有在其他学校鲜少获得的美好体验。比如，我最喜欢的一个课堂环节是“案例主人公分享”。哈佛商学院的每个教学案例都有相应的案例主人公，比如某家公司的创始人、CEO、投资方、供应商或大客户等。教授们常常会把案例主人公请到课堂上，让这些当事人、过来人做补充分享、回答学生们的问题。在哈佛这两年，我近距离聆听和请教了超过一百位案例主人公，其中还不乏顶尖企业的一把手，比如通用大众、柯达、资生堂等全球巨头的CEO。

下课后

在哈佛，下课铃响不意味着一节课的结尾，因为还有一些回顾、复盘的步骤需要完成，比如要做课后作业，这一点大家都很熟悉，我就不赘述了。

学期结束前，和教授、同学们合张影，
大家一起说“cheese”（类似拍照时用中文说“茄子”）

哈佛的课后作业类型很丰富，除了传统的问题集、论文之外，还有课后调查问卷、课后感想等等，都需要在规定时间前提交，否则就会影响作业分数和期末成绩。

许多同学在课后会做的另一件事，是和教授一对一约聊，英文的说法是office hour meeting，也就是到教授的办公室会面。我常在下课后去他们的办公室，就当天课上没弄明白的问题和教授做进一步讨教。

另外还有课后复习课（after-class review session），由教授本人或助教在下课后带着大家复习上课时的重难点。这一项并非必须参加，相信不少学校也有类似设置。

到这里，我终于毫无保留地还原完了在哈佛上一堂课的全过程。回到最初的问题：在哈佛上课累吗？难吗？压力大吗？相信看完我上面的分享后，大家心里已经有了答案。

作为一个过来人，我的回答是："万事开头难，习惯成自然。"记得哈佛商学院院长在我这一届的新生开学典礼上曾说过一段话：

"在哈佛的两年中，每一位同学都将接受相当程度的挑战，无论是课业上的，还是生活上的。这些困难和挑战会让你起初觉得不舒服——这是一定的，甚至让你质疑自己来到这儿的决定，一些同学还会想到'放弃'。但看着一届又一届学生忐忑地开始哈佛求学之旅，又充满不舍地毕业、告别，我要跟大家说：你们一定会没事的，而且会做得很棒。"

回想自己在哈佛商学院两年的历练，我欣喜地感受到了自己明显的进步：阅读能效显著提高，剖析问题时更全面、客观，阐述观点时也更熟练、深刻了。不管是课前勤勤恳恳地做阅读、写作业，课堂上神经紧绷、发言辩论，还是课后的反思和复盘，都让我变成了更有能力、竞争力、沉着的自己。作为哈佛校友的我已经做足准备，带着自己的所学本领在事业中大干一场了。

打了鸡血的哈佛人

庄子曰："吾生也有涯，而知也无涯。"

2018 级的哈佛商学院新生都是什么样的人？

哈佛的官方数据是这么描述的：

他们是从 9759 名申请者中被录取的 934 人（录取率 9.6%，乍一看不低，可申请者里很少有"吃素"的，几乎都是全球各地的佼佼者）。

他们中的国际学生占了 35%，来自 68 个国家和地区。

他们毕业于 141 所美国大学和 149 所海外大学（包括本科、硕士、博士等学位）。

他们的 GMAT 平均分是 730 分（满分 800 分）。

他们的平均学分绩点是 3.67 分（以满分 4.0 分计算）。

他们中的 38% 在大学时学 STEM 专业（science、technology、engineering、mathematics 首字母缩写，分别是科学、技术、工程和数学专业），41% 学的是经济学、商科专业，21% 是人文和社会科学专业。

他们入学前的职业背景多元，有 11% 的人来自金融服务行业（比如投行的高盛、摩根士丹利，会计师事务所的普华永道、毕马威等），15% 从事管理咨询行业（比如麦肯锡、贝恩和波士顿咨询公司），15% 来自高科技、通信行业（比如谷歌、优步等），15% 来自风险投资、私募基金领域（比如红杉、黑石）。

但数字显然还是太苍白，不能体现一个人的立体与生动。哈佛同学给我最深刻的初步印象，就是精力充沛，似乎永远不知疲倦。

很多文章曾提到过，世界上有一种人天生不爱睡觉，也不需睡太多觉，一天四五个小时足矣。不少成就卓著的政商和学术界领袖便是这类人：晚上

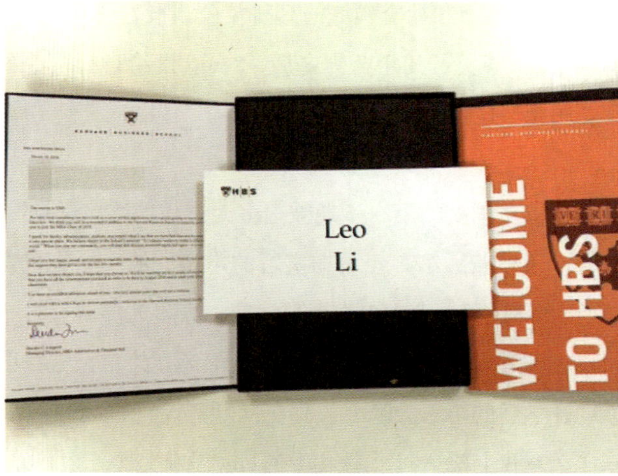

我们的答案是：
是的，你被录取了！

12 点睡，早上 5 点起床进健身房锻炼两小时，7 点半边吃早餐边浏览当天新闻，8 点半开始一天工作……

我当然不是怂恿大家争当这种异类。但不得不承认，精力充沛的人在时间上有了不少天然优势。

在哈佛商学院学生里，这样睡觉不多的“怪物”的比例就比其他地方高。

同班同学里有一个叫 Naori 的女生，日本东京人，还是我的前同事——她在高盛日本总部工作数年，从初级分析师一直做到经理。高盛的很多人都听过关于东京办公室的恐怖传说：日本人本来就是工作狂，在高盛的日本人更是“狂上加狂”，每天都“日出而作、日出而息”，将投行不睡觉的精神发扬到极致。

Naori 能在高盛东京办公室奋战多年，很可能就是一台“人肉永动机”。

果不其然，认识 Naori 的第一周，我就被这个娇小日本女生的无限能量震撼了。

第一节课自我介绍时，我了解到 Naori 从高盛离职后，马上开始了一份商学院入学前的实习。一些 MBA 学生为了丰富履历、提高日后求职的竞争力，会在入学前做实习。她几乎是前一天刚跟高盛告别，第二天就撸起袖管在一家科技创业公司准备大干一场了。

“我对通信和社交领域的高科技公司很着迷，所以找到这份实习后特别激动。”在高盛卖了几年苦力之后，Naori 没给自己一个悠长假期，而是选择继续“顽张”（日语的“加油”之意）。

哈佛商学院的第一学期被很多人称作“炼狱学期”，因为课业负担极重的同时，还要兼顾第二年暑期实习的申请。第一学期的第一周又可算是“炼狱学期的炼狱周”，有太多东西要适应、太多人要认识。

在压力颇大的第一周，Naori 竟然还在给自己“找事”。

开学后的第三天晚上，我在自习室看到 Naori 正戴着耳机，饶有兴致地做着什么。我上前一问，原来她在上远程中文课。

“LEO，不要笑话我的发音啊。我觉得中文是很美丽又很重要的语言，之前在高盛没空，现在总算有机会学了。我的老师是北大的中国学生呢，每天一小时线上学习，太有意思了！”

我担心她精力不够，问她：“大丈夫吗？”（日语的“没问题吧？”之意）Naori 胸有成竹地回应：“大丈夫的哟。我们在这里每天只读三个案例，一点儿都不多的，不是吗？”

而实际情况是，几乎所有 MBA 一年级学生都对课业量倒吸冷气，有些人还叫苦不迭：“到目前为止都没读过这么累的学校。”

边上 MBA 边远程学中文的 Naori，果然像她自己所说的那样，非常“大丈夫”。每堂课，Naori 都是最积极发言的几个人之一。更重要的是，她从不 bullshit（胡说八道，在美国校园很流行的一个词，通常指没有逻辑、没有论点、不知所云的课堂发言），总能发表自己的真知灼见，让教授和同学们频频点头。

不得不提的是，Naori 来哈佛前的所有教育都是在日本完成的，英语只是她的第二语言。

开学后第一个周末的全班活动，也由这个日本女生一手发起。Naori 提前选好了波士顿最棒的一家 KTV 后，从发第一封邮件邀请全班参加，到确定时间、人数和 KTV 谈优惠价，再到活动时的暖场主持和拍照、活动后的收钱，全部一个人滴水不漏地搞定。

而 KTV 活动也大获成功，全班九十个人里的近七十个同学参加，大伙都玩得意犹未尽，高呼：“Naori 是最棒的！”

在学习之外还给自己找了这么多事，我猜 Naori 不用睡觉了。

“每天过得这么充实，应该开心才对，怎么会累呢？”Naori 对我的担忧满脸疑惑。

开学以来，我陆续发现了好几个像 Naori 这样精力超群的人。有的同学每天清晨 6 点准时起床健身，有的一边上学一边远程把创业公司做得风生水起，还有的身兼数个媒体平台的专栏作家，课余时间笔耕不辍，每周都有大作发表。

来哈佛前，我读过一本叫《吉田医生哈佛求学记》的书：一位三十多岁的日本女医生，一边照顾四个幼子，一边以出色成绩完成了哈佛医学院的硕士学习。为了育儿读书两不误，她每天都晚睡早起，可依旧干劲儿十足。

为什么这群家伙能如此精力充沛？

最重要的原因，是他们对自己要求高，从不安于现状，总是“想方设法”变得更优秀。因为想学好不熟悉领域的知识，他们心甘情愿多啃一本书、多做一个习题集、多参加一次复习讲座；因为嫌自己身材还不够健美，他们心甘情愿克服起床气，早起一小时在健身房挥汗如雨；因为觉得自己还不够“有趣”，他们兴高采烈去哈佛本科生院旁听外语课，周末去郊外学马球、去波士顿素描写生。当想让自己变得更棒的意念很强烈时，疲劳感当然就被抛到九霄云外了。他们累吗？身体当然也累，但心不累；而心的兴奋，又常常能战胜身体的疲乏，让自己精神抖擞、不知疲倦。

你可能会问，他们做的事不全是好玩的事啊，比如读书。再爱学习的人，也不愿意总是关小黑屋自习一晚上吧？

你可以用另一个更直观的词去解释：目标感。哈佛商学院的学生大多拥有明确而强大的目标感——非常清楚自己需要什么、想实现什么目标。被目标感驱使着的人有时是处于鸡血状态而不自知的，就更别提因为觉得累而想偷懒了。

其实，来读哈佛商学院本身就是一件被目标感驱使的事：为了跳槽到金融行业、为了获得更高的年薪、为了找到志同道合的创业伙伴，甚至还有——为了遇见一个出色的结婚对象、人生伴侣。而实现这些重要目标的前提便是完成一个个小任务，比如上好一门跟自己心仪行业相关的课，比如多做社会实践、提高简历竞争力，再比如，放弃周末的闲暇时间，飞去纽约甚至硅谷参加创投讲座。

两年 MBA 稍纵即逝，不抓紧完成这些小任务，就可能影响到大目标的实现。于是，目标感又催生了紧迫感，让人不愿懈怠。

回到开头写到的鸡血女王 Naori。一天和她吃饭，我问："Naori，你来哈佛读书是为了什么？"

"好问题，LEO，我想回亚洲做科技方面的创业，所以我要在哈佛多学习创业方面的知识，多参加活动，认识一些聪明的朋友，最好能找到未来的合伙人、拿到天使轮投资。中国有人口红利，很有活力，而日本市场却在萎缩，我希望之后做的项目能进入中国，所以现在抓紧时间学一点儿中文，起码不能对中文一窍不通吧。"

很显然，Naori 的"后哈佛梦想"不是动动嘴皮子就能轻松实现的。听着她充满自信的回答，我更加理解她为什么能永远不知疲倦了。

凌晨 4 点半的哈佛图书馆，真的灯火通明吗

我认为，以学习时长衡量一个人刻苦与否是不太合理，甚至是有点愚蠢的方法。在哈佛和耶鲁，我没有看到谁以“熬夜”为荣，更没有学生暗自较量谁能熬得更晚。这些学校学生崇尚的，是一个叫作“效率”的词。

正当我坐在哈佛最大的怀德纳图书馆（Widener Library，也是世界藏书量第一的大学图书馆，位于哈佛本科生院校区）时，有同学在微博上发私信询问我：“LEO，我就想知道，凌晨 4 点半的哈佛图书馆是不是真的灯火通明啊？”

到哈佛前，我在微博上问大家最想知道关于这所大学的哪些事。结果，起码有四分之一的同学请我“验证”哈佛图书馆凌晨的景象。

这令我始料未及。我本以为，大家最关心的理应是哈佛最牛的教授、最受欢迎的课，以及这里的学子是如何学习的。

在耶鲁读本科时，我第一次从网上看到题为“哈佛凌晨四点半图书馆”的文章。那是一篇被疯转的言之凿凿的热文，至今还时不时在微博和朋友圈里蹦出来唬人，说凌晨 4 点多的哈佛大学图书馆里，灯火通明，座无虚席，并且附上“灯火通明，座无虚席”的图书馆照片，罗列了哈佛的“校训”和“箴言”。可惜，每句英语都千疮百孔，语法错误连篇，令人哭笑不得。

而那些错句也让我对文章的真实性不以为然。再者，耶鲁和哈佛是两所很相似的大学，我熟悉的耶鲁学生没使那么大的蛮力学习，哈佛同胞又怎可能如此辛苦呢？

抱着对大伙负责任的态度，我还是决定到哈佛后，来一次准确的现场调查。出发前，我搜索了“哈佛凌晨四点半图书馆”，结果让我吃惊——原来市面上已经有了以这个词组命名的励志图书，还不止一种，销量也很不错。图

书的简介里更有一段惊人的描述：

"哈佛的学生餐厅，很难听到说话的声音，每个学生端着比萨可乐坐下后，边吃边看书或是边做笔记。很少见到哪个学生光吃不读，也很少见到哪个学生边吃边闲聊。在哈佛，餐厅不过是一个可以吃东西的图书馆，是哈佛正宗一百个图书馆之外的另类图书馆。哈佛的医院，同样的宁静，同样的不管有多少在候诊的人也无一人说话，无一人不在阅读或记录。医院仍是图书馆的延伸。哈佛校园里，不见华服，不见化妆，更不见晃里晃荡，只有匆匆的脚步，坚实地写下人生的篇章……"

我不知道这真的是书中节选，还是撰写者的大胆创作。但我相信，稍有点常识的人都能看出这段话就是个玩笑吧。到医院候诊时都"无一人说话，无一人不在阅读或记录"——请问，他们还是人吗？

言归正传。8 月底开学季的第一周我抵达哈佛，办完入学手续后，我便准备尽快对哈佛图书馆开展"尽调工作"。

哈佛凌晨 4 点半的图书馆到底是什么样的？这次一定全面系统深度客观地查个水落石出，给大家一个靠谱的交代，消灭一切甚嚣尘上的臆断猜测。

我的尽调由三部分组成。

1. 哈佛官网资料查询

我首先访问了哈佛大学图书馆官网（library.harvard.edu），在首页点击进入"图书馆开放时间"栏目。

该页面显示了哈佛八十家大小图书馆的基本信息，其中就包括"今日开放时间"。下拉页面逐一查看，发现几乎所有图书馆都在零点前闭馆，只有勒蒙图书馆（Lamont Library）的开放时间是"二十四小时"，这是位于哈佛庭院（Harvard Yard）的一座本科生喜欢去的图书馆。

为保证足够严谨，我又继续点击了"按周显示的图书馆开放时间"这个栏目。为什么这么做呢？因为我想看一看期末考试期间，图书馆的开放时间是否会为了方便学生复习而延长。

12 月初到中旬是哈佛大学各院系的期末考试周。我将时间调到 12 月 4 日至 12 月 10 日，再次查看各图书馆开放时间。

然而并没什么改变。勒蒙图书馆仍是列表显示的唯一二十四小时开放的图书馆。为避免漏看、错看，我专门在页面上查找“24 小时”这个关键词，结果全页面只有七个“24 小时”，均出自勒蒙图书馆，其他图书馆最晚只到零点就闭馆了。

结论：根据官网信息，大多数哈佛图书馆都是“今天开门今天闭馆”，只有勒蒙图书馆一家“灯火通明”。所以，哈佛学子若想在凌晨 4 点半的图书馆里发奋苦读，就基本只能去勒蒙图书馆了。

2. 哈佛学生现身说法

想到文字信息和实际情况可能有出入，我在哈佛校园不同区域和院系随机采访了三十位在校生，覆盖不同种族，既有刚入学的大一新生，也有已在哈佛苦读多年的博士生。以下摘选最具代表性的几个回复。

问题：你经常在哈佛的任何一家图书馆学习吗？你通常学多久？你是否会在图书馆熬夜到后半夜，比如凌晨四五点？

回答 1（哈佛本科大二学生 Jessica）：我每天都去勒蒙图书馆学习，基本学到 11 点多就回宿舍了。我每天需要至少睡六小时，不然大脑会没法工作（笑）。11 点多离开时，图书馆里的人通常就很少了。不清楚到后半夜还会有多少人，但估计是寥寥无几。

回答 2（哈佛商学院二年级学生 Liz）：商学院学生去图书馆学习的相对比较少吧。哈佛商学院的贝克图书馆（Baker Library）每天关门都挺早的，同学们绝不可能学到后半夜的。

回答 3（哈佛法学院法学博士二年级生 Hassan）：哈佛法学院的图书馆都是零点关门。我有时会去哈佛法学院图书馆（Harvard Law School Library）做阅读，但更多时候喜欢一个人在寝室学，论文提交前会熬得晚一些，但几乎不会超过凌晨 3 点。

回答 4（哈佛教育学院硕士一年级生 Laura）：平常都去教育学院旁边的一家咖啡馆学。相较于安静的图书馆，我更喜欢有点人声甚至嘈杂的环境，那样反而更能集中注意力。咖啡馆 11 点打烊，我喜欢早起，12 点前就得睡，早上 7 点起床。我无法理解习惯学习到凌晨 4 点的人，那有点愚蠢不是吗？

回答 5（哈佛医学院博士三年级生 Robert）：医学院的功课挺重的，所以哈佛医学院的学生都比较刻苦，但也不至于学到后半夜吧。我觉得还是得看自己怎么安排时间，另外效率真的很重要。勒蒙图书馆？几乎没去过，我所知道的医学院同学也很少有人去那儿熬夜。

回答 6（哈佛本科大四学生 Yoon-Al）：啊，过去这几年确实熬过几次通宵，主要是为了写论文，但绝对不是常态！平常习惯去怀德纳图书馆的自习室学习，那里的噪声近乎零分贝，每个人都认真学习的气氛非常棒。平均每次去图书馆学习三小时吧，不会到太晚，完全没必要的。

回答 7（哈佛本科大一学生 Rawe）：目前为止都很好！来哈佛前曾担心这里的课业负担会压得自己喘不过气，但开学这几天感觉还是比较可以驾驭的。目前都在宿舍学习，我的很多大一同学也喜欢在家写作业，或者和好友一起去咖啡馆，因为可以随时交流功课。在图书馆熬到后半夜？没想过，也最好不要吧！

结论：不同的哈佛学生都给出了类似或干脆一样的答案——自己不会在图书馆苦读到后半夜，没看到或听说身边很多同学这么做，更不认为这有必要。唯一可能让学生待到凌晨 4 点半的勒蒙图书馆，在随机受访的三十个学生中并无高人气，去那儿学习的学生也对“熬到后半夜”这一说法给出了否定答案。

上面两种方法的尽调实际上已让真相浮出水面了：网上疯传的“哈佛凌晨 4 点半图书馆”的盛景，并不存在。

3. 哈佛图书馆实地走访

为确保万无一失，我还是决定把整个尽调做完，在夜里实地拜访几家哈佛图书馆和每家的管理员。

我选择了四家最有代表性的：贝克图书馆、哈佛—燕京图书馆（Harvard-Yen-ching Library，位于东亚研究学系区域）、怀德纳图书馆和勒蒙图书馆。如前所述，唯一通宵开放的其实只有勒蒙图书馆。

实地探访情况概要（按走访顺序）

贝克图书馆

开放时间：9:00 — 17:00

位置：哈佛商学院校区

进馆时间：下午 4 点半进馆

图书管理员回复：据我了解，商学院学生喜欢在宿舍或咖啡馆学习，而且啃书到深夜的少吧，因为还有其他更重要的事情要做。图书馆晚上是不开门的，其实即使白天，人也不多——商学院学生白天除了忙上课，还得穿梭于各种社交和招聘活动啊！

哈佛 — 燕京图书馆

开放时间：9:00 — 22:00

位置：东亚研究学系区域

进馆时间：晚上 9 点半进馆

图书管理员回复：来我们这儿查书借书的教授和学生多，但来这里自习的非常少。图书馆关门早，到了 9 点以后就很少有人了。

怀德纳图书馆

开放时间：9:00 — 24:00

位置：哈佛本科生院校区

进馆时间：晚上 11 点半

图书管理员回复：我在这里工作的几年里，从没碰到过这家图书馆破例通宵开放，从没有过。来这里学习的学生确实很多，但 11 点以后就走得所剩无几了，因为每个人都知道 12 点闭馆嘛。

勒蒙图书馆

开放时间：24 小时

位置：哈佛庭院

进馆时间：凌晨 2 点半（此时图书馆的自习室只剩一两个学生）

图书管理员回复：（我给他看了《哈佛凌晨四点半图书馆》里的“灯火通明、座无虚席”照片）这肯定不是勒蒙图书馆的照片，我们这儿没有这样的自修室。平日到了晚上十一二点时人就很少了，更别提后半夜。只有在期末考试前的一两天，人会稍微多一些，但也绝对不是“人满为患”，那样有点夸张了。

对哈佛大学图书馆的尽职调查至此告一段落。凌晨 3 点从勒蒙图书馆出来时，整个哈佛校园都沉浸在睡梦中，只有零星的鸟鸣和我的脚步声在夜里回响。

网上热传的《哈佛凌晨四点半图书馆》的景象，大概只能在人们虚幻的想象中存在了。

整轮尽调结果容易给人一种印象：哈佛学生没有大众舆论所描绘的那样努力和辛苦——你看，他们并不是每天都熬夜学习啊。

且慢，“熬夜”与“勤奋程度”真的成直接正相关吗？哈佛学生，或者说以哈佛和耶鲁学生为代表的美国一流大学学生真的不那么刻苦吗？

我认为，以学习时长衡量一个人刻苦与否是不太合理，甚至是有点愚蠢的方法。在哈佛和耶鲁，我没有看到谁以“熬夜”为荣，更没有学生暗自较量谁能熬得更晚。这些学校学生崇尚的，是一个叫作“效率”的词。

我没有在国内读大学的经历，不好妄加评论。但我可以肯定的是，哈佛、耶鲁的绝大多数学生都相当有效率，具体表现在这些方面：

相较于国内同学，他们不轻易翘课。在很多美国大学，翘课是要扣很多分的。

上课时全神贯注听讲、记笔记，遇到不懂的就实时向教授发问，甚至展开一场辩论。力求在下课前就把新知识点都搞明白，而不是抱着“听不懂也没关系，反正课后还能补习”的补救心态。

几乎所有人都会用谷歌日历等工具做每天的待办清单，把当天的学习任务用 1、2、3 列出来。一些同学还会进一步划分优先级，给自己设置完成一项功课的时限。

该学时就集中精力学，该玩时就使劲儿玩。我的很多同学前一晚还在派对上喝酒狂欢，第二天就可以做到完全地与世隔绝，把自己“关起来”，心无旁

静谧的哈佛图书馆阅览室

骛地读完一本书、做完一份习题集、写好一篇论文。你有时会找不到已切换成学习模式的他们：手机关机，私信和邮件一律不回。高强度的闭关，往往能帮他们在短时间内快准狠地把学习任务搞定。

带着清晰任务去学。我的很多同学在学习时都会带着一个很明确的目标。比如，我读这本书，就是要找到 A、B、C 三个证据，来支持我的论文观点；我下午去上这堂复习课，就是为了搞懂某个概念、某个函数、某段曲线，不弄明白不回家。有了目标，或者说目的，效率往往会高很多，而不是迷迷糊糊地学了一通，到头来还是不知道自己收获了什么。

有了上面这些让人非常有效率的习惯，难道还需要每天都为了学习熬夜到凌晨 4 点半吗？

以熬夜伤身为前提的刻苦，不是好的刻苦。

不要再盲目崇拜《哈佛凌晨四点半图书馆》了，那不真实，也挺愚蠢。

一个哈佛学生的二十四小时，到底是怎么度过的

有了奔头儿，你也可以过得很“燃”。

在我辟谣了《哈佛图书馆凌晨四点半》的谣言后，互联网上又出现了另一种偏颇观点：“哈佛的学生其实没那么认真学习的，要不然，他们怎么都不刷夜做题呢？”“不要迷信哈佛学生，只要能考进去，就可以高枕无忧享受生活了。”

当然，我也收到了更多好奇的提问：“如果不学到凌晨 4 点半，那哈佛学生平常都如何学习？”“作为哈佛学生，你每天都是怎么过的？能讲讲自己的作息安排吗？”

那么就借此篇文章，我无保留地分享自己在哈佛的“一日作息”。应该说，我不算“异类”，我的日程，也因此能反映出不少哈佛同学的生活方式。下面要还原的“哈佛一天”，基本无偏差代表了我 80% 的周一到周五作息。

早晨—上午

6:30

起床：在学校时总能形成较稳定的生物钟。有时即使不开闹铃，也能在 6 点半前后不超过十分钟的区间内醒来。

热身俯卧撑：我的惯常“醒盹儿”做法。伸个懒腰活动一下筋骨，然后快速三十个俯卧撑，不多不少。喘口气，清醒效果特好。推荐大家试试，尤其是男生。

当日待办事项确认：用不超过五分钟的时间列好当天所有要完成的待办事项清单，涵盖学习、工作、社交等不同板块，在一日之始做到心中有数，随后才能有条不紊地高效做事。

6:40

起床工序完成后，喝一杯常温水，简单洗漱，吃一点儿黑巧克力，然后出门去健身房。入学以来我都住校园宿舍，走路三分钟就可以

到商学院专属的健身中心，特别方便。

6:45—7:25　到达健身房，拉伸热身，随即开始每天清晨半小时到四十五分钟的运动，有氧无氧配合进行。我不算健身行家，志不在练成肌肉猛男，只求干练精神、浑身有劲儿。清晨锻炼的哈佛学生不少，所以健身房从早晨 6 点开门后就很热闹。

天气好时，我也会将健身房里的有氧项目变成到查尔斯河畔慢跑。晨光熹微，边欣赏自然美景边独自跑步，实在心旷神怡。

7:30 — 7:40　运动完毕，回宿舍洗澡、更衣，随后用一分钟完成每天的保留曲目"晨间激励"——面向窗户站定，望着外面的天空，重复默念下面几句话为自己打气：

我会度过非常卓有成效的一天。

I will spend a very productive day.

我总能通过努力克服任何困难。

I will make efforts to overcome every difficulty today.

我很好，一切都会很好。

I am doing great, and everything will be great.

如果你经常感到早晨起床后缺乏动力，甚至觉得没有希望，不妨试一下这样的"晨间激励"。不要小看一分钟和几句话的力量，因为自我激励真的可能助你"燃"起来。

7:45—8:15　到学校食堂吃早餐，一般不超过二十分钟。哈佛食堂的早餐选择很多，不过我基本吃"老三样"：一碗浇了低脂牛奶的热燕麦粥、两个鸡蛋配两片全麦吐司、一小碟综合新鲜水果，有时也吃稍微"不健康"一点儿的巧克力牛角包。

8:20—9:00　和学习小组的四位同学进行“课前预热讨论”。

在哈佛，许多学生都会和同届的几位同学组成“学习小组”，定期见面，比如我的小组会面频率是工作日天天见，一同讨论当天要学习的新课材料，比如商学院的课程案例，帮助彼此在课前初步扫除知识疑点、盲点，从而更有准备地进入课堂，有的放矢地听讲，提高学习质量。

9:10—12:10　进入上午上课时间。

哈佛的本科和商学院工商管理硕士课程设置略有不同。以商学院为例，常规课一节八十分钟不间断，升入二年级后还有一节超过两小时的“超级大课”。虽然早已是互联网时代，但哈佛商学院课堂仍严禁一切电子设备，包括笔记本电脑、平板电脑、手机等，旨在让学生全神贯注参与课堂。

每节课的强度都很大——想开小差？几乎不可能，因为每位学生都要跟紧教授进度，随时准备在全班面前做独立发言，阐述个人观点。想不发言？也不行。因为“课堂参与”是期末成绩的重要组成部分。随便翘课更是“危险行为”，因为出勤率同样是成绩考评的关键因素。

也因为哈佛的上课强度，整个上午我几乎都处于紧绷状态，只会在课间十分钟去一次洗手间，和同学们闲聊几句。

中午—下午

12:15—12:45　中午下课后，我通常会径直走到距离教学楼仅几分钟的食堂吃饭，这样便可以将午饭时间控制在三十分钟内，并且还能吃得又饱又从容。

哈佛食堂的午餐选择不少，还经常变花样。除了上百种固定餐食外，也许今天还会特供地中海风格餐食，明天有东南亚主题饭菜，后天出现波士顿大龙虾、中国饺子等小惊喜。所以在哈佛，满足味蕾和胃并非难事。

12:50—13:10 我把午饭后的这二十分钟称作“碎片时段”。所谓“碎片时段”，意思是在此期间没有固定要做的某件事，视具体情况，灵活安排做不同的事。在每天的这第一个碎片时段，我最常做的是下面可选项里的其中一件：

1. 和同学喝咖啡，社交聊天；

2. 快速预热下午上课的新内容，为课堂讨论做准备；

3. 快速查看、回复微信等社交软件的信息，查发邮件；

4. 放松，坐在商学院图书馆的软沙发椅上眯一小会儿，读几页正在看的课外书，或刷刷手机看看短视频。

13:15—16:00 下午的课通常从 1 点多开始。上面已经简要介绍了哈佛的上课模式，这里不再赘述。不管上午、下午，高度集中精力的上课状态是必须的。

16:00—16:25 下午下课后的这二十多分钟，我通常会做两件事的其中之一：做得更多的是“课后整理”，将当天上午、下午课堂上的全部所学知识快速回顾一遍，一边看教材、一边对照热腾腾的课堂笔记，向自己发问，确保已经掌握了重点难点。如果遇到疑难问题，我会通过邮件或者当面向同班同学、教授请教。

第二个选项是去教授的办公室。在哈佛，每位教授都有固定的办公时间，学生们可以提前通过邮件预约，然后在确定好的时段到教授办公室“做客”。

我每周都会预约几位不同教授的办公时间，不但有自己在商学院的上课教授，也有哈佛其他院系的教授、学者。在办公时间的十五到二十分钟里，我会和教授请教他们的学术研究，探讨自己的学业甚至未来规划，或者就国事家事天下事愉快闲聊几句。

通过办公时间拜访，我增进了与教授对彼此的了解，有机会让不同教授指点迷津，还结识了上课时见不到的更多“大牛学者”，实在是获益匪浅。

傍晚—晚间

16:30— 18:30

进入今日的第一个“高强度学习和写作业时间”。在这两小时里，我通常会独自坐在哈佛主图书馆的某个僻静角落，关掉手机，戴上耳机，逼迫自己心无旁骛专心于完成当天作业。

哈佛学生的阅读任务很重，一天（其实只有下课后到晚上睡觉前的个把小时）一百五十页正反面阅读都可以说是家常便饭；除了阅读，当然还有书面作业，商学院教授经常布置课后小论文等不同形式的笔头功课，且难度不低、递交时间紧迫，绝不可能蒙混过关。

好在这两年的高强度生活已经使我的学习效率日臻完善，因此两小时内就可以快准狠完成不少课业量，但做完当天所有作业还是基本不可能。另外，每周二下午 4 点半至 5 点半有学生社团活动要参加，因此当天的第一个“写作业时间”就相应缩短为 5 点 45 到 6 点半，时间更加捉襟见肘。

18:35—19:20

晚餐时间。我通常会和不同同学约饭，不只是哈佛的朋友，有时也会将“晚餐社交圈”拓展到波士顿其他大学，比如麻省理工大学、伯克利音乐学院等。

很多忙碌的哈佛学生都将晚饭视为一个重要社交机会，通过晚饭餐桌来拓展社交圈、结识志同道合的朋友。

19:25—19:45

晚餐后的这二十分钟是一天中第二个可选项很多的“碎片时段”。可以跟国内晨起的家人打电话，也可以听音乐眯一会儿，促进饭后消食。当然，在最忙碌的周二（因为下午学生社团活动占用了一小时），我很可能会继续学习写作业，抓紧时间尽早完成全部任务。

19:50—21:50

进入今天的第二个“高强度学习和写作业时间”。

经过了晚餐和碎片时段的短暂放松、换脑后，重启下午尚未完成的课业。依旧是一个人的图书馆、一摞书、一台笔记本电脑、一副耳机、一瓶水、一些补充能量的小食，高度专注两小时，绝不接受手机和其他人的干扰，只求更快更好地完成当天所有作业。

在哈佛图书馆学习其实不愁没动力，因为四周的“奋斗环境”实在太纯粹、太给力了，没有任何杂音，只有翻书声、打字声和刻苦啃书的学生。

21:50—22:10　这一天的第三个“碎片时段”。从晨起到现在已经连轴忙了超过十五小时，不累是绝对不可能的，所以在这二十分钟里，我几乎都会坐进图书馆松软的沙发椅，戴上眼罩，打一个“重拾能量的小盹儿”（power nap），尽可能让身心放松片刻。

深夜

22:15—23:45　这是一天结束前的“最后忙碌”。在哈佛读书的同时，我也在国内有自己的工作项目，所以每天都需要抽出一定的时间远程开会、推进工作。过去两年多，我和国内同事们一直延续着“你们的午安，我的晚安”模式，并且配合非常愉快、默契。

在课业较忙的日子，我会首先保证完成当天作业任务，所以偶尔也会把这个工作时段分一部分给学习。

23:50—23:00　在零点前，我会完成对这一整天的回顾，最后一次拿出待办事项清单，总结当日事项的完成情况。如果顺利完成了，很好；如果仍在进行中或还未开始，马上明确原因，并计入下一天的待办事项。没有特殊原因，就不可轻易向自己妥协。

24:00—00:40　这是一天中的“彻底放松时段”。在这三四十分钟里，我会将学业、工作等“正经事”全部抛在一边，只读喜欢的课外书、看喜欢的电影、写写文章码码字、计划计划近期的旅行、和家人睡前联系一次，有时也会跟隔壁的同学打打手游或者网购片刻，但绝不上瘾。

越是忙碌，越是需要充分减压，对自己好点。

00:45—00:55	洗漱冲凉，准备上床。
1:00	静思冥想片刻，然后和世界说晚安。忙完一整天后沾上枕头就秒睡的体验，你也能够拥有。

另外需要说明的是：

根据每日任务和所需时长的不同，每个时间段都会有一定浮动，但上下误差通常不超过二十分钟。

期末复习周时学校结课，我的日程也相应调整为：所有课堂时间自动变成温书时间；每日工作时间继续，但会为期末备考暂停社交活动。

以上是我在工作日的日程安排，周末时一定会补觉休息、降低强度，即使有时因为生物钟在清晨醒来，也会尝试睡回笼觉。不过我从没有过完全放空、什么都不干的时候。忙惯了的人，很难真正闲下来。

作为单身汉，省下了不少别人用来谈恋爱的时间。当然，学生时代谈情说爱乃人之常情，校园爱情也十分美好，只是我不强求，的确也无暇顾及了。

以上就是我的“哈佛一天”，可以总结为“三很”：很忙，很充实，很有收获。最后，我再总结几点自己的观察和感受：

首先，哈佛学生不会在图书馆熬到凌晨 4 点半，但更不可能虚度时光、优哉游哉。这是一片充满正面竞争与能量感的校园，“忙”，是 99% 哈佛学生的状态。

也许有人会说：“LEO，你一直兼顾学业、工作等各方面，所以每天都很忙，别的学生可不一定那么忙吧？”

但事实是，其他同学也在同时处理各项任务，为了各自目标不停忙碌着。比方说，大多数哈佛学生需要花大量精力应聘，或者筹备继续升学；一些学生参加了多个学校社团，每天都有活动要忙；在哈佛商学院，还有多达 25% 的学生正在创业，处于“全职学生，兼职干活”的奋斗状态。正如国内不少年轻人也非常拼，都在“忙、痛，却快乐着”。

另外，哈佛学生从不认为“刷夜最光荣”。大家追求的不是时长，而是单位时间效率。除了待办事项，很多同学还会列每周、每季度、全年规划清单，借助不同时间与任务管理工具提高能效。

最后再回答不少朋友提过的一个问题：每天都那么鸡血满格，你难道一点儿也不累吗？我要说一句最大的实话：累，当然累。否则就不会有每天的数个用以放松小憩的“碎片时段”，否则就不会在周末时尽量补眠，达到劳逸平衡了。

试问，有谁一天忙完十八个小时还可以保持满格能量呢？不过，疯忙过后依旧保持微笑好心情却是真真切切的——

为自己心中那些或大或小的目标而忙，能给我们最踏实、最妥帖的幸福感。

有了奔头儿，你也可以过得很“燃”。

在这些年一直想念的哈佛主图书馆门前

爱在哈佛

信任、陪伴、珍视与合拍，就是这一个个哈佛爱情故事之所以幸福的原因。

“大家一起跟 Melissa 问好！”

“Melissa 好啊！”

某个周日的晚上，班级的比萨派对，六十多个同班同学一起笑着向投影屏幕里的金发女孩问好。我拍拍站在自己旁边的 Jeffrey，酸溜溜地对他说：“怎么样，伙计，又想女朋友了吧，嗯？”

Jeffrey 是会穿着方格裙在广场跳舞的苏格兰小哥，我们班的好男人、大活宝，哦不，换成更应景的中文应该是——“撒狗粮专业户”。Melissa 是 Jeffrey 的未婚妻，目前在伦敦上班。两人已经交往了五年有余，按 Jeffrey 的话说，他俩是同风雨、共患难的天生一对伴侣，“全宇宙唯爱 Melissa”，是 Jeffrey 亘古不变的口头禅，多次齁晕了班上同学。

哈佛商学院两年，大大小小的假期也有十来个。90% 的休假时间里，这两人都是“漂洋过海来看你”的状态，不是 Jeffrey 飞去伦敦陪女友，就是 Melissa 坐飞机到波士顿会情郎，要么就是“夫妻双双世界游”，最高纪录是周五深夜往，周日清晨返。大西洋，被他们生生变成了一湾浅浅的海峡，任性来回没商量。而性格开朗可爱的 Melissa，也自然成了大伙最熟悉、最喜欢的同学家属。

有些班里同学以吐槽这一对为乐：“唉，你说你们在一起好多年，也算老夫老妻了吧，咋就这么腻歪呢？简直受不了。”

每每被人这么“嘲笑”，Jeffrey 总是半眯着眼睛，微微扬起嘴角，用他那独特的苏格兰口音气定神闲地说：“我们的世界你不懂。Melissa，我就是爱不够～”

忘了说，MBA 一年级时，有一整个学期，Jeffrey 和我是同桌（在哈佛商学院，比邻而坐的学生互称彼此为 seatmate，意为同桌）。于是，我也被 Jeffrey 和 Melissa 的爱情故事正面辐射了近五个月。

还好，我内心比较强大，没觉得太心酸。说起原因，那也有一些淡淡的忧伤，因为——

在哈佛这片园子里，我见过太多令人羡慕的爱情。看多了，也就不太羡慕了。不过，他们的美好感情，还是给了我十足的正能量。

哈佛情侣档中最普遍的风格，仍然和“学霸属性”脱不了干系，那就是——一人能拼，二人搭伙更能拼。哈佛商学院的 MBA 们来自美国和世界各地，不乏在校园和职场中叱咤风云的狠角色，可谓是“没有一个是吃素的”。能出成绩的一大原因，用三个字总结就是：有狼性。

对目标的坚定和对自我的高要求，和饿狼扑食的那股劲儿比，有过之而无不及。

Ashley 和 Dan 就是鸡血情侣的典范。他们都来自美国南方，读本科时走到了一起，同样毕业于亚利桑那州立大学，同样在快销品公司工作了四年，同样是各自公司里业绩拔尖的佼佼者。接着，两人一起申请商学院，一起被录取。

然而，在人才济济的哈佛，两人纵使优秀，从学历和工作履历上来说，他们并不算闪耀。

不过我必须得说，他俩有着比多数哈佛学生还要强大的动力和决心。刚入学时，我和 Ashley 以及 Dan 在一个新生下午茶会上聊了起来。当问到未来打算时，Ashley 果断说了下面这段话：

“Dan 和我来哈佛只有两件事要做：一件事是不枉费得来不易的深造机会，好好学习，争取每一科都拿到最高档的成绩；另一件事，是应聘进入排名前三的咨询公司——最好是麦肯锡的纽约办公室，成为一名管理咨询师。”

Ashley 说话时的坦率和自信，着实让我觉得，这个女生、这对恋人，一定不简单。

学期开始后，Ashley 和 Dan 开启了奋斗模式。在我和很多同学看来，他俩不像你侬我侬的情侣，更像默契无间的战友。除了散步时偶尔拉个手，就再也没有其他秀恩爱的举动了。

两人组成了一个自律到可怕的团队，也确实没时间秀恩爱。

虽然被分到了不同班级，但 Ashley 和 Dan 是最拆不散的学习拍档。我是图书馆的常客，也被一些同学戏称为“学生中的战斗机”，但依然不敢自许为“最刻苦的那个人”，因为Ashley和Dan比我的段位要高。

怎么说呢？

除了有招聘活动等特殊情况，他们一定会在一天的课上完后相约商学院图书馆二楼东北角的自习长桌，坐下后，拿出第二天要研学的案例材料，开始学习。仪式感不是说说嘴而已，而是日复一日的坚持。

永远是固定的时间、固定的地点、固定的时长——在学习两个半小时后，他们会换上运动衣，一起去健身房锻炼，接着在晚饭后回到图书馆继续自习。

有一次我和他俩一起啃案例，恰逢两人对一道讨论题产生了观点上的分歧。

Ashley说：“不对，应该这么理解，教授在上课时讲过这个原理……”

Dan说：“不不，你不能直接套用那个原理，在这个案例里不适用的。相信我，我的解释才是正确的，否则……”

实际上，那是一道没有唯一正解的开放性研讨题。换成其他人，就算意见相左，也不会把讨论演变成一场辩论。Ashley和Dan却不善罢甘休，都坚信自己的观点更对。结果呢？两人竟然抱着电脑、带着案例材料，直奔图书馆旁边的教授办公楼去了——一定要找权威专家探个究竟。

带着对学习近乎偏执的认真，两人在一年级的十门课程中都拿到了九个“第一等”，在各自的班里傲视群雄，成了哈佛认证的佼佼者。

前面说过，两人在哈佛的第二个大目标是应聘进管理咨询公司。不管世事如何变迁，管理咨询公司一直是不少哈佛MBA心中理想的下一站。虽然我们学校是管理咨询行业的前三名麦肯锡、波士顿咨询公司和贝恩雷打不动的生源基地，但几百个哈佛MBA争夺数量有限的offer，内部竞争也相当可观。

Ashley和Dan在这届想做咨询的同学里并不出众：没有常春藤本科学历，没有大公司的履历背书。如果看简历，也许招聘官不会觉得他们很优秀。可我相信，他们是无人能及的优秀。

因为，他们是真正的优秀伴侣——知道自己出发点低、有短板，所以要当两只刻苦的早起鸟，比翼双飞、互相打气、拼命赶上。

一年级上学期开始那段时间，当许多同学忙于探索哈佛和波士顿，流连

查尔斯河畔的澄澈春光和幸福生灵

于各种新生社交活动时，Ashley 和 Dan 已经在备战几个月后的咨询公司夏季实习申请：两人一起钻研开学前就买好的咨询行业案例面试指导书，一起加入学校的管理咨询俱乐部，一起请教已经拿到全职 offer 的二年级学长学姐，一起参加咨询公司的宣讲会……

一个周六下午，我在宿舍楼的公共休息室看书，这两人在旁边做模拟面试。那天，Ashley 状态不好，困倦疲惫，似乎生了病。如果我是 Dan，一定会心疼地揽女友入怀，摸摸头、捏捏手，再递上一杯热水，或者干脆带她回宿舍休息。

只不过那一刻我忘了，Dan 除了是 Ashley 的男友，也是她的战友。在那个距离正式面试还有半个月的下午，Dan 的战友属性完胜了男友力。

“加油！打起精神来，别睡着了可以吗？你不想练，我还想练呢！哎，快点，开始下一道题！”

Dan 几乎是用吼的方式对 Ashley 说出了这句话。换任何一个女生，估计都会多少觉得委屈吧？

“好，你说得对！我们继续！”

被 Dan 吼了一声的 Ashley 猛然坐直了身子，用力拍了拍头，又回归了以往干练、努力的状态。委屈、生气？根本不存在。

在一旁听到战斗情侣的这段对话，我只能在心里默念一句：祝你好运，Ashley……

应聘的结果，不用我说大家也猜到了。Ashley 和 Dan 双双拿到麦肯锡纽约办公室的夏季实习录取，又以优异表现在二年级开学时收到了麦肯锡的全职工作邀约。

这对战斗恋人签全职工作合同的那天下午，我们在宿舍楼门口碰见了。

“嘿，LEO！是的，我们搞定了，毕业后就去麦肯锡啦。我们正准备去晚餐约会，庆祝一下，然后计划去蒙特利尔度个轻松浪漫的周末……”

Ashley 挽着 Dan 的手，Dan 充满怜爱地看着 Ashley，两人终于有了恩爱情侣该有的模样。而我，也终于吃到了他们俩的狗粮。

有人估测，哈佛商学院有略超一半的学生是已婚或恋爱中的状态。据我观察，异地恋占了其中的至少七成，虽然并非都像 Jeffrey 和他的 Melissa 那般“腻杀众人”，但大多数同学和异地恋人感情甚笃。不在一起时，就各自好好打拼；在一起时，就过足幸福的二人世界。成熟、信任、珍惜，是哈佛学生在经营异地恋感情时的三个重要原则。

当然，“尽力避免”异地感情的哈佛学生也并非凤毛麟角。除了双双考进哈佛深造的“贤伉俪”外，商学院每届少说也有二三十个学生选择携家眷入校，我们班的 Natalie 和丈夫 Paul 就是其中的典范。

和更多人熟悉的夫唱妇随恰恰相反，Natalie 和 Paul 这一对是“妇唱夫随”——Natalie 读哈佛，Paul 则作为全职丈夫兼奶爸，同妻子和三岁的女儿一起，住在学校的一居室公寓。

和李安大导演当年因失业在家当奶爸有所不同，Paul 是真真切切为妻子做出牺牲，辞了工作搬到哈佛商学院的。来哈佛前，Natalie 和 Paul 在芝加哥工作，Paul 是一家顶级媒体的记者，才华横溢的他毕业于哥大传媒系，被同事们公认为“未来有机会得普利策奖的记者”。

两年多前，正当 Paul 事业顺风顺水时，妻子 Natalie 获得了哈佛 MBA 录取。夫妻俩抱着一岁半的小女儿商议往后两年的生活。

考虑到住在西海岸的双方父母身体不太好，没法帮着带孩子，再加上

Natalie 的 offer 得来不易，Paul 做出了一个很爱老婆的决定：

“亲爱的，我暂时辞职，陪你去波士顿。未来两年，你安心读书，我全力支持！”

在我们班的“家属派对”上分享这段故事时，Paul 和 Natalie 相拥着站在大家伙面前，凝视彼此的眼神里，写满的全是爱意。

当时有同学不解，问了一句：“Paul，你为什么不能继续留守芝加哥，一边工作，一边带女儿呢？”

“嗯，这也是一种选择。不过，当时作为记者，我三天两头地出差采访，再加上小女儿 Cindy 爱生病，而 Natalie 来哈佛读书又无暇照顾，所以我愿意当那个为家庭做出让步的人，一点儿也不后悔。相反，现在陪着 Natalie 和 Cindy 在波士顿生活，我特别幸福，我们都考虑在这儿定居了。”

Paul 真的很幸福，也是我在哈佛认识的最称职、暖心的奶爸兼丈夫。

平日的清晨六七点，小夫妻俩会一同起床做早餐；天气暖和时，就先一起在校园晨跑半小时，之后再回公寓做饭。8 点一过，两人兵分两路：Natalia 去上课，Paul 送 Cindy 去哈佛社区幼儿园。

妻女都忙着上课时，Paul 会带上三两本书和笔记本电脑，去查尔斯河对岸他最喜欢的玻璃房咖啡馆，点一杯黑咖，坐一上午——当然不只是读闲书看风景。辞了工作的 Paul 依然离不开文字，他的小目标是在客居哈佛的两年里写完两本书，出版社都已经谈好了，只待交稿。哦，不对，其实是三本。这位仁兄确实有才又多产。去年毕业季前，我和 Paul 喝咖啡，他欣喜地聊到了第三本书的规划——应读者粉丝们的要求，将自己高中时在博客上连载的小说稍做修改，首次出版。

下午的时光属于一家三口，绝对主角是女儿。Natalie 和 Paul 会带着 Cindy 在波士顿的大街小巷逛公园、书店和儿童游乐园，也就是“遛娃”。好几次，我在校园里碰到享受午后阳光的他们仨，有约三分之一的时间我会幻想：要是能和 Paul“幻影移形”，我变成 Paul，过一天他的生活，该是一种多么美妙的体验！

除了写书、陪读和遛娃，Paul 也趁机让厨艺有了跨越式的发展。

一年级下学期时，在 Natalie 的生日派对上，Paul 作为掌勺大厨，竟然烹制了将近二十道头盘大餐，从新美式到加勒比，再到地中海、泰国风，让班里的女生们惊叹 Natalie 是最幸福的公主无疑，也让男同学们在佩服之余略感压力……

“嗨，去年在芝加哥的时候，这家伙还只会做烤奶酪、火腿三明治和恺撒沙拉呢，这也是我第一次享受盛宴！Paul，你是不是看着网上视频学的啊？味道还凑合。”Natalie 一边开丈夫玩笑，一边给了丈夫一个结实的吻。

“Paul，你想念芝加哥的生活吗？毕竟曾几何时，你还是个冉冉升起的媒体新星呢。”突然，一个不会聊天的同学问了这个耿直问题。

“哎呀，我可后悔搬来波士顿了！说真的，我来了就不想走了，都是我老婆害的。她和 Cindy 在哪儿，家就在哪儿。”

MBA 二年级上学期时，我因为国内工作繁忙，请了一个学期的长假，也就没能和上述几个可爱的同学一起参加第二年盛夏的毕业典礼。读到这儿，你是不是想知道他们的近况如何？

在 2019 年 12 月从哈佛毕业前，我和这几个朋友一一打了电话。

“Melissa 和我正式订婚了，一切顺利的话，我们想在 2020 年夏天举办婚礼。LEO，你可不可以来爱丁堡？”电话里的 Jeffrey 依然对女友甜腻得不行，他的苏格兰口音浓郁又亲切。

“我们在麦肯锡工作都很好，哈哈。不过，我正准备跟咱们班‘官宣’呢！Ashley 最近怀孕了，我要当爸爸了！她还是老样子，特拼，正在休斯敦出差忙项目，我们最近总是‘周末夫妻’的状态……”

“LEO，如果你明年到肯尼亚旅行，记得告诉我啊。我要调去联合国环境署在内罗毕的总部了。嗯，Paul 会带着 Cindy 一起到非洲。”

——电话这头的我，完全能想象女战士 Ashley 挺着孕肚工作的景象，也不禁为 Paul 的又一次“妇唱夫随”开心得笑出了声。

我想，信任、陪伴、珍视与合拍，就是这一个个哈佛爱情故事之所以幸福的原因。

哈佛的最后一课

在你很猛地往前冲、为事业打拼时，一定别忘了，走再远的路，最后都要回家。

这天，我上完了在哈佛的最后一课，这可能会是青春学生时代的收尾。

接近午夜零点，窗外大雪纷飞，而宿舍窗户里暖如暮春。我想在这一天结束前写点东西，纪念近二十年求学旅程中别具意义的一天。

真真切切地，我完成了毕业前又一个重要的“最后一次”。

求学于这所学校的两年里，曾有过几回因为上课内容精彩异常，我不想下课，只想一直在教室里学下去。但有过更多回，我在凌晨两三点的台灯前

穿着耶鲁帽衫，
庆祝哈佛毕业

烦躁郁闷，不明白为什么生活有时如此艰难，为什么我要坚持兼顾国内的项目和繁忙的哈佛学业，为什么还有这么多页案例材料要啃完，还有一篇论文要写好。在那些寂静的、一个人奋战的深夜凌晨，我恨不得第二天就能毕业。

然而在这一天的过去几小时，啃书、写论文、做项目、上课、放学、泡图书馆……这一切都已经成了过去式。我不知道会不会是永远的过去式，但今天，确实是让我舍不得的一次告别。

课上，教授们带着大家复盘过去一学期的所学，也回顾了各自漫步人生路的感悟。我想在这个对自己很有意义的日子里，把其中最走心的内容记录下来。

“每个人都会犯错，这是活在世上在所难免的。在哈佛讲授这堂课，我没能力让同学们成为专家、圣贤。这堂课的知识，大概只能帮到你们一点点。我之所以退出商界，回到这里教书，就是想尽自己所能，帮那么年轻的你们少犯一些错、少走一条弯路。我由衷地希望，每一个从哈佛走出去的年轻人，都能在这个复杂的世界里少受些委屈。

“知道吗？你从来都不会孤身一人、孤军奋战的。来这里上学，就意味着你们拥有了彼此的同学友情；就意味着你有了‘一日哈佛人，终身哈佛人’的最坚定的支持。最最不济，还有我。我已经逐渐变成个糟老头，但我爱自己教过的每一位学生。如果未来某一天你遇到了困难，需要帮忙，那么别怕，我永远在你的身后。

“哈佛商学院的目标是‘培育改变世界的领袖’，每一堂课都在教我们如何叱咤商界、如何攀上巅峰——这当然没错。哈佛校友里永远不缺成功人士，呼风唤雨的人物可谓不胜枚举。然而在结课前，我想跟大家说：在你很猛地往前冲、为事业打拼时，一定别忘了，走再远的路，最后都要回家。在作别这个世界前，最让你留恋的，几乎不会是物质名利上的成功，而是你的家人——那些无条件陪着你、包容你、给了你爱的人。曾经，我也觉得事业是一切，十几年前我就是《时代》杂志封面的年度商界领袖，带出了两家上市公司，一时风光无限。可我忽略了妻子、孩子的感受，常年打拼事业，无暇顾及家庭。

“直到有一个晚上，我风光地参加完庆功晚宴，回家时，我收到了妻子的离婚请求……离婚后我很痛苦，觉得没了家庭和爱人的生活就没了意义。又过了几年，我突然接到前妻现任丈夫的电话，他说：‘你的前妻想见你一面，现在想见你一面。’我忐忑不安，赶到他给的地址——那是一家医院，我曾最深爱的妻子躺在那里。我走到她的病床前，然后，她永远地闭上了眼睛。”

说完上面这些，在世俗眼里功成名就的教授已经泣不成声。而打完上面这些字，就像上课时的反应一样，我也又一次没能忍住眼泪。

下周，期末考试就开始了，然后会有更多的道别要一一完成。

2019 年 12 月 6 日（北京时间 12 月 7 日），对于“研究生 LEO”来说，是很重要的一天。

谢谢大家看完上面的文字，也感恩自己可以在生命的这一天里，体会到了充满力量的、无与伦比的幸福、幸运和完满。

哈佛家书：写给母亲的一封越洋信

我会拉起你的手，走进我的世界，去往幸福的未来。

妈妈：

现在是波士顿的周五深夜，北京的周六中午，你在做什么呢？今晚吃完饭我就回了宿舍，坐下来写这封信。不太记得上一次给你写信是什么时候了，大概得追溯到小学时的某次语文作业了吧。奇怪，我平时喜欢写东西，却几乎没给自己最亲的人写过信。

最近太忙，咱俩有阵子没视频通话了。昨晚我做了个梦，梦到自己很小的时候，你牵着我的手，走在北方冬天结了冰的大街上。我们经过一个路边摊，停下来，你给我买冒着热气的烤地瓜和糖炒栗子。梦到那儿时，我突然醒了，还没在梦里吃上香甜的一口呢，就醒了。醒的时候凌晨四五点钟。那一刻，我就很想爬起来给你打个电话，妈妈。但我怕你又说我半夜不睡，于是，就继续躺到了天亮。

写这封信，一是要告诉你我一切都好，二是想和你说说你自己。过去一段日子里的每次联络都很匆忙，只有极简短的互报平安。你总说自己很好，叫我心无旁骛地上学，但各种迹象让我确定，你对自己还不够好，而这会让我牵挂，没法百分百地安心上学，妈妈你知道吗？

好，先说说我自己吧。这学期开学至今已经一个半月了，一切都没问题。哈佛的生活确实忙，但你也知道，我从小到大忙惯了，所以这里的节奏对我来说刚刚好，挺如鱼得水的。

哦，我可不是报喜不报忧的人啊！否则，我就不会告诉你这两天感冒发烧的事了。上周末从拉丁美洲回来后病了，周一烧了一整天，但周二至今都没再烧过。我一直在大量喝水、补充维生素，效果显著。虽然现在还有点腾云驾雾的感觉，但不出几天就会拨云见日、生龙活虎了。二十七八岁的大小伙子，偶尔发个烧染个风寒其实是好事呢，能把免疫力锤炼得更强。所以，妈妈你别担心。

现在读 MBA 和念本科时的心态不一样了。妈妈，我比任何时候都清楚自己真正需要的是什么，不会被人牵着鼻子走，不会有无谓的不安全感。成长的各种领悟让我变得更加淡定，也更有主见。日子安排得有条不紊：每天专心上课，和教授交流取经，抽空健身，有选择地社交、派对去得很少，看课外书，写文章，坚持日更自己的公众号，处理国内工作，和三五好友下馆子打牙祭……当然，我该说服自己少熬夜——有时候减减负，多些松弛的时间，我的状态大概会更好。不过，妈妈你放心，我心里有数，能把生活节奏把握到位。

自我汇报完毕。现在说说你吧，妈妈。其实，我对你有几个请求。

总体说来，你对自己不够好。我真希望你能变得“娇气”一点儿、自我一点儿，不要总对自己凑凑合合，却对别人很上心。你现在是“中老年妇女”了，我不想你再受任何苦累。

妈妈，关于吃饭这事，我在来美国前就说过多次。你在吃饭方面实在太马虎，煮个青菜豆腐汤配一个小馒头就能是一顿“饱餐”，有时忙起来还不吃早饭。你说年纪大了不爱吃肉，饭量也小了，这我能理解。可人是铁饭是钢，你这个年龄依旧需要充足的营养，一点儿不亚于年轻人。你要是再不好好给自己做饭，我就要考虑请个阿姨每天去家里给你做饭了啊。你不喝牛奶，但酸奶每天至少一杯吧？你不爱吃肉，但鸡蛋每天总该有一两颗吧？我知道你喜欢海鲜，所以记得给自己蒸条鱼煮点虾吧，好不好？

另外，五六十岁时容易缺钙，维生素吸收率也降低了。光靠吃饭食补可能不够，何况你吃的饭营养根本就不达标。我在这儿给你买了好评率很高的钙片和复合维生素片，这几天就托人捎回北京。咱不迷信补品，但在你这个年龄适当补充一点儿是必要的。

妈妈，说实话，我觉得你太不好意思麻烦人了。从记事起，我就只记得你帮别人，几乎没见过你请别人帮你。哪怕是遇到磨难，你都选择咬牙一个人扛。所幸你人缘好，我在国外时总会有人主动关照你。

最近咱们搬家，我不在国内，特地嘱咐几个好友到时帮你一起打包和搬运。你竟然以“怕耽误人家休息”为由，独自连夜打好了几十箱东西，又联系了搬家公司，硬是不想麻烦朋友们。好在我记得搬家的日子，提前拜托两个好友上门盯着。你累得把腰给闪了这事，还是他们告诉我的。妈妈，知道吗，我真想说你两句！偶尔麻烦一下朋友怎么了？你就这么喜欢一个人承担所有吗？过去这些年，你吃的苦难道还不够吗？为了不让你儿子担心，妈妈，请你变得“娇气”一点儿吧，请你别老是不好意思麻烦别人了，可以吗？

过去一年，你开始翻译多本大部头，有科研著作，也有长篇小说，你总说你享受翻译的过程。我知道你喜欢读书写字，但我同时也太清楚你在想什么了——几年前的变故让无辜的我们被迫付出太多，我们不再宽裕。你不想给我增添哪怕一丁点儿的财务压力，你想让我专心读 MBA，而不是边读书边努力创收，所以你在通过翻译来增加收入。

妈妈，别再让自己这么累了。你翻译的书，绝没你说的那么有趣，比如那本晦涩的英国生理学著作，我这么爱看书的人读了几页都几乎翻不下去。我们虽然暂时失去了很多，但我们还是衣食无忧的。何况，我从几年前进入职场至今，财务上已经比较从容了，不是吗？

MBA 毕业后我开始全速发展事业，即使无法做到日进斗金，现金流也一定不会差。我们的生活，只会越过越好。即使以后我结婚有了孩子，也不可能“娶了媳妇忘了娘”。要相信，你儿子有足够的能力让所有他爱的人都过上美好富足的生活。

妈妈，你单身好几年了。我做梦都希望上天尽早赐给你一位情投意合、可以相伴到老的对象。虽然人们都说感情要看缘分，但如果自己一点儿积极性都没有，那么“对的那一位”也许就永远都不会到来。诚然，没有遇见合适的、走心的就不该凑合，但我真心不想让你永远一个人醒来，一个人去超市，一个人做饭，一个人看医生，一个人读书，再一个人关灯入睡……

那天你给我发了一张图片，是空无一人的世贸天阶电影放映厅，你说：“走到这儿看场电影，竟然只有我一个观众，哈哈！”你还加了一个咧嘴笑的

亦母子亦好友

表情。妈妈，你也许不知道，那张图、那句话和那个表情让我多心酸。如果有一位男士，能在偌大的北京陪你一起行走，一起变老，该多好啊。当你成了老太太时，除了儿子的搀扶，也该有一位老伴相濡以沫。

妈妈，试着敞开自己的心，试着考虑接受一份感情吧。“一个人过惯了”不是借口，再坚强的女人，也需要被人呵护。最近我在评估几个潜在人选，希望有一位可以走进你封锁了许多年的心。

我们的两只猫妞妞和桃桃能在家陪着你，我很放心。你告诉我，最近妞妞再次发情，彻夜号叫，桃桃还小，也爱半夜哼唧。你心疼两只猫，总是天不亮就爬起来给她们加水添猫粮，安抚妞妞。这样一来，你肯定睡不好。妈妈，不是我说你，但你实在太溺爱她俩了，猫再可爱也不能一味地惯。我不允许你再因为她们而继续影响自己的睡眠！请你睡觉时关上卧室的门，别再让她们跳到床上撒娇打滚了。

抛出这些大大小小的请求，你不会觉得儿子太事儿吧？其实我就是希望你对自己好一点儿、再好一点儿。我们能让彼此不牵挂的最好做法，就是努力把自己照顾好，不是吗？从这个角度来说，我做得不错，你还要加把劲儿。

妈妈，当你想看风景了，就邀朋友去全世界旅行。想吃好东西了，就到最棒的餐馆饕餮一顿。想我了，我就买张机票让你飞过来。

突然想起 2009 年夏末，那时我十八岁，还是个不会表达感情的愣头青。扛着两个大箱子到首都机场时，竟没意识到家从此就变成了短暂歇脚的驿站。去安检前，你使劲儿拥抱我，眼圈红了，泪水马上要淌下来。我也抱着你，但又因为路人的视线而感到难为情，于是拍着你的肩膀一个劲儿装轻松地说："没事啦，妈妈，我很快就回来了啊！"

诚然，长大以后我离家远行，去读书、去实现梦想，但所有的分别，不都是为了未来更好的回归吗？这唯一的一次生命，如果奋斗到最后却望不见了故乡和至亲，那么还有什么意义？如果和自己的母亲都疏离了，那么除了妻儿，我在这个世界上还能和谁亲近？

妈妈，就算你不想打扰我的生活，不去追赶我的脚步，我也会停下来，掉转身，回到你身边——和二十多年前每次幼儿园放学时笑着叫着朝你飞奔过去时一个样。

然后，我会拉起你的手，走进我的世界，去往幸福的未来。

哈佛毕业之际的回顾：嗯，我是一名非典型 MBA 学生

我清楚地知道，每天早晨睁眼起床的那一刻，我都会对即将开始的工作心怀期待，经常还有迫不及待的兴奋感。

在哈佛读书的两年里，我因为几件事而显得特立独行，有时不太合群。

最不走寻常路的一件事，是我没参加过任何公司的招聘宣讲会，没投递过任何简历，没参加过哪怕一场校招面试。甚至，连 99% 的同学都会使用的哈佛专为 MBA 学生量身定做的应聘网站，我也压根儿没注册过。

另外，我是个特爱往河对岸跑的人。什么意思呢？哈佛的校园被查尔斯河一分为二，商学院和以本科生院、法学院、医学院等为代表的更广大的校区，在河的两端，分属波士顿市和剑桥市的辖区。在商学院求学的两年里，我不想被“MBA 标签”和商学院的生活束缚，更想探索哈佛大学更广阔的活动、结交其他院系有趣的灵魂。往河对岸的校区跑，我能逛到藏书量丰富的主图书馆，藏有高更和凡·高真迹的艺术馆，还能体验本科生们吃的食堂（无限供应的冰激凌很棒）。

还有两点和大多数同学不一样。一是我请过长假，且不止一次。第一次是被哈佛录取后，因当时国内工作需要，我直接申请延迟入学一年；第二次是 MBA 一年级学业完成后，恰逢电影《少年的你》等当时我参与的项目如火如荼，牵扯精力不少，所以我再次请了一个间隔学期，推迟开始二年级学业，也因此比同届的大伙晚半年毕业。

另一点也有意思——“LEO 在中国是个网红，有几百万粉丝”。虽然我对“网红”这个词不排斥，或者更准确地说，认为它是个中性词，但在别人看来就不一定了。有人认为它是褒义词，觉得“网红”有能力和影响力，是件很酷的事；也有人对“网红”不以为然甚至嗤之以鼻。不过，如何理解和评判是别人的自由，丝毫不会影响到我的生活。

总之，从上面几点看下来，你大概也会认为我是个不太一样的哈佛学生吧？

确实，我的哈佛两年与众不同，并且我感觉也很好。我读 MBA 不是为了求职跳槽，更不是为了找对象成家。我到哈佛上学的考量特别纯粹，就是：第一，我想念校园生活了，想再当一回学生；第二，本科的所学我自认还不够，想在哈佛商学院学到更多知识和本领，以成为更有能力的商业参与者、创业者。

所以，这两个出发点反而让我成了一名非典型 MBA 学生，在校期间从未随过大流。有人问：哈佛商学院的求职资源如此丰富，全世界最一流的公司都排着队来招人，你就没有动过心吗？毕竟，那些大企业、大厂的知名度闪闪发光，待遇也优越，不少公司给哈佛 MBA 都能轻松开出二十万美元以上的基本年薪……

这个问题我可以不假思索地回答：是的，没有动心。起码在读哈佛的那两年和码字的此时此刻，我都没想过投简历赶面试，继多年前的高盛经历后，再次成为一家大企业万千员工里的一分子。

当然不是因为在大公司学不到东西、得不到成长，而是从入学 MBA 前参与的创业项目，直到今天的工作，已经让我感到非常满意，并且仍有不少期盼和奔头儿。

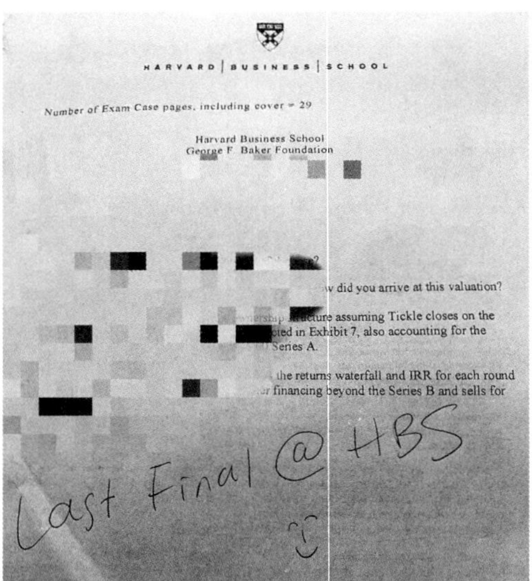

在哈佛的最后一门期末考试

我清楚地知道，每天早晨睁眼起床的那一刻，我都会对即将开始的工作心怀期待，经常还有迫不及待的兴奋感。如果一份工作能让你持续拥有这样的正向情绪体验，就证明它至少不会消耗你宝贵的时间和精力。如果你不但喜欢这份工作，还能不断从每天的工作事项里有所长进、结交优秀同仁，同时获得不错的收入，那么你就是一个幸运的职场人。

读哈佛前、读哈佛时和毕业后，我一直是这样的幸运儿。所以，我的MBA之旅不必和找工作挂钩，我可以充分享受重返校园的每一天，享受哈佛给予的课堂内外的一切。

去闯攻略

Action Plans
&
Strategies

三十多岁了还能出国留学吗

三十多岁了还能出国留学吗？

为什么不可以？

仅仅因为年过三十了，你的人生就定型了、被现实框住了、被剥夺了重返校园的机会了、出国留学就变成不切实际的幻想了？

当，然，不，是。

必，须，不，是。

很多时候，“不行、不会、不成、不可能”，根本就是自己的安于现状、瞻前顾后、畏首畏尾所导致的消极结果。

三十多岁，你就接受现状、躺平服老了吗？你的心力、能力和潜力都不行了吗？

绝对不是，也不该是。

其实，在生活看不到奔头儿、生命来到十字路口的时候，咬咬牙支棱起来，一股劲儿顶上来，决心下好行动跟上，闯出去就是闯出去了！

然后迎接你的，可能是初入新环境的陌生和局促，甚至短时后悔，但熬过最初的艰难阵痛期之后，便将是海阔天空，美丽新世界。

我认识多位三十岁后背上行囊、远渡重洋去留学的朋友。最年长的，是一位在2013年认识的已经四十四岁的首尔女人，她是我在耶鲁读本科时的一位助教，当时是东亚研究系的三年级博士生。这位大学姐在职场打拼多年后，突然想逃离韩国社会的逼仄，换一种方式开始第二人生，于是她重拾书本，背单词练口语考托福过GRE，硬是找回了少女时期在汉城国立大学做学霸时的“无敌学感”，接着以四十一岁高龄考生的身份收到了耶鲁和斯坦福的博士录取。

为了开启耶鲁读博的崭新生活，她果断从首尔某著名公司辞去中高管的职位，甚至成功说服自己的先生调到纽约工作，还带上了两个正读小学的女儿，可谓标准的“拖家带口”。

耶鲁的文科博士通常少则五年、多则八年以上，这位大学姐几年前顺利毕业时已近四十八岁。后来我们断了联系，但我真心希望也相信她实现了当年我俩聊天时她提及的梦想：到一所大学任教，教授朝鲜半岛文化史。

像大学姐这样敢闯敢拼、重返校园的励志“中年人”还有很多。如果你来哈佛商学院的 MBA 课堂坐一坐，就能轻易发现眼角有了皱纹、鬓角微微发白的“大龄学生”——他们可能已在职场打拼八九年或许更久，在三十多岁时渴望寻求突破和改变，于是辞掉工作、做回学生，在两年 MBA 学业结束后再次出发。

和二十多岁的年轻人一起上学，会觉得怪吗？或许吧，但不管怎样，带着更多人生的阅历和体会重返校园后，他们都过得开心而满足。

“嗯，是一种返璞归真、回到年少的感觉，很单纯，很美妙。”耶鲁的韩国大学姐曾对我说。

三十岁以后去留学，潇洒而浪漫。但做出这个决定前，你要冷静、理性地思考几件事，然后好好规划接下去的每一步——当然，不必思虑过重，不要轻易让自己掉进“万一不行、万一不好、万一没做到”的彷徨陷阱里。你还没尝试呢，哪儿来这么多“万一”吓唬自己啊？

哪几件事需要想清楚？

1. **家庭成员**。如果已结婚成家，那么对象、孩子如何安排最好？一起去，还是短暂异地？有些留学项目学制仅一年，一眨眼就过了，所以不必太担心这个问题。

2. **机会成本**。这个词放在这里简直太不酷了。三十多岁到全新的国度留学，本该做好断舍离的准备。如果什么都想攥着不放手，那生活就没法继续了。不过还是想清楚：是停薪留职，还是跟现在的工作彻底说再见，然后留学后进入全新的跑道？出国留学必然有机会成本：被占用的时间，本可能发生的升职加薪，本可能发生的一段恋情，是不是都可以放弃？

3. **经济条件**。这个词的属性偏现实，所以也挺无聊的。但确实要规划好：留学的费用如何负担？用自己的存款，还是需要贷款？我想说一句话：钱，永远有机会再赚。但告别舒适区、重返校园的心力和意念，不会一直都有。

4. **进入新环境后的适应能力**。敢闯敢干、有探索精神的朋友们完全可以忽略，这一点也本该是三十岁之后去留学的原动力之一。陌生世界的语言、饮食等文化元素可能让初来乍到的你措手不及，但也要相信：人的适应能力十分强大。在全新的环境里，你不但能生存下来，还可以生活得很好。

这几件事乍一看有点吓人：哎呀，都是羁绊啊。不然，再考虑考虑吧……

但没有舍，怎可能有得？需要放弃的东西也许并没你想的那么重要；相反，它们只是你挖掘潜能、继续进步、优化自我路上的绊脚石罢了。

更何况留学能够给予你的，或许比你起初断舍离的东西还要美好、珍贵得多。

每一位已过而立之年、渴望改变的读者朋友：我衷心希望这篇文字能照亮你的当下，在你渴望改变却尚未铆足劲儿的此刻，给你向前一步的勇气。

祝你好运！

顶级商学院都喜欢录取什么样的学生

到世界顶级商学院读 MBA 是很多同学的梦想。这几年，我经常会收到大家关于 MBA 的问题，涉及了申请及报考办法、选校攻略、学费与奖学金等方方面面。其中，大家最关心的当数“怎么申请、如何提高被录取胜算”这个问题了。

“申请 MBA 需要多高的留学考试分数才行？”

“大学学历有多重要？”

“听说很多学校都重视申请者的职业经历。那报考 MBA 以前，到底什么样的经历可以加分？”

…………

结合自己的申请经历以及哈佛商学院 2023 级录取新生的最新官方数据，和诸位分享几点我总结的顶尖商学院招生“门道”。

总体录取率在 10%—11%，竞争依然激烈

哈佛商学院在 2020 年至 2021 年学年中，一共收到 9773 份入读 2023 届 MBA 的申请，来自除南极以外的所有大洲，最终有来自 70 个国家的 1010 位申请者脱颖而出，于 2023 年秋天入学。其中，63% 的新生来自美国本土，13% 来自亚洲国家，包括中国、印度、印尼、日本等人口大国。[1]

哈佛商学院 10%—11% 的录取率乍一看似乎并不低，毕竟有万里挑一的北大清华本科作为参照物，然而这个数据并不能完全反映“真相”，因为申请哈佛商学院的学生群体本身已是各地区、各领域的年轻精英，大多拥有一流的教育学历、出众的职场成就。举个例子：在我申请哈佛商学院的那一年，仅我认识或听说的，也申请了哈佛商学院的耶鲁大学本科校友就有四十多人，但最终只有八九个人获得了 offer。

1 **本文数据来源**：https://www.hbs.edu/mba/admissions/class-profile/Pages/default.aspx。

大学本科时的成绩“越好，就越好”

如果你仍在读本科，希望数年内考进顶尖商学院，那么就尽可能把成绩保证好。虽然没必要门门争第一，但总体排名越往前就越有利。一个好的绩点起码能证明你的学力、态度都是过关的。哈佛商学院 2023 届新生的平均学分绩点高达 3.69 分（以满分 4.0 计算），从侧面反映了这所学校对学生成绩的重视。

MBA 当然不只向金融、商科、经济专业背景的学生开放

不少同学曾问我：如果本科学的是和商业不太相关的专业，比如英文、社会学、历史，是不是基本就和 MBA 无缘了？

答案很简单：完全不是。哈佛商学院这届新生的本科分布中，经济学、商科背景的比重也只有 41%，远未达到垄断；而 STEM 专业占比已经达到了 40%。STEM 涵盖了各类理工专业，很多人津津乐道的“程序猿”“码农”和“生物女”就都属于这个范畴。这几年哈佛商学院提高了对STEM学生的重视，在这个领域的招生比例较之前有稳步提高，也反映了学校对生源多样性的重视。另外还有将近 20% 的学生在本科时读人文社科专业，比如我们熟悉的语言类，甚至还有人类学、考古学等生僻学科。我的同届朋友里就有好几个在进哈佛前对商业知之甚少的“人文青年”。所以本科非商科、经济背景的同学无须对自己的专业背景有太多顾虑，尽管好好申请就行。

工作经历是必备项，且需要达到一定年份

哈佛商学院这届新生在开学前的平均工作年份达到了五年，较我所在的一届稍有增加。MBA 毕竟和其他普通硕士专业不同，培养的不是“白纸状态”的应届本科毕业生，而是在职场完成了初步历练的“未来领导者”。哈佛商学院的案例教学尤其要求学生对商业具有基本感知，才能在上课时最大化个人所学。斯坦福、沃顿等其他顶尖商学院也是如此。因此我建议大家少安毋躁，先在职场踏踏实实工作至少两年，多积累些可圈可点的成绩之后，再开启 MBA 申请。

MBA 绝非金融、咨询公司高薪年轻白领的专利

一些同学也问过我：“LEO，我感觉身边能考进前 10 的商学院的人不是在金融公司工作，就是管理咨询行业出来的。是不是 MBA 基本上也只招这两类人啊？”

答案依旧很简单：并非如此。哈佛商学院这届新生在入学前的职业背景，用一句话总结就是：分散而多元。比如，即使咨询行业和风险投资、私募基金排名第一、第二，相应的人数占比也分别只有 17% 和 15%；金融服务行业、科技行业和制造、工业、能源行业的占比难分伯仲，都在 11% 左右。除此之外，医疗健康、生物科技、服务业、政府部门、媒体文旅甚至军事行业都有一定席位。

一个比较可靠的小道消息是，多所顶尖商学院这几年都越发强调新生职业背景的多样性，招生份额也会适当向医疗、科技等新兴产业倾斜。我前后两届的同学中都有不少人具备了独特的职业经历。可以不夸张地说，在相对小众的行业里取得优异成绩，也许还能增加你的申请胜算。

本科学校排名越高越好，但名牌大学学历绝非必需

商学院申请是一个非常“综合”的过程，考核的不仅是本科学历、考试成绩，还包括职场经历、申请文书、推荐信、面试等多个环节。因此，名牌大学教育背景可能会为你的申请加分，但绝不会起决定性作用；反过来说，如果你的本科学校在所在国并非数一数二，也绝不代表你将和顶尖商学院无缘。我这两年的许多哈佛商学院同学就毕业于有一定名气和影响力但排名并非顶尖的大学。即使你不是“北清复交”制造，也不要轻易放弃申请哈佛、沃顿、斯坦福商学院的机会。如果你在其他方面表现优异，就拥有了被招生办官员“看上”的可能性。

关于留学考试：不要钻牛角追求超高分

曾几何时，以哈佛商学院为代表的顶尖 MBA 项目只接受申请者提交

GMAT 考试成绩，然而这几年为了吸引更多优秀学生申请，也开始接受 GRE 成绩。比如，哈佛商学院 2023 届新生中的 29% 在申请时递交的就是 GRE 成绩。

关于留学考试分数到底需要多高，在留学圈一直众说纷纭。我的观点是，好分数当然能说明你的学习能力过硬，但大家没必要为了拼到超高分就一而再、再而三地重考。我曾见过几个有高分情结的同学，为了理想中的 750+ 分，就执着地三刷、四刷考试——而他们实际上早已拿到了 730—740 分这样的高分，但就是觉得“30、40”看上去不够赏心悦目，一定要离 800 分再近一点儿。虽然可能最终如愿以偿考到了 750+ 分，但也因此耗费了不少时间和金钱。在我看来，这种投资并不划算，因为留学考试分数只是申请材料的其中一环，不会直接决定录取与否的命运。

2023 届哈佛商学院新生里，有人拿到 GMAT 满分，也有人只考了 590 分。也许有同学会觉得惊讶：“590 分？没开玩笑吧？”

没错，真的别迷信分数。凭 590 分考进哈佛商学院的学生，一定在其他方面有过人之处。

国际化背景也许是重要加分项

前面说到哈佛商学院这届新生里的国际学生占到了 37%，来自 70 个国家和地区。其实，哈佛的国际学生比例一直在稳步提升，无论是商学院还是本科生院、法学院，都希望招收全世界最出色的苗子入学。哈佛校长曾说：“哈佛是属于全人类的哈佛，这所高等学府的使命永远是培养不同国籍、不同种族、不同背景的人才。”多样性是让一所学校永葆活力和竞争力的良方，因此哈佛商学院的招生办也会特别留意在国际舞台上有突出成就的年轻人。

如果你在成长、求学、求职等方面拥有不同文化和地域的经历，那么恭喜，国际化背景有可能成为你的撒手锏，在申请时为你加分助力。

女生们，欢迎申请 MBA

关于最后这一条我不多言，只想跟女生们分享一个事实：绝大部分世界顶级商学院的学生男女比例历来都是阳盛阴衰，女生在申请人数和入学人数上暂时均未过半。也正因如此，哈佛、斯坦福、沃顿近年都积极鼓励女生申请。2023 届哈佛商学院新生中，女生已经占到了 46%，相信未来还会继续提高，直到实现 50% 左右的目标。商界需要更多杰出的女性领导者，商学院当然也要担负好培养未来女性领袖的重任。

关于耶鲁、哈佛的几大辟谣

耶鲁和哈佛，因各自的学术成就、社会贡献、知名校友等缘故，从来都是媒体和民众津津乐道的“网红大学”。最近几年因为自己成了毕业校友，也对和母校有关的消息更为关注了一些。

于是乎，我发觉了各种博人眼球的说法。这些谣传近年来在自媒体的传播发酵下，越发甚嚣尘上，误导了不少朋友——尤其是不明就里，却以“哈佛、耶鲁精神”为动力源泉的学生们。

我想秉着审慎而负责的态度，向大家做个统一辟谣。哈佛和耶鲁确实牛，这是不争的事实，但切忌把这两所学校的“牛”给妖魔化了。鸡汤喝一喝能长志气，但无中生有的毒鸡汤喝太多了，可就伤身了。

经久不衰的谣言：哈佛的励志校训箴言

大概从 21 世纪初的网络论坛起，就有网友发布多篇“哈佛校园院墙上、图书馆内的多条励志箴言，激励了一代代莘莘学子……”，声称每一条都是有着数百年历史的校训，哈佛学子们从中汲取了无穷的精神力量。这类帖子迅速蔓延发酵，甚至中小学老师们也入了坑，在课堂上“动情”展示，激励学生们发奋苦读。

其实任何学过几年英语的朋友都不难发现，这些“哈佛励志箴言”里的每句话都不乏低级语法错误，甚至完全不知所云。比如这条：

“This moment will nap, you will have a dream; but this moment study, you will interpret a dream.”（此刻打盹儿，你将做梦；而此刻学习，你将圆梦。）

且不说这句英文“校训”有多么千疮百孔，即便是翻译得还算通顺的中文句子，也未免太鸡汤了点，与一些社交营销号常发的“九宫格配图金句”颇为神似。

下面这句更为奇葩：

“Now drips the saliva, will become tomorrow the tear.”（现在流的口水，将成为明天的眼泪。）

请问这是在严肃地幽默，还是在认真地搞笑？不过这字里行间的憨劲儿，倒是挺可爱。不得不说，原创者有做段子手的潜力啊。

总之，网络疯传的上述“哈佛校训”无一例外都是假的，大家不要再被轻易打动。其实不管是哈佛箴言还是其他“警世格言”，我们都不该轻信。即便是正牌的励志语录，也要有选择性地借鉴参考，并要学会把从中获得的精神激励转化为实际行动，才算真正得到了帮助。

哈佛大学真正的校训是什么呢？其实只有一个词——Veritas，拉丁语“真理”的意思，沿用数百年至今。

以偏概全的谣言：哈佛、耶鲁就是贵族学校，花钱就能“买”进去

“这两所大学的学生非官即富，很多都是被父母用大把钞票‘保送’进去的。走，捐栋楼，读哈佛去！”

没承想，我还不小心读了俩贵族学校？我也成了“贵族”？

先抛开哈佛、耶鲁的定性不谈，我首先必须说，自己是“贵族学校”这个词的坚定反对者：不能理解、看不惯、觉得三观不太对。

都 21 世纪 20 年代了，怎么还一言不合就把人分成“贵族”“草根”“贱民”这些莫名其妙的阶层？一个人家财万贯，他就一定是“贵族”吗？一个人囊中羞涩，他就不“贵”了？未必。

回到这条谣传本身。把哈佛、耶鲁说成“贵族学校”的人，我猜他们或许带着些怨气，觉得世界上最好的大学不过是为富人服务的教育机构，有钱人家小孩的大本营。

事实当然并非如此。以哈佛和耶鲁为代表的常春藤名校都以“吸引全世界最杰出而有潜力的学生”为宗旨，每届新生都是一次热闹非凡的人才荟萃：除了课业成绩上的佼佼者，更有在不同领域才华横溢的学生。

哈佛和耶鲁确实财大气粗，也对学生慷慨异常。两所学校都实行需求回

避的招生准则和按需发放的奖学金发放办法。

而我本人就是这两项政策的受益者。耶鲁在录取我的同时，承诺了四年全额奖学金，让我这个普通孩子获得了改变人生的机会。在耶鲁读书期间，我也努力凭学业成绩得到了四年全奖之外的多项绩优奖学金。

因此，对耶鲁，我终生感激、感恩，也在作为校友反哺母校，只愿凭绵薄之力，帮助更多学弟学妹通过教育改变命运。

拜金的谣言：哈佛、耶鲁学生毕业即金领

“哈佛、耶鲁的学生毕业后都能轻松进入华尔街投行、麦肯锡咨询公司这样的‘大牛企业’，二十岁出头便年薪百万的人不胜枚举。”

这一条我分成两个部分来辟谣。

第一，以高盛、黑石、麦肯锡、谷歌为代表的顶尖企业，对名校生而言并非“想进就能进”。虽然哈佛、耶鲁是这些高薪公司的重要生源基地，但同校应聘者的内部竞争十分激烈，常常是几百个哈佛、耶鲁学生为每家公司非常有限的全职、实习岗位展开较量。遇上“招聘小年”时，录取率更低。因此，名校应聘大军当中也不乏折戟失意者。

第二，谁说哈佛、耶鲁学生毕业后都想做金融搞投资，或者进互联网大厂呢？很多人其实志不在此。不夸张地说，如果每个哈佛学生毕业后的理想都是当金领赚大钱，这一定会被认定为高校教育的一大失败。

在这两所大学读书时，我和我的校友们曾在不同场合多次受到这样的教诲：不违本心。跟随着内心的指引去探索世界、探索自己的人生。

很多同学践行了这条教诲。我的同校好友圈里，有人毕业后就去了撒哈拉以南的非洲做医疗救援志愿者，有人迁居加拿大极北的省区白手起家、自主经营农场，还有人到南美经济最不发达的苏里南教英语……他们并非不愁钱的富二代，但他们愿意摆脱“名校毕业后就该去大平台拿高薪”的世俗羁绊，跟随本心闯荡世界，这不是非常动人的人生旅程吗？

这些年总有好心的读者朋友替我惋惜：好好的高盛百万年薪为什么要放弃？况且在大投行工作，“社会地位也高啊”。

在感谢各位关照的同时，我还是要说，一辈子在投行打高级工并非我的

终生理想。趁着年轻多挖掘一种职场可能、多拓宽人生的阅历边界——这，难道不香吗？

多情的谣言：哈佛、耶鲁的学生们都会趁着诗酒年华，尽享恋爱滋味

“多部爱情主题的影视作品曾在哈佛取景，比如韩剧《爱在哈佛》，所以现实中的哈佛自然也是风花雪月之地，学霸们出双入对，整片校园怎一个浪漫了得！”

这条谣言倒是“人畜无害”、无关紧要，但我还是说几句。不少国人对西方社会有一种刻板印象，认为西方人普遍是有浪漫基因的多情种，男男女女开个派对就能擦出火花。更何况在哈佛、耶鲁校园，到处都是头脑聪明、颜值又高的年轻人，自然充斥着恋爱的味道。

但现实情况要让大家失望了。虽然没找到能引用的官方数据，但我可以凭个人观察很确定地说：哈佛和耶鲁学生谈恋爱的比例实在不高，本科生群体的恋爱率应该不到 15%。与之相反，我感觉国内大学生更渴望恋爱，一些人更是把找对象当成读书时的一大要务。

是什么造成哈佛、耶鲁学生恋爱率很低呢？课业难度大是一方面。以哈佛、耶鲁为代表的美国顶尖大学一向宽进严出，要想顺利完成学业，每一学期的每一门课都不得怠慢。平日里的课堂出勤、上课参与度、作业完成情况、论文和考试成绩共同决定了期末成绩，临时抱佛脚的战略是行不通的。发奋读书的孩子还真是无暇恋爱。

另一个更宏观的原因是：两所学校的生活太精彩了，精彩到让人无心寻觅二人恋爱世界里的卿卿我我——

除了能跟得过诺贝尔奖的教授们上课学知识，还有成百上千个学生社团的丰富活动，节假日在世界各地的调研游学和实习项目……这些好玩的事，足以占据学生们 90% 以上的精力。

当生活如此充实有趣时，恋爱还是必需品吗？

鸡肋的谣言：哈佛、耶鲁本科的专业，应该也是商科、法学、医科实力最强也最受欢迎

把这一条称作“误解”或许更恰当。多位国内的家长曾经问我：“哈佛和耶鲁应该和国内本科一样，商科、法律这些专业，更吃香吧？”

如果你想出国读本科，并且想修上述专业，那么我不得不跟你说，放弃考虑哈佛和耶鲁吧。

因为这两所大学本科开设的专业数量着实“贫乏”，总计不超过五十个，国内学生热衷的商科、财会精算、法律、医学，统统没有。

哈佛和耶鲁本科生院都实行博雅教育，也就是以培养通才、锻造综合实力为宗旨的教育模式。耶鲁大学前校长曾说：“博雅教育的精髓，并非让学生们在二十岁出头时就拘泥于某个精专领域的技能培训，而是提高全方位素养，学会‘令自己终身受益的技能’——比如思辨力、写作力、数理分析力、美学鉴赏力、外语交流能力等。”

也因此，哈佛和耶鲁人气颇高的本科专业是历史学、社会学、数学、英语文学、心理学、人文学、政经科学，这些都是博雅教育范畴内的经典学科。

当然，一旦进入硕博阶段，精专学科就成了主角，比如享誉全球的耶鲁法学院，就是培养硕博阶段法律专才的科院；哈佛商学院则通过 MBA 教学，以培养商界领袖闻名于世。

送给所有海外留学生的建议

2019 年夏天，我从北京飞往美国，准备开始在哈佛的最后一个学期。在旧金山机场排队办理转机入境手续时，我前面站了数百个从国内飞来的旅客，几乎全是年轻学生，许多人稚气未脱。八月底也是美国的开学季，每年此时都有成千上万的留学生扎堆飞来。

我打量着他们，大多是独行的学生，只有三四个学生有爸妈陪同，家长的神色比孩子明显紧张不少。离我不远的一位母亲眉头微蹙，不断叮嘱身边的儿子一会儿入境时要说什么、出示什么材料。男孩大概是高中毕业后第一次来美国大学报到，脸上有忐忑，但也分明有对留学生活的期待。

他们让我一下子想起了十年前的自己。2009 年 8 月底，我拖着两个超重的行李箱从北京出发，在纽约肯尼迪机场入境，再坐两个多小时的巴士到达纽黑文，开始本科生活。那时的我对未来一无所知，也充满向往。

结合自己的留学经历，我写下七条建议，送给去往世界各地的每一位中国留学生，祝福大家在留学旅程中走得顺利。

读书是第一要务

不管你去哪个国家、哪所学校，不管你是全自费还是全奖，出国留学的重中之重一定都是读书。国外的世界五彩斑斓，一些年轻学生经不住诱惑，踏出国门没多久就“飘”了，被各种与学习无关的、更光鲜的事物迷了双眼，甚至变得魂不守舍。

过去几年里，我就见证了不少出国前刻苦上进、踌躇满志的好孩子逐渐消沉、堕落的过程。之前邻居的儿子最让我觉得惋惜。这个男孩自小聪慧过人、成绩优异，高三时被提前保送国内名校，但他放弃了保送，之后被美国某所大学录取，还获得了高额奖学金。就在我们，包括男孩自己，都对他的留学生活充满期待时，男孩却毫无征兆地极速堕落了。入学第一学期，他先是迷上了电竞，经常打游戏翘课，后来又通过电竞结交了“不良”朋友，学会了抽大麻，找了一位“社会女友”。女友后来不慎怀孕，并且坚持不堕胎，导致男生直接申请了退学……

这样的事情在留学圈绝非个例。除此之外，我总能看到或听说留学生深陷泡夜店、代购赚钱等活动，严重阻碍了学业。一旦挂科，就得重修学分，造成相当的时间和金钱损失，有些学生甚至直接被学校劝退。我想说，即使你志不在拼满分学分、得“最高荣誉”，即使你只是想拿到个海外文凭，也一定要敦促自己潜心读书、踏实完成学业。

出国留学不是为了每天游山玩水、拍美照晒朋友圈、做代购赚钱。荒废学业往往得不偿失，让人后悔不迭。

不要浪费这个提高语言能力的绝好机会

留学的绝大多数时间里，你都将浸泡在完美的国外语言环境中。很多同学听过一个词——浸泡式学习，说的就是听觉、视觉、嗅觉等多感官全开，从不同角度学习和内化某种知识。

结合个人经历，我可以毫不夸张地说，即使在国内高中时已能考出托福、SAT 高分，但我依旧不是真正会“用”英语，我只是在以外国人的思维和方式去“接触”英语。无论是听力还是口语，我都不算“英语的主人”。

初到美国的一个多月里，我因为英语水平不在线闹过笑话，有深深的挫败感。是高强度的耶鲁本科生活促使我火力全开，在短时间内跨越式提高了英语能力。到美国一段时间后，英语终于逐渐成了我身体的一部分，与人交流时也不再需要在大脑里翻译，甚至梦境中的语言都变成了英语。

即使计划毕业后就马上回国，我也强烈建议你抓住留学这个千载难逢的提高外语水平的良机。外语好的人，往往能比别人获得更多机会。就算不从功利的角度想，外语说得溜，也能帮你更好地享受国外生活，和不同国家、背景的人谈笑风生交朋友。

所以留学生们，努力在课堂内外触角全开，尽可能多地练好外语吧。

注意饮食

这是一条有“妈妈味道”的建议，也是我一定要给大家的重要建议。在国外求学，保证良好健康状态的基石就是管好嘴、护好胃。很多留学生，包括我自己，在初到国外时，都有意无意想从吃的方面尽快融入当地环境。于是开始一日三餐地喝冰水冰饮料，熬夜学习时通过吃比萨、烤奶酪和各种高热量甜点来补充体力，甚至在生病时都学本地人，喝佳得乐和冰可乐缓解症状……

这样全盘外国化的饮食风格，加上持续不断的高强度学习，终于让一些留学生的身体出了状况。皮肤一贯光滑的部分同学开始疯狂冒痘、肠胃鲜少闹事的同学开始时不时胃痛、腹胀，一些女生被内分泌失调困扰……

就算到万里之外的异国生活，我们也依旧是中国制造，我们的“中国胃”不可能因为外界环境改变而脱胎换骨。年少时我对中医养生知之甚少、不以为然，这几年却越发意识到，老祖宗经过几千年总结下来的保健规则是很有道理的。

为了在国外呵护好身体，除了尽量不熬夜、多运动外，留学生们最该延续在国内时的饮食习惯。天冷时就别一大杯冰牛奶灌下肚，生病着凉时想办法煮碗姜汤，平常吃东西也要中西饮食搭配着来。这些不只是老中医的侃侃而谈，也是我这个老留学生的诚心之谈，希望学弟学妹们重视。

当地“圈子”不需强融

留学异国，除了读书学本领，另一件重要的事就是全方位了解、感受和国内迥然不同的世界。我相信每个留学生都希望尽快在异国他乡安顿下来，适应好当地环境，不管是上学还是生活都能如鱼得水。这当然是很有必要完成的一个基本目标。如果到国外后一直水土不服，迟迟没有建好新的社交圈，还在学习中找不到感觉，留学体验肯定会非常糟心。

然而我要说，“适应得好”并不意味着逼自己完全进入当地的所谓“主流圈子”。初来乍到的我们虽然要积极熟悉环境、尝试对留学生活有帮助的新活动、结识合得来的朋友、多使用当地语言，但这个适应过程一定要把握好平衡。

一些留学生为了尽快融入，刻意断舍离了一切与个人出身相关的元素，比如有意屏蔽同样来自国内的留学生，上赶着和本地学生套近乎，以期和他们成为死党；为了显示自己的“入流”，某些留学生甚至不惜诋毁自己的国家、文化，以凸显对留学国的认同欣赏。

我在本科和研究生阶段都遇到过这样令人无语的留学生。他们和同胞学生交流时甚至也故意只说英语，口音和语气都模仿得十分夸张，颇有“我已和你不一样”的优越感。但这样“光鲜入流”的表象背后，经常是和本地同学挤笑尬聊的郁闷，是苦苦“求带”却始终无法真正被接纳的失落。

适应本地，但不要强融。留学时任何关乎生活、社交的决定都要遵循这两个前提：一是发自内心想这么做、喜欢这么做；二是自重，也尊重别人，不卑不亢不谄媚。无论在哪里，人们欣赏的都是有趣真诚的灵魂，而不是心机做作的个体。国外多年教会我的一件事是：任何地方都没有绝对优越的主流，找到最适合自己的定位与模式，你就是自己的主流。

不要跟国内彻底脱节

接上一条的补充建议：不强融当地圈子的同时，也一定别忘了自己出生长大的地方。如果留学以后适应了新环境，却完全和国内的人、事脱钩，那就是真正的顾此失彼、得不偿失。

为什么要有意识地和国内保持联系？除了因为来到不同时区，再加上平日学业繁忙，很容易和国内脱钩之外，更因为一个词——相对优势。

一个有些令人无奈的事实是，作为留学生，即使我们可以在国外把书读得很棒、外语说得很溜、生活经营得有声有色，我们也依旧是外乡人，某些时候和本地人在一起竞争，依然会被差别对待。如果想在本地人群中脱颖而出，除了客观过硬的实力外，还需要一定的“个人亮点、特色”，而这个“特色”，很多时候就来源于我们的异国背景，尤其是对中国文化、语言和市场的熟悉。

举个通俗的例子，一家美国顶尖公司想招聘一名参与大中华区业务的新员工。如果你是在美留学的高才生，又刚好来自中国、了解有关中国的一切，你被录用的概率就很可能比其他没有中国背景的应聘者来得高。

所以，即使身在国外，为了维系和亲友的感情、为了自己的前途，也一定不要忘了国内。建议每天起码抽十几二十分钟浏览中文媒体平台，阅读国内热闻，尤其要熟知和自己所学专业或未来求职方向直接相关的趋势、风向。如果能在读好“洋书”的同时继续做好一名“中国通”，你一定会获得比别人更多的机会。

尽可能获得一些海外职场经历

出国读书是为了定居海外的人不在少数，但我也相信很多留学生志不在移民。国内市场日新月异，提供了不少就业机会，所以这几年我身边的不少朋友选择回国，或者在毕业后直接“海归”，开始新生活。但我依旧要建议同学们：只要时间和能力允许，就尽量在留学时积攒一些国外职场经验，不一定非要全职工作，哪怕只是假期实习也可以。

在海外拥有一段工作经历的考量有二：

一是为了更透彻地了解当地文化和社会。校园毕竟是相对单纯的象牙塔，大部分时间都在学习中度过，朝夕相处的也以师生朋友为主，所以对留学所在地的认知难免片面、有限。而职场就更复杂、多元了，通过一份工作，你能接触到海外的人生百态，近距离观察和学习当地的做事方式，对能力和情商都是一次历练。

二是为了提高个人竞争力。即使计划回国，在国外的工作履历也一定会为你在国内的求职加分，毕竟很多求贤若渴的企业都希望招到有国际经历的复合型人才。我的几位留学圈的朋友就是很好的例子：他们在美国工作数年，个人业绩可圈可点，之后决定回国时，几乎不费吹灰之力就获得了多家头部公司抛出的条件相当好的橄榄枝。

学会最大化利用学校及周边社区的各种资源

我听到不少留学生抱怨：“出国读书一年好几十万的花费，太烧钱了，也想不明白这钱到底花得值不值。书本费、讲课费、住宿费真要这么多钱吗？唉，学校太会赚钱了……”

对留学花费高昂这个说法，我持半同意、半反对的意见。的确，大多数国人常去的留学院校都比国内学校贵不少，这是我们无法改变的事实，但钱花得到底值不值，很大程度上取决于你在留学时是否充分利用了这笔钱换来的各种“资源”。

我们可以从一个有趣的角度来想：留学生相当于“顾客”，学校则相当于提供自助餐的饭店，如果顾客花了自助餐费，却只选吃了有限的清汤寡水，这笔餐费自然花得不值；但倘若顾客吃了自助餐可选范围内的各种大鱼大肉、山珍海味，这顿饭钱当然就吃得比较划算。

一些留学生就像食量有限的自助餐顾客，花了钱却只用了学校提供的部分服务、产品，比如最基本的教学、住宿。如何才能更充分地用好留学时的各种资源？我有这些建议：

多利用图书馆，借阅各种好书、影片，使用图书馆提供的各种免费设施，比如自习室、多媒体教室等。多参加各项校园活动，尤其是免费电影放映、歌剧、美食节、艺术展等。多利用学校的健身房。只要付了学费、住宿费，健身房可能就无须再次缴费。

如果有空，就免费旁听些感兴趣的课。这些课没在自己的正式课表上，但获得教授批准后可以免费旁听，何乐而不为？

以及最重要的，多结交教授、同学。留学时建立的人脉关系是宝贵、无价的资源，也是顶尖商学院学费高昂的重要原因之一。

在结束这篇文章前，我想再多叮嘱身在海外的同学们几句话。首先，心态放平和，胸怀放宽广。出了国门，就要多倾听不同声音，除非是涉及根本事实、只有一个正确答案的话题，否则都可以尝试以尊重的态度做些换位思考。

另外，尽量不要变成“重度宅男宅女”。趁留学这段时光，多做户外运动、多和同伴们出门旅行。很多国家都有独特的风土人情，值得你全面探索。我读本科和 MBA 的几年中，就利用节假日去过欧美亚的多个国家，收获了满满的回忆。

同时，我也建议大家养成记账习惯。大多数留学目的地国的生活开支比国内高，趁独自在外求学时提高开源节流观念和财务管理能力，是对之后人生都有裨益的一件事。

在文章最后，作为一位已经在纪念个人留学十周年的“老”学长，我要送给学弟学妹们一句经典的话：

海阔凭鱼跃，天高任鸟飞。

和你们一起，期待留学后的精彩人生。

第五章

-

职场进阶
挥别青葱岁月，继续勇敢去闯

"Boss LEO"：
Always strive to become a better self

未来的生活，会是我喜欢的模样。

毕业前后的这些年，职场人 LEO 的行迹

“我已考虑清楚，决定接受您的邀约。感谢信任，期待毕业后成为一名正式的金影人。”

谢谢你，牛游果，再见

牛游果是我人生里的第一次创业尝试，也是一次令自己满意的体验。这段创业探索始于和优秀的哈佛校友、杰出的旅游行业企业家 Mei 的结缘，从 2015 年的秋末冬初一直延续到了 2018 年的初春。在此期间，无论是在北京还是波士顿，我一直作为 Mei 的搭档和团队核心成员，耕耘这个基于共享经济模式的互联网旅行项目。

和牛游果团队到云南，
探访白族奶奶的质朴生活

在培育牛游果的几年中，我看到了高盛这个金融平台不能赋予的风景，也第一次肩负着对公司、投资人和每位同事的责任与担当，深度参与了创业的方方面面。作为一名旅行和互联网新经济的重度发烧友，能在二十多岁时加入由一群优秀的职场前辈组成的团队，把一个点子从 0 到 1 孵化成拥有一定用户规模和营收的“小而美”的项目，我在整个过程中获得了很强烈的成就感。值了、满足了！

2018 年初，基于团队成员的共识，Mei 将成长中的牛游果平台并入了她已牵头运营多年的高端旅行公司，并将其作为“当地人伴游”板块，不断发展至今。而经过一番思考后，我决定先集中精力完成哈佛学业，暂时不以员工身份加入 Mei 的公司。但一朝共事，终生为友，在共同培育牛游果的旅程过后，我和 Mei 以及团队的每一位伙伴都成了互相信任、无话不谈的挚友。

“学长 LEO”，我的“自留地”

和牛游果项目的详尽规划、稳步推进不同，“学长 LEO”的出现几乎能用“无心插柳”来形容。它是我作为“网红 LEO 学长”的缘起，也是我至今仍珍视的一片“自留地”。和“学长 LEO”有关的经历，严格意义来说并不归属于职场，而是自我探索的一段神奇旅程。

即便是关注我多年的老读者，也未必知道“学长 LEO”的起源。

一切要回溯到 2015 年的冬天，那时我正全力投身于牛游果的工作。12 月上旬，初代牛游果上线后，我们一边继续优化用户体验，一边开始了第一波市场推广。

作为团队里最年轻的人，我被委派牵头牛游果上线后的推广工作。和 Mei 商量后，我们决定以社交媒体作为切入点。2015 年底还没有出现抖音、快手这些叱咤风云的短视频平台，微博和微信公众号在当年仍是新媒体赛道的双雄。于是，在开更牛游果官方微博和公号的同时，团队“指派”我开通了个人微博（@ 李柘远 LEO），同牛游果的核心受众群体——热爱自由行的学生和职场新人——分享原创内容，不但聊旅游体验和牛游果的产品故事，也分享自己在耶鲁求学和高盛打拼的经历，形式包括一本正经的学习、求职干货，以及真实自然的生活、旅行随笔。

当时我对新媒体了解甚浅，也从未把发微博当严肃工作对待，但我隐约觉得：新媒体正值风口，自己在网络上无滤镜无包装的内容分享，或许能成为牛游果获客的突破口。

果然，在开更微博后的几个月里，我的手机经历了几次“噼里啪啦的爆屏时刻”——发完博后我便没理会数据，忙别的事去了，结果刚发的微博很快掀起一轮热闹的转赞评，粉丝量噌噌地往上涨，以至于我的手机每几秒钟就会收到一条“某某关注了你”“某某转发了微博”的提醒。有几篇原创文章更是被多家大号、官媒转载，接着就会有更多读者纷至沓来。

不到半年，一个完全不起眼、零粉丝的素人小号，竟成了拥有近三十万真实粉丝的教育、校园类公众人物，意见领袖，连新浪教育、微博读书、中国青年报等官方大号的运营也抛出橄榄枝，邀请我共同发起主题活动。

我一直在见缝插针宣传的牛游果有了越来越多的关注者，而我这个大家口中的“LEO 学长”“学霸哥哥”，竟也不知不觉“被出了道”。

不小心成了微博公众人物这件事并没促使我全力经营自媒体账号，毕竟，工作、上课已经占据了相当的精力。更重要的原因是——同一些人的理解相反，我不迷恋出名，本质上是个内向的、不爱社交的人。我在自媒体上发表内容，并非喜欢盯着转赞评和粉丝数的上涨，而是真心享受创作和分享内容的过程。如果自己写的东西发出来有人爱读、有人获得帮助，我就非常高兴。

也因此，从 2015 年底开通微博到 2019 年底哈佛毕业的这些年里，我一直以“顺其自然、开心就好”的心态，没有固定时间和程序地在社交媒体上冒泡。

在粉丝、读者们追更的需求推动下，我开通了公众号（@ 学长 LEO）、抖音（@ 学长 LEO）、小红书（@ 李柘远 LEO）等账号，写了两本书，还应知名媒体“十点读书”的邀请，推出了后来成为现象级爆款的线上课程“哈佛学霸的超实用学习法”。分享的干货多了之后，我干脆又开通了自己的知识分享平台“LEO 的超级干货教室”和“去闯课堂”……

这几年借助“学长 LEO”这片“自留地”，我有幸获得了同龄人和身边的亲友、同事圈里鲜少人有过的体验：作为一名内容生产者，全面、深度地参与了新媒体的浪潮，作为万千社交媒体大军的一分子，亲自见证了不同平台的崛起和兴盛。作为一个普通的、热爱生活的奋斗男青年，能通过原创图文、视频、课程和直播等形式，得到那么多人的关注（一直不爱把关注自己账号的人称为“粉丝”），我受宠若惊。这些身体力行的经验，在耶鲁和哈佛的课堂上很难有机会得到，也是我此生都将珍惜和留恋的回忆。

想起一件有趣的事。这些年里，随着“学长 LEO”的关注者日益增多，曾有多位投资人找我喝咖啡，他们常向我抛出一个问题，又或是旁敲侧击打探我的规划：

“LEO，看你的新媒体矩阵做得不错，目前有融资计划吗？”

“现在是新媒体的时代，你要把握机会啊，完全有可能做出又一个罗辑思维、得到、樊登读书，甚至比他们还大，毕竟你覆盖的群体是 K12 学生和他们的家长，以及大学生和职场新人。这个盘子可是不小哟……”

“‘学长 LEO’的介绍资料发我一份，合适的话，我们有兴趣‘入’（投资参股）一点儿。把它做大，后续的估值和想象空间可以很广阔。”[1]

对这些来自天使投资人和风险投资机构的询问，我一一做了婉拒，因为过去、现在和未来，我都不想把“学长 LEO”这片自留地变成充溢着资本运作气息的商业项目。我不想把它“搞大”。我不在乎这个项目有多少估值增长的空间。我不要去想象它有朝一日成为“明星企业”。

为什么一个好的点子、好的萌芽项目，就一定得发展成营收可观、估值惊艳的独角兽企业，然后在众人瞩目下完成 IPO 的高光时刻呢？

我喜欢“学长 LEO”目前的状态：不做任何刻意宣传，不招兵买马扩团队，不被任何外界股东捆绑，一切顺其自然地往前走，就非常好。我希望它永远是我能惬意分享经历和观点的“自留地”。如果有更多人发现了这里，那么当然感谢大家关注；如果未来我因工作繁忙或家庭生活停更了某个或全部账号，朋友们也不必担心，那一定是由于我的生活有了新的规划、新的重心、新的梦想。

---

1 这些问题都出现在“双减”政策实施前的两三年里。

金影科技，职场之旅的崭新一站

常有读者问："LEO，从哈佛毕业后，你在从事什么工作呢？是全职做'学长 LEO'自媒体、写书和当网红吗？"

非也。我欣赏那些才华横溢、个性鲜明、内容优质的全职博主和青年作家，尤其是旅行类目的博主——他们能边工作边探索这个星球的旖旎风景，着实幸福。

但像上面说的，我暂未有过全职从事自媒体和写作的想法，"学长 LEO"是有一定偶然成分的无心插柳，是我珍视的生活的一部分。从哈佛毕业后，我继续选择加入年轻的、处于上升期的公司。这家公司便是一些读者已有所耳闻的金影科技，我的初始职位是首席战略官，一年后升任联席总裁。

成为金影的一员前，我和公司创始人侯小强先生已认识数年。仍在高盛"搬砖"时，我参与过数家国内头部互联网公司的融资项目，有幸和几位高管前辈成为忘年交。在 2015 年底的一次晚餐聚会上，我第一次见到了侯总。彼时的他已是国内互联网和媒体圈的风云人物，不但曾在新浪工作多年、缔造了新浪博客这一"大神级"的新媒体平台，还在盛大文学担任 CEO 多年，在职期间带领公司实现了逾十倍的营收增长。侯总当时刚离职盛大，开启创业之旅。

那时候，我正热火朝天地忙于牛游果的筹备上线，是这场晚宴上资历最浅的晚辈。我坐在餐桌一角，安静地聆听大佬们谈笑风生。

我正听得入迷时，冷不防被人点名提问："LEO，听说，你是国外回来的'90 后'高才生，还在高盛待过，现在创业了。跟大家说说你的经历啊。"

我顺着声音的方向看去，提问的正是侯总。被突然"袭击"虽有些忐忑，但在一桌前辈友好温和的目光鼓励下，我还是尽量淡定、清晰地介绍起了自己的求学经历与职场初探索。

话音刚落，侯总和另两位前辈竟带头鼓起了掌："小伙子不错，敢闯，有想法，有前途。咱们这帮老家伙不能光谈自己的事情，也得向这些年轻人学习啊，他们才是未来嘛！"

被深刻影响了中国互联网行业的几位前辈称赞，本已不太忐忑的我又瞬间不好意思起来……

这次晚餐聚会让我至今难忘。那不是觥筹交错的油腻酒局，没有华而不实的客套话，更没有商业应酬局上的别有用心、尔虞我诈，只有出色的职场前辈们谈论行业动态、探讨未来方向。他们的思想碰撞与交流，以及对我这个年轻后生的中肯评价和建议，都让我醍醐灌顶。

餐聚后，我和侯总也正式建联。在牛游果项目上遇到问题时，我偶尔会向侯总请教，而他也时不时转发些高质量的互联网、文化行业的文章给我，鼓励我工作之余"持续充电"。从 2015 年到 2018 年春天的两三年里，侯总和他的团队快速发展金影公司，而我则是牛游果创业和哈佛求学两头并进。

当时虽尚未成为金影一员，但在项目层面上已有了互动。一是在侯总的引荐下，我结识了国内出版界传奇的"金黎组合"，2016 年在长江文艺出版了自己的第一本书《不如去闯》（1.0 版）；二是从 2017 年上半年起，侯总邀请我作为"见习经理""海外项目顾问"，参与到金影公司的几个文学 IP 和电影投资项目中，这也是我首次身体力行了解国内的文化影视产业。另外，在 2018 年初，我经侯总介绍认识了"十点读书"的创始人林少，之后与"十点读书"合作推出了"哈佛学霸的超实用学习法"线上课程。

可以说，侯总不但是一位资深而平易的前辈，更是一位提携了我的重要伯乐。他促成的几次机会让我探索了未知的领域、学到了新鲜的知识技能，帮助我屡次实现加速成长。

我对"侯伯乐"心存感恩，也暗自期待着与他和他的团队有更多交流互动。

2018 年五月初，我放暑假回到北京。一天下午，侯总约我在国贸喝茶。

"LEO，时差倒得怎么样了？有空的话，下午可以来我公司旁边坐坐，喝杯茶，一起聊聊。"

这一次谈话让我进一步和金影公司结缘。并且，不再仅以见习和兼职项目顾问的身份。这次谈话后，我做了审慎细致的思考，接着决定——在哈佛毕业后作为全职员工加盟金影。

五月的北京已颇有夏意，满城飘扬着杨柳絮，行道树的树叶由春天时的嫩绿变成观感更成熟、茂盛的碧绿。

我和金影的联结也类似由春入夏的季节更迭——由两三年的初识，逐渐发展到如今的互相熟悉、水到渠成。

侯总是说话做事从不兜圈儿的人。待我坐定、简单寒暄后，便开门见山："LEO，今天约你出来聊，主要想向你发出一个邀约。你已经很不错地收尾了人生第一次创业活动牛游果，一年之后也要从哈佛毕业了。你之前说过想回国发展，那么，加入金影的核心管理团队如何？"

虽然见面前，直觉已经告诉我，侯总可能会发出一枚口头offer，但如此直接坦率的邀请还是让我有些惊喜，兼具紧张。

实际上，在回国度暑假前的一两个月里，我已开始思考毕业后的下一站，并且把金影公司放在了候选去处的前三名。

金影公司和我互相熟悉。甚至不夸张地说，在一起顺利圆满地完成了多个项目后，我们已经具备相当的相互信任，几乎到了对彼此知根知底的状态。从这家公司的创始团队、核心业务、投资方等具象因素，再到"气场是否相合"等抽象玄乎的因素来看，我都对金影抱有好感。

即使侯总不如此提前量大地发出邀请，我也很可能会在毕业前主动约聊他，探索与金影有关的更多可能。

"谢谢侯总的信任，您邀请我加入团队，我挺荣幸、挺惊喜的。想听您详细聊聊目前的想法。"作为一个效率至上的人，我也直截了当给予了积极的回应。

"那太好了。其实这些年我和公司的两位副总一直在关注你的发展，都非常看好你，觉得是个能力和态度都很不错的年轻人。金影创立有几年了，业务发展得比较快，接下来会有不少机会，不只是国内这个盘子，我们国外的分公司也在不断拓展。那么在团队的中坚力量上，我们就要吸引更多有才华的人加入进来，而且，要重点招募比较年轻的干将。你是我们一致认为非常合适的人选。考虑到你早就不是职场新手了，在同龄人中也算跑在很前面的，又是国外名校的高才生，所以我们想试一试，不会让你只当个部门经理、小组长，那样屈才了，成长得也慢。我想邀请你在毕业后全职加入金影，参与公司整体战略的制定和核心业务的拓展。而且，考虑让你直接汇报给公司的第二把手。在一些全新的、和国际有关的项目上，你直接汇报给我……"

写这篇文章的今天，即使我已无法完全精确复原侯总当时的原话，但意思和细节上一定八九不离十。之所以记忆犹新，是因为这次会面直接开启了我人生又一段全新的旅程。那天见过后不久，我便果断、愉快地给侯总发了下面的信息：

“侯总好，再次谢谢您邀请我加入金影。我已考虑清楚，决定接受您的邀约。感谢信任，期待毕业后成为一名正式的金影人。”

决定加入金影前，我都思考了什么

这家公司和我很契合，适合作为完成 MBA 学业后职场的下一站。

加入金影不是心血来潮、一时兴起，而是基于数年的互动合作体验，且经过一番深思熟虑之后，才做出的成熟决定。当天和侯总聊过后，我回家、关上门、独自在书桌旁坐下，结合侯总的邀约细节，完成了以下几方面的思考评估，并最终得出结论：这家公司和我很契合，适合作为完成 MBA 学业后职场的下一站。

所处行业与个人兴趣关联

金影扎根文化产业，兼备互联网基因，愿景是成为国内首屈一指的 IP 运营与投资公司。IP 是近年兴起的热词，即英文 Intellectual Property（文化产业）的缩写，广义上包括各类有独家性、鲜明特色和辨识度的优秀品牌、产品、个人，比如小说文学 IP 有莫言、余华等著名作家的系列作品，影视剧 IP 有漫威超级英雄系列、国内的《盗墓笔记》《鬼吹灯》《花千骨》等热播影视，游戏和动漫 IP 有《精灵宝可梦》，以及新媒体时代涌现出来的人格化 IP，包括意见领袖、头部达人，比如短视频初代女王 papi 酱、文化读书类的樊登，以及掀起居家健身热的刘畊宏。

从小到大我一直是个超级书虫、重度影迷，对好的书和影视剧百看不厌、永不嫌多。上大学后由于选修日语，又开始“入坑”优秀的动漫作品。在结缘金影前我曾不止一次想：如果未来的主职工作能和自己热爱的书影漫音有些关联，就太幸福了。

同时，金影公司还涉足互联网新媒体行业，旗下孵化了网文软件（比如“火星小说”），签约打造多位人格化 IP，还在和国内头部新媒体公司联合开发虚拟偶像项目。而自己这些年通过“学长 LEO”项目初探了新媒体赛道，正希望能更进一步，操盘更多相关项目，继续积攒经验。

考虑到自己对金影所属行业的兴趣，如今能收到公司创始人的 offer，实在是“正合我意”啊！

行业与公司发展前景

无论是文影娱还是新媒体，都是文化产业的关键组成部分。在互联网科技的加持下，这个行业在可预见的未来将继续快速迭代发展。而随着经济水平的不断提高，国人对优质文化产品的消费需求也与日俱增。此时入局这个行业，可谓时机刚好。

也许有人说：“文影娱、新媒体赛道机会是多，但竞争也非常激烈，如今的内卷越发严重了啊。”此话没毛病，但我考虑的文化产业不仅局限于国内市场，还有更广阔的国际市场。以各类优质 IP 为代表的中国发明和创造的文化项目，绝不会止步于国内，而是会漂洋过海，在国际舞台上发光发热。因此，即使有竞争和不确定性因素，这个行业总体向好。

我同样看好金影公司的前景。这家年轻的公司有初创企业的冲劲闯劲，更有大咖和一线投资人的经验和资源加持。从财务数据表现看，公司成立后营收连年突飞猛进；从市场认可度和融资情况看，金影已获得多家知名基金的多轮投资。金影旗下的 IP 版图覆盖了文学、影视剧、动漫、游戏、人格化 IP、虚拟偶像等多个分野，是《孤城闭》、《少年的你》、《文城》、《鹤唳华亭》、《火星孤儿》、《九功舞》、《清平乐》、《快把我哥带走》、《嫌疑人 X 的献身》（中文版）、《误杀 2》等数百个人气 IP 项目的主投或参投方。这家公司正在发展的快车道上狂奔。

公司关键人物与团队成员

选择一家公司，实际上是在选择和一群什么样的人共事。基于自己阅读职场类著作后的感悟和在哈佛课堂上的所学，我最重视以下这几点：

主创成员的职场履历是否过硬？

侯总和创始团队的每一位核心成员都有丰富的职场经验和突出成就，尤其是在文化和互联网媒体行业。

主创成员是否全身心投入这家公司的培育中?

团队核心成员均以 100% 全身心投入的态度在参与公司的发展。大家目标一致、结果导向、效率很高。

主创成员是否具备我没有的技能、资源? 和他们共事，我是否有不断学习精进的机会?

是的。无论是侯总还是其他几位高管，都比现在的我段位高、资历深，在管理水平、业务能力、人脉资源等方面胜出一筹。如果加入他们，我绝不会原地踏步，只会受到激励、持续学习，成为更有实力的职场人。

公司文化氛围

能否与一家企业的气场相合，在很大程度上取决于公司的文化氛围。如果认同、欣赏公司的文化，那么工作时将更得心应手。我喜欢的公司文化包括这几点特征：较为扁平的组织架构、顺畅透明的上下级沟通机制、不官僚主义、办公室政治不严重或较少发生、具有协作互助精神、员工持续学习。

同金影接触的几年里，我陆续认识了多位从高管到年轻新兵的公司员工。通过和他们交流共事，我发现金影符合自己心中优秀的公司文化所具备的大多数特质。

我可以发挥的作用与价值

接受 offer 前必须想清楚：在这个岗位上，我能否发挥个人价值？我的核心技能是否胜任这份工作？我能为公司创造更多积极的价值吗？又或者，我在这里工作是否大材小用了？

首先果断排除最后一种情景。加入金影，绝不会屈才。侯总给予我的初始职位是首席战略官。在这个岗位上，我将和公司高管团队一道，制定公司从大到小的战略与日常业务规划，尤其在拓展国际市场、新赛道和新项目上发力。虽然我是一名啃过不少商业案例、学了很多商业理论的 MBA，但实战经验尚浅。侯总愿意给出这个头衔，于我而言是机会与挑战并存。

我能为公司带来什么

这些年锻造夯实的综合工作技能。

中美两国学习工作背景给予自己的国际视野和多语言能力。

对工作极高的热情，年轻职场人的冲劲儿、闯劲儿。

以上这些都将成为我的左膀右臂，协助我在金影创造价值。

我可以学到和获得的东西

这一点对年轻职场人而言尤其重要。工作当然不只是为了完成任务、领取薪水，更是为了在精力充沛、脑力在线的年纪，多涉猎多学习，使自己成为一名实力出众、经验老到的职场高手。

在金影工作，我将有机会深度参与甚至直接牵头各类超级项目，不管是IP的遴选、采购和运营，还是影视剧及动漫游戏项目的投资操盘，并通过一个又一个项目积攒丰富多元的经验，这些都是耶鲁和哈佛课堂无法提供的。

同时，我还能在工作中与不同公司和平台的合作方建联，在文化产业的最前线结交一批才华横溢、能力卓越的同行。哈佛的多位商学教授曾说："无论对公司还是职场人而言，最有价值的资产都是'人'。"拓展优秀人脉，就是在为自己创造更多机会。

薪资待遇

对任何人而言，这都是求职时非常现实，也必须要仔细评估的一点。基于这些年的教育和职场履历，我认真思考并明确了现阶段能让自己满意的薪资水平——作为拥有几年工作经验和MBA学位的人，我希望能在固定工资与奖金之外获得一定的股份、期权，以激励自己和公司一同成长发展。

不得不说，这一点侯总比我考虑得更周到，并且开出了超过我预期的薪资待遇。

其他考量

地点：我希望回到北京生活，而金影的大本营就在北京。

工作风格：为项目加班当然可以，但我不希望每天疲于奔命，经常牺牲工作之外的休闲生活。而金影反对内卷、反对无效加班，员工们能享受完整节假日，高管无须每天到公司打卡。

从 MBA 到公司总裁：我做了什么？哪些变了，哪些没变

我，一直是原来的我，不会因为在职场摸爬滚打久了，就彻底褪了底色变了味儿，不会丢弃本心，不会八面玲珑，不会曲意逢迎，也绝不会有一天，连自己都不记得自己曾经是谁了。

毕业回国已有几年。作为全职职场人的生活比之前更紧凑，也更带劲儿——读完 MBA 后的这次回归职场，不再是二十出头进入高盛时有上司罩着的“金融小民工”，也不再是首尝创业时在牛游果团队里的初生牛犊，而是肩负了更多责任和挑战的青年高管。这些年的职场历练和收获，比先前几年还多了不少，恐怕得用一整本书的篇幅才能详述。（保证精彩。当然，前提是出版方邀我再写新书。）

且先通过此文，分享自己这些年在职场的几点体验、变化与坚守。

“李常在”

回国后我延续着之前的工作习惯：喜欢在公司办公室忙碌的感觉。总有人说，真羡慕你啊 LEO，年纪轻轻做老板，都不用吃打工人每天上下班打卡刷脸的苦，想不去公司就可以不去。

但实际情况是，作为高管虽不用打卡，但我从不觉得到公司上班、坐班是吃苦。相反，我太喜欢每天沐浴着晨光朝阳走进办公室，忙碌一天后披星戴月回家的感觉。甚至还时不时独自待在深夜里寂静的公司，继续在电脑旁“吭哧吭哧”一番之后，才意犹未尽、依依不舍地关门回家。

这个爱坐办公室的习惯，多少受初入职场时我欣赏的一位高盛合伙人的影响。他当时已是横跨华尔街和亚太金融圈的资深大佬，但入职近二十年、已过不惑的这位大老板，依然常在深更半夜健身后，穿着运动装回到办公室，津津有味地改模型、做 PPT、和美国团队开电话会议——要知道，做到合伙

人的多数高盛银行家是几乎不加班的。有段时间我加入了这位合伙人的项目团队，曾几次在大晚上和他并肩“干活儿”。大老板工作时身体力行的精气神和对下属的亲切态度让我这枚小兵体会到了工作的快乐。

加入金影后，我这爱在公司待着的习性，起初还曾给团队员工制造了些压力：“哎呀，李总还没下班，咱们也得再待会儿，不然不好吧……”

发现这样的情况后，我果断在例会上跟众人说：“咱们公司从不宣扬和鼓励‘刷脸’文化，没必要因为上司没走，自己就得继续在工位上陪着。我们讲求的是效率和质量，绝不以无谓加班为荣。如果大家把工作漂亮地完成了，在下班时间放心离开就好。”

有了我这番表态后，公司员工再没因为“是否要刷脸”而顾虑过。几位同事还给我起了个外号：“李常在”。这实在是个巧合！因为多年前在投行“搬砖”时，我就有了一字不差的外号。

之所以一如既往地喜欢在公司忙，是因为我对工作有发自内心的兴趣，甚至可以不夸张地说：我觉得自己现在做的事情太好玩了，好玩到每天都期待到公司忙活，加班也成了令人愉悦的事。对工作的兴趣不但源于具体要完成的每日工作事项，也因为我能一直怀揣学徒的心态，在这份工作中不断学习和提高。而这也是我建议你尝试的“自测法”：

问问自己，在每天起床醒盹儿的那个刹那，想起目前的学业或工作，你是否有哪怕一丁点儿的期待感？甚至，有跃跃欲试、迫不及待要开始这一天的感觉？你是否能在睡前回顾即将过去的一天时很确定地告诉自己：嗯，在今天的学业或工作中，我又学到了新东西、有了一项长进？

如果有，那么恭喜你，当下的你起码没有背叛自己的本心，没有虚度有限的光阴。

和大家在一起，我不是“李总”

顺着上面这点继续说。当老板的这几年，我享受和同事们面对面交流、干活的每分每秒，从不想也不会因自己的职位更“资深”就高高挂起。我不会和团队刻意制造距离，不想矫情摆谱，更痛恨在职场里常被人诟病却非常普遍的微妙的上下级关系、办公室政治。在金影，从侯总到其他高管，再到中级员工、初入公司的在校实习生，都直呼我“LEO”“柘远”“李常在”，甚至“学长”。我至今不觉得自己像也不想成为被别人小心翼翼称呼的“李总”。我喜欢扁平化的管理和沟通，也在入职金影后努力把这种机制发扬光大。谢天谢地，起码到目前为止，大家都对这样的风格很是喜欢。

比如，我们取消了在多数公司都有的、专属于老板的独立办公室，用腾出来的空间新建了若干个团队工作室，方便项目成员们一同工作。又比如，结合之前的职场经验和 MBA 所学，我启动了“兄弟姐妹互助辅导项目”，让部门总监级以上的员工与一个同部门、一个跨部门的下属员工结对子，为期半年。接着，鼓励他们每半个月进行一次“二人咖啡聊天局”，“大哥大姐”分享项目业务经验和职场心得，帮“小弟小妹”解决在工作中遇到的困惑和难题。另外，每个月底组织一次团队球赛，每季度来一次“逃离北京市区”的团建小旅行。活动经费当然都由公司承担。

入职公司至今，我自己也已陆续当过十多个员工的“大哥”，通过定期的聊天等活动和他们加强了纽带。我一直坚信，如果领导愿意在布置冰冷的业绩目标、召开严肃的工作会议之余，适当多抽点时间和员工互动、待在一起，将非常有效地增强团队凝聚力和彼此之间的信任感。一家公司是否能留住人才、一份工作是否让人喜欢，很大程度上取决于同事之间的日常关系与互动气氛。如果管理层能营造友好、上进、平等的文化，那么大家都能少一点儿应对办公室政治的焦头烂额，更心无旁骛地完成工作、享受工作。

钱重要，但有比它更宝贵的

和大伙儿增加互动、定期聊天还不够，也要让每个成员获得实实在在的激励，促使他们为自己作为公司的一员感到安心、骄傲、有奔头儿。

在哈佛的领导力与团队创新管理课堂上，我曾学过一个经典理论：“内源性因素与外源性因素”，说的便是调动员工工作热情、增强员工忠诚度与归属感的关键要素。商学院的多项调查发现，大多数公司，留住人才的主要策略都是提供尽量优厚的薪资待遇，通俗说来就是“多给钱”，比如互联网大厂 HR 常动用的挖人武器：二十薪，丰厚期权，五花八门的奖金和福利待遇，不一而足。

这些涉及薪资的策略都可归于外源性因素，也确实能正中不少员工的下怀——尤其是那些一心搞钱、想快速夯实物质基础的职场人。但在哈佛学到的这条理论告诉我：待遇固然重要，但它未必是留住人心、锁定人才的最关键因素。对相当一部分人而言，包括喊着“工作只是为了赚钱”的人，是否喜欢目前的工作、愿意长期做下去，更取决于内源性因素——那些与个人价值观、目标和理想直接相关的因素，那些更贴合“本心”的内因，比如：公司是否在日常工作中给予各种机会，让员工不断学习和提升，而不是“每天混日子，重复着机械无谓的事情”？是否能在工作中发挥个人价值、做出积极贡献，获得“我被公司需要、我在创造积极变化”的成就感？

如果一家公司只有“钱、钱、钱”的外源性因素，而长期缺失能真正鼓舞人心、激励干劲儿的内源性因素，那么人才迟早会流失。作为公司的高管，我在确保员工的薪资待遇具备竞争力的同时，更要让内源性因素在这里生根和茁壮成长。

怎么做呢？基于目标与关键成果原则和目标管理原则制定有一定狼性和挑战的业绩目标，接着给表现卓越的员工“狠狠点赞”，我协同人事部设立了“每周、每月、每季度、每年的各部门项目之星”等多种激励性评选，不但发放额外奖金和旅行经费等物质奖励，也在全公司面前毫不犹豫地表扬，有时还会邀请这些佼佼者参加管理层的晚宴和郊游活动，进一步对他们的优异表现予以肯定。

读到这儿你可能会说：也没啥特别的吧，很多公司不都有类似措施吗？但我可以很有底气地说，像金影这样把各种激励机制执行、发扬得全面而透彻的公司，实属凤毛麟角。入职公司的几年里，我感受到了日益增强的凝聚力和积极向上的气氛。文影娱和媒体行业的员工流动率颇高，但在金影效力超过四年的员工却占了六成，不乏从公司创建伊始就工作至今的元老成员。

我，一直是原来的我

我，一直是原来的我，不会因为在职场摸爬滚打久了，就彻底褪了底色变了味儿，不会丢弃本心，不会八面玲珑，不会曲意逢迎，也绝不会有一天，连自己都不记得自己曾经是谁了。

死党老友们一致评价"LEO 这人性格温和，脾气很好"，但我其实有倔强固执的一面。这种执拗，体现在我一如既往坚持自己的三观原则，不愿被世俗改变了自己。"人在江湖，身不由己"这句话我一贯厌恶，因为短短八个字透露出被现实磨平棱角的无奈感，以及一丝放弃自我的油腻感。

这是一种悲哀。谁说入世打拼，就得被迫让步和改变自己，甚至落入身不由己的境地？

并不需要。如果做一件事需要我与坚守的三观背道而驰，那么我会果断放弃商业层面的利益，脱手这件让我日后想起时会感到不适的事情，然后，接着做自己。

所以，我这些年在职场和生活中坚持的"自己"，是什么样的？用几个点概括：

1. **保持谦卑，不断学习。**无论是二十岁，还是三十岁、四十岁、五十岁……九十岁（假使能如此长寿），我都要做一名持续学习者，不故步自封，不因已有的知识储备和职场成绩而自命不凡。"总裁"只是表层的光环罢了，我深知自己还有太多需要继续完善的地方。在这方面，终身学习的经营之圣稻盛和夫是我永远的榜样。

2. **遵纪守法，对什么可以做、什么不能做有清晰的认知和警惕感。**在哈佛读书的两年里，我研习过多个高管折戟的案例——他们才华横溢，曾在商界呼风唤雨，却有意或无意间触碰了法律的红线，惨遭滑铁卢，甚至从此被市场彻底封杀。这些真实案例一次次给我敲响了警钟：做任何事，都必须以法律为准绳。若想在变幻莫测的大环境中可持续地发展下去，就得规避一切的想当然和模棱两可，睁只眼闭只眼的灰色地带里总是危机四伏，不可因利益的诱惑而心存侥幸。

3. **拒绝无谓应酬。**这点也出现在了后文《三十岁前，我庆幸自己做了的事情》一文中。我并非热衷社交之人，更习惯和三两挚友小聚谈心，对任何喧闹的大聚会则是能避就避。国内商界的酒桌文化，我是既厌恶又怵头，这些年来一直如此，也未有说服自己做出改变的打算。为什么要逼自己在酒局上觥筹交错呢？为什么要假笑着回应"李哥""哥""弟"这些亦真亦假的局间寒暄呢？有人说，你不喝、不做做样子的话，生意可能就黄了、单子就飞了。那么好，就让它飞了吧。那些一定得违背本心酩酊大醉后才能谈成的项目，不做也罢。好在这些年一直愉快合作的伙伴们知道我不喜应酬的脾气，也都友好地予以了理解和配合——在此一并谢过！

4. **工作与生活的平衡。**乍一看是否觉得不可思议？“LEO，你这么热爱工作，都‘李常在’了，又怎能顾及生活？”你别说，还真能。我的工作时间确实长，但这不意味着我就放弃了生活里该有的放松减压和愉悦。相反，越是像我这种爱忙活的人，有时还越注重劳逸结合。不工作时，我就尽情享受生活的各种乐趣：睡到自然醒，窝在沙发上吃着美食看电影，陪我的猫咪和狗狗，和家人下厨做一桌好吃的，在大北京骑行或野跑一下午，到郊外爬山涉水，买张票说走就走去旅行，和朋友打牙祭逛展览……工作，是为了更好地生活；而生活得舒心了，工作起来也会更得心应手，这是职场人都该尽量达成的良性循环。

回顾这些年，我作者梦的实现

我只想踏踏实实循着本心，继续踏踏实实地做自己喜欢也能给别人创造积极价值的事情。

这些年在忙于工作和学业之余，我还出版了三本书。第一本是2016年底出版的《不如去闯》（1.0版），分享了自己的求学经历和职场初体验。2020年盛夏，我出版了第二本书《学习高手》，总结了自己的学习经验。基于《学习高手》的创作经验和读者反馈，我又在2022年7月推出了以少儿和家长为主要读者群体的《小学生学习高手》。

2021年夏天时因为《学习高手》的销量不错，我竟成为出版界的“宠儿”，受邀参加了在苏州举办的江苏书展。

我虽然已经出了不止一本书，但因前些年忙着读MBA总不在国内，所以这其实是我人生头一次以作者身份参加书展。主办方和出版方把我安排在了周日白天黄金时段的中心大厅，让我受宠若惊。毕竟，和写作界的前辈大家们比，我只是个年轻作者而已。

我想起很多年前读中学时，会默默欣赏、钦佩那个年代的“青年天才作家”们。读他们文采飞扬的作品，沉迷在故事的字里行间之余，我曾想：这辈子，我也有机会出本书吗？如果出了书，有可能摆在书店醒目的位置，被一些人读到并且喜欢吗？

从小学三年级起，我确实隔三岔五在报刊上发表些碎片小文，但要说正经出版一本完整的书，似乎可望不可即。

后来到耶鲁读本科，生活很忙，学习也辛苦，但仍喜欢写点文字，记录自己在某个特定时刻的经历和心情。写作的文字，也从中文拓展到了英语，直至后来写点日语的碎碎念。

毕业后的二十出头回到北京，投行高强度的工作常让人筋疲力尽，但写东西依然是我不变的减压方式。什么都写，不打腹稿，顺着心情写。有时也

在读者见面会上和来自各地的伙伴交流，总能让我嘴角上扬

会斟酌提纲，写些严肃认真的东西。有时甚至写到自己入了情境，以致心脏狂跳不已，甚至不知不觉泪流满面。

但出书这件事还是没敢想太多，毕竟一直认为自己资历尚浅，段位不够。

直到二十五岁，我遇到了伯乐恩师：长江新世纪公司的创始人、出版界的资深前辈金丽红老师和黎波老师。被称为“金黎组合”的两位伯乐，出版过多本经典畅销书、常销书。

记得第一次见面是和黎社喝下午茶。黎社全程微笑听完我的求学经历分享，然后说了让我忘不了的这句话：“这小伙子的故事我太喜欢了。特别实诚，特别好。柘远，你好好写，我们来帮你做一本书，而且把它做好。”

不管是谁，生命里一定会有几次“门打开的瞬间”——可能是机会的降临，可能是顿悟，可能是某个里程碑式的跃进。对我来说，金社、黎社的信任，就是一次“门的打开”。

然后，就是进入一个美丽新世界。

写作第一本书《不如去闯》（1.0 版）的过程总体顺利，但当然有卡壳、茫然甚至毫无头绪的体验，每当这时，拥有几十年出版经验的金丽红老师都会跟我说："李柘远啊，你别急，你写得很好了，非常好，不要有什么压力。别太较真，都会很好的。"

金社、黎社和长江编辑老师们的支持陪伴着我完稿，然后就有了大家都知道的故事：《不如去闯》(1.0 版) 在 2016 年的冬天上市。金社、黎社专门安排了隆重的首发式，在对外经贸大学，甚至把我钦佩的马东和朱迅老师都请来了。对二十多岁的后辈来说，这就是荣幸。

接着，这本书不小心被很多读者知道，成了畅销书。我自己竟还获选当年度影响力作家。只是，我真希望能把"作家"这个词改成"作者"。何德何能被称为作家啊!

所以，十几二十岁出头的默想，在二十五岁时变成了现实。

我至今无法确定在这个过程中有多少必然，又有多少偶然的因素。但我知道一切都是最好的安排。

曾经很遥远的念想，如果你从不曾把它放弃，如果你总让它或明或暗地存在于心里，如果你一直没停止做些和它有关的事情，那么它就永远不是"不可能"。

第一本书出版后，我被更多人知道了。在很长一段时间里出版邀约井喷，但我不想也不敢马上接下每一份邀请。原因只有一个。从小到大，我对"书"这个载体心怀敬畏。写推文发公众号可以，投自己满意的单篇文章给杂志刊登出来可以，但书，不是随便写的，更不是随便就能写好的。

我不想也不允许自己仓促上阵、敷衍完稿。糊弄自己、糊弄读者这件事，我做不出来。

当时有家出版社的编辑特别急切，带着选题规划数次到公司"蹲"我，得知我正在学校熬夜拼论文备考，为了书"早点能出来"，他竟建议我找个"文字运营"，协助我"整理"书稿。

如果这个建议不存在，我也许还会回国后和这位编辑见面聊聊，但这样的点子一出，我只能永久封禁和他甚至和这家出版社合作的任何可能。

因为他的建议触到了我三观的底线。我自己的书，决不允许其他任何人代笔。每一个字，每一个标点，都必须是李柘远亲手写的。

因为对书的不可妥协的敬畏心，我正式启动第二本书的写作，已是第一本书出版后两年的事情了。

经过非常较真的考量后，这次我选择和磨铁公司合作。其实选人远比选公司重要。选择磨铁，是因为被这家公司的出版团队打动。

通过确定合同前的多次沟通，我深感这是一个很专业的团队。是的，非常专业，这也是我很看重的一项职场人必备素质。他们的专业由几个元素构成：

首先，热爱出版事业。一个死心塌地在某个领域精耕的人，一定不会差。

同时，具有韧性和效率：图书出版界的日常工作节奏快强度大，但新书的产品经理在工作之余还高效兼顾了自己创办的荐书平台，并且把年幼的孩子带得很好。

当然，也因为这个团队对我本人、对我能写出的内容的深度钻研和精准理解。他们的思考和策划能力是那段时间所有发来邀约的编辑里最出色的。

所以，我踏上了愉快却也比较辛苦的第二本书的创作之旅。《学习高手》的诞生过程我不再赘述，相信不少读者伙伴已经有所了解：从哈佛 MBA 二年级开始，长达一年半的熬夜码字。完稿后多轮处女座 + 摩羯座“附体”的修改优化。无论是正文，还是目录、封面、环衬、腰封、推荐语等零部件，我全部锱铢必较、绝不敷衍。直到一贯高质量严要求的磨铁团队也彻底服了气。

出版至今，《学习高手》的读者早已超过百万，这也让我备感开心、踏实。因为自己写得很用力的每一段、每一篇，真的帮很多朋友把学习“搞”得更好了一点儿。

在这个竞争激烈的年代，学得更好、考得更棒，依旧是无数人的出路和机会。

回到上面说的两个词：“感谢”和“感恩”，我想在结尾表达得更明确些：谢谢从全国各地赶到江苏书展和我见面的每一位朋友。谢谢这些年一直未曾离开的每一位伙伴。谢谢你们对我的作品的每一份回响。谢谢帮助过我、鼓励过我、包容过我、提携过我的每一位恩师、贵人。我的才华不比很多优秀作家，无论是内容还是文采，这世界上有太多人比我厉害得多。

我只想踏踏实实循着本心，继续踏踏实实地做自己喜欢也能给别人创造积极价值的事情。

我未来的生活，会是什么样的

未来的生活，会是我喜欢的模样。

从小到大，我都习惯给未来做规划，近至一周后的“未来”，远至构思了数年之后“我在哪儿、在做什么”的中长期目标。然后，按着自己设计好的蓝图一步一个脚印往前走。

不过与此同时，我也深知未来永远存在一份“不确定”，所谓有时发生的“计划赶不上变化”。也正是这“不确定、不可测、不明晰”，为我们的生活添加了一分朦胧的、有距离的美。如果一眼便能望到头、看见边、了解了生活的每一步变化和命运的走势，人生岂不少了许多“探索和发现”的精彩?

我规划未来，但从不设置太多条框、不过度着眼微观细节，正是想为人生留点白，在朝着一个大方向踏实前行的同时，能够随时从容、积极地拥抱变化。

总有朋友问我：你未来的生活会是什么样的?

如果以一句话来回答便是：未来的生活，会是我喜欢的模样。

假如一直按着规划走进未来，固然很好；如果中途因不确定因素稍稍偏离了既定航向，那也未尝不可，结合变化想好并走好下一步便是。能多一种经历、多看些风景，人生也将更丰富、厚重。

“未来会一直在北京吗？”

本科毕业后我就搬到了北京，刨除在哈佛读书的两年，我已在这座城市待了七年。目前的感觉是越住越习惯，丝毫没有七年之痒。过去这些年，我从起初的不适应、不喜欢、想逃离，到渐渐在这里结识了更多朋友，有了稳固的事业根基，家人也搬来常住，北京于我而言成了国内的又一个故乡、大本营。所以从社交、工作、家庭等各个角度讲，我目前没有离开北京的理由。

我已经很习惯北京，也对这里有了相当的感情。

但我依旧很确信，自己不会一直在北京，虽然这里永远是让我感到心安的、有温度的“据点”，是离开后会想念和牵挂的地方。

待在北京的理由很多，离开的原因也能随时出现——比如公司业务拓展，需要我驻扎另一座城市，甚至另一个国家；比如组建了家庭，而家庭成员更希望搬离这里，住到别处……

再加上我本是四处漂泊的人。过去二三十年的生活经历，已经让我成为一个可以随遇而安，也习惯了探索和闯荡的人。

所以，生命中在北京的这一站，我很喜欢、很享受，目前也暂无下车的计划。如果未来要离开这儿，我固然将感到不舍，但也会期待下一站带给自己的全新体验和精彩。

“打算什么时候结婚成家？什么时候有自己的小孩？”

哈哈，要感谢读者朋友们比我自己还操心这件事。其实我家人几乎没催过婚，也从不给我相亲，倒是常有读者和身边的朋友苦口婆心地催我，担心我再不结婚就“坏了”“浪费了”。

还有不止一人曾说：“结了婚以后要记得多生几个，为国家做做贡献！”

能生几个娃这事我真没法确定，也做不了主，毕竟孤掌难鸣。何况，我想充分尊重另一半的想法，绝不能自己强势地说了算，对吧？

不过必须承认：我喜欢孩子，很喜欢、非常喜欢。尤其这两年在我眼前晒娃的人越来越多，包括家里的堂哥堂姐、结了婚的校友、身边的同事。有时我也被邀请一起遛娃，每回都会秒变孩子王，抱着小奶娃们舍不得放下。看着小家伙们信任感满满地在自己怀里睡着的可爱样子，我好几次禁不住幻想：如果这是自己的娃，那该多好哇，简直得乐坏了。

对，我知道，看完上面这一段的读者朋友们会说：喜欢孩子，所以才得抓紧找对象啊！

其实，即使抛开喜欢小朋友这个点不谈，我对美好爱情也从来都是向往的。谁说单身狗不能憧憬爱情？只不过我也坚信：顺其自然，强扭的瓜不甜。我不会为了谈恋爱而谈恋爱，为了完成“到了适婚年龄就该结婚”这个任务而结婚。

何况，谁说到了“适婚年龄”就得着急忙慌地结束单身？还是得遇见合适、合拍、合缘的，才能开始一段绵延不绝的浪漫相守。

“未来还可能重返校园继续深造吗？”

我是“上学”这件事一辈子的粉丝。我喜欢并想念自己十八年学生时代里的每一座校园、每一段求学经历。所以我想回到校园，即便不是拼搏事业的现在，也会是时机成熟的将来。再次背起书包做学生，可能读两三年，可能只是半年几个月。一切皆有可能。

我甚至还发过两条微博，直抒想重返校园的心情：

“立一个让自己期待的 flag：重返校园，再当一回学生。这次不读老本行的经济和商学了。要读自己很喜欢、很想探索的领域。这次还想换个国家，换个大洲。

“三十而立之后再读书，有人可能会觉得我‘太不按牌理出牌’、不遵循“求学—职场—退休”的人生轨迹了吧？但这辈子不就是要活得好玩、活得尽兴吗？

“何况，这些年的打拼，也让自己有了更多从容和自由。是读书、工作，还是边读书边工作，我都已有了选择的空间。

“所以，如果哪天我又拿了个 offer，大家不要惊讶。”

“工作之余的一个小爱好是逛世界不同大学的网站，看看在学术科研领域和校园生活里又有哪些新鲜好玩事。

“前段时间发了条微博，说考虑这两年重返校园再读个书。今天在做‘线上大学之旅’时初步缩小了范围，但，依然是选择困难症发作。怎么这么多学校的这么多项目都这么好玩呢？

“比如某欧洲岛国有小河流淌的某老校的人类学，比如现实版霍格沃茨魔法学校的文学史，比如坐落在能看到雪山和湖泊的美好城市的某学院的人工智能专业……同时竟也重燃回耶鲁、哈佛的念想。

在云南的彝族高原牧场，
天高任我行

“且容我在五彩斑斓的大学世界里多徜徉流连一会儿，再做决定吧。也继续欢迎大家推荐。”

我也常想，等许多年后自己告别了职场，就到学校教书（如果有学校愿录用我），和年轻学生们待在一起。如果能在校园边上有个房子，和老伴一起住在那儿，孩子们偶尔回来小住几天，就更幸福了。

“除了工作、学习、组建家庭这几件大事，对未来还有什么期待和梦想吗？”

当然。人生正是因为各种期望和奔头儿的存在而美妙。自己距离变成白胡子老头儿还有很长一段路要走，所以不妨先列一列从青年到中年大叔的这些年里，我想做到的事情：

除英文和日语外，再学一门外语，可能是法语，也可能是北欧的某种语言。不给自己严苛要求，能基本会话交流就好。

至少再出版三本自己写的书，也许是生活和职场随笔，也许是精进干货，也许是虚构文学创作。

把厨艺修炼好。除了已经会的中国菜，下面这些菜系中，每种菜系至少学会做一道：巴西菜，日本菜，韩国菜，娘惹菜，印度菜，意大利菜，法国菜，俄罗斯菜，墨西哥菜，南非菜，土耳其菜。

带从事英文教学和翻译多年的妈妈游遍所有英语国家。英国，爱尔兰，新西兰，加拿大，巴哈马，牙买加……

帮妈妈出版她自己写的第一本书，而不是她翻译的书。

给妈妈找一位可以相伴彼此余生的伴侣（这一条不一定要实现，也得结合妈妈的意见）。

和最爱的人结婚，且只结一次婚。

结婚十周年时，和爱人在谁也不认识的地球另一端再办一场当地风格的婚礼，重温新婚的日子。

至少有一个女儿。把她视作公主，让她骑在自己的肩头，带她出去看看这奇妙的世界，睡前为她念故事，带她学跳舞、做运动……总之，给她最好的成长环境和物质条件，但绝不会娇惯。

至少给自己的孩子制作五件玩具。

长期资助几名孩子，可能来自国内的贫困地区，也可能来自柬埔寨、几内亚比绍，又或者津巴布韦。

作为校友，给母校捐款至少一次，帮助更多聪颖上进的孩子完成读书梦想。

至少参加五次老同学、校友聚会。

再次回到校园做一名学生，不管读多久——三个月或一年，不会再学商科和经济学，而是更有意思的领域。

自编自导一部微电影。

在非洲或拉丁美洲的某个贫困村庄至少做一个月义工，尽己所能帮助当地百姓改善生活。

在加利福尼亚的阳光海滩边拥有一套属于家人和自己的大房子，有能望到无垠太平洋的落地窗、种满各种花的小花园、一个游泳池、一架三角钢琴、自己喜爱的艺术品、一只大狗和两只猫咪。

参加至少一次马拉松。

登顶至少两个大洲的最高峰。为了家人放心，不会挑战珠穆朗玛峰。但非洲的乞力马扎罗山、大洋洲的查亚峰和欧洲的勃朗峰都可以考虑。

开创一个属于自己的品牌，也许就叫 LEO Li，设计制造一些限量版的好东西。不为赢利，只为好玩。

养一只非主流的宠物，比如鳄鱼、变色龙或者蛇，并且为它养老送终。

抽出至少半年时间吃素，任何荤食都不沾。

到某个没有尘世喧嚣的地方，参加一次真正的禅修，不说话，不胡思乱想。静心，和自然融为一体。

继续提高摄影技艺，办一次个人小型影展。

主持一次好朋友的婚礼。

和非洲酋长喝一次大酒。

学会跳一种舞，并且要跳得还不错。

和海豚游一次泳。

熟练掌握单板滑雪，滑遍世界上最好的雪场。

骑骆驼在撒哈拉沙漠漫游一周。

骑自行车环台湾岛一圈。

在国际日期变更线边上的南太平洋岛国上迎接新年第一缕阳光。

从乌斯怀亚去南极洲看企鹅。

在北极圈里看极光。

开船从智利出发，去复活节岛和加拉帕戈斯群岛。

把手机和电脑都抛在身后，在巴西亚马孙雨林和原始土著部落同吃同睡半个月。

除了比较“主流”的欧美和亚洲国家，这些地方也必须自己或带家人去到：秘鲁马丘比丘，南非好望角，埃及尼罗河，巴拿马运河，阿根廷潘帕斯草原，古巴哈瓦那。

三十岁之前体脂率保持在 15% 以下，要有比较清楚的腹肌，比较饱满的胸肌、臀肌和大腿肌；三十到四十岁体脂率尽量不超过 20%，继续拥有（隐约）腹肌；四十到五十岁要有平坦的小腹，身材仍要匀称结实。

从现在开始，再看完至少六百部电影（以平均每个月两到三部算）。

从现在开始，再读完至少一千本书（以平均每个月三到四本算，“一百天十本书”）。

去闯攻略

Action Plans
&
Strategies

我眼中的完美员工，是这样的

本科毕业后我在不同平台、不同职位上与不同人共事，这几年也深度参与了公司管理和人才招募，根据自己的观察和经验总结出了十条特质，用以概括我眼中的完美员工。读者朋友们或许可以参阅一二。当然，以下仅代表我个人观点，而我也只是一名与"完美"距离尚远，仍在努力优化自我的职场人。所以，欢迎大家提出补充意见或不同观点，我们共勉。

有效率的思考者（an effective thinker）：在职场上可以不爱说话，但不能不爱思考。我一直欣赏把思考当作习惯甚至变成本能的员工，这样的人总能考虑到事情的不同方面，优化推动项目的方法。积极参与头脑风暴、为团队献计献策，就是为老板省心、为自己争取到更多的信任和机会。

有创新力（be innovative）：在合法、合规、合理且具备一定可行性的前提下，善于创意创新，跳出思维定式和固有框架，探索和寻找到解决问题的全新和变通方式。我坚信，创新是公司和个人不断进化、持续前行的重要原动力。

主观能动性强（be proactive）：习惯为自己规划和制定目标，并在目标确认后高效执行，而不是一味坐等上司布置任务，被派活儿后简单回复个"收到"了事。另外，习惯主动评估和复盘自我，为自己提要求，没有"差不多就行了"的糊弄心态。在精力和时间允许时，愿意尝试本职工作之外的新领域、新项目，鞭策自己不断变强。

有"我能行"的态度（have a can-do attitude）：主观能动性强的员工通常不怕困难和麻烦，具有"好的，我能行、我能漂亮完成"的积极态度。工作其实就是解决一个又一个问题的过程，我不希望看到自己团队的成员知难而退、惧怕挑战，那些把"啊，这个我没做过""我可能不行""不然让别人来做吧"当口头禅的人，很难在职场上有大的突破和成就。

说到做到（keep promises）：靠谱就是说到做到，一旦许下承诺就坚决按计划完成（除非出现不可抗因素）。在前面章节我曾说过，under promise，over deliver 好过 over promise，under deliver；在做出承诺的同时，也是在给予别人一份期待感，告诉他们：你信得过。不要因为食言而亲手毁掉团队对你的信任。

与这些毛病绝缘（not a fan of these）：抱怨，八卦，撒谎，眼高手低，对工作挑三拣四，拉帮结派搞对立。一个员工一旦被我发现有这些情况，他在我心中的形象会瞬间一落千丈。视情况，通常不会给他二次改正的机会，直接让其走人。

善于合作，团队作战（be collaborative，good team player）：这些年我有幸结识多位才华横溢的“职场明星”，他们各有所长、各具人格魅力，也取得了不同的成就，但他们几乎都有一项特质：善于并习惯与人合作。职场不再是单纯的做题考试拿高分，学生时代凭一己之力就能傲视群雄的学霸未必可以在工作时继续如鱼得水——如果他们桀骜不驯、自命不凡，不愿同人合作，或是只考虑个人利益得失的话。职场是团队作战，是群体游戏，是默契配合共同得分。个人能力与锋芒固然重要，但善于与大家“一同干活儿”的人，能走得更远。

善于沟通（be communicative and responsive）：性格可以内向，但工作中不能不善于沟通。这样的员工尤其让我放心、省心：收到新的工作事项时立刻提问、明确细节；推进项目时定期以不同形式（会议、邮件、信息等）反馈最新进度；完成后第一时间汇报并复盘。相信很多人和我一样，不喜欢回复一声“好的”后便久久没了音信的员工——这项工作做得怎么样了？是否遇到瓶颈和困难？是否能如期交付？这些问题如不及时与团队、领导沟通，不但会令人不安心，还可能遗漏关键问题，影响后续进程。

高效多产（very efficient and productive）：效率 + 多产 = 胜利。与效率有关的职场信条都是老生常谈，但实在至关重要。我尤其青睐工作时心无旁骛，在下班前高效漂亮地把事情做好，然后下班享受生活的员工。如果总在苦哈哈地加班，工作成效却乏善可陈，只能侧面反映出自己能力不太行，无法被委以重任。

有工作热情、认同感（be passionate and dedicated）：对工作的热情 + 对公司的认同 = 职场成功的基石。也许有人会对这条被单独列出感到不解：这需要专门说吗？是的，需要。因为工作不是玩乐，工作里总会有苦心志、劳筋骨的时候，这是与人性中享乐、安逸属性相悖的。如果一个员工具备上面九条的全部或大多数，他对所在的公司和当下的职位就抱有积极态度，起码不会厌烦和抵触工作，离职的概率也较低。对公司和本职工作认同感强的员工不但值得被培养、重用，还能以他积极的气场正向影响同事乃至整个团队。

当备感压力和疲惫时，我如何让自己的状态好起来

读到这里，你一定已经看出来了：我是个无论学习还是工作都很拼、很能熬的人。身边的朋友们也给我起了各种外号，比如“拼命三郎·李”“永动机”“能量小马达”。

我一边笑纳大家赠予自己的这些称呼，一边也想略带无奈地澄清一下：其实，我只是更易受到目标驱使、做起事来更能吃苦的普通人罢了，同样有备感压力、筋疲力尽，甚至“整个人都不好了”的时候。当状态不在线时，我会按下“暂停”键，稍事休息调整，再带着焕然一新的精气神开始下一段的忙碌。

分享一些我卸载压力和疲惫、重新点燃自己的方法。大家如果忙累了、“卷”累了，不妨试试看。

给自己做饭，想吃什么就做什么

不会做就查攻略翻视频，依葫芦画瓢做出来。要是不想太麻烦，就煮一碗辛拉面或香辣牛肉味、香菇炖鸡味的泡面——最传统经典的那种，再扔根火腿肠、几片生菜叶子，然后煎个荷包蛋，配在一起吸溜着吃。当身心疲惫时，美食真是充满治愈力的宝物。

收拾屋子，从客厅卧室到厨房厕所阳台整个彻彻底底大扫除一遍

关掉手机、电脑，暂时将一切压力源头彻底屏蔽。穿着大裤衩和背心，或赤膊，光着脚。放着音乐。怎么舒坦怎么来。把所有不要的无谓的东西全部断舍离，其中质量还很好的就送人或捐了，其他的果断弃之。经过大半天的收拾，每个角落都清爽无比。看着一尘不染的家，心情也会明朗起来。

自己在家“泡温泉”

哈哈，其实就是浴缸泡澡，但我会多“造”些意境出来，比如投两枚香熏浴球进去，让热水变成好看的颜色，再用蓝牙音响播放喜欢的音乐。然后进入“自制温泉”，半眯着眼睛泡上一会儿，直到浑身热乎乎红扑扑泡舒爽了，就出来，再哼着小曲冲个澡，周身清爽飘香，疲惫一扫而空。

看建筑和家居装饰主题的杂志、视频

我从小便是建筑发烧友，热爱一切美好的建筑，大学毕业后自己买房了，也开始对室内装潢有了兴趣。累了的时候，我会拿出日常订阅的几本建筑、家居杂志，安静地翻看一会儿，也可能打开常逛的建筑主题媒体账号，看看关于建筑和装修的视频，顺便憧憬一番之后如何把自己的房子装扮得更温馨、更漂亮。

像猫一样，打个小盹儿

养猫的朋友们一定都知道，猫咪酷爱睡觉，但它们的“觉”鲜有长时间的深度睡眠，通常是“一小觉、一小觉”地打盹儿，短则几分钟，长的时候也难超一个钟头。英语里有个词叫 catnap，直译过来是“猫咪打盹儿”“小睡”。当精力枯竭、身心疲惫时，我通常不再硬撑着继续干下去，那样只能事倍功半。这时候我会小睡片刻，哪怕睡不着也不要紧，只需闭目养神，尽可能放空大脑，让自己安静一会儿。这样做，便能或多或少地让状态好一些。

和最铁的朋友们小聚

我不爱社交，也无须多少社交，十分享受独处。但有时候，疲惫和压力是没法一个人疏解的，这时我就会联络几个无话不谈、友情比金坚的“老伙计”，和他们打场球、唱个歌、撸串小酌畅聊一番，把近期的压力说一说，让朋友们帮着出出主意，在谈笑间把心头的压力排解出去。

打开自己的各种“百宝箱”欣赏一番

百宝箱里装着从世界各地带回来的东西，尤其是笔记本和笔，还有朋友或自己寄回来的有手写字的明信片。回到每一段某年某月某日的记忆，在留恋过去的同时也能疏解当下的疲累、增加对未来的期待。

做积极心理暗示

这是我这些年养成的老习惯了，几乎每天都要默默来上几次，尤其是在疲累和压力感爆棚的时候，我会对自己说下面这些“台词”：

“我是最棒的。”

“我一定会没问题的。”

“我马上就能渡过这个难关，妥妥的。”

“我这么厉害，任何困难都休想击败我。”

“这点挑战算什么？更大的挑战我都战胜过。”

“不管是什么压力，我都可以‘兵来将挡，水来土掩’。”

“我是天下第一，有我畏惧或做不到的事吗？”

总之，当产生负面情绪时，就笃定地告诉自己：“我能行。”

写稿码字

写文章是同读者们交流和共鸣，更是释放压力、重返内心、跟自己对话。因学习或工作而疲惫时，我会按下“暂停”键，到惬意的环境里码码字：最熟悉的卧室和书房，街角的咖啡馆，有暖阳斜照的公园长椅，去往远方的火车或飞机上，图书馆的公共阅览室，差旅中临时栖居的宾馆房间。一台笔记本配一杯暖饮料，便能让自己沉静下来，暂时忘却周遭的一切，陷入写作的世界。

“萌宠疗愈”

累了、倦了、压力大了的时候，我还喜欢和小动物们亲密接触一小会儿。

作为一个天生喜欢动物的人，我每回都是“一看见可爱的小生命，脸上便泛起微笑”。家里养了猫咪和狗狗，我深深享受着做“铲屎官”的每一天。下班回家看见小家伙们，疲惫感瞬间减半。还记得在哈佛每学期期末考前的复习周，学校教务处都会和波士顿当地的动物关爱协会合作，把“萌化了的”各种小动物请进校园，让学生们自由接触、抚摩。把温驯的小香猪、小羊羔、小兔子、小猫咪、小奶狗抱在怀里，和软乎乎的它们亲切互动时，一切压力和烦恼都能被抛到脑后。

“淋漓释放”，也就是畅快淋漓地做一件正当的事，以起到减压目的

“初阶版”的方式包括各类运动，比如我每天都会做的慢跑、举铁等基本健身运动，以及攀岩、喊山。在前面的文章里，我提到了耶鲁校园旁名叫东岩的后山。当时我就经常趁着周末，从宿舍一路跑到东岩山顶，俯瞰耶鲁全景和不远处的大西洋，让学业上的压力随风飘走。

如果恰逢假日，就买张开往山和海的火车票，什么攻略都不做地随性出发

我喜欢看青翠的山和广袤的海，喜欢火车穿过隧道山洞时的忽明忽暗。途经山和海的线路国内国外都有不少，给我留下美好印象的有：福州到厦门（台湾海峡的海和八闽大地的山），北京到威海（华北平原到鲁中丘陵再到胶东的海），京都到札幌（坐新干线坐到过瘾，出本州岛进北海道时会穿越三十多千米长的青函海底隧道！），东京到金泽（途经川端康成笔下的雪国越后汤泽，冬天去更棒）。一个人选个靠窗的座位，戴上耳机听着清新的音乐，望向窗外的青山碧海，放空一段时光，压力定会消退不少。

三十岁前，我庆幸自己做了的事情

2021 年 7 月 30 日星期五，今天我三十岁了。

有一点儿不真实的感觉，还是忍不住感叹：时间，过得真快啊。

前几天我回济南探亲，家人们还是叫我的小名，就像 1991 年、2001 年和 2011 年时一样。不过，2021 年的这一天，我确实是长大了，而立了。

我本不喜欢过生日，尤其怕麻烦到亲友们。每逢生日，我都习惯一个人坐下，独处，安静地写点东西，回顾过往的日子，也想一想未来的生活。

前几年生日，我曾写过“× 岁的 × 条感悟”系列。在今年这个三字开头的生日，我想多写点、写得更具象些。

写这篇文章，一是回顾来时路，二是再次提醒自己：这些年能在那么多人的关心和帮助下一路成长，是我的荣幸、福报。

所以，生日这天我最想表达的，就是感激。感谢父母给予我生命，感谢家人、朋友、师长、同窗、同事……感谢每一位熟悉或未曾谋面的你的支持。

拥有亲爱的家人和朋友，
是生命中的一大幸事

和家人保持着特别好的关系

过去这小十年里，我常不着家，“满世界飞翔”，和家人自然没法朝夕相处（当然，也避免了每天在同一屋檐下大眼瞪小眼），但无论走到哪儿、忙什么，我都很庆幸自己能和以我妈为首的亲人们保持很棒的关系。无须每天嘘寒问暖，省下磨人的叨叨叨念念念，比如从来没催婚，但心一直在一起，有声或无声地陪伴彼此、照耀彼此、加持彼此。

有人说爱情的力量很强大，但我这方面体验比较少，没啥话语权，实际上也并非爱情的笃信者。但亲情我是一直坚信且珍视的。很多年来我都是单亲家庭的儿子，身边亲人并不多，但真正需要温暖和依靠时，亲人从未缺席。他们给予的爱、信任和支持，常常是无条件、无保留、不功利的——起码在我们家是如此。

我尤其感恩有一位出色、有趣、坚强以及做饭好吃，总而言之就是“很酷”的老妈。这人吧，快六十了，依然爱文艺，爱小说，爱电影，爱动物，爱世间的各种美好。于是乎，我们俩之间从未出现代沟，至今能像朋友般没大没小、没小没大地相处或“较量”。

觉得很幸运。

当然！这和我是个脾气很好、很上进、很有趣的儿子也不无关系哟。

在大平台开启了职场人的第一天

常有人问我：当年想过毕业后不去高盛吗？既然你现在有自己的公司，为什么当时还要给别人打工？在投行工作，你后悔过吗？

我的回答一如既往：从未后悔。相反，我很庆幸自己的职业生涯从高盛这家全球顶尖投行起步。并非因为“华尔街”“二十出头便年薪百万元”这些虚虚实实的名头，而是因为大平台赋予的扎实的职场基本功。

作为在金融业乃至政商界叱咤风云的百年老店，高盛的“厉害”是有理由的：无论是业务发展、公司管理，还是客户关系、员工素质……这家投行的每一项都出类拔萃。

作为本科毕业后初出茅庐的职场小兵，加入高盛，就犹如进入了另一所催人成长的大学、商界的黄埔军校。我曾在前面的文章中写道，在高盛历练两年，堪比在一般公司工作五年甚至更长。在这家投行的七百多个日夜里，我完成了一次始终被加速度推动着的极速成长，各项工作能力全面跃升到了新的层面——不是自吹，是切切实实的收获、感受。

我虽然并不想在高盛这样的大平台效力一生，成为光鲜的银行家，但如果让我再选一次，我依然会坚定接下高盛的橄榄枝，在短时间内成为训练有素的职场人，然后“学成毕业”，带着这些本事开启之后的职场探险。

一直运动，没停过

对这一条，认识我久了的朋友们早已不陌生。这些年不管多忙，我都从没停止过运动。哪怕是在繁忙的出差间隙，我也一定会挤时间到健身房出出汗，或是在出差城市的室外跑一会儿。

为什么要坚持运动？其实，都不需要用上“坚持”这个听上去很辛苦的

举铁出汗，重要的多巴胺来源

动词。运动就是我的习惯，就是像吃喝拉撒睡一样理所当然的事情。

我喜欢运动时汗水逐渐从毛孔透出的感觉，喜欢运动后的肌肉充血，喜欢冲完澡的神清气爽，喜欢多巴胺带来的整体愉悦。

我的运动细胞尚可，但照着健将们还是差得远。不追求雕刻般的体形，只希望自己人到中年后不要“颓”。我是无法容忍自己变臃肿、变油腻的。

庆幸这些年和运动的结缘让我一直是精力充沛的小伙儿，也因此能胜任快节奏高强度的生活。总有朋友说我长得还像大学生，看不出而立之年的痕迹。我听了自然也开心。能保持年轻状态，与常年运动的习惯密不可分。

不刻意合群，好好享受了独处的每一分每一秒

“宁愿一生孤独，不愿随波逐流”是我的座右铭。从小到大我都厌恶随大流，抵触人云亦云，也毫不在意偶有人说我“不合群”。

在这世界上做事，我们已经（被迫）需要和形形色色的人打交道。那么在自己能选择生活样式时，为什么还总要担心落单、担心和别人走得不够近呢?

这些年，我尽量避免在各种应酬、“局”里觥筹交错、强颜欢笑。我不迎合任何人，更不想任何人巴结我。所以，我有过多次果断谈完工作就尽量礼貌“告辞走掉”的经历，拒绝无谓的加微信聊天；在学校读书时，自然也不参加不喜欢的派对社交。

在告别人群、走回宿舍或开车回家的路上，我会哼着歌，重返自己的无忧无虑的世界。接着换上大裤衩大背心，做些喜欢的事，很舒服地独处。

在不合群的单人时光里，我总能充电到满格。在屏蔽了外界喧嚣后，回归内心，清醒地感知到自己是谁、在哪儿、需要什么，以及——如何变成更好的“我”。

没在意别人的眼光和评价，一直听从自己的本心

接着上面“享受独处、拒绝盲目合群”继续说，还有件事让我庆幸，就是这些年我都不太在意别人的眼光，不被别人的评头论足影响了“我是谁、

我想要什么”。

了解和懂我的身边人给建议时，我必仔细听取，但和自己没任何交集的“路人”的叨叨，要么一耳进一耳出，要么直接无视。

我不是特立独行的人，但确实有与众不同的地方。尤其这几年，真是挺不走寻常路的。按很多人的观点，我拿了不错的文凭，进了录用率极低的好公司，就该沿着正统路线走下去，一路当人生赢家当下去，社会地位高、赚钱多，岂不完美？

我倒好，辞了职，创了业，折腾着又读了个 MBA，还抽时间写了书，同时呢，不小心成了个“网红”——嗨，关于最后这一点的议论就没停过，不但来自八竿子打不着的陌生人，也来自校友、前同事。说什么的都有，“他这么高学历非要当网红，哼哼……”“想出名呗”“卖人设嘛”，这些酸味十足的话都直接或间接进过我的耳朵。

对管中窥豹的议论，我一律采取“谢谢您的关心，笑纳。但抱歉，和您无关”的态度。这些话听到后一笑而过即可。毕竟人大多是顺着自己的惯性思维解读问题，嘴也长在别人脸上，说好说歹都随他们去吧。

我清楚自己的初心初衷，我创造了积极的价值，我有幸帮助了一些读者、

工作之余体验直播，
有趣的经历又多了一项

“粉丝”（我从不爱把大家叫粉丝，一般都称“伙伴”），就特别开心。

顺便说一句，在学习工作之余成了一枚半大不小的“网红”，我起初也没想过。多谢每一位伙伴的厚爱。不过也得坦率讲，我对这个身份不抵触，但也绝不留恋。如果哪天完全回归“素人”，也一定是我明确人生规划之后合理的选择。

旅行，万水千山去旅行

这些年一直过得很“好玩”。虽然自己也喜欢宅在家一整天看书品电影，但我同样爱折腾、爱旅行、爱走出去，探访整个世界的风景。

迄今为止去了三十多个国家，竟然涵盖了所有有人类常居的大洲，独自到过诸如百慕大这样漂在大西洋里的神秘岛，尝试了各种旅行方式——徒步穿越、毕业自驾、身上只有二十美元的超级穷游、包机头等舱往返的奢华度假，当然，还有多次让我不舍离开的支教旅行。

每一次的人在旅途，都是见天地、见众生、见自己的修行。在感叹这世界万水千山实在太可爱的同时，也深刻领悟到自己的渺小。

旅行是换了一种方式的阅读和自省。如果这些年我没那么“好动”，就必然会在有限的生命里错失太多值得看、值得听、值得学、值得悟的人和事。

所以，发自内心地感恩旅行带给我年轻人生的意义。

从未刻意寻找爱情，从未因爱情失神

我相信很多朋友读到这里会说：“不赞同。”哈哈，我知道。我并非否定爱情，相反，我想赞美忠贞不渝、相濡以沫的爱情，但我也坚信宁缺毋滥。与其寻寻觅觅，焦虑自己年岁渐长再也邂逅不到对的那个人，接着“找个人凑合着谈”，不如好好聚焦于自己的生活，把当下过好。

这些年我的爱情经验很浅薄，并非眼光太高、刻意不食人间烟火，而是确实缘分未到。当然，很多关心我的读者曾苦口婆心地劝：“LEO，你的态度有问题。如果你不主动去尝试，怎么知道某个人不合适？爱情也是要探索、要经营、要磨合的啊！”

谢谢每一位朋友善意的建议。我承认，自己这些年在这方面不太主动，

也真心不擅长和人谈情说爱。不过还是感到庆幸，因为当别人被恋爱脑驾驭，忘我地投身爱情——以及因爱情出状况而吵架闹分手崩溃时，我可以全神贯注于学业、事业，以及带给我很多快乐的各项爱好，也得以花更多时间和家人、好友在一起。所以，我并不孤单，未曾觉得生活因爱情暂时缺席而不完满。

总体吃得很健康

越靠近三十岁，“养生保健”的意识越足，所以我最近备感庆幸的一件事，就是这些年几乎没胡吃海喝、暴饮暴食过。虽然必须承认，我对奶茶、炸鸡、烤串都是真爱，但总体来说克制得很好，几乎不敢只顾饱口腹之欲，而忽略了这些食物对身体的伤害。

尤其在留学时，酸奶、蔬果和粗粮是每日必吃，这些健康食物也确实对身体状态有良性的促进。

“民以食为天”此话不假，但如果想少些疾病困扰，除了迈开腿（多运动），也必须管住嘴。英文里有句话叫“You are what you eat”，直译过来大概是“你吃什么，就会变成什么”的意思。在吃这方面，必须有敬畏、有顾忌，不能胡吃乱吃。否则，疾病、麻烦可能就找上门来。

拒绝被框在一个特定圈子，拒绝被定义、被“标签”

我有时会跟朋友们说：“三十岁以前，我坚决抵制定义自己，绝不找个框把自己框起来。我要活得灵活一点儿。”

我确实这么做了，并且感到庆幸。从两个角度来讲。首先，尝试人生的不同可能。这一点不再赘述，毕竟过去数年的求学和职场之旅，我真是玩得开心，从未限制自己的探索。

另外，反对刻板印象，不让自己归属任何“小圈子”。“名校校友圈”“金融、创投圈”“写作圈”——这些圈子可能跟我生活的某个侧面有关联，但不能定义“全部的我”。

我对自己的希望和要求是，在刨除一切外界附加给自己的名头后，我就是一个无修饰无滤镜无添加剂的有趣、善良的灵魂。这样已经足够好了。

看书，看得很杂很广

熟悉我的读者朋友们对这条也不会感到新奇了。甚至有朋友调侃道，如果全世界票选最喜欢读书的人，LEO 应该能入围。

我常说，生而为人，能读书会思考是多么大的幸运、多么该被珍惜的奢侈。我也一直喜欢这句话："我们读书，便不再孤单。"书，就是我这个不那么喜欢社交的人的最忠诚的朋友，是我的加油站、解忧良方。

我不想赘述看书的各种好，只想说：很庆幸这些年有那么多好书进入了我的生命，让我有了一次次的醍醐灌顶、顿悟时刻、灵光乍现。

码字写东西，一直没忘了记录生活

这件事甚至比读书还让我感到幸运。阅读是吸收、内化的过程，写作是增进思考和留存记忆的方式。

从小就喜欢在本子上写日记，不知不觉记满了好几本。读大学时课业很忙，但仍然喜欢码字，即使只有五分钟、十分钟，也会把一天中让我走心的事情记下来。

如今，回看多年前的笔迹，尤其是那些很随性的、带着"少男心情"的碎碎念，已成为我的一大日常减压方式。

在读一年，两年，五年，十年乃至十五年前写的文字时，会不自觉嘴角上扬，有时还会感到羞涩，心里想：啊，当年我还写过这？

但不管当时码字和之后回读的心情、境遇如何，我都庆幸自己没让那些容易被遗忘、实则值得被纪念的瞬间流走。我相信，每一件小事，哪怕再微不足道，都是生命里有且仅有一次的体验；这千千万万件小事，共同构成了你独一无二的人生。

也希望我过去几年在"学长 LEO"公众号和自己的书中分享的百万字原创文章和碎碎念，让你有过愉快的阅读体验。

拥有了疗愈力满格的宠物家庭成员

这些年先是养了一只小女猫。一年后小女猫生了小小猫，现在家里有几只女猫愉快共生。今年初夏我又领养了一只来自广西的中华土猎犬，如今猫狗自由，感觉非一般地好。

感谢猫咪和狗狗给了我太多减压、疗愈、欢乐的时光。当很累、心情很糟时，猫儿凑过来呼噜着蹭你、瞪着关切的大眼睛深情注视你的那一刹那，又或是狗狗在门口欢快地摇着尾巴迎接你的那个瞬间，整个世界就又重新被点亮了。

从和她们结缘的第一天起，我就没把她们当动物，而是意义和地位重大的家庭成员。通过照顾她们的吃喝拉撒，我也变成了更有担当力、更懂得体贴别人的自己。

来，给我的爱猫们造个小城堡

有了多种“开源”的能力，也学会了理财

我生长在一个普通知识分子家庭，家里没出过达官显贵，也没有金山银山。我们整个大家庭的绝大多数亲戚，都是凭一技之长本分、努力地工作生活，当医生和教师的尤其多。

我从小接受的财商教育是，钱不能缺，但更不可贪婪，万万不能“钻进钱眼”里，够用足矣。这里的“够用”，绝非“够买私人游艇、飞机”这样的诉求。实际上，我的物质欲很低，对花钱消费没有任何瘾。一件衣服如果合身，就能穿许多年；一台电脑哪怕键盘掉了，只要没漏电，就可以继续用——当然，也不是刻意省吃俭用，只是自己的生活习惯。

虽然对钱和物质没瘾，但我依然庆幸自己这些年的开源能力在同龄人里还算不错，也比家中亲人们略“进化”了些——不再依赖固定工资，而是有了不同的创收途径，经济情况比较扎实从容。

有开源能力还不够，如何让积蓄升值也是同等重要的事。我庆幸从本科开始就通过专业课和自学琢磨，学了不少理财的门道策略，小试牛刀后取得了不错的收益，进一步夯实了财务基础。

开源和理财不是为了享受荣华富贵，而且就算让我过奢华生活我都觉得累，而是为家人和自己提供一份长期稳定的安全感，然后无挂碍、无羁绊地体验好这一生。

和比我优秀的人成为好友

我不是外向、社交型的人，不需要太多朋友。如果日常交流的人太多，我会感到心累。这些年我的铁友——特别铁、无论如何都会互相扶持的朋友，也就六个。其中有一起光屁股长大的发小，有同窗兄弟，还有两三个前辈忘年交。

能获得他们的友谊，我备感幸运、荣幸。我的每位好友都是优秀上进的人，在各自领域取得了让我为他们备感骄傲的成绩。每个人也都是善良、正直、有担当、有抱负的人。和他们在一起，我没有任何压力，更重要的是，我总能看到自己的不足，从他们身上学到东西，获得长进。

年轻时能和不同方面比自己厉害的人交朋友，与他们互相促进、分享生活的甜苦、共同“变成更好的自己”（套用一下这个老鸡汤句，确实说得精准），就是“幸福本福”。

在好得不能再好的学校完成了求学旅程

这些年大家一直叫我学长，那么就把和“学长”“学习”有关的这一条，放在最后吧。

写到这里，回想过去近二十年当学生的每一个日夜，我的心里只有感激和留恋。自己的一大福报，便是此生得以在那么好的学校，完成了求学的旅程。

永远感恩我的小学、中学和大学母校。感恩每一位恩师，每一位同窗，你们给予我的是知识和友情，更是爱。我的母校，我的学生时代，就是我梦中最美的样子。

尤其想对我感情最深的本科母校耶鲁大学表白：

Thank you, my beloved Yale.

谢谢你，我的挚爱，耶鲁。

Thank you for bringing me into this amazing family.

谢谢你，带领我进入这个惊奇的家庭。

Thank you, my home away from home.

谢谢你，我的家外之家。

Lux et Veritas.

光明与真理。

三十而立，三十而已。我的三十岁愿望很简单：继续好好爱护身边的人，继续走好自己选择的路，继续经营好事业和生活，继续尽己所能，为这个世界创造些积极的价值。

如灯塔般指引我的九字座右铭

之前曾在个人微博分享过自己的“九字座右铭”，它们一直伴我前行，是我生活、做事的指导原则。想借此小文对这九个字做些简要注解，愿与各位读者朋友共勉。

定

focus / dedication

我坚信没有定力则很难成事。生而为人，若想做出点成绩，就要学会抵挡浮世中的诱惑与嘈杂，耐得住时间的寂寞，朝自己认准的方向扎实往前走，力求在一个领域里做出深度，成为高手、专家。

静

calmness / composure

遇事沉着、淡定，宠辱不惊。不以物喜不以己悲。尤其不在困境、逆境中一蹶不振，同时也要避免乐极生悲。让情绪永远在“轻微沮丧”（负面情绪的下限）和“轻度愉悦”（积极情绪的上限）的区间中运行。

诚

honesty / sincerity

诚实、真诚，永不参与尔虞我诈，坚决抵制坑蒙拐骗。做本分、正直、真实的人，但也具备足够能力应对世界和人心的复杂，懂得自我保护。

勤

diligence / industriousness

勤为友，惰为敌。认定为重要的事（无论学习、工作还是其他），便鼓足精气神，明细规划，高效、不拖沓地执行，直至目标达成。当然，“勤”并非长期不眠不休、废寝忘食，而是该忙时心无旁骛地忙，该放松时透彻无忧地放松，“总体勤勉刻苦，偶尔休憩躺平”。

谦

modesty / humbleness

不忘乎所以、自视甚高。永远明晰自己有“几斤几两”，永远认清世上总有无数人比自己在某一方面优秀甚多的事实。永远抱着学习者的态度，虚心请教，取得成绩时可以庆祝，但不沉溺于扬扬得意、沾沾自喜的情绪中，而是将其视为崭新的起点，继续谦虚前行。

闯

reaching out / exploration

如若长久在舒适区安逸度日，则很难看到更绚丽的人生风景。诗和远方不能靠臆想，只有靠打拼。与其原地迷茫，不如勇敢去闯。“闯”，并非心血来潮、漫无目的地瞎忙活、瞎冒险，而是充分了解“自己是谁、有何优势、想去到哪里、渴望实现什么”后，有的放矢地探索人生的不同可能性。

敏

agility / responsiveness

所谓“敏”，意指对宏观大势和微观状态敏锐、敏感。奋斗过程中不闭门造车，避免两耳不闻窗外事的状态，留心观察和理解世界、行业、所处生活环境的趋势，思考其对个人发展带来的影响、赋予的机遇，并及时在学习和工作中做出必要改变。

勇

bravery /courage

与“闯”互为表里、异曲同工。不瞻前顾后、畏首畏尾，对人对事不怯懦、有担当。有勇有谋。敢于突破条框桎梏、尝试创新。当然，一切的“勇”与“敢”，必须建立在合理合法的基础上。

毅

perseverance / tenacity

毅，即耐得住、有韧性、经得起折腾、不轻言放弃。有个近年来颇为流行的说法，叫“很抗造”，我认为是对“毅”的生动注解。做事哪有轻而易举便能成功的？过程中固然有艰险，好在毅力这股“劲儿”能助我们披荆斩棘、“咬牙熬下去”，直到曙光初现。

不忘初心，勇敢去闯，
一直在路上

不如去闯

作者 _ 李柘远

产品经理 _ 曹俊然 聂文　装帧设计 _ 付诗意　技术编辑 _ 丁占旭
责任印制 _ 刘淼　出品人 _ 路金波

营销团队 _ 李佳 孙菲　物料设计 _ 王丽

果麦
www.guomai.cn

以 微 小 的 力 量 推 动 文 明

图书在版编目（CIP）数据

不如去闯 / 李栢远著. -- 天津：天津人民出版社,
2022.11（2023.8重印）
ISBN 978-7-201-18963-5

Ⅰ. ①不… Ⅱ. ①李… Ⅲ. ①散文集－中国－当代
Ⅳ. ①I267

中国版本图书馆CIP数据核字(2022)第204384号

不如去闯

BURU QU CHUANG

出　　版　天津人民出版社
出 版 人　刘　庆
地　　址　天津市和平区西康路35号康岳大厦
邮政编码　300051
邮购电话　022-23332469
电子信箱　reader@tjrmcbs.com

责任编辑　康悦怡
特约编辑　康嘉瑄
产品经理　曹俊然　聂文
封面设计　付诗意

制版印刷　北京盛通印刷股份有限公司
经　　销　新华书店
开　　本　710 毫米 ×1000 毫米　1/16
印　　张　22.5
印　　数　40, 001—45, 000
字　　数　356千字
版次印次　2022年11月第1版　2023年8月第2次印刷
定　　价　59.80元